히든

히든

헤더 구덴커프 지음

김진영 옮김

These Things Hidden

북캐슬

Hidden

앨리슨

데븐 키넬리는 여느 때와 같이 오늘도 회색 변호사 정장 차림에 하이힐을 신고 경사진 바닥을 또각거리며 다가온다. 나는 크게 숨을 고른 뒤 비어 있다시피 한 가방을 들고 자리에서 일어난다.

이제 그녀는 나를, 앞으로 6개월 간 머물게 될 린든폴스의 사회복귀 훈련시설로 인도할 것이다. 그 기간 동안 나는 다시 사회로 복귀할 준비가 되어있을 뿐 아니라, 직장도 구하고, 말썽도 부리지 않으며 혼자서 자립할 수 있음을 증명해야 한다. 이곳에 온 지 5년이 된 오늘, 크레이븐빌 교도소를 떠난다. 나는 혹시나 하는 마음에 데븐의 어깨 뒤를 흘깃거려 본다. 역시나 예상대로다. 부모님이 오셨을 것이라고는 기대조차 하지 않았지 않았던가. "앨리슨, 잘 있었어요?" 데븐이 다정하게 묻는다. "나갈 준비는 됐어요?"

"그럼요." 내 입에서 생각과 정반대의 대답이 튀어나온다. 이제부터 지금껏 단 한 번도 만난 적 없는 사람들과 낯선 곳에서 함께 살아가야 한다. 돈도 없고, 직장도 없고, 친구도 없고, 내 가족마저도 나를 저버렸지만 나는 괜찮다고 속으로 되뇌었다. 아니, 괜찮아져야 한다.

데븐은 천천히 손을 내밀어 내 손을 꼭 잡고는 눈을 들여다본다. "다 잘될 거예요. 알겠죠?" 목에 뭐라도 걸린 것처럼 침을 삼키기가 어렵다. 그녀의 말에 나는 고개를 끄덕인다. 이곳 크레이븐빌에서의 10년 형을 선고받은 후 처음으로 울컥하고 눈물을 쏟을 것만 같은 심정이다.

"쉽지만은 않을 거예요. 그래도 힘내요." 내 어깨에 한쪽 팔을 올리며 위로하는 데븐의 어깨에 의지해본다. 작은 체구에 목소리도 가냘픈 그녀는 내게 언제나 의연한 태도로 어깨를 빌려준다.

나를 위해서 최선을 다하겠노라고 약속했으며, 늘 그 약속을 지켜온 그녀였다. 비록 변호사 선임 비용은 우리 부모님이 델 지라도, 그녀의 고객은 나라면서 말이다. 게다가 그들이 내 사건을 객관적으로 바라보게 도와준 것도 데븐이었다. 데븐과 우리 부모님과의 첫만남은 병원에서였고, 두 번째는 교도소 안의 작은 회의실에서였다. 엄마는 내가 체포된 것이 부당하다며, 혐의를 벗기고 무죄를 입증하려면 재판까지 가야 한다고 믿었다. 그녀는 내가 글렌 가문의 이름에 먹칠을 할까봐 바르르 떨고 있었다.

"앨리슨에게 불리한 증거가 헤아릴 수 없을 정도인 건 아십니까?" 데븐은 낮고 차가운 목소리로 엄마에게 물었다. "이 사건을 법정까지 가져간다면, 앨리슨은 교도소에서 장기형을 살아야 할 겁니다. 무기징역도 각오하셔야 합니다."

"경찰 말은 사실이 아니에요." 엄마의 목소리도 데븐만큼이나 차가웠다. "서둘러 일을 바로잡아주세요. 이 아이는 졸업도 하고, 대학도 가야 한단 말이에요. 창창한 미래가 앞에…" 그녀의 냉정한 얼굴과 손은 분노로 떨리고 있었다.

그러자 회사의 재정고문이자, 평소 조퇴라고는 절대 하지 않던 아빠가 자리를 박차고 일어났다. 동시에 테이블 위의 물 컵이 쓰러졌다. "앨리슨을 이 사건에서 빼내라고 당신을 고용한 거잖소! 시킨 일이나 잘 하시오!" 아빠가 소리치며 말씀하셨다.

나는 아빠의 반응에 몸을 움찔하며 데븐도 같이 길길이 날뛸 거라 생각했다.

그러나 내 예상은 빗나갔다. 그녀는 테이블 위에 두 손을 올리고 허리를 쭉 펴더니 고개를 세우고 이렇게 말했다. "현재로서는 상황을 점검하고, 앨리슨에게 가장 유리한 선택안을 찾는 게 급선무입니다."

"우리가 바라는 선택안은 단 하나." 아빠는 긴 손가락을 뻗어 데븐의 코 바로 앞에 가져다 대며 답했다. "앨리슨을 집으로 데려오는 것뿐이란 말이오!"

"여보!" 엄마는 내 신경을 자극하는 차가운 목소리로 아빠를 불렀다.

데븐은 아무런 미동도 보이지 않았다. "지금 이 손가락을 제 눈앞에서 치우시죠. 안 그러면 영영 잃을 수도 있습니다."

아빠는 타오르는 분노를 간신히 억제하면서 서서히 손을 내렸다.

"제 일은 증거를 다시 살펴본 다음 최선의 방어책을 선택하는 겁니다." 데븐은 아빠의 눈을 직시하며 단호한 목소리로 문제점을 짚어냈다. "검사 측에서는 시간을 끌면서 앨리슨을 미성년이 아닌 성년으로서 제1급 살인죄로 기소하려고 할 겁니다. 만일 재판까지 가게 되면, 앨리슨은 평생 감옥에서 인생을 마감하게 되겠죠."

아빠는 얼굴을 두 손에 파묻고 흐느끼기 시작했다. 엄마는 당황함을 감추지 못하고 고개를 숙이며 무릎 위에 시선을 고정시켰다.

결국 나는 판사 앞에 섰다. 그는 고등학교 때 물리 선생님을 연상케 했다. 데븐은 미리 내게 어떤 판결이 날지 일러주었지만, 내 귀에는 단 두 글자 10년이라는 말 밖에 들리지 않았다. 10년은 내게 종신형이나 마찬가지였다. 고등학교에서의 마지막 1년, 배구, 농구, 수영, 축구 시즌까지 모두 놓치고 말 것이다. 아이오와 대학교 장학금도 잃을 것이며, 변호사가 되는 길도 포기해야 한다. 이를 생각하자 걷잡을 수 없는 눈물이 쏟아졌다. 나는 어깨 뒤로 고개를 돌려 부모님을 바라보았다. 여동생은 그 옆에 없었다.

　나는 집행관의 뒤를 마지못해 따라가며 "엄마, 제발…"하고 흐느껴 울었다. 엄마는 아무런 표정 없이 정면만 응시하고 있었다. 아빠는 눈을 꼭 감고 평정을 찾으려 호흡을 가다듬고 있었으며, 내 쪽으로는 눈길도 주지 않았다. 10년 형을 살고 나오면 나는 스물일곱이겠지. 그때까지 내 부모님들은 나를 그리워할까? 아니면 그들이 원했던 딸의 미래를 그리워할까? 사건은 처음에 소년법원에서 다루어졌기 때문에 그때까지는 내 이름이 기자들에게 공개되는 것은 불법이었다. 그러나 사건이 성인 법원으로 이송되던 날, 린든폴스 남부에 엄청난 홍수가 닥쳐, 4명의 사망자가 발생했다. 덕분에 신문 지상에서는 바쁘게 홍수 기사를 써댔고, 또한 아빠가 힘을 써둔 덕에 내 이름이 신문지상에 오르내리는 일이 없이 일이 마무리되었다. 말할 것도 없이, 우리 부모님은 글렌 가문의 이름에 먹칠을 당하지 않게 되자 안도했을 것이다.

　나는 데븐의 뒤를 따라 그녀의 차로 걸어간다. 지난 5년간 쇠창살에 가려진 햇빛만 보다가 이렇게 밖으로 나오니 태양의 무게가 느껴진다. 8월 말이라 공기가 무겁고 뜨겁다. 나는 깊은 심호흡을 해본다. 막상 들이마시자 교도소의 공기나 바깥세상의 공기나 별 차이는 없다.

"가장 먼저 하고 싶은 게 뭐예요?" 데븐이 묻는다. 대답하기 전에 뜸을 들여 생각해본다. 크레이븐빌을 떠나는 이 순간, 나는 하고 싶은 것이 너무 많다. 감옥에 들어오기 1년 전쯤 운전면허를 따놨기 때문에 운전을 해보고 싶다. 이젠 사생활도 즐길 수 있겠지. 샤워도 할 수 있고, 수십 개의 눈동자 속에서 밥 먹는 일도 이젠 끝이다. 비록 사회복귀 훈련시설에 머물러야 하지만, 그래도 난 이제 자유인이다.

생각해보면 웃음이 난다. 크레이븐빌에 5년간 있었으니 그 동안 나가고 싶어 안달이 날만도 한데, 실제로는 그렇지 않았다. 이곳에는 친구도 없었고 행복한 기억도 전혀 없었지만, 내 평생 결코 누려보지 못했던 것들을 누려볼 수 있었다. 그건 바로 평온함이었다. 쉽게 맛볼 수 없는, 내겐 정말 소중한 추억과도 같았다. 그런 끔찍한 일을 저지르고 어떻게 평온할 수 있었냐고 묻는다면 글쎄, 나도 딱히 이유는 모르겠지만, 그냥 그랬다.

교도소에 가기 전, 나는 늘 경쟁에 경쟁을 거듭했었다. 앞을 향해 달리고 또 달리기만 했다. 성적도 완벽했다. 또 배구, 농구, 육상, 수영, 축구에서 촉망받는 선수였다. 친구들은 내가 예쁘고 인기도 많고 문제도 일으키지 않는 완벽한 아이라고 생각했다. 하지만 내 머릿속은 늘 쉴 새 없이 시끄럽고 정신이 없었다. 아침 6시에 일어나 조깅을 하거나, 학교 체육실에서 역도를 했다. 그리고는 재빨리 샤워를 한 뒤, 가방에 챙겨온 영양바와 바나나를 먹고 하루 종일 수업을 들었다. 방과 후에는 연습이나 경기가 끊이지 않았고, 집에 돌아와 부모님과 여동생 브린과 함께 저녁을 먹은 후에도 서너 시간 동안 숙제와 공부에 매달려야 했다. 그러다가 자정이 되면, 그제야 잠을 청했다. 하지만 밤이 되면 머릿속은 더 시끄러웠다. 침대에 누워는 있지만 머리와 마음이 정리되지 않았고, 부모님과 다른 친구들이 나에 대해 어떻게 생각할지, 다음 시험, 다음 경기에 대해, 그리고 대학진학과 장래 진로에 대해 끊임없이 고민하느라 몸과 마음이 쉴 틈이 없었다.

이러저러한 생각들로 잠이 오지 않을 때 시끄러운 생각을 잠재우는 나만의 비법이 있었다. 천장을 보고 똑바로 누워 이불을 덮은 다음, 내 몸이 호수 위에 뜬 작은 배 위에 있다고 상상하는 것이었다. 위로는 둥근 그릇을 뒤집어놓은 것 같은 모양을 한 새까만 하늘에 무수한 별들이 반짝이고 있고, 아래로는 무한한 크기의 호수를 그려보았다. 공기 중엔 실바람 하나 없고 내 몸은 부드러운 물결 위를 둥실둥실 떠다녔다. 이렇게나마 간신히 마음을 추스르고 나면 잠에 빠져들었다. 내가 수감생활을 시작했던 것은 열여섯 살, 그때부터 성인이 되던 열여덟 살까지 일반 사람들과 완전히 격리된 삶을 살았다. 교도소에서의 끔찍했던 첫 달을 무사히 보내고 난 뒤, 나는 한 가지를 깨달았다. 더 이상 작은 배의 환상이 필요 없었던 것이다. 환상 없이도 평온한 잠을 청할 수 있게 되었다.

데븐이 내 얼굴을 빤히 들여다보며 대답을 기다리고 있다. 아까부터 내가 퇴소하면 제일 먼저 하고 싶은 게 무엇인지 듣고 싶다고 했다. "우리 엄마 아빠, 동생을 보고 싶어요." 나는 울컥하며 대답했다. "집에 가고 싶어요."

과거 내 행동에 대해 깊이 뉘우치고 있으며, 특히 이로 인해 내 동생이 겪어야 했던 아픔에 대해서 늘 죄책감을 느꼈다. 그래서 브린에게 수십 차례 용서를 구했지만, 그 애는 사과를 전혀 받아주려 하지 않았다.

당시 브린의 나이는 열다섯이었으며, 실제로는 어땠는지 몰라도 적어도 내 눈엔 단순한 아이였다. 결코 화내는 법도 없었다. 마치 분노가 치밀어오를 때마다 눈에 보이지 않는 작은 상자에 넣어두었다가, 상자에 빈 공간이 없게 되자 어느 순간부터 그 분노가 슬픔으로 변한 것 같다.

어릴 적 우리는 인형놀이를 자주 했었다. 내가 말끔하고 선명한 얼굴에 정돈된 머리카락의 인형들을 고르면, 브린은 검은 마커로 여기저기 수염이 그려진 지저분한 것으로 골랐다. 그러면서도 불평 한 마디 없었다. 망가진 인형을 두 팔에 꼭 안고는 자장자장 재워주면서 바로 자기가 원했던 인형이라는 듯 행동했다. 또한 브린은 내가 시키는 일이라면 무엇이든 해주었다. 쓰레기를 버리는 일이건, 청소기를 돌리는 일이건 무엇이든 말이다.

그때 그 시절을 떠올려 보면, 나는 브린의 그런 낙천적인 성격에도 불구하고 내면에 감추어진 무엇인가를 무의식적으로나마 감지했던 것 같다. 사소한 것이라 여겨 쉽사리 무시하고 말았던 것들…. 가만히 시간을 두고 생각했더라면 분명 알아챌 수 있었을 텐데, 나는 시도조차 하지 않았다.

브린은 무의식적으로 피부가 빨개질 때까지 팔에 난 얇은 갈색 털들을 뽑는 버릇이 있었다. 그런 모습이 다른 사람들 눈에 어떻게 보이는지는 전혀 생각하지 못하는 눈치였다. 팔에 있는 털을 다 뽑고 난 뒤에는 눈썹을 뽑았다. 마치 탈피라도 하는 것처럼 말이다. 엄마는 브린의 눈썹이 점점 없어지는 것을 알아챈 뒤로 수단과 방법을 다 동원해 그 습관을 고쳐주려 했었다. 브린이 손을 얼굴로 가져가려고 할 때마다 손으로 툭 치며, "브린, 너 이런 행동이 다른 사람에게 어떻게 보이는지 아니? 다른 애들한테 이상하게 보이고 싶어? 애들이 널 보며 비웃어도 괜찮은 거니?"라고 물었다.

결국 브린은 그 버릇을 고쳤지만 다른 방법으로 자신을 학대하기 시작했다. 손톱뿐 아니라 손가락의 새살을 물어뜯고 입안의 살도 깨물었으며, 상처가 나거나 딱지가 생기면 그 부위가 곪을 때까지 잡아 뜯었다.

우리는 닮은 점이 전혀 없는 자매였다. 나는 키가 크고 튼튼한

체격을 가졌지만 그 아인 작고 연약했고, 내가 늘 태양을 바라보는 해바라기와 같다면 그 애는 제비꽃 같았다. 그러나 브린에게 직접 말한 적은 없지만, 그녀는 세상을 통틀어 내가 가장 사랑하는 존재였다. 하지만 난 브린의 존재를 늘 당연하게 여겼고, 언제까지나 나를 우러러봐줄 것이라 생각했다. 그러나 이제 난 그 애에게 더 이상 없는 존재가 되어버렸으며, 그것은 전적으로 내 탓이다.

수많은 편지지에 마음을 담아 보냈지만 한 번도 답장을 받지 못했다. 자유의 몸이 된 지금, 브린의 얼굴을 마주보고 그 동안 하지 못했던 모든 이야기들을 다 털어놓고 싶다. 단 10분만이라도 눈을 보고 이야기할 수 있다면 모든 문제는 해결될 것이다.

크레이븐빌을 뒤로 한 채 모든 것을 두고 떠나게 된 지금, 엄청난 감격과 함께 공포가 물밀 듯이 밀려온다. 내가 우리 가족을 보고 싶다고 한 후부터 데븐의 눈빛에 머뭇거림이 서려있다. "그보다 먼저 어디 들어가서 뭐라도 좀 먹죠. 먼저 거트루드 집에 가서 짐을 풀고 나서 부모님께 전화를 드리기로 해요." 데븐이 말한다.

사회복귀 훈련시설은 생각만 해도 싫다. 그곳에 나보다 더한 범죄를 저지른 사람이 있겠는가. 마약에 중독된 창녀가 무장 강도에 살인을 저질렀다고 할지라도 나보단 훨씬 나은 범죄일 것이다. 내게 선택권이 있다면 우리 집에서 부모님과 함께 머무는 쪽을 택했을 것이다. 비록 끔찍한 일들이 벌어졌던 곳이기도 하지만, 어린 시절의 소중한 추억들이 있는 곳이다.

그러나 데븐의 얼굴에 이미 안 된다고 쓰여 있다. 부모님은 내 얼굴도 보고 싶지 않겠지. 이제 그들은 나와 인연을 끊고 싶어 내가 집에 가는 것조차도 원치 않을 것이다.

 브린

앨리슨 언니에게서 계속 편지를 받았다. 때론 답장을 해볼까, 면회를 가볼까, 예전의 언니를 대했던 나처럼 돌아갈까 생각도 해보았다. 그렇지만 알 수 없는 무언가가 나의 발길을 막는다. 할머니는 언니에게 가보라고, 이제는 용서를 해줄 때도 되었다고 말씀하시지만, 나는 아직 그럴 수가 없다. 5년 전 그 날 밤, 내 안의 무언가가 고장이 난 것 같다. 어릴 적엔 언니를 위해서라면 무엇이든 다 할 수 있을 것만 같았던 적도 있었다. 사람들의 생각과 달리, 나는 언니에게 질투를 느낀 적이 없었다. 언니를 닮고 싶다는 생각 또한 해본 적도 없었다. 난 그저 내 자신이기를 원했다. 우리 부모님은 그런 나를 이해하지 못했지만….

언니 앨리슨은 이 세상에서 가장 특별한 사람이었다. 똑똑하고 운동도 잘하고 인기도 많고 예쁘기까지 했다. 그렇다고 성격이 살가운 편도 아니었는데 언니를 싫어하는 사람은 하나도 없었다. 사람들에게 못되게 굴었던 것은 아니지만 호감을 살만한 행동을 하는 사람도 아니었다. 언니에겐 모든 삶이 그처럼 물 흐

17

르듯 쉬웠고, 난 그저 뒤에서 지켜볼 뿐이었다.

언니가 린든폴스에서 유독 총애를 받기 이전에, 부모님의 기대와 관심을 한 몸에 받기 이전에는 우리 둘은 떼려야 뗄 수 없는 사이였다. 서로 닮은 점이 하나도 없지만 쌍둥이처럼 지냈고, 언니는 내가 힘들 때마다 큰 버팀목이 되어주었다. 나보다 14개월 먼저 태어난 앨리슨 언니는 키도 크고 긴 금발 생머리를 가졌으며, 그녀의 깊은 은청빛 눈동자를 바라보고 있노라면 '그 무엇도 너보다 중요한 것은 없어' 라고 말해주는 것만 같았다. 반면 나는 키도 작고 평범하며, 머리색은 말라비틀어진 오크나뭇잎 색이다.

언니가 다섯, 내가 네 살 때 일이었는데, 우리는 부모님께 둘이 방을 같이 쓰게 해달라고 떼를 썼다. 집에 침실이 다섯 개나 있었는데도 말이다. 우린 서로 함께 있는 것이 너무 좋았다. 엄마의 허락이 떨어지자, 방에 이층침대를 들여놓고 아빠에게 부탁해서 천장에 핑크빛 캐노피를 달아 침대 주변에 마치 텐트처럼 쳐지게 만들었다. 그 안에서 우리는 실뜨기도 하고 함께 책도 읽었다.

엄마 친구들은 이런 우리 자매 사이를 부러움의 눈길로 쳐다보면서 "어쩜 애들이 이렇게 사이가 좋아요?" 라고 묻곤 했다.

그러면 엄마는 자랑스럽게 웃으며 이렇게 대답했다. "서로 존중하는 법을 잘 가르친 덕분이죠." 언제나 그렇듯 잘난 체하는 미소를 띠며, "가족끼리 함께 하는 시간을 많이 확보하는 게 중요하다고 생각해요"라고 말했다.

그러면 언니는 이런 엄마의 대답에 눈알을 굴렸고, 나는 두 손으로 터져 나오려는 웃음을 막았다. 엄밀히 말하면 가족이 함께 거실에서 시간을 많이 보내긴 했다. 단, 서로 한 마디도 하지 않고 말이다.

그러던 언니가 열두 살이 되자 독방을 쓰고 싶다고 했다. 그때 내 실망감은 이루 말할 수 없었다. "언니, 왜 방을 혼자 쓰려는 건데?" 내가 물었다.

"그냥." 언니는 두 팔 가득 옷을 옮기며 대답했다.

"언니 나한테 화났구나. 내가 뭐 잘못한 거라도 있어?" 나는 함께 쓰던 방 바로 옆에 만든 언니의 새 방으로 뒤따라 들어가면서 물었다.

"아냐, 브린. 넌 잘못한 거 없어. 그냥 나만의 공간이 필요한 것뿐이야." 언니는 옷장을 정리하며 대답했다. "바로 옆방인데 뭐. 멀리 떠나는 것도 아닌데 왜 그래? 설마 우는 건 아니지?"

"안 울어." 눈물을 참으며 내가 대답했다.

그러자 언니는 "그럼 이리 와서 침대 옮기는 것 좀 도와줄래?"라며 예전엔 우리 방이었지만, 이젠 나 혼자만의 방이 되어버린 곳으로 나를 잡아끌었다. 언니의 매트리스를 함께 옮기면서 이제 결코 예전으로 돌아갈 수 없다는 것을 깨달았다. 언니가 학교에서 받은 메달과 트로피를 정리하는 것을 옆에서 지켜보면서 우리는 이제 닮은 곳이 전혀 없다는 것을 새롭게 깨닫게 되었다. 언니는 차츰 친구들과 지내는 시간이 많아졌다. 유명한 배구팀과 함께 훈련을 떠나기도 했고, 남는 시간은 쪼개고 쪼개어 운동과 공부, 독서에 투자했다. 나는 언니와 함께 했던 시간이 그리웠다.

부모님은 내게 일말의 동정심도 보여주지 않았다. "브린, 이제 너도 다 컸잖니. 앨리슨이 자기 방을 갖고 싶어 하는 건 당연한 거야. 그렇지 않다면 그게 이상한 거지."

내가 또래 아이들과 다르다는 것은 알고 있었지만, 엄마의 말에 내가 남들과 다르기만 한 게 아니라 이상한 성격을 지녔다는 것을 알게 되었다. 나는 거울을 뚫어져라 쳐다보면서 어떤 면에서 이상한 건지 알아내려고 했다. 내 갈색 곱슬머리는 빗질을 하지 않으면 제멋대로 삐치곤 했고, 얼마 안 남은 내 눈썹은 마치 두 개의 쉼표를 찍어놓은 것처럼 보였다. 코는 크지도 작지도 않은 딱 평범한 크기였다. 이는 당시 교정기 덕분에 군인들이 일렬로 늘어서 있는 것처럼 보였다. 내 작은 눈썹을 제외하곤 내 얼굴에서 그다지 이상한 점은 찾아볼 수 없었다. 내 외모가 아닌 내면의 무언가가 사람들과 다른 것이었다. 나는 그 부분만은 내 속에 꽁꽁 감춰두기로 결심했다. 그리고 늘 그림자 속에서 그 누구에게도 내 의견을 내세우는 일 없이 방관자처럼 살아가기로 했다. 앨리슨 언니 옆에서라면 나의 모습이 전혀 눈에 띄지 않았으므로 더욱 쉬웠다.

예전 우리 방에서 나 혼자 자야했던 그 첫날 밤, 나는 울고 말았다. 한 사람이 쓰기에는 너무 넓어 보였고, 허전하기만 했다. 널따란 공간에 작은 책장 하나와 옷장 하나가 한 구석을 차지했고, 봉제 인형만이 여기 저기 굴러다니고 있을 뿐이었다. 내가 그토록 사랑하던 언니가 나를 더 이상 필요로 하지 않는다고 생각하니 눈물만 나왔다. 언니는 한 번도 뒤돌아보지 않고 그렇게 방을 나갔다.

그러던 언니가 열여섯 살이 되었을 때, 다시 내가 필요하게 되었다.

그 날 밤, 원래 나는 친구들과 영화를 보러 가기로 했었다. 하지만 네이든 캔필드가 함께 나간다는 사실을 안 엄마는 이를 제지했다. 네이든은 이전에 술을 마시다 들켰던 전력이 있었던 친구였다. 엄마 말로는 그런 애들과는 어울려서는 안 된다는 것이었다. 그래서 그 날 나는 집에 있을 수밖에 없었다.

나는 가끔 그 날 내가 집에 있는 대신, 네이든과 함께 팝콘을 먹으며 영화관에 갔더라면, 내 삶이, 아니 우리 모두의 삶이 어떻게 달라졌을지 궁금하다.

언니는 이제 어떤 모습을 하고 있을까? 아리땁던 모습이 수년간의 감옥 생활을 겪고 난 후에도 여전할까? 한때 높았던 광대

뼈는 살에 파묻혀 푹 들어갔을지도 모른다. 빛나던 긴 금발은 칙칙하고 윤기 없이 변해 짧게 잘라냈을 수도 있다. 경찰에 체포된 이후 단 한 번도 본 적 없으니, 나도 모를 일이다.

언니가 그립다. 처음 유치원에 가던 날, 아침 내내 울고 있던 내 손을 꼭 잡아주던 언니, 철자법을 몰라 헤맬 때 완벽하게 익힐 수 있도록 알려주던 언니, 축구 기술을 알려주던 그 옛날의 앨리슨 언니가 그립다. 하지만 몇 년 전의 언니는… 전혀 그립지 않다. 앞으로 평생 언니의 얼굴을 보지 않고 살아도 난 행복할 자신이 있다. 언니가 교도소에 들어간 이후, 내 삶은 완전히 황폐했다. 하지만 지금은 할머니 댁에서 너무나도 편한 마음으로 지내고 있다. 할머니와 친구, 학교, 가족과도 같은 동물들이 있으니, 그걸로 나는 만족한다. 감옥에서 5년이라는 시간을 보내고 변했을 언니의 모습을 보기가 두렵다. 늘 아름답고 자신감으로 가득했던 그 모습이 어떻게 변했을까? 예전엔 옆 동네에 살던 악동 지미 워렌을 눈빛만으로도 제압할 수 있었다. 8마일을 달린 뒤 윗몸일으키기를 100번 넘게 해도 조금도 숨차하지 않던 언니였다. 그러나 만약에 언니가 전혀 변하지 않았다면, 예전과 똑같다면… 그렇다면?

 앨리슨

내가 오늘 출소한다는 소식이 브린에게 전해졌을지 모르겠다. 수감된 지 2년 후, 그 애는 고등학교를 졸업하고 집을 떠나서 우리 아빠가 자랐던 뉴에므리라는 곳으로 이사했다. 린든폴스에서 북쪽으로 두 시간 반은 가야 하는 곳에서 할머니와 같이 산다고 한다. 전문대에 입학해, 애완동물학과를 전공한다고 들었다. 브린은 어릴 때부터 동물을 아꼈다. 자신이 좋아하는 일을 하기로 결심한 내 동생이 자랑스럽다. 우리 부모님의 욕심대로라면, 내 빈자리를 메우기 위해 법대에 진학시켰을지도 모른다.

할머니 집으로 전화를 해봤지만 브린은 여전히 내게 관심조차 없다. 지난 수년간 내 편지에 한 통도 답장을 하지 않았으니 어느 정도 예상은 했었다. 브린의 마음도 이해한다. 내가 그 상황이었더라면 나도 그랬을 테니까. 하지만 이렇게 오랜 시간 연락도 하지 않은 채 지내진 못했을 것 같다. 5년이나 나를 무시해왔다. 잘못은 분명 내 쪽에 있었다는 건 안다. 어릴 때부터 브린이 내 곁에 있는 것을 너무 당연시여기는 실수를 반복했다. 그땐 어렸고 겉똑똑이였지만, 이제 시간이 많이 흘렀지 않은가. 어떻게 해야 동생을 다시 찾을 수 있을까? 어떻게 해야 그 애가 나를 용서해줄까?

린든폴스로 향하는 차 안에서 데븐과 나는 그다지 말을 나누지 않는다. 하지만 괜찮다. 데븐이 처음 내 사건을 맡았을 때, 그녀는 갓 법대를 졸업했을 정도로 어렸고, 나와 나이 차이도 많이 나지 않았다. 그녀가 린든폴스로 오게 된 사연은 이랬다. 대학교 때부터 사귀었던 남자친구의 집이 린든폴스에 있었고, 둘은 이곳에서 결혼해서 함께 법률사무소를 차릴 계획이었다. 하지만 그 계획은 이루어지지 못했다. 그는 떠났고, 데븐은 이곳에 남았다. 데븐이 아니었더라면, 나는 더 오랜 기간을 감옥에서 썩어야 했을 것이다. 그녀에게 빚진 것이 많다.

"앨리슨, 이제 인생을 새롭게 시작할 수 있는 기회가 온 거예요." 데븐이 린든폴스로 향하는 고속도로를 타며 말한다. 나는 고개를 끄덕일 뿐 아무 대답도 하지 않는다. 집 쪽으로 가까워진다는 기쁨보다는 두려움이 머릿속을 가득 메우고 있다. 내가 평생 자라왔던 고향에 가까워질수록 머리는 어지럽고 두 손이 심하게 떨려온다. 내가 다녔던 교회, 초등학교, 결국 졸업하지 못한 고등학교를 지나치자 수많은 기억들이 물밀 듯 몰려온다. "괜찮아요?" 데븐이 묻는다.

"별로요." 내가 느끼는 그대로 대답하면서, 차가운 창문에 기대어 본다. 조용한 가운데 차는 크리스토퍼를 처음 만났던 세인트 앤스 칼리지를 지나고, 우리 집으로 향하는 길을 지나, 내가 있던 팀이 3년 연속 챔피언십을 따냈던 축구장을 지나간다. "잠깐만요. 여기서 잠깐만 세워주세요." 내가 갑작스레 부탁하자, 데븐은 소녀들이 축구공을 차고 있는 곳 옆에 세운다. 나는 차 문을 열고 내려 몇 분간 그들의 모습을 지켜본다. 아이들은 한창 경기에 몰두해있다. 얼굴은 빨갛게 상기돼있으며, 뒤로 묶은 머리는 땀에 절어있다.

"나도 끼워줄래?" 다소 수줍은 목소리로 내가 묻는다. 마치 전혀 다른 사람의 목소리 같다. 그들은 아무런 대꾸 없이 경기를 계속한다. "나도 끼워줄래?" 이번에는 좀 더 강한 목소리로 짧게 묻는다. 머리띠를 한 갈색머리의 소녀가 멈춰 서서 의심의 눈초리로 나를 위아래로 훑어본다. "아주 잠깐이면 돼." 내가 말한다.

"그래요." 그녀는 이렇게 대답하고는 다시 공을 뒤쫓는다.

나는 조심스럽게 경기장으로 들어간다. 몸을 숙여 짙은 초록빛의 잔디를 손으로 매만져 본다. 얼마 전 내린 비 덕분에 잔디는 부드럽고 축축하다. 나는 처음에는 천천히 달리다가 곧 속도를 내어 본다. 감옥에서 운동을 한다고 했지만, 기껏해야 울타리 안에서 달리기, 팔굽혀펴기나 윗몸일으키기를 한 것이 전부였다. 그에 비해 축구장의 길이는 100야드가 족히 넘어, 달리다가 금세 멈추고 숨을 고르고 있는 내 모습을 발견한다. 나는 손을 두 무릎에 올리고 그대로 고꾸라져 버린다. 온몸의 근육이 벌써 쑤시는 듯하다.

소녀들은 내 쪽으로 달려온다. 그들의 피부는 햇볕에 탄 건강한 구릿빛인데 반해, 나는 태양이라고는 만난 일도 없는 듯 창백하기만 하다. 한 소녀가 내게 공을 패스하자 모든 것이 제자리를 찾은 듯하다. 두 발 사이에 느껴지는 공의 감촉, 공을 어느 쪽으로 몰아야 할지에 대한 순간적인 직감이 뇌리를 스친다. 나는 그들 사이를 통과해 공을 드리블해나간다. 잠시나마 내가 스물 한 살짜리 전과자라는 것을 잊을 수가 있다. 다른 소녀가 패스한 공을 받아 무리들 사이를 요리조리 빠져나가면서 공을 몰아간다. 순간 운동화가 미끄러질 듯하다가, 다시 균형을 잡는다. 미드필드 수비수가 다가오자 나는 왼쪽으로 페인트 모션을 취하면서 재빨리 그녀를 뒤로 한 채, 머리띠를 한 소녀에게 기습 패스를 해본다. 그러자 그녀는 골키퍼 어깨 너머로 공을 차서 그대로 골인시킨다. 곧 모두들 환호성을 지르며 달려온다. 그들과 웃고 떠들며 이마에 흐르는 땀을 닦아내는 내 모습이 다시 열세 살 소녀가 된 것처럼 느껴진다.

데븐은 인내심 있게 이 광경을 지켜보며 사이드라인에서 나를 기다리고 있다. 놀랍다는 표정이다. 다 큰 어른이 면바지에 폴로셔츠를 입고 동네 애들과 함께 축구경기를 하는 것을 이상하게 생각하는 건 아닐까.

"정말 타고 났네요." 내가 걸어오는 모습을 보며 데븐이 말한다.

"네, 하지만 이젠 이런 재주도 아무런 쓸모가 없네요." 칭찬을 들으니 살짝 당황스럽다. 그래도 경기하느라 얼굴이 이미 붉어진 터라 잘 눈치 채진 못할 것이다.

"왜요, 모르는 일이죠. 거트루드 집까지 가기 전에 시간이 아직 남았으니 가서 뭐라도 먹는 게 어때요?"

데븐의 차는 앞으로 6개월 동안 나의 거처가 될 곳 앞에 멈춰선다. 하늘에선 다시 비가 내리고 있다. 하얀 빅토리아풍의 집으로, 외벽의 하얀 페인트가 군데군데 벗겨져 나가 있고, 검은 겉창문과 현관 옆 난관은 하얀 나무기둥들이 줄지어 있다. "그렇게 넓지는 않겠네요." 집을 올려다보며 내가 말한다. 아름답게 조경이 된 앞마당이 아니었더라면 꽤 으스스한 분위기였을 법하다.

"침실은 6개고, 한 방을 두세 명씩 쓴다고 해요." 데븐이 설명한다. "올린 아주머니가 금세 마음에 들 거예요. 15년 전 이 집을 사서 시설을 운영하기 시작했어요. 자기 친딸이 감옥에서 출소한 뒤 얼마 안 되어 죽었거든요. 올린 아주머니 말로는 자기 딸이 감옥에서 나온 뒤 법원 명령에 따라 갈 곳이 있었더라면 아직까지 살아있었을 거래요. 그래서 아주머니는 출소자들이 세상에 적응할 수 있도록 도울 곳을 직접 운영하기로 결심하신 거죠."

"딸은 어떻게 됐는데요?" 차문을 열고 현관으로 걸어가면서 내가 묻는다.

"감옥에서 나온 뒤 아주머니와 살기를 거부했대요. 그 대신 처음 자신에게 마약을 먹인 애인의 집으로 들어간 거죠. 출소 후 삼일 만에 마약 과다복용으로 세상을 떠났어요. 그리고나서 아주머니가 시신을 발견했다더군요."

그 말에 어떻게 대답해야 할지를 몰라 나는 아무 말 없이 현관 앞에 선다. 데븐이 현관문을 두드리자, 헐렁한 청치마를 입은 대략 60대로 보이는 한 여자가 문을 연다. 그녀는 날씬한 몸매에 짧게 커트한 흰머리, 햇볕에 탄 가죽 같은 피부를 지녔다. 마치 야채통에 너무 오래 넣어두어 말라버린 당근 같다.

"데븐!" 올린이 반갑게 데븐을 맞으며 포옹한다. 두 팔에 걸려 있는 팔찌가 부딪혀 쨍그랑거리며 귀를 울린다.

"잘 지내셨어요, 올린 아주머니." 데븐이 웃으며 말한다. "다시 뵙게 되어 너무 좋아요."

"이 분이 앨리슨이지요?" 올린은 데븐을 안던 손을 놓고 내 팔을 잡는다. 그녀의 손에서 따뜻함과 힘이 느껴진다. "만나서 정말 반가워요." 다소 낮고 근엄한 목소리다. 흡연가임을 알려주는 강한 담배냄새가 내 코를 자극한다. "거트루드 집에 온 걸 환영해요." 그녀의 초록빛 시선이 내 눈을 바라본다.

"반갑습니다." 그녀의 눈동자를 바라보며 내가 대답한다.

"어서 와요. 집안 구경시켜줄게요"라고 말하며 올린은 집안으로 들어간다. 내가 순간 두려움의 눈빛으로 데븐을 쳐다보자, 그녀는 나를 안심시키려는 듯 고개를 끄덕이며 들어가 보라고 한다.

"전 이만 사무실로 돌아가 봐야 해요. 내일 전화할게요. 괜찮죠?" 그녀는 내 얼굴에 나타난 근심을 알아채고는 가까이 다가와 껴안아준다. 순간 긴장한 몸이 더 굳는다. 그래도 그녀의 포옹이 고마울 따름이다. "아주머니, 전 갈게요. 다시 한 번 감사해요." 이번엔 내 쪽에 대고 "잘 견뎌 내세요. 다 잘될 테니까. 필요한 것 있으면 전화하구요"라며 인사한다.

"전 괜찮아요." 일부러 내 자신에게 확신을 주려고 다시 반복해본다. "괜찮아질 거예요." 데븐은 잰 걸음으로 계단을 내려가서 차로 돌아간다. 아니, 자신의 삶으로 돌아가는 것이다. 저 삶이 내 삶이 될 수도 있었을 텐데. 저 회색 정장을 입고, 저 값비싼 차로 고객들을 모시면서 돌아다니는 삶 말이다. 그러나 현실의 내 모습은 가진 것이라곤 등에 진 배낭 하나뿐이며, 앞으로 난 일생동안 한 번도 본 적 없는 사람과 함께 살아야 한다. 나는 방향을 틀어, 올린 아주머니 뒤를 향한다. 그녀는 뭔지 모를 표정으로 나를 세심하게 뜯어본다. 연민? 슬픔? 자신의 딸을 떠올리는 것일까? 그 마음은 나도 모른다.

올린은 목소리를 가다듬더니 따라오라는 손짓을 보인다. "지금 총 열 명이 살고 있어요. 당신까지 포함하면 이제 열한 명이죠. 당신은 비이랑 방을 쓸 거예요. 좋은 사람이죠. 이곳은 서재로 썼던 곳이고요." 올린은 왼쪽의 큰 방을 가리키며 말한다. "현재는 미팅할 때 사용하죠. 매일 아침 7시에 모여요. 이쪽은 식당인데, 저녁은 6시 정각이에요. 아침과 점심은 각자 해결하구요. 부엌은 저쪽으로 가면 있어요. 나중에 보여줄게요. 대부분의 집이 그렇듯, 이곳 거트루드 집에서 가장 중요한 곳이라고 할 수 있죠."

올린은 발걸음을 재촉한다. 나는 각 방을 들여다볼 겨를이 없이 그녀의 뒤를 좇아간다. 작은 감방에 비하면 이곳은 온몸의 감각을 다시 살아나게 하는 어마어마한 자극을 제공하는 곳이다. 밝은 벽 색깔하며 그림과 사진, 가구, 크고 작은 장식품들이 즐비하다. 집안 어디에선가 음악이 흘러나오고 있으며, 다른 한쪽에서는 아기 우는 소리도 들린다. 이게 웬 소린지 올린에게 눈빛을 건네자, "가족들이 방문하는 경우랍니다. 지금 케이시의 아기가 울고 있네요. 케이시는 다음 주에 이곳을 떠나, 남편과 아이들이 있는 집으로 돌아가죠."

"무슨 일 때문에 여기로 오게 된 거죠?" 내가 묻자 곧, 거실처럼 보이는 곳이 눈앞에 펼쳐진다.

"여기에선 서로의 죄목에 대해선 관심 갖지 않아요. 서로의 삶이 더 나아지도록 도와주려고 노력하죠. 자신의 목표를 이룰 수 있도록 이끌어주려고 하고요. 말이 나왔으니 말인데…" 올린은 고개를 가로저으며 말을 잇는다. "여기에선 소문이 금세 퍼져요. 곧 다른 사람들에 대해서도 알게 될 거예요."

순간 피곤함이 몰려온다. 일초라도 빨리 내 방으로 가서, 이불 속으로 기어들어가 자고 싶다. 그때 키가 작고 몸무게가 꽤 나갈 것으로 보이는 여자가 허리까지 닿는 까만 머리에 코와 입술에 피어싱을 하고 우리 곁을 지나간다. "앨리슨, 이쪽은 타바타예요. 타바타, 이쪽은 앨리슨이에요. 비이와 한 방을 쓰게 될 거예요."

"알아요." 타바타는 청소도구가 담긴 통을 집어 들면서 머리채를 어깨 뒤로 넘기며 대답한다. 내가 감옥에 가게 된 이유가 뭔지를 비밀로 할 수 있을 거란 생각은 안했지만, 차라리 차를 훔치거나 폭력을 쓰는 남편을 때렸다거나, 코카인을 흡입했다거나 하는 이유로 감옥에 갔으면 얼마나 좋았을까 하는 생각이 다시 머리에 스친다.

"반가워요." 내가 대답하자, 타바타는 마치 코에 걸린 피어싱이 떨어져 내 가슴에 꽂힐 정도로 거센 콧방귀를 뀌는 것이다. 순간 내 친구 케이티가 생각나서 웃음이 터져 나오려 한다. 열네 살 때, 케이티는 부모님 몰래 배꼽에 피어싱을 했다. 케이티가 내게 그 사실을 알렸을 때는 이미 감염이 되어 고름이 나올 정도였다. 내가 도와주려 할 때마다 그 애는 간지럽다며 가까이 가지도 못하게 몸을 뒤틀었다. 가까스로 상처를 소독하고 있을 때 브린이 들어왔고, 우리는 자지러지게 웃고 말았다. 그 후로 피어싱을 한 사람을 볼 때마다 브린과 나는 그때 일을 상기시키며 키득거렸다.

　타바타는 무시하기로 한 채, 올린에게 묻는다. "전화기를 써도 되나요? 여동생에게 전화하고 싶은데요."

 브린

전화벨 소리가 들리자마자 할머니는 "내가 받으마" 하신다. 잠시 후, 내가 부엌에서 샌드위치를 만들고 있는데 할머니가 들어오신다. 그 표정으로 보아 앨리슨 언니와 관계있는 것임을 알 수 있다. "네 언니야." 그 말을 듣자마자 난 고개를 가로젓는다. "브린, 전화 받아보렴."

할머니는 짐짓 엄한 목소리로 말씀하시지만, 어떤 말을 해도 언니의 전화를 받는 일은 없을 것이다. "싫어요." 이렇게 대답하고 나는 다시 빵에 땅콩버터를 바른다.

"언젠가는 다시 얘기해야 하지 않겠니? 말이라도 해보면 더 나아질 거야." 할머니도 끈질기시다.

"말하고 싶지 않아요." 굳은 목소리로 내가 대답한다. 할머니에게 화를 내고 싶지는 않다. 그분도 우리가 잘되기를 바라는 마음에서 이러신다는 것을 알기 때문이다. 하지만 이건 우리 둘만의 문제인 것이다.

"브린, 통화하기 싫으면 매번 그렇게 거부하렴. 앨리슨도 결국엔 포기하겠지."

순간 모든 것이 분명해졌다. 할머니의 자상한 푸른 눈동자에 쓰여 있다. 앨리슨이 퇴소한다는구나. 어쩌면 벌써 퇴소한 것일지도 몰랐다.

나의 두 손은 떨리기 시작했고, 칼에 발랐던 땅콩버터가 바닥에 떨어졌다. 갑자기 이 집에 나타나면 어쩌나 하는 두려움이 엄습한다. 뒷마당에서 독일 셰퍼드차우 종인 마일로를 훈련시키고 있을 때, 별안간 뒤를 돌아보면 그곳에서 언니가 날 바라보며 서 있는 건 아닐까? 내 입에서 결코 나올 리 없는 말을 기다리면서…. 내가 도대체 언니에게 뭐라고 말할 수 있겠는가? 그 동안 편지에 썼던 말들 외에 할 말이 뭐가 또 있을까? 미안하다는 말을 도대체 얼마나 하려는 걸까?

내가 몸을 숙여 떨어진 땅콩버터를 닦아내려고 내려다보니, 마일로가 벌써 달려와서 바닥을 핥고 있다. "안 받을래요."

할머니는 입술을 굳게 다문 채, 포기의 심정으로 고개를 저으며 말씀하신다. "알았다. 가서 전하마. 하지만 결국 얼굴을 보게 될 날이 올 게야." 나는 아무런 대답도 하지 않은 채, 할머니의 뒤를 좇아 거실로 들어간다.

"앨리슨?" 할머니의 목소리는 떨리고 있다. "브린이 지금 통화하기 좀 어려운 상황이라서 말야." 잠시 할머니의 말이 끊긴다. "그래, 그 앤 잘 지내고 있지…"

더 이상 듣고 있을 수가 없다. 나는 재빨리 부엌으로 들어가 샌드위치를 낚아채 뒷문으로 나가 내 차로 걸어간다. 동물은 사람보다 다루기가 훨씬 쉽다. 진작부터 그걸 깨달았다. 우리 부모님은 애완동물 키우는 것을 반대하셨다. 털도 많고 지저분하고 시간소모도 많다는 것이다. 가끔 집 없는 동물들을 집으로 데려와서 제발 이번만은 키우게 해달라고 간절히 기도했다. 일부러 깔끔하게 목욕도 시키고 낡은 빗으로 헝클어진 털을 빗질도 하고, 냄새를 없애는 스프레이도 뿌려주고, 오래된 칫솔로 이빨도 닦아주었다. 나이가 들어 관절염에 걸린 개, 한쪽 눈을 실명한 고양이들을 끊임없이 집안으로 데리고 들어왔다. 착하지 않아요? 털 좀 봐요, 정말 부드럽죠? 순하고, 똑똑하단 말이에요. 쟤가 얼마나 외로운지 아세요? 하지만 늘 거절당했다. 애완동물은 절대 안 된다는 것이다. 결국 그럴 때마다 아빠는 차로 애완동물보호소에 데려다주었고, 난 그 동물들을 친 자식처럼 꽉 쥐고 놓지 않으려 해서 오히려 그 녀석들이 내게서 도망가려고 발버둥을 칠 정도였다.

할머니는 애완동물을 키우는 것에 찬성하셨다. 물론 거기엔 최대 허용기준치가 다섯 마리라는 조건을 다셨다. 우린 현재 두 마리의 고양이와, 구관조 한 마리, 기니피그 한 마리, 그리고 마일로까지 총 다섯 마리를 키우고 있다. 할머니 말씀에 따르면 이런 식으로 가다가는 동물보호국에서 나와 고양이를 키우는 미친 할머니를 조사하러 나올지도 모른다는 것이다. 그래서 나는 결국 다섯 마리에 합의해야 했다.

요즘은 마일로를 특별 훈련시키는 중이다. 치료견으로 만들고 싶기 때문이다. 요즘엔 대략 30초간 앉아있거나 누워있게 하고, 자기 이름을 부르면 오도록 훈련하고 있다. 두 사람이 싸우고 있을 때 가만히 기다리도록 하는 훈련을 할 땐, 할머니가 적극적으로 도와주신다. 우리는 일부러 누가 쓰레기를 버릴 차례인지, 누가 밥을 하는지에 관해 다투는 척 연기한다. 그러나 마일로는 우리의 연기가 가짜라는 것을 이미 알고 있다는 듯이, 하품을 하고 자리에 앉아 우리가 결국 웃음을 터뜨리고 말 때까지 물끄러미 바라보고 있다. 마일로의 훈련 과정이 끝나면 요양원이나 병원에 보낼 수 있을 것이다. 동물들이 환자나 노인들의 고통을 완화하는 데에 도움을 줄 수 있다는 것은 누구나 아는 사실이다. 언젠가 동물훈련소를 차려 치료견을 훈련시켜보고 싶다. 태어나서 처음으로 꼭 해보고 싶다는 꿈이 생긴 것이다. 그 누구도 내 꿈을 방해하진 못할 것이다. 부모님, 심지어 언니조차도 말이다.

만일 언니가 자신의 철칙대로 옳은 선택만을 했더라면, 상황은 많이 달라져 있을 것이다. 언니가 교도소에 들어가는 일도 없었을 테고, 부모님도 만족하셨을 테고, 나도 그저 조용히 그늘에 가린 삶을 살았을 것이다. 하지만 모두 상상일 뿐, 언니는 최악의 실수를 저질렀고, 그 덕분에 난 부모님의 기대 속에 언니를 대신할 존재가 되어야 한다는 압박감 속에 살아야만 했다.

난 언니처럼 완벽한 아이가 될 수 없는 사람이다. 고등학교 시절 내내 무언의 압박감에 짓눌렸다. 그 집에선 생각조차 자유롭게 할 수 없었으며, 그 어떤 결정도 내 마음대로 하거나 아니, 숨쉬는 것조차 불가능했다. 부모님의 뜻대로 세이트 앤스 칼리지에 가서 수업도 듣고, 친구도 사귀어 보려 했지만, 교실에 들어갈 때마다 느껴지는 거대한 공포감은 나를 압도했다. 처음에는 귀에서 뭔가 윙윙거리는 소리가 들리다가는 차츰 목을 지나 손가락까지 공포감이 전해져 내려왔다. 심장은 당장에라도 멎을 듯했고, 숨조차 제대로 쉴 수가 없었다. 교수님들과 학생들은 이런 나를 비웃었고, 나는 그들의 모습이 눈앞에서 녹아 흐를 때까지 그 자리에 서 있었다. 그들의 얼굴이 이마부터 턱까지 흘러내리는 환영이 보였다.

결국 부모님은 내가 엄마의 약상자에 있던 수면제 한 통을 모조리 입 안에 털어 넣은 사건이 있은 후에야 나를 포기하기로 결심하셨다. 나는 한 손에는 우울증 치료약을, 다른 한 손에는 여행 가방을 들고 강 건너편 이곳 할머니 댁으로 보내졌다.

이곳에 온 후로 모든 것이 제 자리를 찾은 듯하다. 할머니 덕분에 병원도 가고 약도 처방받고 정상으로 돌아왔다. 하지만 앨리슨 언니와는 말도 하고 싶지 않다. 그럴 수는 없다. 그러는 편이 언니와 나 모두에게 최선이다. 모두 그녀가 자초한 일이다.

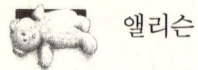 앨리슨

수화기를 내려놓는 동안 올린은 새처럼 민첩한 눈동작으로 나를 조심스럽게 바라보고 있다. 어서 빨리 직장을 구해 핸드폰을 사야겠다. 부모님께 부탁하면 주저 않고 사주시겠지만, 출소 후 첫 만남에서 돈 이야기를 꺼내고 싶은 생각은 없다. 게다가 나 스스로 자립할 능력이 있다는 것을 보여드려야만 한다. 지금 그들은 내 생각을 하고 있을까? 사실 속으로는 부모님이 이곳에 먼저 와계시다가 나를 환영해주지 않을까 하는 바람을 가지고 있었다.

올린은 이런 내 마음을 꿰뚫고 있었음에 틀림없다. "여기에 핸드폰을 가지고 있는 사람들도 있어요. 하지만 집안일을 하거나 전체 미팅을 할 때는 반드시 전원을 꺼놓아야 합니다. 조용히 지내고 싶어 하는 사람들에 대한 예의니까요."

올린은 이렇게 말하고는 다시 집안을 안내한다. 다음으로 들른 곳은 부엌으로, 저녁식사는 돌아가며 준비한다고 설명해준다. 그리고는 팔각형 모양에 천정이 매우 높은 방으로 안내한다.

텔레비전을 볼 수 있는 곳이다. 식당종업원 복장의 한 할머니가 소파에서 꾸벅꾸벅 졸고 있고, 어두운 피부의 젊고 키 작은 여인이 무릎에 아기를 앉혀 놓고는 스페인어로 노래를 불러주고 있다. TV는 무음으로 놓고 드라마를 보는 중이다.

"플로라와 그녀의 아들, 매널로에요." 올린이 작은 목소리로 말한다. "저쪽은 마르타."라며 졸고 있는 여자를 가리켰다. 플로라는 의심에 가득 찬 눈초리로 나를 쳐다보더니 매널로를 꼭 끌어안는다. 아이는 우리를 향해 손을 흔들며 웃어 보인다.

"만나서 반가워요." 내가 말한다.

그러자 플로라가 빠른 스페인어로 올린에게 적개심을 표출한다. 올린도 스페인어로 맞받아친다. 올린이 이곳 식구들에게 나를 받아준 이유를 설득하느라 꽤 힘들었겠다 싶다.

"2층으로 올라가서 당신 방을 보여줄게요." 올린은 내 팔꿈치를 잡고 나선형으로 감긴 계단으로 향한다. 올린을 따라가는 내등 뒤에 꽂힌 플로라의 시선이 따갑다. 여기에 온 지 20분밖에 되지 않았는데, 이곳 식구들은 내가 어떤 존재라는 것을 꿰뚫고 있다. 굳이 신경 쓸 일도 아니지만, 이런 일은 감옥에서 겪을 때보다 지금이 좀 더 힘들게 느껴진다.

"이곳에서는 모두들 협력해 집안 청소를 하도록 되어 있어요." 올린의 말에 나도 고개를 끄덕인다. 집안 어느 곳에도 먼지 하나없이 반짝반짝하다. 올린은 가만히 방문을 노크한 뒤 천천히 문을 연다. 작은 방 안에 2층 침대 하나, 작은 옷장 두 개가 전부이다. 침대 위에는 하얀 꽃과 파란 꽃이 그려진 이불과, 두툼한 솜베개가 놓여 있다. 이를 보는 순간, 피곤함이 몰려와 정신을 차릴 수 없이 누워 쉬고 싶은 생각만 간절하다. 벽은 하늘색이며, 창문에는 엷은 하얀 커튼이 드리워 있다. 매우 평온한 방이다.

"룸메이트 비이는 지금 일하러 갔어요. 몇 시간 후면 돌아올 거예요. 먼저 짐 풀고 쉬고 있어요. 조금 있다 다시 와서 마저 소개해줄게요." 이층 침대를 보며 어느 층을 써야 할지 머뭇거리자 올린이 답해준다. "아래층 침대를 쓰세요. 비이는 위에서 자는 걸 좋아해요. 아래에서 자면 폐쇄공포증이 생길 것 같다고 하더군요."

올린은 방을 떠나기 전 내 팔을 토닥여준다. "올린 아주머니." 내가 입을 열자, 그녀가 뒤돌아본다. 주름진 그녀의 얼굴엔 친절함이 배어난다. "감사해요."

"천만에요. 편히 쉬고 필요한 게 있으면 큰 소리로 외쳐요." 그녀가 웃으며 대답한다.

얼마 안 되는 소지품은 옷장 한 칸도 다 채우지 못할 정도다. 열한 살 때 갔던 여름 캠프 때가 떠오른다. 이층 침대가 있는 방에서 지냈는데, 주요 모임 장소에 붙어있는 스케줄대로만 행동해야 했다. 5시 반에 일어나 10시 반에 잠들기 전까지 하루 종일 집안일, 회계 관리, 분노 관리 프로그램, 인터뷰 기술 익히기 등

일정이 빡빡했다.

나는 침대에 앉아 몸을 흔들어본다. 스프링이 강하면서도 팅기는 맛이 있다. 크레이븐빌 교도소의 세제 냄새나는 빳빳한 이불과는 사뭇 다른, 진짜 침대같이 느껴진다. 솜베개를 들고 얼굴을 파묻어 본다. 라벤더 향기가 난다. 곧 두 눈에 눈물이 고인다. 이곳도 그리 나쁘지만은 않을지도 모른다. 감옥보다는 낫겠지. 이곳에 있는 다른 식구들도 나를 좋아하게 될지도 모른다. 내 부모님들조차도 이웃들이 뭐라 하건 개의치 않고, 나를 다시 딸로 인정해줄지도 모를 일 아닌가. 어쩌면… 어쩌면 브린이 나를 용서해줄지도 모른다. 나는 다시 한 번 깊게 숨을 들이마시고는 베개를 내려놓는다. 그때 내 눈에 뭔가가 들어온다. 퀭한 눈이 나를 쳐다본다. 더러워진 플라스틱 얼굴이 반쯤 미소를 짓고 있다. 아기 인형이다. 방금 쓰레기더미에서 주워온 것 같은 낡고 더러운 인형이다. 인형의 가슴 정 중앙에는 지워지지 않는 까만 색 마카로, 그 어딜 가든 나를 따라다닐 한 단어가 적혀 있다. "살인자."

 클레어

클레어의 서점, 북엔즈는 어둡고 조용하기만 하다. 지난 일요일 소나기가 한바탕 쏟아진 덕분에 8월의 찌는 더위가 물러가면서 손님들마저 자취를 감추었다. 클레어 켈비가 책 상자를 풀려고 할 때, 조슈아가 카운터 뒤에서 삐죽 튀어나온 머리카락을 하고 고개를 내민다. 클레어는 손가락에 침이라도 묻혀 아이의 머리카락을 내려주고 싶은 마음을 꾹꾹 내리누른다. 아이의 갈색 눈동자가 무슨 일인가 하고 그녀를 바라본다.

"뭐 도와드릴 거라도 있나요, 젊은이?" 진지함을 가장한 채 클레어가 자기 아들에게 묻는다.

"심심해요." 조슈아가 심드렁한 목소리로 대답하며 운동화 앞코로 카운터를 툭 찬다.

"거기 있는 책은 다 읽었니?" 그녀가 묻자, 아이는 자기 어깨 너머에 있는 책장을 슬쩍 쳐다본다. 그리고는 고개를 돌려 끄덕이더니 웃음을 참으려고 애써본다.

"그럼 그렇지." 클레어가 미심쩍다는 표정으로 대답한다. "트루먼은 어딨고?"

"또 자고 있죠, 뭐." 아이는 미간을 찌푸리며 심통난다는 듯 대답한다. 트루먼은 6살 먹은 빨간 얼룩무늬 불독의 이름이다.

"비오는 날엔 낮잠 자기가 딱이지. 엄마 좀 도와줄래? 문 닫기 전에 여기 있는 상자 다 열어서 책장에 진열해놔야 해. 아님, 너도 낮잠 잘 거니?" 클레어가 묻는다.

"안 졸려요." 조슈아는 눈꺼풀이 무거워 보이면서도 완강히 부인한다. "아빠는 언제 와요?"

"곧 오시겠지." 그녀는 이렇게 대답하면서, 몸을 숙여 아들의 이마에 뽀뽀를 하고는 주위를 둘러본다. 이곳은 늘 그녀에게 있어 안식처이자 짐이 되어 왔다. 몇 년 전만 해도, 이 가게를 유지해야 한다는 책임이 그녀의 정신줄을 놓지 않게 도와주었다. 아침부터 저녁 늦게까지 일하면서, 다른 데에 마음 빼앗길 일 없이 일에만 매달렸다. 그 덕에 그녀 자신의 몸이 그녀를 배신했다는 사실을 망각할 수 있었다. 그러나 가끔 자신의 병명이 뇌리에 스칠 때면 손님을 돕거나, 책을 진열하거나, 전화를 받거나, 하던 일이 무엇이건 간에 두려움의 손이 자신의 심장을 쥐어뜯고 있는 건 아닌가 하는 공포에 휩싸여 숨을 쉴 수가 없을 정도였다.

그러던 어느 날, 클레어와 그녀의 남편의 삶에는 결코 아이라는 두 글자가 존재할 수 없다는 것을 어쩔 수 없는 운명으로 받아들기로 한 후에 그들에게 기적이 찾아왔다. 아주 평범하기 짝이 없던 날, 그 누구도 이해할 수 없는 방법으로 조슈아가 그들의 삶 속에 들어온 것이다. 그러나 북엔즈의 일은 자신의 아들과 얼마 남지 않은 클레어의 시간을 더욱더 앗아가는 것만 같다. 이제 얼마 안 있으면 조슈아를 유치원에 보내야 하므로, 그 시간을 절대 사수하고만 싶다. 물론 조슈아는 서점에 있기보다 밖에서 놀기를 훨씬 더 좋아하는 나이가 되어버렸지만 말이다.

북엔즈는 거의 12년 된 서점으로, 클레어가 직접 개업에 필요한 모든 일을 처리했다. 린든폴스의 도시재생 사업 구간인 오크나무길 설리번로에 적당한 사업장을 찾는 일부터, 소기업 대출 자본을 마련하는 일, 아르바이트생을 구하는 일과 도서를 주문하는 일까지 총괄했다. 조나단은 클레어가 상상했던 것 이상의 아름다운 서점을 만들어냈다. 서점 건물은 원래 1800년 중반에 한 싱글 여성이 아버지와 함께 옷가게를 내면서 지어졌던 것이다. 조나단이 수년간 묵은 페인트를 제거하고 나니, 주석 천정과 호두나무 목공의 정교하고 아름다운 모습이 자태를 드러냈다. 게다가 2층과 다락방을 청소하다가 19세기에 쓰다 남은 천과 버튼 장식들도 발견했다. 클레어는 옛날 건물 주인이 테이블에서 레이스 달린 세례가운이나 작은 씨드진주를 박은 웨딩드레스, 캐시미어로 만든 검은 상복 등을 디자인하는 모습을 상상하기를 좋아했다.

조슈아는 순식간에 카운터 위로 올라가 다시 클레어에게 투정한다. "심심해요. 아빠 언제 와요?"

클레어는 두 손을 뻗어 조슈아를 팔에 안아 금전등록기 바로 옆에 내려놓는다. "아빠는 30분 정도 후에 널 데리러 오실 거야. 그때까지 우리 뭐할까?"

"내가 처음 엄마 아들이 된 날에 대해 얘기해줘요." 조슈아가 조른다. 그녀는 그를 사랑스러운 눈동자로 바라보기만 한다. "제 발요, 네?"

"알았어." 클레어는 아들을 자신의 팔에 안으며 대답한다. 요즘 들어 더욱 느끼는 것이지만, 조슈아는 그 동안 정말 많이 컸다. 다섯 살이라고 믿을 수 없을 정도다. 그녀는 아이의 목에 코를 대고 오늘 아침 목욕시킬 때 썼던 비누향을 맡아 본다.

조슈아는 요즘 들어 부쩍 목욕하기 전에 엄마에게 나가 있으라고 명령한다.

"엄마, 나 목욕할 땐 트루먼이랑 아빠만 들어올 수 있는 거예요. 남자만 들어오는 거야." 아이가 설명했다.

그런 이유로 클레어는 목욕물만 받아주고 욕실문에 등을 기대고 앉아 기다리다가는 이따금씩 "잘 씻고 있니?"라고 묻는다.

클레어는 조슈아를 안고 서점 구석에 놓인 부드러운 소파로 가, 조슈아가 가장 좋아하는 이야기를 해주기로 한다. 조슈아가 어떻게 그들의 아들이 되었는지에 관한 이야기다.

"그 이야기를 하기 전에, 우리가 너를 처음 만난 날부터 이야기해줄게." 클레어가 말하자, 조슈아는 엄마 품에 가까이 다가온 다. 지난 5년간 그랬던 것처럼. 클레어는 아이의 따스함에 매번 놀라곤 한다. "5년 전, 7월의 마지막 날, 네 아빠와 나는 부엌에 앉아 저녁에 뭘 먹을지 고민하고 있는데 막 전화가 울렸지."

"데이나 아줌마였죠?" 아이는 엄마의 진주귀걸이를 만지작거 리며 묻는다.

"응. 데이나 아줌마였어. 병원에서 우리를 기다리고 있는 예쁜 소년이 있다며 말했지."

"그게 나였어! 병원에서 기다리고 있었다는 소년 말이야!" 마 침 둘의 뒤를 좇아 클레어의 다리 밑에 앉은 트루먼에게 조슈아 가 이야기하듯 말한다.

"근데 날 낳은 아줌마는 날 보살필 수가 없어서 소방서에 두고 떠났고, 소방관 아저씨가 바구니에 있는 날 발견한 거래."

"이런, 엄마 이야기를 가로채가다니!" 클레어는 조슈아의 가 슴을 슬쩍 손가락으로 찌르며 놀린다.

"미안, 엄마가 계속해요." 조슈아는 코끝을 찡긋하며 미안한 표정을 지어 보인다.

"괜찮아, 같이 하자." 그녀가 답한다.

"그래서 소방관 아저씨들도 어쩔 줄 몰라 하고 있었지!" 조슈 아가 소리친다. "가만히 서서는 이렇게 말했지? '아기네!'" 조 슈아는 손바닥을 위로 해 두 손을 올리고는 감정이입을 해 놀란

시늉을 해보인다.

"그래, 맞아. 다들 네 덕분에 기절초풍하는 줄 알았지." 클레어
가 고개를 끄덕인다.

"소방관 아저씨가 경찰에 전화했더니, 경찰서에서는 또 데이
나 아줌마한테 전화했지. 아줌마가 너를 병원으로 데려간 다음
우리에게 연락했단다."

"엄마가 나를 처음으로 품에 안고는, 울고 또 울었죠?" 조슈아
가 키득거린다.

"그럼, 그랬지. 아기처럼 울었지. 넌 세상에서 가장 아름다운
아기였어. 그리고…" 말을 마치기도 전에 서점문이 열리더니 요
즘 리모델링 작업을 하느라 먼지가 잔뜩 묻은 티셔츠와 청바지
차림의 조나단이 들어온다.

"아빠 왔다, 뭐하고들 있었어?" 그가 까만 곱슬머리를 손으로
털자 빗방울이 톡톡 떨어진다.

"조슈아가 우리 아들이 된 얘기." 클레어가 설명한다.

"아아…" 조나단의 얼굴 전체에 미소가 퍼지며 대답한다. "일
생 최고의 날이지."

"엄마가 울었대." 조슈아는 두 손으로 입을 가리면서 놀린다.
마치 입을 가리면 엄마가 자기 목소리를 못 듣기라도 하는 냥.

"그러게 말이다. 아빠도 다 봤단다." 조나단이 속삭이듯 대답
한다.

"뭐야, 아빠도 울었거든?" 클레어는 두 남자를 사랑스런 눈길로 쳐다보며 대꾸한다. "판사님이 '이제 조슈아는 켈비가 되었음을 인정합니다'라고 한 후에, 널 집으로 데려왔지."

"그 전엔 뭐였는데?" 조슈아가 걱정스런 표정으로 묻는다.

"꼬리 세 개 달린 오소리였지!" 조나단이 골리듯 말한다.

"넌 매일 아침 떠오르는 태양처럼 우리의 희망이자, 매일 저녁 잠자리에 들기 전 우리의 기도란다." 클레어는 늘 그렇듯 그 날 사회복지사 데이나가 그들의 집이 아닌 다른 집에 전화했더라면 상황이 어떻게 달라졌을까를 생각하면서 눈물을 삼킨다.

"우리랑 처음 만난 날부터 켈비였어." 조나단은 조슈아를 사이에 두고 소파 옆에 앉는다.

"켈비 샌드위치!" 아이는 자기가 제일 좋아하는 게임을 떠올리며 외친다. "난 땅콩버터. 아빠는 빵."

"넌 소시지야. 올리브빵에 계란 후라이와 림버거 치즈를 곁들인 빵이야!" 조나단이 말한다.

"아니야." 아이가 웃는다. "아빤 칠면조 드레싱 샌드위치야."

"그거 아빠가 좋아하는 거라구!" 조나단이 항의하듯 말한다.

"우엑." 아이가 혀를 내민다.

"그래, 엄마도 우엑." 클레어가 이렇게 말하며 조나단과 눈을 맞춘다. 그들이 여기까지 오기 위해 어떤 과정을 겪었는지를 서로 잘 알고 있다. 불임, 처음 얻었던 입양아를 돌려보내야 했던 극심한 슬픔. 그들이 겪어야 했던 가슴이 미어지는 고통과 절망은 이루 말할 수 없었다. 하지만 과거는 이제 과거로 묻어두자고 그들의 눈빛은 말하고 있다. 이제 그들에게 이 아이가 있으니, 더 이상 과거는 묻지 말자고.

 차메인

차메인 튤리아는 한 손에는 교과서 목록을 적은 종이를, 다른 한 손에는 거스가 전화를 걸 경우를 대비해 핸드폰을 든 채, 북엔즈 서점 문을 연다. 자신의 양아버지가 전화를 걸면 언제든 받을 준비를 해야 한다. 거스가 어디에서 넘어졌다거나, 열이 났다거나 더 심한 일로도 언제든 전화가 올 수 있으므로 대기 상태에 있어야 한다. 비는 그쳤지만 문 앞의 깔개에 발에 묻은 빗물을 조심스럽게 닦았다.

클레어는 그녀를 따뜻하게 맞이한다. 차메인은 지난 몇 달간 서점에 들르지 않았다. 클레어는 간호과 수업은 어떤지, 그녀의 양아버지는 어떻게 지내는지를 묻는다.

"몸이 좋으시진 않아요." 차메인이 대답한다. "집에 오는 간호사의 말로는 머지않아 호스피스 간호가 필요할 것 같다고 해요."

"안타깝네요." 클레어의 목소리에 진심어린 걱정이 담겨 있다. 차메인은 고개를 떨구고, 흐르는 눈물을 닦기 위해 가방을 뒤진다. 이래서 북엔즈에 오는 것이 어려우면서도 참 좋다. 클레어

켈비는 너무나도 친절한 주인이다.

"오늘은 조슈아가 안 오나요?" 차메인의 눈길은 서점 구석을 살펴보고 있다.

"방금 나갔어요." 클레어는 미안하다는 표정으로 대답한다. "조나단이 집으로 데려갔거든요."

"아, 대신 안부라도 전해주세요." 실망스러운 마음을 감추며 차메인이 말한다. 그리고는 교과서 목록을 클레어에게 내민다. "캠퍼스에 있는 서점에서 거의 다 샀는데, 이 책만은 못 샀어요. 가격도 비싸요." 차메인은 손가락으로 책 한권을 가리키며 말한다. "혹시 이 책 아세요?"

"확인해볼게요." 클레어가 약속하며 묻는다. "졸업은 언제에요? 얼마 안 남았을 텐데."

"5월이에요. 하루하루가 너무 길어요. 어서 빨리 졸업하고 싶어요." 차메인이 얼굴에 미소를 띠며 대답한다.

"그렇구나. 책을 찾으면 내일 중으로 전화 드릴게요. 잘 지내시구요. 필요한 거 있으면 무슨 일이든 상관없으니, 아무 때나 전화해요."

"감사합니다." 차메인은 책을 찾는 일 외에는 전화를 걸 일이 없다는 것을 알면서도 이렇게 대답한다. 그녀의 가족에 대해서도 잘 알고, 그녀와 대화하는 것도 즐겁지만, 차메인은 클레어의 삶에 대해 너무나 많이 알고 있었다. 만일 클레어가 차메인이 얼마나 알고 있는지에 대해서 알게 되면, 다시는 자신을 이렇게 대할 수 없으리라는 것도 안다.

가게에서 필요한 물품을 몇 가지 산 다음, 린든폴스와 코라라는 마을 사이로 차를 몰았다. 차메인도 인정하고 싶진 않았지만, 거스의 상태는 날마다 악화되고 있었다. 진입로에 들어서면서, 그녀가 열 살 때부터 살아왔던 방 3개짜리 농장 집을 살펴본다. 거스는 늘 이집을 깨끗하게 가꾸어왔다. 물론 가까이서 들여다보면 여기 저기 세월의 흔적은 남아있었다. 검은 창틀은 색이 바래가고 있으며, 하얀 판자에는 거뭇거뭇한 흙먼지가 묻어있다. 잔디는 깨끗하게 정돈되어 있으나, 거스가 건강했을 때처럼 완벽하진 않다. 한동안 거스 대신 차메인이 직접 잔디를 깎았다. 거스가 좋아하던 대로 대각선으로 깎아 보려고 했지만, 거스의 마음엔 들지 않았을 것이다. 결국 차메인은 마을 어귀에 사는 14살짜리 소년에게 대신 맡기기로 했다. 그러나 거스는 꽃밭만큼은 절대로 그 소년에게 맡기지 않았다. 무슨 일이 있어도 꽃밭만은 자신만의 영역이었던 것이다.

차메인은 차에서 내려, 쇼핑한 물건을 챙겨 들고 옆 출입구로 걸어 들어간다. 그러자 무릎을 꿇고 고개를 푹 숙이고 있는 거스의 모습이 보였다. 불현듯 그가 쓰러진 건 아닌가 하는 생각에 종이백을 내던지곤 그에게로 달려간다. 그는 그녀가 다가오는 소리에 고개를 조금 돌리더니 천천히 몸을 일으켜 세운다. 그리고는 떨리는 손으로 바닥에 있던 작은 이동식 산소탱크를 집어 올린다. "차메인, 어디 있었니?" 그가 쉰 목소리로 묻는다. "걱 정했잖니." 그의 체중은 최근 몇 달간 급격히 줄었고, 체크무늬 셔츠도 면바지도 모두 헐렁해져버렸다. 그는 힘든 표정으로 목 장갑을 벗어 바닥에 떨어뜨린다. 손을 들어 얼굴을 가리는 검은 머리카락을 뒤로 넘긴다. 피부는 창백하고, 눈은 푹 꺼졌지만, 그 모습 뒤로 한창 때 잘 나갔을 그의 얼굴이 보인다. 차메인의 엄마가 수많은 남자친구들을 뒤로 하고 결혼하고 싶어 했을 만 큼 매력적인 모습이다. 그녀의 어린 시절, 그녀는 자신의 엄마와 잘생기고 재미있는 소방관 아저씨 거스가 함께 있는 모습을 자 랑스러워하며 바라보았다.

엄마 리안 튤리아가 거스와 결혼생활을 지속한 건 4년. 그녀에 게 있어 4년이라는 기간은 세계 신기록 수준이라고 할만 했다. 그러나 리안은 아내 역할을 충실히 하지 못했고 결국 그와 이혼 했다. 차메인이 열 살 때 결혼해서 그로부터 4년 후 이혼했으니 열네 살이었다. 리안은 드루이드 강 건너편으로 여행을 떠났다 가 다시 린든폴스로 돌아왔다. 차메인도 엄마와 초기 몇 주는 동 행했지만 그녀에게는 참기 어려운 여정이었다. 그러던 어느 한 밤중, 차메인은 거스에게 전화를 걸어 자신과 오빠를 받아달라 고 울며 사정했다. 거스는 아무것도 묻지 않고 바로 수락했다. 그 뒤로 거스가 그 둘을 거둬 키워준 것이다.

그랬던 거스가 이제는 병색이 짙어졌다. 수년간의 흡연과 소방관으로서의 직업이 준 폐암이 그 원인이다. 거스는 대략 5년 전 병을 얻은 뒤, 소방서에서 조기퇴직을 했다. 거스는 때때로 왜 자기 같은 늙은 환자와 같이 살려고 하냐고 묻는다. "여기가 제 집이잖아요. 세상 어딜 가도 이곳만한 곳이 없어요." 그녀는 늘 이렇게 대답한다.

"거스." 차메인은 걱정을 감추려고 일부러 아무렇지도 않은 척 한다. "서점에 들렀다가 가게에서 필요한 것 좀 사왔어요."

거스는 그녀의 눈을 오랫동안 바라보더니 이렇게 묻는다. "그 애는 어떻디?"

"거기 없더라구요. 클레어 말로는 잘 지낸대요. 다음 주에 벌써 유치원에 입학한대요. 세월 참 빠르죠?"

거스는 고개를 끄덕인다. "그러게 말이다. 잘 지낸다니 다행이 구나."

"콜라체 사왔어요." 차메인은 그가 조슈아에 대해 더 묻기 전에 주제를 바꾸면서, 그가 제일 좋아하는 체코빵을 건넨다. "언젠가 제가 손수 만들어드릴게요."

"뭘… 이거면 됐지." 그가 대답한다. 하지만 그녀는 거스의 할머니가 만들어주시던 수제빵 맛을 잊지 못한다는 것을 알고 있다. 이제 그의 몸은 서 있는 자세를 10분 이상 유지할 수 없는 지경에 이르렀다.

"엄마한테 전화 왔었다." 그의 쉰 목소리는 실제 나이 50세보다 더 나이든 듯 느껴진다. 엄마의 전화 때문일까, 아니면 병세가 악화된 때문일까.

차메인은 엄마와 거의 왕래도, 전화도 하지 않는 사이가 되었다. 아주 가끔 둘의 관계를 회복해보려고 만나더라도 늘 서로에게 상처를 주는 말만 하다가 되돌아선다.

"웬일이래요?" 차메인이 어두운 표정으로 묻는다.

그들은 부엌으로 들어간다. 차메인은 식탁의자를 하나 꺼내놓는다. 의자다리가 푸른 꽃무늬의 바닥에 끌리면서 시끄러운 소리가 난다. 그는 요즘 들어 다리가 약해졌다. 그래서 행여나 그가 넘어질까 늘 걱정이다. 어제는 카펫 끝자락에 걸려 넘어졌다. 그러면서 무릎이 깨지고 팔꿈치에 멍이 들었다. 차메인은 세 살짜리를 다루듯이 그를 앉히고는 무릎에 밴드를 붙여주었다. 이젠 거스가 집에 있는 동안 누군가 돌봐줄 사람이 있어야 할 때가 됐다.

"설마 엄마가 여기로 찾아온 건 아니죠?" 차메인의 눈이 순간 놀라며 묻는다. 만일 그녀의 엄마가 와서 거스의 상태를 보았다면 독수리처럼 이 주위를 배회할 것임에 분명하다. 그가 재산가인 건 아니지만 적어도 이 집과 차 한 대는 남아있었다. 리안은 이혼하면서 자기가 이 집을 받아냈어야 한다고 주장했다. 하지만 차메인은 이대로 엄마에게 집을 넘겨줄 생각이 눈곱만큼도 없다.

거스는 고개를 가로젓는다. "아니, 그냥 전화만 했다." 그는 콜라체를 꺼내 한 입 물며 대답한다. 이것도 다 차메인을 위한 것이었다. 이마저도 먹지 않으면 의사에게 전화할 것이 분명하기 때문이다. 요즘은 식사도 몇 숟갈 외에는 들지 못한다.

"돈 달라는 거죠, 그렇죠?" 그녀가 묻는다. 리안은 늘 이 모양이었다. 생일카드는커녕 전화 한 통 없다가 어느 날 갑자기 전화가 온다. 차메인을 찾는 일도 없다. 그래봐야 좋은 소리 들을 수 없을 것을 알기 때문이다.

"아니, 그게 아니고. 그냥 어찌 지내는지 궁금해 하더구나." 그가 대답한다.

"제 얘기도 하던가요?" 그녀는 여전히 의구심을 버리지 못한다.

"그래, 그랬다." 떨리는 손으로 콜라체를 입으로 가져가며 말한다. 그의 얼굴은 정말 창백하다. 면도는 했지만, 군데군데 털이 남아있다. "네가 학교생활은 잘 하는지, 별일은 없는지 묻더라."

"그래서 뭐라고 했어요?" 차메인은 분개하는 목소리로 묻는다. 이제는 리안이 자신의 일에 관심을 갖는 것조차 싫다. 차메인에 대해 아는 게 적을수록, 그들에게 불리하게 돌아갈 일도 적을 것이다.

"별 말 안했지." 이렇게 대답하는 그의 마음도 편치 않음을 차메인도 알고 있다. 그는 아직도 리안을 사랑하는 것이다. 리안은 정말 사랑스러운 여자임에 분명하지만, 그러다가 어느 순간 돌변해버리면, 귀찮은 모기라도 내쫓듯이 손바닥으로 쳐버리고 싶은 그런 사람이었다. 그런데도 거스는 아직 그녀를 잊지 못하고 있다. "잘 지낸다고 했지. 다음 봄이면 졸업한다고. 네가 정말 착한 딸이라고 말이다." 이내 그의 얼굴은 어두워지며, 근심의 줄기가 스치고 지나간다. "네 오빠 일도 묻더구나. 그저 몇 년간 그애 소식도 듣지 못했고, 그 망할 놈의 자식이 어찌 지내는지 궁금하지도 않다고만 대답해줬다."

"그 얘기 듣고 좋아했겠네요!" 차메인은 미소를 지으며 이렇게 답한다. 리안은 늘 차메인의 오빠를 편애했다. 그녀가 진심으로 사랑했던 사람은 그들의 친아빠였기 때문이었다. 그러나 그는 리안에게 정을 주지 않았다. 현명한 판단이었지, 하고 차메인은 생각한다.

거스는 콜라체를 식탁에 내려놓고는 피곤에 지친 얼굴로 차메인의 얼굴을 들여다보며 말을 잇는다. "네 오빠가 전화해서는 이상한 음성메시지를 남겼다더구나."

"그래요?" 그녀는 대수롭지 않다는 듯이 대꾸한다. "무슨 메시지요?"

"그것까진 말 안하더구나. 리안이 너랑 통화하고 싶다더라. 전화 달라고 했어." 거스는 여전히 쉰 목소리다.

"피곤해보여요. 누워서 좀 쉬시는 게 어때요?" 거스는 이에 주
저하는 기색 없이 천천히 자리에서 일어난다. "오늘 밤 제인이
집에 오기로 한 거 잊지 마세요." 차메인이 그의 등에 대고 일러
준다.

거의 매일 밤마다 순회간호사협회에서 나온 제인이 그의 상태
를 확인하기 위해 방문한다. 거스가 처음으로 피를 토하기 시작
하면서 제인의 방문을 요청했었다. 그녀는 혈압을 재고, 폐의 소
리도 들어보면서 매일 그의 상태를 체크한다. 그녀가 오기 전이
면 그는 옷매무새를 다듬고, 빗질도 한다. 암으로 인해 피부가
노란빛을 띠고, 한 때 굵었던 팔뚝도 나뭇가지처럼 가늘어졌지
만, 여자들과 노닥거리기 좋아하는 성격은 여전하다.

"오, 제인이라. 내가 제일 좋아하는 간호사지." 그가 웃으며 이
렇게 답한다.

"뭐예요. 그건 저 아니에요?" 차메인이 일부러 화난 척을 해본
다.

"곧 그렇게 될 테지만, 현재로서는 제인이라고." 그가 농담조
로 대답한다.

"그렇다면, 봐줄게요." 그녀는 그의 뒤를 천천히 따라간다. 혹
시라도 넘어질까 해서다. "하지만 제가 간호사가 되는 날로 상황
역전인 거 알죠?"라고 물으며, 그를 침대에 앉힌다. 그리고는 옆

테이블에 물을 한 잔 따라두고, 산소 탱크는 작동하는지 확인해 본다.

"차메인." 이불을 어깨까지 끌어올리며 그가 부른다. "오늘 누구랑 좀 통화를 했는데." 어조로 봐서 뭔가 심각한 이야기가 분명했다. "호스피스 쪽에 전화를 했거든…."

"거스… 그런 말은…." 그녀가 말을 끊는다. 눈물이 핑 돌려 한다. 그녀는 아직 준비가 덜 된 것이다.

"때가 되면, 난 병원이 아닌 이 집에 있고 싶다. 이해하겠니?"

"…아직은 안 돼요."

"간호사가 되려면 환자의 말도 좀 들을 줄 알아야지." 거스가 그녀의 말을 끊으며 핀잔을 준다.

"하지만 제 환자는 아니잖아요." 그녀는 울음을 참기 위해 창가로 가 셰이드를 내리며 이렇게 말한다.

"때가 되면 호스피스에 연락해라. 전화기 옆에 번호 남겨뒀다."

"알겠어요." 마지못해 그녀가 동의한다. 하지만 아직은 그의 죽음을 맞이할 준비가 되어 있지 않은 그녀다. 그녀에게 있어 거스는 유일한 가족이다. 그가 필요한 것이다. 피로감과 통증으로 그의 얼굴이 일그러진다. "학교 가기 전에 뭐 더 필요한 거 있으면 말하세요." 곧 떠나야 하는 그녀의 마음이 편치 않다.

"없어. 그냥 눈 좀 붙이련다. 난 괜찮으니 어서 다녀와라." 그가 답한다.

차메인은 잠시 침대 옆에 서서 거스가 숨 쉬는 모습을 바라본
다. 그가 떠나면 나는 어떡하지? 난 어디로 가야 할까?

 클레어

클레어와 조나단이 아들 조슈아에게 감춘 비밀이 있다. 조슈아를 처음 본 날, 데이나가 유기아가 있다며 그들에게 전화했을 때 얼마나 주저했는지를…. 그러나 마침내 아이를 팔에 안았을 때, 그들은 아이의 이마에 난 엷은 반점마다 다정하게 키스해주고 싶을 정도로 아이에게 빠져버렸다. "이 애에게 양부모를 정해주기 전까지 만이야." 조나단이 이렇게 말했지만, 그조차도 양부모에게 쉽사리 건네줄 수 있을지 확신이 없었다. "알겠지? 오래는 안 돼. 또 다시 그럴 순 없잖아." 그는 고개를 가로저었다. "엘라 때처럼 또 그런 일을 겪고 싶지 않아. 아이를 맡았다가 다시빼앗기고 싶진 않다고. 양부모라는 게 다 그런 거잖아. 결국엔 자기 부모에게로 보내버리지."

"나도 그러긴 싫어요. 엘라 때처럼 되는 일만은." 그러나 클레어의 마음 한켠에서는 이 아이의 엄마가 돌아오지 않을 것이라고, 그들에게서 이 아이를 찾아갈 일은 없을 거라고 믿고 있었다. 하나님이 그들에게 그런 일을 겪게 해놓고, 또 다시 그런 잔인한 일을 할 리는 없다고 생각했다.

1년 전, 이곳으로부터 먼 어느 마을 옥수수 밭에서 죽은 아기가 발견되었다. 그 후 아이오와 주는 세이프헤븐이라 불리는 영아보호법을 통과시켰다. 이는 2주가 채 안 된 아기를 병원이나, 경찰서, 소방서에 가져다두면 영아유기죄를 적용시키지 않겠다는 것이다. 의사들은 조슈아가 대략 1달쯤 되었다고 판단하였으며, 그런 이유로 클레어는 잠시나마 경찰에서 아이의 친엄마를 찾아주지 않을까 하는 걱정이 들었다. 하지만 그녀는 곧 그런 두려움을 떨쳐버렸다. 그들의 집으로 데려갈 이 아기는 세이프헤븐에 남겨진 첫 번째 아기가 될 것이었다. 그들의 아기로 자라나게 될 것이라 확신했다.

데이나가 조슈아를 클레어의 품에 안겨주었을 때, 클레어의 모든 과거의 상처는 순식간에 씻은 듯 나았다. 유산과 수술의 아픔도 모두 사라졌다. 고통과 슬픔도 저 건너편의 기억이 되었다. 이 아름답고 완벽한 사내 아기는 그들이 지금까지 기다려왔던 바로 그 아이였다.

병원에서 집으로 돌아가는 길에 그들은 몇 가지 필요한 것들을 샀다. 기저귀와 젖병, 분유를 챙기고 아기 이름 책도 한 권 집어 들었다. 이제 마침내 아이에게 이름을 지어줄 수 있게 된 것이다. 알파벳순으로 이름의 기원과 의미까지 상세히 적혀 있는 책이었다. 클레어는 아이의 이름을 특별한 의미를 가진 것으로 고르고 싶었다. 자기가 낳은 아이는 아니지만, 이름을 직접 지어 준다는 것은 그에게 특별한 선물이 될 것이라 생각했다.

처음에는 케이드라는 이름이 마음에 들었지만, 그 이름은 '둥근 덩어리'를 의미했다. 조나단은 사울이란 이름이 '기도로 얻은 자'라는 의미라 좋다고 했다. 그들도 이 기적을 위해 수년간 기도해왔기 때문에 그 이름을 고려해보기로 했다. 홈스라는 이름은 피난처라는 의미였는데, 조나단은 아이들이 셜록 홈스라고 놀릴 것이라며 반대했다. 클레어는 몇 페이지를 넘기다가 조슈아라는 이름을 발견했다. 하나님이 구원하신 자. "조슈아." 그녀는 혀에 이 이름의 무게를 실어 입술로 느끼며 입 밖으로 내어 그 이름을 불러보았다. 클레어는 조나단을 보며 미소를 짓고는 뒷좌석에 누워 곧 자신들의 아들이 될 아이를 바라보았다. "조슈아." 그녀가 이번엔 좀 더 큰 목소리로 불러보았다. 자고 있던 조슈아는 가볍게 들릴락 말락 한 소리를 냈다. 클레어에게는 그 소리가 마치 이제 만족한다는, 이제 안전하다는, 그리고 구원받았다는 것에 대한 안도의 한숨처럼 들렸다.

차메인

세인트 이사도르 병원에서 간호실습을 시작한 이래 단 하루도 그 아기를 생각하지 않은 날이 없었다. 비록 아이가 사랑으로 자라고 있음을 알고는 있지만, 병원에 쓰인 세이프헤븐이라는 노란 글씨를 볼 때마다 깊은 슬픔과 안도의 물결이 밀려드는 것만 같았다. 혼자만의 결정이었지만 그래도 아기를 버린 것은 자신이었다. 그러나 솔직히 말해 슬픔보다 안도의 기쁨이 더욱 크다. 만일 그날 그녀가 아기를 소방서로 데려가지 않았더라면 대학교는커녕 고등학교도 마치지 못했을 것이고, 리안이 언젠가 그 아이의 삶을 망쳐버리고 말았을 것이다.

차메인은 세인트 앤스 대학의 훌륭한 벽돌 건물이 줄지어 서 있는 큰 길로 서둘러 달려간다. 이 작은 사립대학은 린든폴스의 중심부에 자리 잡고 있으며, 무너져가는 오래된 집과 자갈길로 둘러싸여 있다. 가쁜 숨을 몰아쉬며 강의를 듣기 위해 걸어가고 있는 친구들에게로 다가간다. 장래 소아종양 쪽에서 근무하고 싶어 하는 호리호리하고 키 큰 소피가 한참 대화의 꽃을 피우고 있다. 자신의 엄마와 자신은 뭔가 정신적으로 통하는 게 있다는 것이다.

"진짜야." 교실로 들어가며 소피가 말한다. "내가 엄마 생각을 하고 있잖아? 그러면 엄마한테 곧 전화가 오는 거야."

"설마." 차메인이 콧방귀를 뀌며 "못 믿겠어"라고 대꾸하고는 친구들의 얼굴을 바라본다. 그러나 그들은 소피의 말을 이해한다면서 "맞아. 나도 우리 언니랑 통할 때가 있어"라고 하는 것이다.

"그럼 한 번 해봐." 차메인이 팔짱을 끼고 의자에 기대며 그녀에게 말한다.

"좋아." 소피는 어깨를 한 번 으쓱하고는 가방을 뒤져 핸드폰을 꺼낸 다음 자기 책상 위에 올려놓는다.

"이젠 어떻게 할 건데?" 차메인이 묻는다.

"그냥 기다리면 돼. 이제 조금 있으면 우리 엄마한테 전화가 올 걸?"하고 소피가 설명해준다.

차메인은 단념한 듯 고개를 젓는다. 그런데 몇 분 후 소피의 핸드폰이 진동하며 책상 위에서 춤을 추기 시작했다. 소피는 전화기를 들고 모두에게 액정화면을 보여준다. 엄마다.

"엄마." 소피가 전화기에 대고 말한다. "마침 엄마 생각하고 있었는데 전화가 왔네?" 그녀는 차메인을 보며 자랑스럽게 웃어 보인다.

차메인은 놀라는 동시에 슬퍼진다. 그녀는 그런 깊은 관계를 가져본 기억이 없다. 그녀의 엄마, 리안과는 더욱 아니다. 리안은 늘 모든 사람의 관심을 한 몸에 받기를 원했다. 리안 튤리아라는 여자는 늘 더 즐겁고, 더 흥미로운 것을 찾아 헤맸으므로, 차메인은 그녀의 성에 차지 않았다. 이는 오빠도 마찬가지였다. 차메인은 자기 오빠나 아빠가 어디에 있는지 생사조차 알지 못했다. 지난해에 전화를 자주 걸어주는 남자친구를 사귀긴 했지만, 그건 그녀에 대한 사랑이나 돈독한 관계가 아닌, 순전히 여자친구와 연락이 안 되면 안절부절 못 하는 그의 성격 때문이었다.

그럼, 거스일까? 라고 생각해본다. 거스라면 그처럼 정신적으로 통하는 게 있을지도 모른다. 거스는 자전거 타는 법, 분수 곱셈법도 가르쳐주었으며, 고등학교 졸업식 날에도 축하해주러 와서는 연신 눈물을 훔쳐 내곤 했다.

좋은 부모가 되는 법, 좋은 사람이 되는 법에 대해서도 역시 거스에게서 배웠다. 훗날 자신이 결혼해서 아이를 낳게 되면, 낮과 밤을 가리지 않고 아이 곁을 지켜주겠다고 결심했다. 상황이 나쁘거나 슬프다고 해서, 아니면 그냥 삶이 지루하다고 해서 아이를 저버리는 일은 없을 것이다.

리안, 그리고 차메인의 오빠는 그런 부모의 애정 따위는 모르는 사람들이었다.

브린

　새 학기의 첫 수업이다. 비록 교수님들과 급우들과도 친하지만 불안하기만 하다. 익숙한 감정이 짙은 먼지바람처럼 가슴까지 차올랐다가 내려간다. 나는 모리스 의사선생님의 말씀대로 크게 심호흡을 해본다. 확실히 효과가 있다.

　이번 학기에 수강할 동물의 사회성과 반려동물의 인성교육이라는 수업이 기대가 된다. 캠퍼스 근처에서 인턴 자리도 얻었다. 이미 동물보호소에서 자원봉사를 하고 있으므로, 말 농장에서 일할 수 있게 해달라고 부탁할 참이다. 말은 한 번도 타본 적이 없지만, 말이 인간의 행동장애, 섭식장애, 심지어 자폐증까지 치유하는 데에 도움이 된다는 연구를 읽었기 때문이다. 통념과는 달리 말은 매우 똑똑한 동물이다. 1800년대 후반에 뷰티풀 짐 키라는 이름을 가진 말이 있었는데, 윌리엄 키 박사라는 자신의 조련사와 함께 나라를 여행했었다. 뷰티풀 짐 키는 동전도 구별할 수 있었으며, 금전등록기를 이용해 동전의 양을 판별해 정확한 거스름돈까지 줄 정도였다. 알파벳도 읽었으며, 시계를 볼 줄도 알았다. 6학년 정도의 지능을 가진 것으로 나타났다고 한다. 이것이 모두 사실인지는 모르겠지만, 그렇다고 믿고 싶다.

핸드폰 진동소리가 들려 손을 가방에 넣어 꺼낸다. 순간 앨리슨이 누군가에게서 내 핸드폰 번호를 알아낸 것은 아닐까 하는 두려움이 들지만, 이 번호는 부모님에게도 알려주지 않았다. 할머니가 앨리슨에게 번호를 알려줬을 리도 만무하다. 화면에 미시라는 이름이 뜬다. 나는 핸드폰을 열어 귀에 가져다 댄다. "미시, 안녕? 무슨 일이야?"

"오늘 밤 8시, 우리 집에서 파티야." 미시가 대답한다.

"무슨 파틴데?" 나는 프레리대 주차장에 차를 세우며 묻는다.

"개강축하 파티지. 올 수 있어?"

"당연하지." 나는 뒷좌석에 있는 책가방을 들어 동물과학관으로 향한다. "9시까지 일해. 끝나자마자 갈게."

미시는 뉴에므리로 옮긴 그 해 11월에 만난 친구다. 내가 할머니 집으로 이사를 온 건 9월. 큰 슬픔과 외로움에 잠겨 거의 두 달간을 할머니 집 침실에서 울다가, 일기장에 그림을 그리면서 자살 충동에 시달리며 보냈다. 이런 내 모습을 보던 할머니가 참다못해 이렇게 말했다.

"어서 일어나, 브린." 할머니는 내 방 침대에 앉았다. "이제 일어나서 네 삶을 살아야지." 이불 사이로 빼꼼히 할머니의 얼굴을 바라볼 뿐 나는 아무 대답도 하지 않았다. 할머니는 우리 아빠와 너무도 다른 분이다. 할머니가 아빠를 낳았다는 게 믿기지 않을 때도 있다. "네게 보여줄 게 있다." 이불을 걷으면서 할머니가 말했다.

"뭔데요?" 나는 투덜대며 물었다. 내가 원하는 거라곤 이불을 뒤집어쓰고 자는 것뿐이었다. 내가 실패자라는 것, 아니 아무 존재감도 없는 사람이라는 것도 잊고 싶었다.

"어서 일어나봐, 곧 알게 될 테니." 할머니는 내 손을 잡아 나를 일으켜 세웠다. 그리고는 강제로 차에 태우고 뉴에므리의 도로를 내달리다가 간이 컨테이너 구조물 앞에 멈췄다. 커다란 표지판에는 뉴에므리 동물보호소라고 붉은 색으로 쓰여 있었다.

나는 허리를 세우고 할머니에게 물었다. "여긴 왜 온 거에요?"

"이리 나와 보렴. 보여줄게." 그녀의 미소를 보며 나는 잠시 머뭇거리다가 건물 안으로 따라 들어갔다. 그 안에서 우린 검은 래브라도 리트리버 한 마리와 붉은 조끼에 미시라는 이름이 쓰인 친구를 만났다. 미시는 카운터 뒤에 서서 작은 오렌지색 아기 고양이를 안고 있었다. 건물 다른 쪽 사육장에서는 개들이 낑낑거리는 소리가 들려왔다.

"어서 오세요." 미시가 반갑게 인사했다. "무얼 도와드릴까요?"

할머니는 나를 바라보며 물으셨다. "브린, 여기에 왜 온 거 같니?"

"정말이세요?" 나는 믿을 수가 없어 재차 물었다. "할머니, 진심이신 거예요?"

"들어가서 보고 오너라." 할머니는 고개로 사육장 쪽을 가리켰다. "들어가면 조그만 녀석이 널 기다리고 있을 게다… 가서 찾아보렴."

"어서 오세요. 제가 안내해드리죠." 미시가 문을 열자 개들이 짖는 소리가 건물 전체를 크게 울렸다. 작은 개 우리가 줄지어 있었고, 그 안에는 온갖 종류의 개들이 있었다. 비글, 영국 종 사냥개, 래브라도 리트리버, 그리고 다양한 잡종들도 있었다. 나는 털이 복실복실한 갈색 개 앞에 섰다. 나를 보며 데려가 달라고 애원하는 눈빛이었다.

"이건 무슨 종이에요?" 내가 미시에게 물었다.

"그 앤 마일로에요. 독일산 셰퍼드차우고, 태어난 지는 두 달 됐어요. 마을 남쪽의 자갈밭 길에서 발견됐어요. 불쌍한 것. 당시 굶주린 데다 탈수증이 있었어요. 여기저기 잘 쏘다니며 말썽을 부려 문제지만, 착한 친구죠."

나는 할머니를 보며 설마 내 소망이 받아들여지리라곤 생각하지 못하면서 물었다. "데려가도 돼요?" 이제 겨우 몇 달밖에 안 됐다는데 발이 꽤 컸다. 게다가 말썽꾸러기라는 이야기까지 들었으니 가능성은 높지 않았다. "제 도움이 필요한 것 같아요."

"물론이고말고. 데려가도 좋아." 할머니가 팔을 내 허리에 두르며 말했다.

그때부터 미시를 통해 나 역시 동물보호소에서 자원봉사를 하게 되었으며, 근처 대학에서 반려동물에 대한 프로그램에 대해 듣게 되었다. 난 아직도 왜 그렇게 예쁘고 재미있고 자유분방한 미시가 나처럼 지루한 사람과 친구가 되었는지 모르겠다. 내가 13살 때, 엄마는 앨리슨 언니가 다녔던 축구 캠프에 나를 보냈다. 축구를 못하는 나는 내 쪽으로 공이 올 때마다 매번 실수를 연발했다. 언니는 그 한 주 동안 나를 본체만체했다. 언니에게 말을 걸 때마다, 언니 친구들 쪽으로 다가갈 때마다, 완전히 나를 무시했다. 언니의 그런 태도를 더 이상 참을 수 없어서 어린 아기처럼 투덜거렸더니, 언니는 눈알만 굴리고 웃어 넘겨버렸다. 그 후 남은 캠프기간 동안, 발목을 삐었다며 밖으로 나가지 않았다.

친구가 있다는 것, 특히 나처럼 동물을 사랑하는 친구를 사귀게 된 것은 내게 큰 위안이다. 나는 핸드폰을 다시 가방에 넣은 뒤, 지난 1년간 계속 먹어왔던 약통을 만져 본다. 하지만 오늘도 건너뛰었고, 어제도 건너뛰었다. 요즘 기분이 더 좋아졌다고 할까, 아니 내 자신이 더 강해진 것 같다. 언니의 출소 소식을 작년에 들었다면 무척 힘들었겠지만, 지금은 전혀 그렇지 않다. 이제 약을 끊을 때가 온 것일지도 모른다. 이제 내 힘으로 살아갈 준비가 된 것 같다.

 앨리슨

침대 위에 누운 아기 인형의 생명 없는 눈이 나를 뚫어져라 쳐다보자, 내 자신이 한없이 약하게 느껴진다. 오늘로 5년하고도 1개월 26일이 지났다. 그 아이가 지금까지 살아있었다면 다섯 살일 것이다. 또는 61개월, 또는 259주, 또는 1,883일, 또는 45,192시간, 또는 2,711,520분, 또는 162,691,200초를 살았을 것이다. 늘 그 시간을 계산하며 살아왔다.

크레이븐빌의 교도소에서 만난 대부분의 여자들은 아이가 있었다. 심지어 어떤 이들은 철창 안에서 아기를 낳기도 했다. 나는 교도소 마당의 시멘트 바닥을 돌고 또 돌았다. 그러면 "어이, 아기 살인마! 어디로 도망가는 거냐? 너 자신으로부터 도망치려는 거니?"라며 한구석에서 사람들이 소리치면서 조롱하며 비웃었다. 나는 그들을 무시하려고 했다. 그들은 내게 욕설을 퍼부을 때를 제외하고는 말도 붙이지 않으려 했다. 마치 투명인간이라도 된 듯 없는 사람 취급했다. 심지어 그들조차도 살인자인 경우도 많았다. 남편이나 남자친구를 살해했거나, 은행 강도로 직원을 권총으로 쏜 사람도 있었다. 하지만 난 그들보다 더 나쁜 년이었다. 나는 갓 태어난 지 몇 분밖에 되지 않은 연약한 아기를 강에 던져버린 살인자니까….

이곳 거트루드 집에 사는 이들도 크레이븐빌의 사람들과 전혀 다르지 않다. 지금처럼 철저히 혼자라고 느껴본 일이 없을 정도로 지독한 고독이 뼛속까지 사무친다. 부모님이 내 타락을 인정하기까지 얼마나 힘들었을지 상상이 간다. 하지만 난 단 한 번이라도 찾아와 얼굴만이라도 비춰주기를 바랐을 뿐이다. 엄마의 손을 잡아본 지도, 아빠의 손길을 느껴본 지도, 브린의 웃음소리를 들어본 지도 참 오래되었다. 우린 결코 다정다감한 가족은 아니었다. 그래도 가끔 눈을 감고 생각해보면 아빠의 다소 무겁고도 커다란 손이 내 머리를 쓰다듬었던 순간들이 기억난다. 내가 잘못을 저지르기 이전의 일들이 생각난다. 고등학교 때, 내 최고 기록을 뛰어넘기 위해 트랙을 달리던 모습, 내 방에서 수학 숙제를 하던 모습, 엄마의 저녁 준비를 돕던 모습, 브린과 대화하던 모습도 떠오른다.

내겐 완벽하게 계획된 미래가 있었다. 대학입학시험에서 최고점을 받아 아이오와 대학이나 펜실베이니아 주립대학에 가서 배구를 하고, 법학부에서 전공을 마치고 법학대학원에 들어가는 것이었다. 그 완벽한 계획은 전부 무너져버렸다. 한 남자와의 원치 않은 임신 때문에….

데븐을 처음 만났을 때, 나는 병원 침대에서 링거를 맞고 있었다. 그녀는 내가 1급 살인죄 및 영아유기죄로 기소당할 거라고 했다. "아기가 강에 도착하기 전에 죽었을 거라 생각했나요?" 그녀는 우리의 첫 만남에서 이렇게 물었다. 나는 어깨만 으쓱할 뿐 아무런 대답도 하지 않았다.

"아기가 죽었을 거라 생각했나요?" 그녀는 내 앞에서 왔다갔다하면서 내 대답을 촉구했다. 그녀의 질문은 냉혹했다. 난 그저 세상으로부터 도망쳐 죽고만 싶었었다. 그녀는 그 날 일어난 일을 반복해서 조사하려 했다.

"그래요." 난 마침내 대답했다. "난 그것이 죽었다고 생각했어요."

이 대답에 데븐은 펄쩍 뛰었다. "절대 아이를 '그것' 이라고 불러선 안 돼요. 알겠어요?" 그녀가 심각한 목소리로 다시 꾸짖었다. "그녀를 '그 아기' 또는 '그녀' 라고만 해야지, 절대 '그것' 이라고 해선 안 돼요. 알겠어요?"

난 고개를 끄덕였다. "난 정말 그 아기가 이미 죽었다고 생각했어요." 그것이 진실이었으면 좋겠다고 생각하면서 대답했다. 그러나 사실은 그렇지 않았는데도 말이다. 검시관이 이미 내 말이 틀렸음을 증명했음에도 난 그렇게 대답했다.

결국 데븐은 우발적인 살인이자 D급 중범죄로 5년형만 선고받도록 해주었다. 영아를 위험에 처하게 한 죄는 B급 중범죄였는데, 이는 50년 이상 형을 살아야 한다는 의미였다. 하지만 데 븐은 내가 그렇게 긴 형을 살게 될 리가 없다며 안심시켜주었다. 법정에서 증인대에 서게 되는 일도 없도록 도와주었다. 결국 나는 그 날 밤 무슨 일이 있었는지 그 누구에게도 사실을 말하지 않아도 되었으며, 정확한 진실이 무엇인지에 대해 관심을 갖는 이도 없는 것 같았다. 아마 내 존재는 그들이 아는 누군가의 모습을 대변하는 것 같았다. 여동생이나 딸, 또는 손녀, 혹은 그들 자신의 모습 말이다. 내가 한 짓에 대한 대충의 전말은 다들 알고 있었으며, 그것이면 충분하다고 여기는 것 같았다. 데븐의 말이 맞았다. 나는 크레이븐빌에서의 10년형을 선고받았다. 당시에는 그 시간도 참 길게 느껴졌지만, 50년형보다는 훨씬 나은 것이었다. 어떻게 형이 그렇게 짧아질 수 있었는지 데븐에게 물었다.

"여러 가지 요소가 많아요. 감옥 수용자들이 넘쳐난다는 것, 범죄 당시의 상황도 그 중 하나죠. 앨리슨, 10년형이면 엄청 짧은 거예요."

그런데 한 달 전, 데븐이 감옥으로 나를 찾아 왔다. 나는 앞마당에서 달리고 있었고, 7월의 열기가 콘크리트 바닥을 달구고 있었다. 운동화와 양말에까지 그 열기가 전달되어 왔다. 힘들게 숨을 들이 내쉬며 달리던 내 눈에 회색정장에 하이힐을 신은 데븐의 모습이 들어왔다. 나는 하이힐을 신어본 적도, 학교 댄스파티에 가본 적도, 졸업무도회에 가본 적도 없었다. "앨리슨, 좋은 소식이에요. 가석방 심의위원회에서 앨리슨의 사건을 재고해보 기로 했어요. 다음 주에 인터뷰하러 가게 될 거예요."

"가석방이요?" 나는 당황했다. "이제 겨우 5년밖에 안 되었잖 아요. 가석방의 가능성은 생각해본 적도 없었다.

"당신의 행동과 자신의 잘못을 인정하고 개선의 노력이 보인 다고 가석방 심의를 한다고 해요. 잘됐죠?" 나의 걱정스러운 얼 굴을 보며 이해가지 않는다는 표정으로 내게 물었다.

"좋은 소식이네요." 나는 그녀가 듣고 싶어 하는 대답을 해주 었다. 감옥에서 5년간 감금생활을 하면서 이곳에서의 생활, 맛 없는 음식, 폭력에 나름 익숙해졌다는 것, 내가 이곳에 오게 된 이유에 대해서도 드디어 평온을 찾게 되었다는 것을… 그녀에게 어떻게 이해시킬 수 있었겠는가. 난 그곳에서 정말 평온을 찾게 되었다. 완벽해질 필요도 없었으며, 미래에 대한 계획을 세울 필 요도 없었다. 감옥에서는 누군가가 나를 위해 전부 계획해주었 다. 10년간 감옥에서 그저 존재하기만 하면 된다는 것이 내 유일 한 계획이었다.

"우리 어디 앉아서 가석방 심의 예상 질문을 생각해보기로 해 요. 당신이 해야 하는 건, 자신의 잘못에 대해 후회하고 있다는 걸 보여주는 것이죠."

"후회요?" 내가 물었다.

"후회든, 반성이든, 뭐든지요." 데븐이 별일 아니란 듯 대답했다. "자신이 잘못한 것에 대해 후회한다는 걸 보여주는 게 가장 중요해요. 안 그러면, 가석방에 동의할 리가 없으니까요. 알겠죠? 그렇게 할 수 있겠어요? 갓난아기를 강에 던진 걸 후회한다고 말할 수 있죠?" 그녀가 내게 다시 묻는다. "후회하는 거 맞죠?"

"네." 나는 마침내 말했다. "후회한다고 할 수 있어요." 그건 사실이었다. 나는 가석방 심의를 받게 되었다. 그들은 내 수감 태도와 식당에서 봉사한 것, 그곳에서 고등학교 졸업장과 대학 인정 학점을 몇 학점 딴 것 등에 대해 칭찬해주었다. 그들은 나의 대답을 기다리고 있었다. "죄송합니다." 내가 말했다. "제 아기에게 상처를 입힌 것을 후회하며, 아이의 죽음을 유감스럽게 생각합니다. 실수였습니다. 정말 끔찍한 실수로, 모든 것을 다 되돌릴 수만 있다면 정말 좋겠습니다."

부모님은 심의에 참석하지 않았다. 나는 그들의 불참이 심지어 가족들마저도 나의 가석방을 원하지 않는다는 의미로 해석될까봐 걱정했다. 그분들은 내 석방을 원할 리가 없겠지. 하지만 데븐은 걱정하지 말라고 했다. 할머니가 대신 참석하셨으며, 내 행동으로 보아 가석방이 허락될 가능성이 크다고 했다. "중요한 건 감옥에서 당신이 어떻게 지난 잘못을 고치려고 노력했는가 하는 점이에요. 스스로 더 나은 사람이 되려고 노력했다는 게 중요한 거죠." 데븐 말이 맞았다. 늘 그랬다. 가석방 심의위원들은 만장일치로 나를 석방하기로 결정했다.

내 룸메이트 비이는 마약중독으로 수감되었다고 한다. 저녁식사 때 모인 사람은 모두 다섯 명, 비이도 처음 본다. 다른 사람들은 일하고 있거나, 개인적인 활동을 하느라 모이지 못했다. 이들이 가진 직업이란 게 무엇일지 궁금해진다. 나도 스스로 경제활동을 해야겠다. 하지만 이들에게 무언가 물어보거나, 심지어 말을 꺼내는 것조차 꺼려진다. 모두들 내가 흑사병환자라도 되는 양 쳐다본다. 그런데 비이는 예외다. 그녀는 내 전력 따위에 신경을 쓰지 않는 것 같다. 아니면 아직 내가 어떤 범죄를 저질렀는지 몰라서일까? 비이는 마르고 다른 마약중독자들처럼 마마자국이 났으며, 마치 지옥에라도 다녀온 것 같은 까만 눈빛을 갖고 있다. 또한 얇아 보여도 강단 있게 생겨서 우리 중 누구라도 실수를 하면 당장에라도 때려눕힐 것만 같다. 그래서 다들 비이를 얕잡아보지 못하는 눈치였다. 이곳 거트루드 집에서는 폭력이 허용되지 않는다. 비이는 자기가 처음 이곳에 왔던 날 밤 이야기를 서슴치 않고 내뱉는다.

"두 명이 서로 자기가 먼저 전화기를 쓰겠다며 다툼을 벌였지. 전화기 옆에 있는 노트도 못 봤나 보지? 횡령죄로 감옥 갔던 여자가 다른 여자 얼굴을 전화기로 갈겨버렸지." 비이는 그때 일이 생각나는지 웃는다. "피랑 이빨이 사방에 튀어버렸어. 그때 일 기억나요, 올린?" 비이가 포크로 콩을 푹 찍어 누르며 묻는다.

"기억나지." 올린은 얼굴을 찌푸린다. "좋은 추억은 아니지. 경찰에 신고해야 했거든."

"게다가 내가 그 날 신입이었으니 뒷정리는 내 몫이었다고." 비이는 그 일을 회상하며 몸서리를 친다.

"오, 비이. 내가 도와줬잖아." 올린이 그녀를 가볍게 꾸짖는다.

식사 후에 설거지를 도운 다음, 부모님과 브린에게 다시 전화를 걸어 본다. 아무도 받지 않는다. 나는 무기력하게 소파에 앉아 수화기를 손에 든 채 신호음만 듣고 있다. 그때 올린이 다가오더니 조심스레 전화기를 내 손에서 치우고 7시에 단체미팅 전까지는 자유시간이라고 알려준다. 내 방에 올라가봤더니 이번엔 누가 물 채운 양철양동이에 난도질된 인형을 거꾸로 박아놓았다. 가슴 속 깊은 곳으로부터 분노 덩어리가 솟구친다. 자신들은 더 심한 짓도 했으면서 나를 이렇게 판단할 수 있는 걸까? 축구캠프에서 단련된 내 발길질 실력으로 세차게 양동이를 걷어차자, 쨍그렁거리는 소리와 함께 물이 사방으로 번졌다. 계단에서 발 구르는 소리와 복도에 퍼지는 사람들의 조롱소리가 들려온다. 나는 재빨리 방문을 세차게 닫는다. 그 진동이 벽과 방안을 타고 퍼진다.

몇 분 뒤, 누군가 방문을 노크한다. "꺼져버려." 나는 화난 목소리로 대답한다.

"앨리슨? 올린이에요. 괜찮아요?"

"괜찮아요. 저 그냥 혼자 있고 싶어요." 목소리의 톤을 낮추어 답한다.

"잠시 들어가도 돼요?" 올린이 묻는다. 난 안 된다고 하고 싶지만, 그냥 이대로 창문 밖으로 뛰쳐나가 도망치고 싶지만 그럴 수 없다. 이 지역을 벗어나선 안 된다. "앨리슨, 문 좀 열어줘요. 부탁이에요."

삐걱하는 소리와 함께 방문을 열자, 올린의 초록빛 눈동자가 나를 바라본다.

"괜찮아요." 그러나 양동이의 물이 내 발 주위와 복도에까지 흐르고 있다. 올린은 내 마음을 이해한다는 표정으로 아무 말도 하지 않고 가만히 내 얼굴을 바라본다. 나는 그녀가 들어올 수 있도록 한쪽으로 비켜선다.

올린은 양동이와 인형, 그리고 바닥에 흥건한 물을 보고는 상황을 곧 파악하며 한숨을 내쉰다. "유감이에요. 우선은 이들이 당신의 전과에 대해 잊을 때까지 참고 기다리는 수밖에 없어요. 시간이 걸리겠지만, 눈에 띄는 행동은 하지 않고, 할 일만 하고 있으면 결국에는 다른 사람들과 동일하게 대해줄 거예요." 내 얼굴에서 슬픔이 가시지 않자, 그녀가 묻는다. "오늘 미팅에서 한 번 이야기를 할까요?"

"아니요." 나는 곧바로 대답한다. 이 여자들과 싸워봤자 좋은 결과를 기대하기는 힘들 것이다.

"수건 가져다줄게요." 올린은 내 팔에 손을 올려 다독이고는 자리를 비켜준다. 나는 올린의 충고대로 가석방 담당관에게 한 달에 두 번 정기적으로 상황 보고하고 내 할 일만 하리라 다짐했다. 이들이 그렇게 쉽게 나를 놔주지 않을 거란 것은 안다. 그들은 내가 저지른 죄 때문에 나를 싫어하는 것이지만, 자기들이 나보다 더 낫다고 생각하다니…. 자신들이 한 짓엔 정당하고 완벽한 이유가 있다고 생각하는 것일까? 마약 때문에 그랬다, 남자 친구들 때문에 그랬다, 어린 시절이 힘들었기 때문에 불가피한 상황이었다. 하지만 난? 난 완벽한 부모에, 완벽한 어린 시절에, 완벽한 삶이 있었으니 내겐 변명의 여지도 주지 않는다. 올린이 수건을 몇 개 가지고 들어온다. "도와줄까요?"

나는 고개를 가로젓는다. "괜찮아요. 제가 할 수 있어요." 그녀는 방 안으로 들어와 양동이와 인형을 들고는 부드러운 동작으로 문을 닫고 나간다. 나는 바닥에 흐른 물을 닦고 나서, 침대에 누워 눈을 감아 본다. 하지만 눈을 깜빡일 때마다 인형의 죽은 눈이 눈앞에 나타난다.

그날 밤 일을 돌이켜볼 때, 영화나 TV에서 보는 것처럼 아기가 울지 않았던 것이 기억난다. 영화나 TV에서 본 장면에서는 산모가 이를 악물고 신음하면서 마지막으로 한 번 더 힘을 주면 아기가 태어나 이 세상을 향해 큰 울음소리로 외친다. 마치 따뜻하고 어두웠던 수족관에서 나와 차갑고 밝은 세상으로 불려온 것에 화가 난 것처럼. 하지만 그때, 그런 울음소리는 들리지 않았다.

브린이 아기를 내게 건네줄 때 그녀의 눈동자엔 공포가 가득했다. 나는 싫다고 했다. 아기를 만지고 싶지도 않았다. 그러자 브린은 떨리는 손으로 탯줄을 잘랐고, 방 한 구석에 놓여있던 수건 위에 내려놓았다. "언니, 병원에 가야 해." 걱정스러운 목소리로 내 이마에서 땀 묻은 머리카락을 옆으로 넘겨주었다. 갑자기 추위가 엄습했다. 너무 떨려 이빨이 서로 부딪히는 소리가 났다. 브린은 아무 소리도 내지 않는 조용한 아기를 보며 말했다. "전화해야 하지 않을까?"

"싫어, 싫어." 벗고 있는 다리에 이불을 끌어당겨 덮으며 내가 대답했다. 머릿속으로는 가능한 강하면서도 부드럽게 말하려고 했지만 그러지 못했다. 곧 브린이 울음을 터뜨리고 말 것이라는 것을 알고 있었다. "안 돼, 아무에게도 말하면 안 돼." 내 목소리는 차갑고, 잔인하게 들렸다. 하지만 내 미래는 완벽해야 했다. 졸업생 대표, 배구 장학금, 대학, 법학대학원. 크리스토퍼와의 일은 단지 실수였다. 그러나 임신은 그보다 더 큰 실수였다. 난 브린이 냉정하게 상황을 바라보고 내 편이 되어주길 바랐다.

"오, 언니." 브린의 얼굴은 떨리고 있었고, 눈물범벅이었다. 자신을 추스르지 못하고 있었다. "금방 다시 올게." 브린은 옆에 놓인 이불을 챙기며 말했다. "가서 이것 좀 버리고 와야겠어."
난 잠들고 싶었다. 그냥 눈을 감고 그대로 사라지고 싶었다.

나는 두 팔에 의지해서 축축한 침대에서 내려왔다. 두 다리 사
이에서 느껴지는 통증이 너무도 심해 도무지 주체할 수가 없었
다. 나는 통증이 약해질 때까지 잠시 서 있다가 손으로 옆 테이
블을 잡았다. 나는 아기가 있는 쪽을 바라보면서 내 자신에게 말
했다. 난 할 수 있어. 해야만 해.

차츰 침착함을 잃지 않으려 마음을 가다듬던 중 양쪽 허벅지
에 녹슨 물처럼 번져있는 핏자국이 눈에 들어왔다. 브린은 그 상
황에서 최대한 나를 씻긴다고 했지만, 핏물이 두 다리를 타고 내
려오고 있었다. 이를 보며 나는 탄식할 수밖에 없었다. 피의 양
이 장난이 아니었다. 한쪽 구석에는 아기가 있는 수건더미가 보
였다. 너무나 멀었다. 어서 옷을 갈아입고 청소를 해야 했다. 조
금 있으면 어두워질 것이고, 부모님이 생각보다 일찍 집에 도착
할 가능성도 염두에 두어야 했다. 서둘러 결정을 내려야했다. 지
붕을 세차게 때리는 빗소리 사이로 아래층에서 브린이 문 닫는
소리가 들려왔다. 내 계획은 분명했다. 이 아기를 어디로 데려가
야 하는지도 이미 알고 있었다. 그러면 마치 이곳에, 이 세상에
존재하지도 않았던 것처럼 상황은 종료될 것이다. 그 다음, 내
방을 청소한 뒤, 며칠 간 독감에 걸린 척 할 것이다. 그러면 모든
것은 원래대로 돌아갈 것이다. 그래야만 했다.

난 그것으로 상황이 종료될 것이라 믿었다. 그렇지만 이후 그 사건은 우리 곁을 떠난 적이 없다. 내 머릿속에 착 들러붙었고, 마치 급성종양처럼 브린과 심지어 내 부모님 머릿속에 들어앉아 버렸다. 앞으로 단 한순간도 그 날 일을 잊을 수 없을 것이다. 나는 다시 흐느끼기 시작한다. 내 평생 옳은 결정만을 내리고 살다가, 한 번의 실수로 인해 내 삶은 망가졌다. 단 한 번의 실수로… 삶은 참 불공평하다.

클레어

12년 전 조나단과 함께 대대적인 복구를 했던 집 안으로 들어가면서, 클레어는 차메인에게 조만간 안부 전화를 해야겠다고 다짐한다. 지난 몇 년간, 클레어는 성격도 좋고 목소리도 부드러우며, 자기계발서에 푹 빠진 차메인에게 뭔가 끌리는 게 있었다. 그녀가 '이혼으로부터 얻은 유산'이라는 책을 구매했을 때 둘은 깊은 이야기를 나누게 되었는데, 그때 차메인이 10살 때 엄마가 이혼하고 자신의 삶을 찾아 떠난 후에도 양아버지인 거스와 살고 있다는 것에 대해 알게 되었다. 그녀가 '형제와 자매: 일평생 동안의 우정'이라는 책을 골랐을 때에는, 수년간 오빠와 말도 안 하고 지냈지만 오빠가 돌아올 때를 대비해 읽어보고 싶다는 이야기를 듣게 되었다. 차메인이 대학교에 입학하고 나서 도서목록을 가져왔을 때는 그녀의 꿈이 간호사라는 것과, 양부인 거스가 폐암 진단을 받았다는 소식도 들을 수 있었다. 그녀는 친구들을 위해 책을 사기도 했으며, 첫 번째 남자친구에게는 야구에 관한 책을 선물했다.

한 번은 마야 앤젤로우의 '엄마: 나를 붙들어줄 요람'이라는 책을 샀는데, 자기 엄마와의 관계를 회복하기 위해 엄마에게 선물하겠다고 했다. 후에 차메인은 "결국 주지는 못했어요. 엄만 제가 엄마에게 이 책을 주는 것이 엄마답지 못한 자신의 행동을 비꼬는 것이라 생각한 것 같아요. 아무래도 우린 틀린 것 같아요"라고 말했다. 그 말을 하던 그녀의 목소리가 너무도 슬펐다.

클레어는 자신이 조슈아를 사랑한다는 사실을 매일 알려주고 있다는 사실에 안도했다. 물론 클레어도 때때로 실수를 저지를 때가 있다. 한 번은 할로윈 사탕을 트루먼에게 다 먹인 게 아니냐며 조슈아를 다그친 적도 있었다. 그러나 조슈아가 그녀의 사랑을 의심하는 일은 결코 없을 것임은 확신할 수 있었다.

클레어는 조슈아가 테니스공을 가지고 노는 모습을 바라본다. 트루먼에게 던지며 "가져와, 트루먼"이라고 소리치지만, 트루먼은 공이 지나가든 말든 아무 상관도 하지 않는다. "가서 공을 가져와!" 트루먼은 자리를 박차고 일어나 방을 떠난다. "트루먼!" 조슈아가 낙담한 목소리로 개를 부른다.

"금방 올 거야." 클레어는 고개를 숙여 공을 집어 아들에게 가져다준다. "걱정마."

"TV에서 타이슨이란 불독이 스케이트보드 타는 게 나왔어요." 조슈아는 반바지 끝에 튀어나온 실오라기를 잡아당기며 말을 잇는다. "트루먼은 공도 주워올 줄 모르는데."

86

"트루먼은 다른 걸 하잖니." 클레어는 재빨리 무언가를 생각해 내려 한다.

"예를 들면요?" 시큰둥한 반응이다.

"빵 한 덩어리를 3초에 다 먹어치울 수 있잖니." 그래도 조슈아의 얼굴은 좀처럼 밝아지지 않는다. 클레어는 한숨을 내쉬고는 조슈아 옆에 쪼그리고 앉는다. "트루먼이 어렸을 때, 우리에겐 영웅이었잖아. 기억나지?" 조슈아는 눈을 크게 뜨고 엄마를 쳐다본다.

"네가 우리에게 왔던 날, 너는 정말 작았단다."

"알아요." 조슈아는 내가 할 말이 무엇인지 이미 알고 있다는 투로 대답한다. "6파운드였죠."

"어느 날, 네가 우리 집에 오고 나서 일주일쯤 되었을 때, 네가 아기 침대에서 자고 있었단다. 아빠와 나는 너무 피곤해서 저녁 7시 반에 소파에서 잠들고 말았지."

조슈아는 이를 듣고 함박웃음을 짓는다. "7시 반에 잤다구요?"

"그래, 그랬단다." 모르는 사이에 아들의 손은 포동포동한 아기다움이 없어졌다. 어느 새 이렇게 길어졌을까, 그녀는 순간 생각했다. 이건 자기 엄마 손일까? 아빠 손일까? "네가 어릴 때, 잠을 많이 안 잤단다. 그래서 네가 잘 때면, 우리도 같이 잤었지. 그 날 우리는 곤히 잠이 들었었는데, 갑자기 트루먼이 짖는 소리가 들리더구나. 아빠는 트루먼이 화장실에 가고 싶어 하는 줄 알고 밖으로 데려가려는데 나가지 않겠다고 버텼지. 아빠가 트루먼을 쫓아 따라다니는데, 그 녀석은 계속 낑낑대면서 도망치기만 했단다. 사실 꽤 웃겼지." 그들은 조나단이 졸린 눈을 하고 트루먼을 쫓는 장면을 생각하자 흐뭇해진다. "결국 트루먼은 2층으로 올라가더니 우리를 기다렸어. 계속 짖으면서 말야. 우리가 뒤따라가자 네 방으로 들어가더구나. 우린 계속 '쉬, 조용해, 트루먼. 쉿. 조슈아 깨겠다' 라고 했지만 트루먼은 계속 짖었지. 그러다 순간, 아빠와 난 뭔가 잘못 되었다는 것을 깨달았단다. 큰일이 생겼음을 순간 깨달았어. 그렇게 트루먼이 짖어대면 네가 벌써 깨어 울고도 남았을 테니까."

조슈아는 미간을 찌푸린다. "내가 안 깼어요?"

"그렇단다." 그때만 생각하면 온몸이 떨린다. 클레어는 아들을 들어 올려 무릎 위에 내려놓는다.

"왜요?" 조슈아는 엄마의 결혼반지를 빼내어 자기 엄지손가락에 끼우고 이리저리 돌려, 다이아몬드에 빛을 반사시켜 벽에 비친 무지개를 바라본다.

"아빠가 네 방 불을 켰단다. 너는 침대에서 자고 있는 것처럼 보였지만 실제론 그렇지 않았어. 숨을 쉬고 있지 않았거든." 조슈아는 순간 손짓을 멈춘다. 그러나 아무 말도 하지 않는다. "아빠가 순간 너무 놀라 너를 재빨리 안아 올렸단다. 그러자 그 덕분인지 네가 갑자기 울기 시작하더구나."

"휴…" 조슈아는 안도의 한숨을 쉬며 다시 반지를 돌리기 시작한다.

"그치?" 클레어가 동의하며 말한다. "트루먼 덕분에 네가 살아난 거란다. 스케이트보드는 못 타도, 우리에겐 정말 특별한 은인이지."

"정말 그러네요." 조슈아가 중얼거린다. "가서 미안하다고 해야겠어요." 엄마 반지를 다시 제자리에 끼워놓은 후, 무릎에서 폴짝 내려 트루먼을 찾으러 나간다. 그 날 밤에 대해 조슈아에게 말할 수 없었던 것이 하나 있다. 그녀의 아들이 침대에 누워 아무런 움직임도 없이 창백하게 누워있던 그 순간부터 울음소리를 듣던 그 순간까지 단 몇 초지만, 그 순간 그녀의 숨도 멈추었다는 것이다. 어떻게 이 아이를 벌써 데려간단 말인가? 하나님이 왜 마음을 바꾼 것일까? 조슈아의 작은 폐에 공기가 닿던 그 순간까지 그녀의 숨도 멈추었었다.

클레어는 서서히 자리에서 일어났다. 세월이 벌써 45년이나 흘렀다는 것을 느끼면서…. 조슈아가 열 살 생일을 맞을 때면 자신은 쉰 살이 되었을 것이다. 그의 나이가 마흔 살이면, 자신의 나이는 여든 살이 될 것이다. 엄마가 된다는 것은 이 세상에서 가장 어렵고 두려우면서도 가장 멋진 일이다. 조슈아가 그들의 아들이 된 이후로 가장 행복한 순간은, 물론 조슈아가 '엄마'라는 단어를 사용할 때를 제외하면, 조나단과 조슈아가 함께 지내는 모습을 볼 때이다.

그들은 나란히 앉아 집 보수에 관련된 잡지를 넋을 잃고 탐독하거나, '낡은 집을 고쳐드립니다' 라는 TV쇼를 본다. 조슈아가 나중에 커서 밥 빌라나 조나단처럼 되고 싶다고 할 때면, 클레어는 실없이 웃음이 나온다. 둘은 마치 쌍둥이처럼 함께 사포질하고, 니스 칠하면서 벽난로 위의 선반이나, 옷장, 계단 난간을 고치곤 한다. 특히 조나단이 못질하는 법이나 드라이버로 나사 조이는 법을 가르쳐주는 모습을 볼 때면 클레어의 마음은 뿌듯함과 행복감에 부풀어 오른다.

클레어는 조슈아가 외아들이긴 하지만, 남들과 다르다는 것을 안다. 처음에는 그냥 공상하기를 좋아하는 거라 생각했다. 그의 머리는 늘 창의적인 생각으로 가득 차 있어서 우리가 무슨 말을 할 때 조슈아가 듣고 있는 것처럼 보여도 실은 다른 생각을 하고 있을 때가 있다. 무언가 하라고 말하면, 곧잘 그대로 할 것 같다가도 말을 따르지 않는 것이다. 어떨 땐 마치 우리가 사는 세상과는 전혀 다른 세계에 사는 것 같다. 무엇에 그리 빠져있는지 조심스럽게 다시 현실로 돌아오도록 해야 할 때도 있다. 조슈아의 주위에는 자신을 방어해주는 범퍼로 둘러싸인 것만 같다. 그 범퍼 없이는 이 거친 세상에 그대로 나동그라질지도 몰라서라고 그녀는 생각한다. 그것이 산소 부족으로 숨을 쉬지 못했을 때나 아니면 우리의 아들이 되던 그날 밤에 있었던 끔찍한 일 때문일지도 모른다. 혹은 우리의 사랑이 세상에 대한 조슈아의 신뢰를 회복하기에는 아직 역부족이기 때문이 아닐까.

클레어는 테이블에 진열된 사진을 손가락으로 하나씩 짚어 본다. 조슈아가 이 집에 처음 온 날, 우리가 합법적인 가족이 되던 날, 처음으로 호박죽을 맛보던 날, 그리고 그의 첫 크리스마스가 담겨있다. 그때마다 클레어는 5년 전 소방서에 조슈아를 남기고 간 그녀를 위해 감사기도를 했다. 그녀 덕분에 그들 부부에게 아들이 생겼으니까. 때때로 조슈아의 친엄마에 대해 궁금해진다. 이곳 린든폴스 출신일까, 아니면 먼 지방 사람일까? 어린 청소년이었을까, 아니면 아이가 너무 많아 더 이상 감당할 수 없었던 어른일까? 어쩌면 조슈아에게 형이나 누나가 있을지도 모른다. 그의 친엄마가 마약이나 알코올중독자일지도 모른다.

하지만 사실이 어떻든 알고 싶지 않다. 그저 그를 포기해준 것에 감사할 따름이다. 조슈아의 친엄마가 그를 포기한 동기가 이타적이었던 이기적이었든 그것은 중요치 않다. 어쨌든 그녀는 우리에게 모든 것을 주었다.

 브린

미시의 원룸에 총 12명이나 모였다. 이들 중 아는 사람이라곤 미시뿐이다. 그녀는 소파에서 어떤 남자와 키스에 집중하고 있다. 나는 한쪽 구석에 서서 어정쩡한 자세로 서서 그들이 격정적인 키스를 나누는 모습을 애써 외면하려 노력한다. 그의 손은 미시의 셔츠 위에 놓여 있고, 혀는 미시의 입 속으로 빨려 들어갈 것만 같다. 나는 누군가 내 손에 쥐어준 잔을 한 입 가득 들이부었다. 순간 내 몸 전체에 무감각함이 기분 좋게 퍼져나간다. 약을 먹는 중에는 술을 마시면 안 되지만, 지난 며칠간 약을 끊었으니 지금은 괜찮다. 캠퍼스에서 본 듯한 남자아이가 내 쪽으로 다가온다. "안녕?" 온 방안을 흔드는 강한 비트음악 때문에 일부러 더 크게 인사한다.

"안녕." 나는 왜 이렇게밖에 답하지 못하는 걸까. 서툰 나의 인사말이 실망스럽다. 그는 큰 편은 아니지만, 그래도 나보다는 큰 키에 금발 머리카락은 젤을 발라 뾰족하게 서 있다.

"너 어디선가 본 것 같은데." 내 쪽으로 가까이 오며 그가 말한다. 그의 숨결은 와인바처럼 달콤하다.

"그래." 나는 대수롭지 않은 척 대답한다. 잔을 들어 한 입 마시려하자 벌써 비어있다. 술기운에 내 얼굴이 있는지 없는지도 모르겠다. 나는 손을 올려 뺨이 잘 있나 만져 본다.

"내꺼 마셔도 돼." 그는 자기 셔츠로 병의 윗부분을 쓰윽 닦아낸다. 그의 코에 난 잔 주근깨가 보여, 순간 손을 내밀어 몇 개인지 세어 볼 뻔했다. 다시 어지러워져 벽에 기댄다.

"고마워." 그의 손에서 와인쿨러를 건네받았으나, 달리 할 말이 더 이상 생각나지 않는다.

"난 롭 베이커야." 그가 미소를 지으며 소개한다.

"반가워." 나도 웃어 보인다. "난 브린이야."

"알아. 브린 글렌이지." 그가 내 이름을 알고 있다니. 내 얼굴에 미소가 번진다.

"그래, 맞아." 나는 한 발짝 그에게 다가서며 그에게 키스하면 어떤 느낌일까 생각해본다. 그의 혀에 내 혀가 닿는 기분은….

"나 린든폴스 출신이야." 그의 말이 떨어지자마자 나의 심장은 얼어붙는다. "우리 같은 교회 다녔잖아." 그 다음 말은 안 들어도 알겠다. 그가 내게 온 건 나를 학교에서 봤기 때문도, 내가 예쁘다고 생각하기 때문도 아니다. "네 언니 이름이 앨리슨 글렌이지?" 난 대답하지 않는다. 할 말을 잃고 눈만 깜빡거리며 그대로 서 있을 뿐이다.

"앨리슨이 네 언니 맞지?" 그가 재차 묻는다. 그는 고개를 돌려 나를 바라보던 한 무리의 남자아이들과 눈빛을 주고받는다.

"아니." 내 대답이 거짓말이라는 것을 이미 안다는 표정이 그의 얼굴에 역력하다. "그 이름은 들어본 적도 없는데." 나는 목을 길게 빼고 그의 어깨 뒤로 누군가를 찾는 척한다.

"우리 같은 교회 다녔잖아. 너네 엄마랑 우리 엄마가 같이 빵을 구워 팔기도 했었고. 너 브린 글렌 맞잖아!" 그가 강한 어조로 되묻는다.

"아니야. 아니라고." 나는 와인쿨러를 들어 그의 셔츠에 부어 버린 뒤 그대로 휘청거리면서 문을 향해 뛰쳐나갔다. 밖의 따뜻한 밤공기가 내 얼굴을 식혀준다. 나는 차문을 열고 앞자리에 앉는다. 이 상태로 운전할 순 없다. 머리가 천근만근 무거워 운전대에 고개를 박고 눈을 감는다. 학교 다닐 때, 선생님들이 늘 그랬다. "너 앨리슨 글렌 여동생이지? 너도 언니처럼 똑똑하고 운동도 잘 하고 유머러스하니?"

아니. 난 아니야. 난 언니와 달라, 라고 소리 지르고 싶다. 그녀와는 전혀 다르며, 그렇게 될 수도 없을 것이다. 하지만 아무리 노력해도, 아무리 멀리 도망치더라도 앨리슨은 어디에든 있다. 세상은 늘 앨리슨 위주로 돌아간다.

 **앨리슨**

한밤중이다. 어떻게 경찰이 그 아기가 내가 낳은 아기라는 걸 알았는지 다시 궁금해진다. 누군가 연락을 했겠지, 분명 나는 아니다. 하지만 브린이 그랬다는 것을 늘 알고 있었다. 비록 그 애에게 그런 용기가 있다는 것은 믿기지 않지만 말이다. 그 앤 혼자서 피자도 시키지 못했다. 5년이 지난 지금도 전화를 거는 그 애의 모습은 상상이 잘 안 간다.

출산 다음 날, 눈물이 주르륵 흐를 정도로 불붙는 듯한 통증이 지속되었다. 경찰관이 내 손을 굳게 잡아주었을 때 오히려 고마울 정도였다. 브린은 내게 손을 뻗치며 "앨리슨 언니"를 외쳤다. 나는 너무도 고통이 심한 나머지 그녀의 손을 피했다. 누구라도 내게 손을 대면 그대로 폭발할 것만 같았다. 그런 내 행동이 그 애에게 상처를 입혔을 것이다. 브린은 매우 예민한 아이였다. 항상 그랬다. 이상하게 들릴지 모르겠지만, 난 그 애가 왜 경찰에 신고했는지 이해할 수 있다. 그 일은 브린처럼 여린 15살짜리 소녀가 혼자서 감당할 수 있는 일이 아니었다. 그 애가 그 사건에 연루되었다는 사실을 아무에게도 말하지 않았기를 늘 기도했다. 내 잘못 때문에 브린까지 곤경에 처해서는 안 된다. 경찰차에 타 문을 닫기 전, 브린의 고통스러운 외침이 들려왔다. 그때가 그 애의 목소리를 들은 마지막 순간이었다.

얼마 후 나는 경찰차 속에서 정신을 잃고 말았다. 우린 곧장 병원으로 향했고, 곧 나는 30바늘이나 꿰매는 수술을 받았으며 그 후 3일간 항생제를 맞으며 입원해야 했다. 그 기간 동안 의사들과 간호사들이 나를 대하는 태도는 뭔가 달랐다. 모두 나를 보살펴주기는 했지만, 전문적인 손길 이외의 것은 제공하려 하지 않았다. 부드러운 손길도, 이마의 열을 재보려고도, 베개 솜을 정돈해주는 일도 없었다. 모두 분노와 혐오, 그리고 공포로 가득 찬 눈길뿐이었다. 처음엔 경찰에 인계되어 가던 내 모습을 보고 놀랐던 나의 부모님의 반응은 격노로 변해갔다. "무슨 소리야!" 강에 아기를 던져버린 게 내가 맞는지 확인하고자 온 경관에게 엄마가 소리쳤다. 난 아무 말도 할 수 없었다.

"앨리슨." 엄마는 내 대답을 촉구했다. "어서 사실이 아니라고 말해보렴." 하지만 나는 여전히 입을 꾹 다물었다. 경관은 왜 우리 집 차고 쓰레기통에 피 묻은 이불이 버려져있는지 이유를 물었다. 여전히 나는 대답하지 않았다. 어떻게 내 배가 절반쯤 꺼졌는지, 왜 내 가슴이 불어 모유가 흐르는지를 물었다.

"앨리슨. 어서 네가 한 일이 아니라고 말하렴." 아빠가 재촉했다.

마침내, 나는 "변호사를 불러주세요"라고 말했다.

경관은 어깨를 으쓱하더니, "좋은 생각이네요. 저흰 태반도 찾았거든요." 이 말을 듣는 순간 숨쉬기가 힘들어졌다. 나는 퉁퉁 부은 내 손을 내려다보았다. 전혀 내 손처럼 보이지 않았다. "쓰레기 봉지 맨 밑에 베개 커버 속에 있었지요." 경관은 아빠의 얼굴을 바라보며 말을 이었다. "쓰레기통 속에 있었어요. 변호사를 구하셔야겠군요." 병실을 나서려던 경관은 뒤를 돌아보고 내게 물었다. "그 아기가 울진 않았니? 강물에 던질 때 아기가 울지 않던?"

"당장 꺼져!" 엄마가 사납게 소리쳤다. 평소의 정돈된 모습과는 정반대였다. "당장 나가요. 당신에게 이럴 권리는 없어요. 감히 어딜 쳐들어와서 말도 안 되는 소리로 우릴 이렇게 화나게 하냐고요!"

"허." 경관은 내 쪽을 향해 고개를 돌리며 한 마디를 내뱉었다. "근데, 저 앤 별로 화나 보이지 않네요."

 차메인

거스의 병색은 급속도로 악화되어가고 있다. "그 아인 잘 있니?" 차메인이 병원에서 돌아오자 그가 묻는다.

"잘 지내고 있어요." 그녀가 안심시키듯 말한다. "좋은 가족들과 지내잖아요. 기억나죠? 잘 보살펴주고 있으니 염려마세요."

그때 현관문에서 노크 소리가 들린다. 차메인은 가스레인지에서 으깬 감자가 든 냄비를 내려놓고 문으로 걸어간다. 제인이다. 검은 머리를 하나로 묶고 한 손에는 본인이 마술 상자라 부르는 가방을 들고 있다.

"어서 오세요. 잘 지내셨어요?" 제인이 문 안으로 발걸음을 옮기며 묻는다. "가을이 오려나 봐요." 차메인이 그녀의 코트를 받아든다.

"그렇죠? 아직 8월 말인데도 말이에요. 저흰 잘 지내요. 아빠는 저 방에서 TV보고 계세요."

"고통을 잊으려고 집중하고 계시는 군요." 그녀가 미소를 짓는다.

차메인은 어깨를 으쓱하며 "시간 때우기엔 딱이죠"라고 대답한다.

"아버님은 좀 어떠세요?" 제인의 어투가 진지해진다.

"괜찮으세요. 좋은 날도 있고 안 그런 날도 있고, 그렇죠 뭐."

"당신은 어때요? 학교생활은 재밌나요? 이것저것 할 일이 많죠? 스물한 살 젊은 아가씨가 노인을 간호한다는 게 쉽지 않을 텐데요."

"아빠보고 노인이라 하시면, 속상해하실 걸요? 저흰 괜찮아요." 차메인의 표정이 조금 굳어진다. 제인이 무슨 말을 할지 예상했기 때문이다. 그녀는 이 집에 들를 때마다 병원이나 요양원 같은 곳으로 보내는 게 어떠냐고 물어온다. "하루 세 번 집에 전화하고, 점심때마다 제가 집에 들르니까요."

"알아요, 알아." 그녀가 한 손을 들어 보이며, 강요하는 건 아니라는 제스처를 취한다. "잘 하고 있다는 건 알아요. 그저 다른 선택도 있다는 걸 알려드리는 것뿐이에요. 아버님 상태가 더 악화된다거나 도움이 필요하면 알려주세요. 아셨죠?" 그녀는 침착하게 눈을 보며 이야기한다.

"네." 거스가 이 집에서 제 발로 나가는 일은 절대 없을 거라는 사실을 알면서도 이렇게 대답한다.

"얼마 전에 당신 엄마를 만났어요." 제인은 부엌을 눈으로 훑어보며 가볍게 말한다. 간호사인 제인이 환자의 집 안이 청결한지, 보호자가 환자를 잘 보살피고 있는지 확인하는 것은 당연한 일이다. 차메인은 늘 집안을 깨끗이 청소하고, 냉장고에 음식도 꼭 확인한다.

"그래요?" 그녀는 대수롭지 않다는 듯 대답한다. 하지만 자기 엄마에 대한 소식을 더 들을 수 없을까 귀를 기울인다.

"네, 린든폴스에 있는 월마트에서 봤어요. 좋아 보이던데요. 오러크스에서 종업원으로 일하고 있대요."

차메인은 대꾸하지 않는다. 지난 수십 년간 리안은 직업을 수도 없이 바꿔왔으며, 이번 일 또한 금세 그만둘 것이다.

"아직 그 남자랑 사귄대요. 빙크스라는 사람이요."

"지금이야 그렇겠죠." 차메인이 차갑게 내뱉는다.

"당신에 대해 묻더라구요. 잘 지낸다고 했죠." 제인이 부드럽게 말한다.

"그런 거야 직접 물어도 될 텐데요. 여기서 꽤 살았으니 이 집을 기억 못하는 건 아닐 테구요."

"당신 오빠에 대한 소식을 들은 것은 없는지 궁금해 했어요." 조심스러운 목소리로 제인이 말한다.

"없어요." 차메인은 경계하는 어투로 대꾸한다. "몇 년간 소식이 없어요. 마약하는 것과 불법적인 일에 가담한다는 이야기는 들은 적 있는데 그게 전부에요."

"차메인, 당신 정말 대단해요." 그녀가 다시 이야기를 꺼낸다.

"지금은 괜찮을지 몰라도 곧 대학교도 졸업할 테고, 그러면 자기 삶을 꾸려나가야죠." 그리고는 가방을 위로 높이 들고 거스를 부른다. "거스, 당신이 꿈에 그리던 여인이 여기 왔어요. 이상한 건 그만 좀 보라구요!" 거스의 너털웃음소리가 다른 방에서 들려온다. 곧이어 TV를 끄는 소리가 난다.

차메인은 제인의 자상하고 따뜻한 손길이 거스를 얼마나 편하게 해주는지 알고 있다. 그녀는 진통제를 놔줄 뿐 아니라, 모르핀의 기운이 닿지 못하는 깊은 곳의 통증까지 없애 그의 얼굴에 희색을 돌게 해주는 능력이 있다. 그를 인격적으로 존중해주어 자존심을 살려주는 것이다. 결국 그에게 남은 건 그게 전부다. 그도 자신의 임박한 죽음에 대해 알고 있다. 제인은 그 길을 편하게 해주려는 것이다. 그녀는 거스가 훌륭한 소방관이자, 지역 주민들에게 인정받는 좋은 친구로서 기억에 남고 싶어 한다는 것을 알기 때문에, 그의 마음을 존중해주는 것이다. 만일 누군가 그들이 5년 전 했던 일을 알게 된다면, 그녀가 법을 어겼다는 사실이 밝혀진다면, 간호사가 되고자 하는 그녀의 꿈도 모두 물거품이 될 것이다.

자신도 제인처럼 다른 사람들을 돌보며 살고 싶다고 차메인은 생각한다. '내게도 그런 기회가 왔으면 좋겠다.'

브린

주변의 찬 공기에 눈이 떠진다. 창문에 짙은 김이 서려 있어 내가 어디에 있는지 생각해내는 데 시간이 걸린다. 손바닥으로 창문을 닦아 내자, 하늘은 까맣고 저 앞엔 미시의 집이 보인다. 집은 불이 꺼져있고, 길은 아무런 소리 없이 조용하다.

운전대에 고개를 묻고 잤더니 어깨가 뻣뻣하고, 목은 마치 솜이라도 들어있는 마냥 마르다. 밤에 있던 일을 돌이켜본다. 그 남자애가 나 같은 애에게 관심 있다고 생각하다니…. 린든폴스를 떠나면 사람들이 내가 누구인지, 내 언니가 누구인지 모를 거라고 생각했던 내가 바보였다.

차에 시동을 걸어 얼굴에 따뜻한 기운이 전해지도록 온도를 최대한 올린다. 계기판에 나타난 외부 온도는 0도이다. 할머니가 잠 못 자고 나를 기다리는 건 아니었으면 한다. 술이 다 깼는지, 할머니 집까지 차를 몰고 갈 수 있을지, 아니면 미시 집 문을 두드려 그곳에서 하룻밤 묵어야 할지 잠시 고민에 빠진다. 하지만 왜 내가 서둘러 나가야 했는지를 설명할 자신이 없다. 이미

소문은 사실로 판명이 나있을 것이다. 그러면 나는 린든폴스의 그 소녀, 브린 글렌으로 돌아가겠지. 자기 아기를 물에 빠뜨려 감옥에 간 여자의 동생으로 말이다.

머리는 지끈거리고 속은 뒤집어질 것 같지만 어제 밤처럼 어지럽지는 않으니 결국 집으로 가는 게 낫겠다고 결정한다. 헤드라이트를 켠 뒤 집으로 방향을 잡는다. 할머니에겐 뭐라 말해야 할지 모르겠다. 아무래도 사실을 말하는 게 좋겠지. 이 세상에서 의지할 수 있는 유일한 분이니까. 물론 어느 정도까지만 말이다. 할머니는 내가 부모님 집에서 이방인처럼 살고 있었다는 것도 이해하셨다. 할머니도 할아버지와 아빠와 살면서 똑같은 심정이었다고 하셨다. 두 사람 모두 완벽주의인데다 엄청 똑똑하고, 경제와 천문학에 많은 관심이 있었다. 할머니 말씀으론 아무리 노력해도 그들 사이에는 비집고 들어갈 틈이 없었다고 했다.

내가 열네 살이었을 때, 주민센터에서 스케치 수업을 들은 적 있다. 한 번은 자화상을 그리는 것을 숙제로 내주었는데, 나는 거울 앞에 앉아 내 자신을 들여다보며 몇 시간 동안 그대로 앉아만 있었다. 연필 끝은 종이에 닿을 생각을 안 했고, 내 손은 어디에 앉을까 고민하는 나비와 같았다. 그러던 중 앨리슨 언니가 지나가다가 얼굴을 들이밀었다.

"뭐해?" 언니가 물었다.

"별거 아냐. 그냥 미술숙제 하느라고. 자화상 그려가야 하거든."

"봐도 되니?" 언니가 방 안으로 들어오며 물었다. 그때 나는 이렇게 생각했다. '언니는 너무 예뻐.' 언니 얼굴을 그려도 되냐고 묻고 싶지만 물어볼 용기가 나지 않았다. 나는 빈 스케치북을 언니 쪽을 향해 내밀었다. 언니의 얼굴엔 순간 고민하는 표정이 떠올랐다. "정말 어렵겠다. 화가들은 자화상 그리는 게 가장 어려울 것 같아. 자기 자신을 그려야 하잖아. 자기가 생각하는 자신의 모습을 다른 사람들에게 공개해야 한다는 게 말야." 이렇게 말하고는 자신이 한 말이 너무도 멋져 자기도 놀랐다는 듯 고개를 저었다. "눈부터 그려봐. 그러면 잘 될 거야." 말을 마친 언니는 방에서 나갔다.

나는 그 뒤로 오랜 시간 내 방에서 웃으며 시간을 보냈다. 언니가 내 방에 들려준 것 때문만이 아니라 나를 화가라고 불러주었기 때문이었다. 그 순간 나는 아무 것도 아닌 언니의 동생이 아니라, 화가인 브린 글렌이라 여겨졌다.

그때 내 모습을 그린 자화상을 아직도 가지고 있다. 그 그림엔 거울 앞에 앉아 손에 연필과 종이를 들고 자기 자신의 모습을 보는 모습이 그려져 있다. 그림을 자세히 보면 그림 속의 스케치북에 그려진 거울 안에는 또 다른 내가 있고, 그 안의 거울엔 또 다른 내가 그려져 있다. 나는 이점이 매우 매력적이라 생각했다. 미술 선생님도 칭찬하셨고, 나는 A를 받았다. 부모님께 보여드렸더니 잘 했다며 칭찬하셨다. 그래서 나는 액자에 넣어 거실에 걸면 안 되냐고 물었으나 거절당했다. 집안 분위기와 어울리지 않는다는 것이 이유였다.

언니에게는 그림을 보여주지 않았다. 언니가 뭐라 말할지 두려웠다. 하지만 그때 그 순간만은, 언니는 나를 화가로 봐주었었다. 나는 그 기억을 간직하고 싶었다.

할머니집 앞에 다다라 차를 세우려고 보니, 할머니가 현관 등불을 켜놓으셨다. 가능한 조용히 뒷문을 열고 부엌으로 들어간다. 가스레인지 위의 전등도 켜있고, 식탁에는 메모가 하나 있다. '친구들과 재미있게 보냈길 바란다. 싱크대 위에 케이크 남겨 두었단다.' 할머니를 사랑하는 또 다른 이유가 있다면 바로 이것이다, 언제나 내 몫을 남겨주신다는 점. 속이 여전히 매스꺼워 물을 한 잔 들이키고 다음 내 방으로 향한다. 마일로가 침대 위에 곤히 잠들어 있다. 마일로를 한 쪽으로 민 다음 이불 속으로 들어가지만 쉽사리 잠이 오지 않는다. 나는 다시 일어나 지난 이틀간 먹지 않은 약까지 더해 세 알을 삼킨 뒤 스케치북을 꺼낸다. 침대로 기어 올라가 그림을 그리기 시작한다. 손이 생명을 가진 것처럼 움직이기 시작한다. 검은 구름, 강, 언니, 그리고 아기, 그리고 나. 모든 것을 보고 있는 내 모습.

 앨리슨

　오늘 화장실 청소는 내 담당이다. 일을 마치면 올린과 만나 근처 서점에서 일자리에 대해 이야기하기로 했다. 앞으로 어떤 일을 할 수 있게 될지 꽤나 걱정도 되고 긴장도 된다. 올린은 근처 주민 사람들과 사교적으로 지내기 때문에 우리 식구들은 -그녀의 표현에 따르면- 이곳 거트루드 집 근처의 일자리를 쉽게 얻을 수 있다고 한다. 청소도구를 바닥에 내려놓은 다음 수세미를 손에 쥐고 변기 뚜껑을 올리자, 변기 속에 살아있는 것처럼 보이는 아기 인형이 두 눈을 크게 뜨고 내 눈을 바라본다. 순간 숨이 멎는 듯하다. 내가 낳았던 아기처럼 분홍빛 피부를 가진데다가 자기를 살려달라는 표정으로 두 팔을 내뻗고 있다. 나는 화장실 밖으로 뛰쳐나가 싸울 태세를 하거나, 소리를 지르거나, 욕설을 퍼붓거나, 복수를 생각할 생각도 못한 채, 화장실 바닥에 고개를 박고 소리 내어 울부짖는다. 마침내 올린이 화장실로 올라와 내 옆에 앉아 나를 꼭 안아준다. 지난 몇 년간 이렇게 울어본 적이 없었다. 우리 엄마, 아빠, 브린에게도 이렇게 우는 모습을 보인

적이 없다. 나는 올린의 마른 어깨에 뺨을 대고 계속 흐느껴 운다.

"쉿… 괜찮아요, 앨리슨. 괜찮아요." 그녀가 내 귀에 대고 속삭이며 나를 다독인다. 그녀의 담배 냄새가 뺨에 닿는 것이 오히려 고맙다. "다 괜찮아질 거예요. 내 말 알겠죠?" 나는 훌쩍거리며 그녀의 어깨에 기대 고개만 끄덕인다. "그럼 어서 일어나 얼굴부터 씻어요." 거칠고 메마른 가죽 같은 그녀의 손을 내 어깨 위에 올리며 나를 설득한다. "쉽지는 않겠지만… 어쩌면 생각보다 훨씬 더 어려울지도 몰라요. 과거의 당신 잘못을 바꿀 수 있는 사람은 아무도 없어요." 이 말에 나는 다시 울기 시작한다. "하지만…." 단호한 그녀의 목소리에 나는 눈을 들어 다음 말을 기다린다. "지금 자신의 모습은 바꿀 수 있잖아요. 앞으로 어떻게 살지도 당신이 결정할 수 있구요. 알겠죠?" 나는 목이 메어 아무런 대답도 하지 못한다. "알겠지요?" 그녀가 다시 묻자, 나는 고개를 위아래로 천천히 올렸다 내려 보인다.

"가슴 속에 희망을 품고 이 세상을 맞이하도록 해요, 앨리슨." 그녀의 눈에도 눈물이 고인다. "희망을 품고 세상을 맞으면, 분명 당신에게 보답해줄 거예요." 과거의 수많은 이들에게도 이렇게 말했겠지.

다시 고개를 끄덕인 나는 눈물을 훔친다.

"이제 괜찮겠어요?" 올린이 묻는다.

"괜찮아요." 여전히 훌쩍이는 목소리로 바보처럼 대답한다. 괜찮기는커녕 자기 자신을 추스르지도 못하면서.

"여기 조금만 더 있다 갈게요."

"그렇게 해요." 그녀는 몸을 일으켜 세워 나를 내려다보며 잠시 무슨 말을 해야 할지 고민한다. "전체미팅 때 봐요." 그녀는 변기 속에 떠다니는 아기 쪽으로 눈길을 주며 묻는다. "내가 치워줄까요?"

"아뇨. 제가 할게요." 곧 화장실 문을 닫는 소리가 달각, 하고 낮게 들린다. 거울 속의 퉁퉁 부은 내 눈과 얼룩덜룩한 얼굴을 바라보면서, 이런 모습을 하고 나타날 순 없어, 라고 스스로에게 말한다. 수도꼭지를 틀고 찬물을 얼굴에 가볍게 끼얹는다. 불현듯 차가운 강물에서 아기는 얼마나 괴로웠을까 하는 생각이 머리를 스치자 목이 메여온다. 억지로 고개를 들어 거울 속의 내 모습을 매만진다. 머리카락은 아직도 길고 윤이 나며, 밝은 노란빛이다. 정말 싫다. 머리카락을 움켜쥔 뒤 크게 심호흡을 해본다. 화장실 캐비닛을 열어 가위를 찾아보지만 어디에도 보이지 않는다.

변기에서 꺼낸 인형을 낡은 수건으로 꽁꽁 싸맨다. 이건 나를 시험해보기 위한 것이다. 이 집에서 다른 여자들에게 인정을 받느냐 못 받느냐의 문제다. 그들이 잘 모르는 것이 하나 있다. 내가 시험을 잘 본다는 점이다. 화장실 문을 열자 내 눈치를 살피던 그녀들은 내 쪽을 힐끔거린다. 나는 고개를 뻣뻣이 들고 허리는 곧게 세운다. 고자세로 복도를 걸어 계단을 내려간다. 뒤에서 비아냥거리며 웃는 소리가 나를 따라온다. 나는 발을 쿵쿵거리며 부엌 뒷문으로 나간다. 까만 쓰레기통의 뚜껑을 거세게 연 다음 수건에 싼 인형을 던져 넣는다. 인형은 냄새 나는 음식물 쓰레기와 더러운 휴지조각들, 그리고 못된 짓을 한 여자들이 버린 쓰레기 속에 자리 잡는다.

희망. 올린은 내게 희망을 가지고 세상을 맞이하라 했다. 나도 그러고 싶다. 하지만 방법을 모르겠다.

다시 2층으로 올라가자 분노에 찬 그들 입에서 "살인마"라는 소곤거림이 들려온다. 린든폴스에 사는 한 결코 내 과거로부터 자유로울 수 없을 것이다. 우선은 서점에서 일자리를 얻은 다음 이곳에서 6개월을 채운 뒤 멀리 떠날 것이다. 무엇보다 먼저 브린과 만나야 한다.

 **클레어**

9시 반이 되어서야 설리반로의 가로수 등이 켜진다. 하늘은 7시부터 칠흑 같이 어두웠는데도 말이다. 조슈아는 빗방울이 가느다란 은실처럼 내리는 것을 보며, 북엔즈의 유리창에 손가락을 대고 서 있다. 아이의 손은 꼬마곰 젤리와 초콜릿 맛 음료수로 찐득거리지만, 클레어는 창문에 남은 끈적거리는 아이의 손가락 자국도 닦아낼 기운이 없다. 월요일 저녁시간은 클레어의 근무가 없는 시간이지만, 열일곱 살짜리 아르바이트생 애슐리에게 아프다고 전화가 왔다. 엎친 데 덮친 격으로 천장에서 비가새기 시작했고, 서둘러 책을 치우고 바닥을 걸레질했다. 트루먼은 어딘가로 숨어버렸고, 결국 조슈아가 채근대자 간식을 내주고 말았다.

그로부터 두 시간이 지난 지금, 클레어는 조나단이 늘 조심하지 않으면 목뼈가 부러질 거라고 주의를 주었던 그 비틀거리는 사다리를 타고 올라가 재고정리를 하고 있다. 진즉에 했어야 할일이었다.

"엄마." 조슈아가 다급한 목소리로 엄마를 찾는다. "번개가 쳤어요. 조금 있으면 천둥소리가 날 거예요."

"잠시만 기다리면 곧 집에 갈 거란다. 거의 다 됐어. 졸리니?" 조슈아는 고개를 가로젓는다. "다음 주면 학교 시작하니까 앞으론 일찍 자야 할 텐데." 그녀는 책장 첫 번째 칸에 꽂힌 책을 눈으로 훑어보며 주문 목록을 작성한다.

"2층에 올라가도 돼요?" 조슈아가 묻는다. 2층에는 조나단이 조금만 손보면 대학생들에게 월세를 받을 수 있을 거라고 장담했던 작은 원룸이 있다.

"미안하지만 안 돼." 클레어가 반대한다. "아빠 연장이 거기 산처럼 쌓여있어. 지금 거기 천장에서 물이 새는 것 외엔 재미있는 것은 하나도 없단다. 지금부터 딱…" 손목시계의 시간을 확인하려다 사다리에서 발길을 헛딛을 뻔하고 만다. "깜짝이야." 클레어는 자세를 가다듬으며, "딱 15분 후에 가는 거다, 알겠지?"라고 말한다.

조슈아는 엄마의 말에 확신 없는 목소리로 "알았어요. 저쪽에 있을게요"라고 대답하며 엄지손가락을 들어 유·아동 서적 코너를 가리키고는 힘없이 걸어간다.

애늙은이 같으니라고, 하고 클레어는 생각한다. 그때 앞문에 달린 벨소리가 들리며 두 젊은 남자가 어슬렁거리며 들어온다. "죄송하지만 문 닫았어요."라며 미안한 마음을 전한다. 손님을 내쫓고 싶은 마음은 전혀 없다. 새 책을 손에 들고 싶은 기분을 그 누구보다도 잘 이해하는 그녀이기 때문이다. "내일 오전 9시에 열어요"라고 대답하고 그들 쪽으로 눈길을 돌리는 순간, 후드티의 모자를 푹 눌러써 얼굴이 보이지 않는 그들의 모습에 순간 단 하나의 단어가 그녀의 마음을 공포로 멎게 한다. 조슈아.

둘 중 작은 사내의 모자가 뒤로 살짝 벗겨지면서 까만 눈이 클레어의 눈과 마주친다. 좀 더 크고 날씬한 쪽은 재빨리 금전등록기로 달려간다. 그가 깡마른 손가락으로 금전등록기의 서랍을 잡아당기자 쨍그랑하는 소리와 함께 동전에 사방으로 떨어져 나간다. "이봐요!" 클레어는 눈을 믿을 수 없다. "무슨 짓이에요?"

그는 그녀의 말을 무시한 채 자기 옷 주머니에 지폐와 동전을 쑤셔 넣는다. 클레어는 흔들리는 사다리를 타고 내려가면서, 조슈아가 그들 쪽으로 가까이 가지 못하도록 그 사이를 가로막아야겠다는 일념뿐이다.

"멈춰." 키 큰 사내가 소리친다. 그녀는 조슈아가 뒤에서 나오지 않기를 속으로 빌면서 다른 한 발을 내딛는다. "멈추랬잖아!" 그는 클레어쪽으로 다가선다. 그러자 그의 모자가 벗겨지면서, 갈색 머리카락과 그의 분노에 찬 조소만 아니라면 꽤 잘생겼을 법한 얼굴이 드러난다. 마약 때문이다, 하고 클레어는 생각한다. 그의 눈은 생기가 없고 어두웠다. 트루먼은 어디 있는 걸까? 지금 같은 순간에 도대체 그 녀석은 어디 있담?

클레어는 다시 조슈아가 뒤쪽에서 나오지 않았기를 바라면서 고개를 돌리자, 바로 엄마 뒤에서 공포에 가득한 눈으로 그녀를 올려다보고 있다. 너무도 작고 어린 모습이다. 그의 얼굴은 근심으로 일그러져 있고, 두 주먹은 꼭 쥐고 있다. 사내들은 아직 그를 보지 못했다. 클레어는 아무 소리도 없이 고갯짓으로 다시 유 · 아동 코너로 돌아가라고 하지만 조슈아는 이미 제 자리에 얼어붙어 버렸다. 클레어가 다시 조심스럽게 한 발을 내딛자 사내는 주머니에 손을 가져간다. 몇 장의 지폐가 떨어지면서 그 사이로 금속 물체가 순간 반짝인다. "제길, 움직이지 말랬잖아!" 그가 칼을 꺼내며 이렇게 내뱉는다.

"안, 안 움직일게요." 그녀는 그를 안심시키고 조슈아 쪽으로 눈을 돌려 상태를 확인한다.

"맙소사." 같이 온 사내가 키 큰 사내 쪽으로 다가서며 묻는다. "무슨 짓이야? 어서 치워." 키는 작지만 레슬링이나 체조를 한 사람처럼 보인다. 그의 모자가 살짝 벗겨지면서 그의 검은색 곱슬머리와 회색 눈이 드러난다.

"닥쳐." 키 큰 사내는 그의 친구에게 이렇게 내뱉고는 클레어에게 묻는다. "금고는 어딨어?"

"금고는 없어요. 그게 전부예요." 그녀의 다리가 후들거리기 시작한다. 자칫하다 움직이게 될까봐 애써 다리에 힘을 줘본다.

"금고 어딨냐니까!" 그의 목소리가 더욱 커진다.

그때 누군가의 흐느낌이 들려오자, 클레어의 심장이 멎는다. 조슈아다.

"이건 또 뭐야?" 키 작은 도둑의 목소리다.

"엄마?" 조슈아가 말한다. "집에 안가요?" 아이의 공포에 가득 찬 눈은 엄마의 눈과 사내의 손에 들린 칼을 오간다.

"괜찮아, 아가." 짧은 숨소리 사이로 두 단어를 내뱉는다. "뒤에 가 있으렴. 괜찮아, 가서 엄마 기다리고 있어." 조슈아가 조심히 발걸음을 뗀다.

"안 돼! 너도 꼼짝 말고 서 있어!" 그가 소리치자 조슈아의 눈이 순간 깜빡거리며 머뭇거리다가는 그대로 서점 뒤쪽으로 내뺀다. 키 큰 사내가 조슈아를 향해 뛰어가려는 움직임을 보여 클레어도 아래로 내려가려 발을 내딛는 순간, 사다리가 크게 흔들린다.

그녀의 갑작스런 움직임에 사다리의 경첩이 접히면서 클레어는 발을 헛딛는다. 한 1미터 반쯤? 그녀의 위치는 그렇게 높지는 않다. 그녀는 허리로 떨어지지 않으려고 몸을 구부린다. 영화에서 이런 장면을 슬로우 모션으로 잡을 때 그녀는 항상 보고 웃어넘겼다. 하지만 위기의 순간 많은 장면들이 스치고 지나간다는 것은 사실이었다. 나무 바닥으로 떨어지기까지의 짧은 순간, 그녀의 뇌는 모든 상황이 다 보인다.

키 큰 사내는 조슈아를 굳이 따라갈 필요가 없다고 생각해 뒤

쫓는 것을 단념한다. 그러자 다른 녀석이 "어서 가자"라고 초조하게 외친다. 그런데 그 말이 엿처럼 "어어어어어서서서 가아아아자아아." 하고 늘어져 들리는 것이다. 그는 두려워하고 있다. 단박에 봐도 알 수 있다. 기껏해야 열다섯 살 정도나 되었을까. 이 아이들의 부모는 이들이 무슨 짓을 하는지 알고 있을지 궁금해진다. "어서 나가자고!" 그의 마지막 외마디와 함께 그들은 벌써 문 쪽으로 달려가고 있다. 다행이다! 곧 모든 게 제 속도를 되찾는다.

클레어의 오른쪽 어깨가 바닥에 먼저 닿는다. 순간 통증이 팔전체로 폭발하듯 퍼져나간다. 다음으로 그녀의 머리가 바닥에 부딪히자 눈 위쪽으로 노란 빛이 폭발한다. 정문에서 키 큰 사내의 외침이 들려온다. "전화 끊어! 당장 끊으란 말야!"

그때 그의 목소리가 들려온다. 작고 머뭇거리는 아이의 목소리. "그 아저씨들 때문에 우리 엄마가 떨어졌어요." 떨리는 목소리로 "그들이 돈도 가져갔어요." 조슈아가 재빨리 덧붙인다.

"도망쳐!" 클레어는 소리치려 하지만, 폐에서 공기가 막혀버린 것처럼 아무 말도 나오지 않는다.

"젠장, 전화 끊으란 말야!" 이를 악문 채 사내가 소리친다.

클레어는 어깨와 머리의 통증은 무시하고 두 팔로 엉금엉금 기어가 조슈아에게 다가가면서 "도망쳐!" 하고 숨 가쁘게 외마디를 내뱉는다.

조슈아는 전화기를 내던진 채 자기 엄마에게로 달려와 바닥에 꿇어앉는다. 먼 곳에서 들려오는 사이렌 소리, 조슈아의 미친 듯 빠른 숨소리. 사이렌 소리를 들은 도둑들은 재빨리 그곳을 뜬다. "조슈아, 이젠 괜찮아." 약한 목소리로 클레어가 조슈아를 다독인다. "괜찮아. 아가." 아이는 작은 두 손으로 엄마의 손목을 꼭 잡는다. 엄마를 이대로 놓치면 멀리 날아 갈까봐 두려운 것이다. 어깨와 머리의 통증 때문에 순간 위가 뒤틀렸는지 위액이 목구멍으로 넘어오려 한다. 그녀는 조슈아의 반대편으로 고개를 돌려 토해낸다. 아이의 흐느낌과 온몸의 떨림이 그대로 느껴온다. 아이는 더 세게 엄마를 끌어안는다. "울지 마, 아가." 눈물 줄기가 그녀의 얼굴을 타고 내려온다. "아가, 울지 말렴." 마침내, 트루먼이 느릿느릿한 걸음으로 다가오더니 젖은 코를 클레어의 얼굴에 대어 보더니 그 옆에 앉는다. 셋은 도움의 손길만을 기다리고 있다.

구급대원들이 도착해서 조슈아를 안심시킨 후에야 조슈아는 클레어에게서 떨어진다. 그녀의 손목엔 아이의 손가락 자국이 선명하다. "괜찮아, 조쉬." 그녀가 반복해서 아이를 안심시킨다.

"남편 분께서 오실 때까지 경관이 아이 곁에 있어줄 겁니다." 구급대원이 약속한다. "꽤 심하게 넘어지셨어요. 가서 엑스레이도 찍고 의사선생님께 진찰 받으시도록 도와드리겠습니다. 통증이 심하신가요?"

클레어가 고개를 끄덕인다. "조슈아와 함께 있으면 안 될까요? 혼자 두고 싶지 않아요." 그녀는 아들 쪽을 바라보려고 고개를 돌린다. 통증에 미간이 찌푸려진다. 그는 트루먼과 함께 소파에 앉아 있다. 한 젊은 경관이 아이에게 다가가 무릎을 꿇고 무언가를 말하자, 아이의 입가에 살짝 미소가 번진다.

"어서 병원으로 가셔야 합니다. 경관이 여기에서 아드님을 보살필 겁니다."

"또 토할 것 같아요." 클레어가 부끄러운 듯 말한다.

"괜찮습니다." 고개를 끄덕이며 안심해도 된다고 일러준다. "뇌진탕 때문에 그러실 겁니다. 어서 하세요."

그녀가 병원에 도착해 간이침대를 타고 응급실에 도착하자, 조나단이 이미 도착해서 초조하게 그녀를 기다리고 있다.

"클레어?" 침대가 멈추자마자 그가 묻는다. "여보, 괜찮아?"

"조슈아는, 조슈아는 어딨어요?" 아들을 찾으려 고개를 들자 망치로 내리치는 것 같은 두통이 몰려온다.

"걱정 마." 아내를 내려다보는 그의 눈에 눈물이 고인다. "경관이 이쪽으로 데려오는 중이야." 그는 손을 그녀의 이마 위에 얹어본다. "당신은 어때? 어떻게 된 거야?"

구급대원이 침대를 다시 밀기 시작하자, 조나단은 아내의 손을 꼭 잡는다. 서점에서의 강도사건에 대해 설명하려고 하는데 클레어의 눈은 계속 감겨온다. 이대로 잠들고 싶은 욕구를 애써 누르며 "조슈아가 오늘 얼마나 멋졌는지 당신도 봤어야 했는데"라고 말한다. 그녀의 얼굴은 아들의 자랑스러운 행동에 대한 감격으로 빛이 난다. 클레어는 조슈아가 잡고 있던 손목을 내려다본다. 그러나 손가락 자국이 사라져버린 것을 본 그녀는 조슈아도 이대로 사라져버린 건 아닌가 하는 두려움에 휩싸인다.

그러나 그때 익숙한 조슈아의 발걸음소리가 가까워지더니 어느새 그녀의 옆에 선다.

"용감한 우리 아들." 클레어는 아이의 손을 잡고서야 마음이 놓여 잠에 빠져든다.

앨리슨

전체미팅에서 내 이야기를 할까 말까 고민 중이다. 오늘은 성급한 순간의 결정에 영향을 미친 사람들에 대해 이야기해 보기로 했다. 린든폴스 역사상 이렇게 짧은 시간에 나처럼 심각한 수준으로 나락에 떨어지는 경험을 한 사람은 없을 것이다. 완벽한 부모 밑에서 자란 완벽한 딸이었으니…. 하지만 지금 생각해보면 과연 그랬던 것인가 의심이 생긴다. 그분들은 우리를 먹이고 입혀주었으며 학업과 운동, 모든 면에서 우리가 필요한 것은 무엇이든 채워주었다. 매주 일요일 교회에도 갔지만 뭔가 항상 부족했다. 내 삶은 수영 연습과 배구 경기, 대입 준비, 교회 청년부 활동 외엔 아무 것도 없었다. 서로 이야기를 나누는 일도, 함께 웃는 일도 없었다. 우리 집 부엌에 걸린 커다란 달력에 1시간 단위로 적혀 있던 크고 작은 행사를 제외하고는 추억거리도 없다. 그러므로 이 미팅에서 나의 부모님과의 단절된 대화에 관해, 그래서 내가 임신했다는 사실조차 밝힐 수 없었다는 것을 말할 수 있을지도 모른다. 그러나 내 인생의 최저점의 시작은 크리스토퍼였다.

우리는 세인트 앤스 칼리지에서 우연히 만났다. 나는 좀 더 좋은 성적을 얻기 위해 SAT를 다시 한 번 치는 날이었다. 내 목표는 완벽한 만점인 2,400점이었다. 해마다 전국에서 약 300명의 학생들만이 2,400점을 맞았는데, 그들 중의 하나가 되는 게 내 목표였다.

토요일 오후, 시험을 다 치른 뒤 내 머릿속은 시험문제와 내가 낸 답들로 복잡했다. 교실을 나오자 따스한 햇살이 나를 맞아주었다. 나는 몹시 피곤하고 허기가 졌으며 시험 결과에 대한 걱정으로 속이 쓰려왔다. 이제 가장 힘든 시간, 결과를 기다리는 일만 남았다. 그때까지는 한 달이나 남았다. 생각만 해도 속이 뒤집어지는 것 같아, 그 자리에 발이 붙어버렸다. 그때 내 상태는 상당히 심각했던 것 같다. 어느 순간 내 옆엔 한 남자가 걱정스러운 얼굴로 내 얼굴을 바라보고 있었으니까. 그는 나보다 키가 컸다. 다른 것보다 키가 먼저 눈에 띈 것은 나보다 키 큰 남자들이 흔치 않기 때문이었다. 또 하나 눈에 띈 점은 그가 나보다 나이가 많다는 것이었다. 스물둘이나 스물셋 정도로 보였다. 머리는 구릿빛이 도는 갈색에 전체적으로 각진 얼굴이었다. 그의 분위기를 부드럽게 해주는 것은 깊은 갈색 눈동자였는데, 너무 아름다워 보기만 해도 눈이 부셨다. 그리고 시카고컵스의 셔츠를 입고 있었는데, 후에 그가 야구광이라는 것을 알게 되었다.

남자들이 나를 쳐다보는 데는 워낙 익숙해 있었다. 학교 남자애들은 친구들 앞에서 일부러 내게 성적인 농담을 하기도 했지만 나는 그들을 쳐다보지도 않았다. 성인 남자들도 나를 보고 가던 길을 멈추곤 했다. 아빠의 친구들, 식료품점의 지배인 아저씨 등, 비록 그들은 애들처럼 드러내놓고 밝히진 않았지만 어쨌든 기분은 좋았다. 오해의 소지가 있으니 밝혀 두건대, 누군가 자신의 외모가 예쁘다고 한다면 기분 나쁠 것은 없지 않은가. 그저 그걸 즐길 시간이 없었을 뿐이다.

깨어 있는 시간은 모두 공부하는 데에, 가능한 한 많은 지식을 머릿속에 집어넣는 일에 사용해야 했으니까. 어떤 면에선 난 방구석에 앉아 도넛을 상자채로, 감자칩을 봉지 째로 아무 생각 없이 입안에 쑤셔 넣는 이들과 비슷했다. 적어도 내가 느끼기엔 그랬다. 이유도 모른 채 더 많은 지식을 가지고 싶었다. 물론 외양적인 이유는 분명히 존재했다. 좋은 성적을 얻어 좋은 대학교에 가서, 좋은 직장을 얻고, 돈을 벌기 위해서이다. 그러나 그 뿐만은 아니다. 한 번은 역사시간에 혁명전쟁에 관한 시험을 보기 위해 열 시간을 내리 공부했다. 기본적인 지식은 있었지만 무의미한 역사적 인물들의 이름과 날짜, 그리고 전쟁들을 기억하기 위해서였다. 결국 늘 내 방에 들어올 때마다 발꿈치를 들던 아빠가 나타나 내 손에서 책을 뺏어야 했다. 그래서 삶의 균형을 유지하기로 결심했다. 모든 운동부란 운동부는 다 가입했다. 하지만 결국 마찬가지로 끝없이 반복되는 삶일 뿐이었다. 난 더 멀리 달리고, 더 빨리 달려야 했다. 경쟁상대를 이기기 위해서가 아닌 무언가 다른 이유 때문이었다. 이유는 알 수 없으나, 너무나 괴롭기만 했다.

"괜찮니?" 갈색 눈동자의 그가 내게 물었다. "안 좋아 보이는데."

나는 뺨을 붉히며 할 말을 잃고 그를 쳐다보았다.

"무슨 쇼크라도 먹은 것 같은데, 설마 기절하거나 하는 건 아니지?" 그가 물었다.

"아니, 아니요. 괜찮아요." 나는 그를 안심시켰다.

"다행이네. 내 등에 업혀서 죽거나 그런 일은 없어야지."

엄밀히 따지면, 죽진 않았다. 물론 그로부터 대략 9개월 후엔 차라리 죽음이 나았을 거라 생각하기에 이르렀지만.

우린 근처 커피숍에 들어가 커피를 마시며 웃으며 이야기를 나눴다. 그는 내 자신에 파묻혀 사는 나를 다른 방향으로 이끌어 내 줄 수 있는 사람이었으며, 살면서 처음으로 진정한 즐거움을 느끼게 해주었다. 그는 세인트 앤스 칼리지 2학년 생으로 경영학을 전공하고 있다고 했다. 그 뒤로 거의 3주간 틈만 나면 만났다. 나는 정말 크리스토퍼를 사랑했지만 모든 것이 너무 빨랐다. 내 나이를 속일까 하는 생각도 들었지만 거짓말은 내 전공이 아니었다. 크리스토퍼는 내 나이를 듣고 눈을 동그랗게 떴다. 그렇지만 그 날 레스토랑에서 아무 거리낌 없이 내 손을 잡아주었다. 그와 사귄다는 것을 비밀로 할 생각은 없었지만, 그렇게 되어 버렸다. 부모님에게나 브린에게 크리스토퍼에 대해 말하지 않았다. 스물두 살의 그는 이제 막 열여섯이 된 나와 나이차가 너무 컸고, 부모님이 우리 관계를 허락하지 않을 것을 확실히 알고 있었기 때문이다. 또 무의식적으로나마 그와의 관계가 오래가지 않을 것이란 걸 알았기 때문일 수도 있었다. 열여섯 살짜리가 스물두 살짜리와 사랑에 빠진다는 게 큰 문젯거리는 아니라 생각했지만, 다 큰 성인 남자가 십대 소녀와 사귀는 것은 분명 불법이었다. 그래서 우리 관계를 숨길 수밖에 없었다.

그와 사귀던 3주간 나는 학교 밖에선 책 한 권 읽지 않았다. 숙제도 수업 전이나 자습시간에 서둘러 마쳤다. 결국 내 성적은 하향곡선을 그리기 시작했다. 배구 연습에 가서도 코치님 말씀은 전혀 귀에 들어오지 않았다. 엄마마저 내 건강에 대해 염려하기 시작했다. 브린은 의심의 눈초리로 나를 쳐다보았지만, 나는 입을 열지 않았다. 선생님들도 아마 생각하셨을 것이다. 완벽한 사람이란 없어. 앨리슨 글렌이라고 뭐 어디 가겠어. 아마 나의 변화된 모습을 보며 은근히 기뻐했을지도 모른다. 어쨌든 당시 나는 더할 나위 없는 행복감에 젖어 있었다.

첫 주엔 평범한 곳에서 데이트를 했다. 영화관, 식당, 공원 등등. 하지만 다음 토요일, 크리스토퍼는 나를 자기 집으로 데려갔다. 우리는 린든폴스 공원에서 만났고, 내가 차에 올라타자 도시를 벗어나 드루이드 강 저편으로 차를 몰았다. "린든폴스에 사는 거 아니었어?" 내가 놀라 물었다.

"아니, 외곽에 살아." 그가 대답했다.

꽤 따뜻한 집이었다. 평범하고 작지만 깨끗했다. 그는 냉장고를 열어 음료수를 꺼내주었다.

"이리 와봐. 내 방 보여줄게." 나는 눈썹을 치켜뜨며 장난스럽게 그의 눈을 쳐다보았다. "싫으니?" 그는 내 허리에 팔을 두르고는 가까이 끌어당겼다.

"아니, 보고 싶어." 그에게 키스하며 내가 대답했다.

그는 자기 침실로 안내했다. 작고 어두운, 벽에 걸린 것이 아무 것도 없는 그런 방이었다. "집안 꾸미기에는 영 취미가 없나 봐?" 내가 놀렸다.

"남자들은 가볍게 여행하잖아." 그는 손을 내 청바지 안으로 넣으며 대답했다.

"어디 여행가?" 그의 셔츠를 머리 위로 올리며 내가 물었다.

"그럼, 당연하지." 그가 빙그레 웃으면서 대답했다. "네가 허락한다면."

"아, 물론 허락하지." 내가 속삭였다. 그리고 나는 그를 허락했다. 그가 내 몸 속에 들어올 때 두렵거나 걱정스럽다는 느낌은 전혀 없었다. 고통스럽지도 않았다. 오랜 여행 끝에 집으로 돌아

온 기분이었고, 나의 입에선 그의 이름만 흘러나왔다. "크리스토
퍼, 크리스토퍼, 크리스토퍼…"

 차메인

신문 상에는 서점 강도사건에 대해 자세한 언급은 없었고, 그 저 클레어 켈비와 그녀의 다섯 살배기 아들이 현장에 있었다는 것, 그리고 클레어가 구급차에 실려 갔다는 것 정도였다. 차메인 은 기사를 읽자마자 클레어와 조슈아를 만나기 위해 북엔즈로 달려갔다.

지금까지 수 년 동안 거스는 소방서에 버려졌던 남자아이에 대한 소식을 친구들을 통해 전해 들었다. 그러면 그는 집으로 돌 아와 차메인에게 시시콜콜하게 이야기를 늘어놓았다. 그녀는 마 치 스펀지가 물을 흡수하듯이 조슈아의 소식을 더없이 반기위하 며 들었다. 그가 친절한 부부에게 입양돼 건강히 잘 지내고 있으 며, 엄마는 서점을 운영하고 아빠는 목수라는 것, 이름이 제이 콥, 제프리, 조슈아 중 하나라는 것도 알게 되었다.

마을에 있는 서점이라고는 겨우 네 곳 뿐이었으므로, 남편을 목수로 둔 여자가 운영하는 서점의 위치를 알아내는 것은 식은 죽 먹기였다. 북엔즈. 이름이 마음에 들었다. 강인하면서도 든든

하고 안전하다는 느낌을 주었다.

차메인이 처음으로 용기를 내어 북엔즈를 찾아갔을 때, 그녀의 나이는 열여덟이었다. 벌써 문을 닫았을지도 모른다는, 혹은 벌써 다른 가게로 바뀌었을 수도 있을 거라는 생각이 들었지만 다행히도 가게는 그 자리에 있었다. 그녀는 주인이 보지 않는 사이 살그머니 들어가 자기계발서 코너의 한 구석에 숨었다. 한 번만 보면 된다고 그녀는 스스로에게 되뇌었다. 그 애의 얼굴을 그냥 한 번만 보고, 그 애와 눈만 한 번 맞추면 바로 가게를 나가자고 생각했다. 몇 분 후, 한 여인이 책을 잔뜩 손에 들고 들어왔다. 한 남자아이가 그 뒤를 아장거리며 따라 들어왔다. 작은 금발 머리 아이였다. 차메인은 순간 몸을 숙여 '애인 얻는 방법', '애인과의 관계를 오래 지속하는 방법', '애인 없이 사는 방법' 등의 책 뒤에 깊이 숨어버렸다. 만일 누군가 그녀를 발견할지라도, 너무나도 큰 상심으로 인해 책에 둘러싸여 있겠거니 라고 생각했다. 그런데 작은 불독 녀석이 그녀에게 다가왔다. 그녀는 숨어있는 것을 들키지 않기 위해 그 개의 머리를 쓰다듬어 주었다. 가게 주인은 단 한번 고개도 돌리지 않고 그대로 지나쳐갔다. 하지만 그때 그 소년이 나타났다. 아빠로부터 물려받은 아름다운 얼굴을 그대로 지니고 있었다. 오똑하게 위로 솟은 코, 양쪽으로 조금 튀어나온 듯한 귀가 딱 자기 아빠였다. 눈동자는 짙은 갈색, 초콜릿색이었다. 바로 그 아이였다.

그들의 눈동자, 서로 거울을 바라보는 것처럼 똑같이 생긴 눈동자가 서로를 향했다. 깨달음의 순간이었을까? 그들이 떨어져 지낸 긴 세월을 건너뛰고 그녀를 알아봐주길 바라는 걸까? 그러나 아이의 눈동자는 곧 멀어져갔다.

이제 봤으니 이대로 돌아갈 수 있을 거라 생각했다. 얼굴만 보고 가면, 그의 가족이 잘 보살펴주고 있다는 사실만 알고 가면, 그대로 뒤돌아보지 않고 떠나갈 수 있을 것이라 생각했다. 그러나 그녀의 생각은 틀렸다. 그녀의 발이 그녀를 배신하는 것이었다. 양부모는 도대체 어떤 사람들일까? 아직 이대로 물러날 수 없다. 아직은. 아니, 어쩌면 영원히.

클레어와 함께 있는 조슈아의 모습을 눈에 담은 뒤로, 다시 그 서점에 발을 들여놓기까지 3주나 용기를 내야 했다. 자기계발서 코너에 주로 몸을 숨긴 이유는 금전등록기로부터 가장 먼 쪽이었기 때문이며, 정문이 열릴 때 오고가는 사람들이 한눈에 들어오기 때문이었다. 그녀는 누가 무슨 치즈를 옮긴다는 책을 한 권 펼쳐 읽었는데, 읽다 보니 내용에 흥미가 생겨 결국은 사버리고 말았다.

아이가 정말 잘 지내는지 알아낼 수 있을 정도로 가까이 다가가고 싶었다. 그에게 단 한 번의 눈빛을 날리며, "넌 많은 사랑을 받았던 아이란다. 시원한 여름밤에 태어난 너를 처음 내 품에 안았을 때, 나는 더 이상 아이가 아니라, 한 사람의 엄마, 너의 엄마

였단다. 비록 아주 짧은 순간이었지만, 너는 숱 없는 네 머리를 만져줄 때 좋아했고, 한 환자가 노래불러주는 걸 듣기 좋아했으며, 어린 소녀의 품안에서 둥개둥개 흔들리며 잠드는 걸 좋아했단다. 울 땐 네 몸에 있는 수분이 모두 마를 때까지 울어 재꼈지. 그러다가 이 세상에서 나보다 더 소중한 사람은 없다는 듯 나를 쳐다봤어. 네 덕분에 두 시간밖에 못 잤어도 나는 행복했단다. 한 가지 비밀은 네가 너무 무거웠다는 거야. 난 네가 엄마와 아빠라는 평범한 사람들 곁에서 정말 끔찍하리만큼 평범한 어린 시절을 보내길 원했단다"라고 말하고 싶었다.

그러면 그 아이의 눈빛도 이렇게 말하길 바랐다. '당신이 누군지 알아요. 확실히는 모르지만, 언젠가 정말 따뜻하고 좋은 곳에서 당신을 봤던 것 같아요.'

차메인은 자기 부인이 모자라고 여겼던 한 남자에 관한 책 뒤에 얼굴을 숨긴 채 계속 기다렸다. 저쪽에서 흰 티셔츠를 입은 어린아이가 아동용 서가로 달려오는 것이 보였다. 그녀는 더 자세히 보려고 천천히 몸을 돌렸다. 분명히 바로 그 아이였다. 그는 웃고 있었고, 행복해 보였다. 잘 지내고 있다는 뜻이리라.

클레어 부부가 조슈아에게 완벽한 부모라는 것을 이제는 그녀도 안다. 절대 그 아이에게 직접 다가서서 울음을 터뜨린다거나 자신이 옳은 일을 한 것이라고 자신을 합리화하는 일도 없다. 그녀는 생각을 가다듬기 위해, 보고 배우기 위해 이곳에 온다. 그녀가 어린 시절 엄마로부터 받지 못했던 그런 사랑에 대한 기억들을 메우기 위해 온다. 클레어가 조슈아를 안아주거나, 아이의 눈물을 닦아주거나, 귀에 무언가 속삭일 때, 그들의 모습을 보며 저것이 바로 진정한 엄마의 모습이겠지, 라고 그녀는 생각한다. '확실히 알 수 있어'. 클레어는 자신에게 일러준다. '아이는 확실히 안전해.'

북엔즈의 출입구로 들어가면서 카운터 쪽을 바라보자 버지니아가 근무 중이다. "저기요." 그녀는 가쁜 숨을 몰아쉬며 묻는다. "어젯밤 여기 강도가 들었다면서요. 다들 괜찮으신가요?"

"클레어와 조슈아가 크게 놀랐지만, 둘 다 괜찮아요. 오늘은 집에서 휴식을 취하기로 하셨어요. 클레어는 경미한 뇌진탕에 어깨를 다쳤지만, 조슈아는 하나도 다치지 않았어요. 그 녀석이 직접 소방서에 전화를 걸었다지 뭐예요." 버지니아는 당시 상황이 충격적이라는 듯 고개를 설레설레 젓는다.

"그랬대요?" 차메인이 묻는디. "조슈아가 정말 그랬다구요?"

"네, 맞아요!" 자신도 믿을 수 없다는 듯 버지니아가 대답한다.

"강도들이 아이에게 전화를 끊으라고 말했는데도, 안 끊었대요. 교환원에게 '나쁜 아저씨들이 서점에 와 있어요'라고 했다더군요."

"장하네요. 클레어는 언제 다시 돌아오나요?" 차메인이 묻는다.

"아, 내일이면 나오실 걸요. 아르바이트생을 한 명 더 구하려나 봐요. 이제 여기에서 혼자 일하는 건 무리라면서, 둘은 있어야 한다고 하시더라구요. 혹시 괜찮은 사람 아세요?"

"저희 과 친구들에게 물어볼게요. 돈은 많이 빼앗겼나요? 범인은 잡혔구요?"

"몇 백 달러 되는가 봐요. 아직 범인은 안 잡혔대요. 제가 아는 바론 그래요. 오늘 둘이 경찰서에 가서 진술할 예정이라고 해요." 버지니아가 이렇게 말할 때, 손님 한 명이 카운터로 다가와 책을 내려놓는다.

"제가 왔다갔다고 좀 전해주실래요? 도울 일이 있으면 알려 달라고도요."

"그럴게요." 버지니아가 순간 묻는다. "당신이 아르바이트하면 어때요? 클레어도 당신과 잘 맞고, 조슈아도 그렇잖아요."

"그럴 만한 시간을 내기가 어려워서 전 안될 것 같아요. 일단 저도 알아볼게요. 어쨌든 고마워요. 저 갈게요." 차메인은 인사를 마치고 강렬한 햇빛 속으로 걸어 나온다. 클레어와 함께 이 서점에서 같이 일하게 되면 어떨지 생각해본다. 그렇지만 그다지 현실적인 생각이 아니다. '그건 옳지 않아.'

만일 내 삶에 다른 어려움들이 없다면…, 그녀는 생각한다. 한 소년에게 부서지거나 불완전하지 않은 그런 가정을 선물할 수 있을지도 모르지. 그녀는 엄마라는 사람이 자기 아들에게 얼마나 큰 상처를 줄 수도 있는 존재인지를 생각하면서, 조슈아가 그런 일을 겪지 않아도 된다는 것을 알고 마음속으로 큰 위안을 얻는다.

브린

전화벨 소리에 눈을 뜨며, 또 앨리슨 언니일 거라고 생각한다. 어젯밤 마셨던 와인 냄새가 아직도 목 끝에 남아있다. 옷에는 담배냄새가 심각하다. 새벽에 상태가 영 말이 아니었는데, 사실 운전을 하지 말았어야 했다. 눈을 여러 번 깜빡이며 알람시계를 확인한다. 9시 반이다. 8시 강의를 놓치고 말았다. 이럴 줄 알았지. 화장실로 걸어가는 내 몸은 마치 늪을 걷는 듯 무겁다. 머리는 무언가에 두들겨 맞은 듯 통증이 여전하다. 언니한테 전화가 왔었다는 할머니의 외침이 들릴 법도 한데, 아무런 소리도 들리지 않는다. 어쩌면 자고 있다고 말했는지도 모른다. 어쩌면 언니가 아니었을지도 모른다. 하지만 내 육감은 분명 언니 전화였다고 말하고 있다. 언니가 전화할 때마다 내 몸이 안 좋아지는 것 같기 때문이다. 할머니에게 전화번호를 바꾸자고 말해야 할 것 같다. 내가 이 말을 꺼낼 때마다 할머니는 혈연인데 어찌 그러냐며 말을 끊는다.

자꾸 헛구역질이 나 변기 앞에 주저앉는다. 목에서 뭐가 넘어

올 것 같기만 하고 넘어오는 건 없다. 쓰디 쓴 담즙과 와인이 섞인 냄새뿐이다.

내가 여섯 살 때, 부모님은 우리를 미네소타 동물원에 데려가셨다. 그 날 난 천국에 있는 것처럼 행복했다. 비록 아빠가 이메일을 확인해야 했기 때문에 서둘러 호텔로 돌아가야 했지만, 나는 무거운 다리를 끌고 모든 동물들의 모습을 내 눈 속에 꼭꼭 담아가려고 노력했다. 그 동물원은 특히나 열대우림 생태계를 잘 꾸며놓았다. 중서부지방을 구경한 뒤 문을 통과하는 순간 열대우림에 들어와 있는 것이다. 고온 다습한 기후에 거대한 식물과 나무들, 피부에 달라붙는 미세한 수증기 속을 걸었다. 또한 서스펜스를 선사하는 흔들리는 다리를 통과할 때는 웅장한 폭포수 소리가 귀를 멍하게 만들었다.

내 감각들로는 그 순간들을 모두 담아낼 수 없었다. 그 냄새, 그 열기, 열대 우림을 넘나드는 동물들…. 처음에는 너무나도 웅장해 눈앞에 보이는 것들이 무엇인지 분간히기도 힘들었다. 굵은 기둥의 인조 나무에는 하얀 수염이 난 턱과 길고 가느다란 손을 가진 거미원숭이 한 마리가 있었다. 처음엔 만화 속 영웅들처럼 작은 망토를 목에 두르고 있는 것처럼 보였다. 나는 그를 가리키며 웃었다. "저것 좀 봐." 엄마는 열대 숲의 텁텁한 냄새를 막기 위해 손을 코에 대고 있었다. "저 원숭이 좀 봐봐."

그녀는 내가 가리키는 곳을 보더니 얼굴에서 손을 떼고는 내 손을 잡았다. "브린, 보지 마." 작은 목소리로 엄마가 말했다.
"보지 않는 게 좋겠어."

"왜?" 그렇게 말하자 더 보고 싶어서 물었다. "왜?"

그때 내 눈에 실제 상황이 들어왔다. 원숭이가 목에 두르고 있
었던 것은 망토가 아니라 작은 원숭이의 팔이었다. 내 기억으로
는 엄마 원숭이로 보이는 큰 원숭이가 죽은 자기 아기를 어깨에
서 내려 나뭇가지에 올렸다. 그리고는 손가락으로 툭툭 쳐보았
다. 아기 원숭이는 반응이 없었다.

순간 난 경악했다. 엄마 원숭이가 힘겹게 아기 원숭이를 등에
업으려 했으나, 아기 원숭이의 몸은 한쪽으로 기울어질 뿐이었
다. 하지만 엄마 원숭이는 아기의 몸을 틀어도 보고, 다시 올려
도 보고, 찔러도 보았다. 내 어린 눈에도 엄마 원숭이가 자기 새
끼가 죽었다는 것을 인정하지 못하고 있다는 것을 알 수 있었다.
"오…." 눈물이 내 뺨을 타고 흘러내렸다.

"보지 말렴." 엄마가 한 손으로는 내 눈을 가리고 다른 손으로
는 내 손을 잡아끌었다. "너무 슬프구나." 언니는 그대로 고개를
돌려버렸다. 싫다는 표시로 코끝을 찡긋해 보인 뒤 아빠와 함께
다리를 건너갔다.

그리고 9년이 흘러 앨리슨 언니가 열여섯 살이 되었을 때도 그
때와 똑같았다. 그 모습을 가장 먼저 본 건 바로 나였다. 파란 입
술과 생기 없이 흐느적거리는 팔, 머리가 한쪽으로 완전히 기울

어진 아기를 보았다. 언니는 자기가 아기를 낳았다는 사실을 인정하고 싶지 않아했기 때문에 내가 그 짐을 져야했다. 나는 아직도 밤마다 꿈에서 그 여자 아이의 모습을 본다. 아기의 얼굴이 그 죽은 원숭이에 붙어있는 채로 말이다. 엄마 목에 팔을 두른 채 힘없이 한 쪽으로 쓰러져 있는 그 모습으로….

나는 샤워를 마치고 옷을 입는다. 지금 가도 10시 강의엔 지각이다. 서둘러 계단을 내려간다. 머리가 채 마르지 않아 어깨는 축축하다. 할머니에게 재빠르게 작별인사를 한다. 가방에 손을 넣어 약통을 꺼내고 냉장고에서 물 한통을 챙긴다. 학교로 가는 길에 나는 약을 한 알, 그리고 또 한 알을 더 입 안에 넣고, 물을 마신 뒤 꿀꺽 삼킨다. 이 작은 구슬같이 생긴 약들이 내 뇌까지어서 들어가 그 죽은 아기와 원숭이의 이미지를 없애줬으면 좋겠다.

감옥에는 앨리슨이 갔을지 몰라도, 난 나만의 감옥 속에서 영원히 자유로울 수 없다.

 앨리슨

크리스토퍼는 그 무엇보다도 내가 가장 사랑했던 사람이었다. 어쩌면 지금도 약간은 그 사랑이 남아있는 것 같다. 그는 정말 다정하고 잘 생겼으며, 내가 이 세상에서 가장 아름다운 사람인 것처럼 느끼게 해주었다. 똑똑하기까지 했다. 경영학을 공부한다고 했으며, 주식엔 선수라고 자부했다. 실제로도 돈이 꽤 있는 것처럼 보였다. 늘 자기가 돈을 내고 지갑에 항상 지폐가 가득했으며, 내게 선물도 자주 했다. 사귄 지 1주일이 되던 날, 그는 내게 비싸 보이는 금팔찌를 선물했다. 내 손에 팔찌를 채울 때 그의 손가락이 내 손목 안쪽을 스치자 온몸이 전율하는 듯 했다.

"팔찌만…" 그가 귀에 속삭였다. "팔찌만 하고 있는 모습을 보고 싶어." 그는 내 옷을 전부 벗겨 내려갔다. "보게 해줘. 보고 싶어."

나는 부끄럽지도 당황스럽지도 않았다. 그의 눈 속의 야성이 나를 조금은 두렵게도 했지만, 한편으로 흥분되기도 했다. 내 삶에 있어서 처음으로 학교나 운동, 부모님에 대한 걱정은 모두 접

어둔 채, 자유롭고 사랑받고 있다는 느낌이 들었다.

그러던 어느 날, 진로상담 선생님께서 나를 복도에서 부르시더니 내가 학년 전체에서 1등자리를 놓치게 되었으며, 다시 정신을 똑바로 차리지 않으면 장학금도 놓치게 될 것이라고 말씀하셨다. 그 순간 모든 것이 현실로 다가왔다.

"집에 안 좋은 일이라도 있니?" 그녀가 물었다. 나는 평소랑 별반 다른 건 없다고 했다. "남자친구 때문에 그러니?"

그녀는 내가 대답하기를 망설이는 것을 보고 눈이 휘둥그레졌다. "그 애가 그 정도로 중요할까?" 그녀가 단호하게 물었다. "지금까지 그렇게 열심히 노력해왔는데 이제 와서 남자애 하나 때문에 포기하고 싶니? 평생 린든폴스에서 살고 싶은 거니?"

그것만큼은 죽기보다 싫었다.

"헤릭 코치님이 네 걱정을 많이 하시더구나. 남자친구에게 지금은 학교와 운동에 집중할 때라고 말하렴. 중요한 게 뭔지 바르게 판단해야지. 앞으로 2년간이 네게 가장 중요한 시기야, 엘리슨. 올바른 선택을 내리길 바란다."

그 다음날 밤, 부모님께는 친구 쇼나네 집에서 공부하겠다고 말하고 나가, 크리스토퍼에게 결별을 선언했다. 우리는 한적한 시골길에서 차문을 통해 들어오는 별빛을 바라보고 있었다.

"오늘따라 조용하다." 크리스토퍼가 손목의 팔찌를 만지작거리며 말했다.

나는 크게 숨을 들이 내쉬었다. "부모님이 계속 의심하고 계셔. 부모님이 알게 되는 날엔 더 이상 만나지도 못하게 될 거야. 오빠 나이가 너무 많은 걸 걱정하실 거야." 나는 어둠 속에서 그의 반응을 살폈다. 그의 몸은 돌처럼 굳었고 내 팔찌를 만지작거리던 손길도 거두어갔다. "내 성적도 떨어지고 있어. 선생님 말씀으론, 내가 다시 성적을 올리지 못하면 장학금을 못 받을 거래."

"무슨 뜻이야, 앨리슨?" 크리스토퍼가 차가운 목소리로 물었다.

"우리 이제…" 나는 말을 잠시 멈추었다. 난 거의 모든 것에 자신이 있었는데, 이것만은 정말 어려웠다. "우리 좀 천천히 할 때가 된 것 같아. 만나는 횟수도 좀 줄이고."

"그거 진심이야?" 그는 손을 운전대에 올려놓은 채, 고개를 푹 숙이고 물었다.

"미안해." 뜨거운 눈물이 흘러내렸다.

"나가." 크리스토퍼가 작은 소리로 말했다.

"뭐라고?" 잘못 들은 건가 싶었다.

"차에서 내리라고." 그가 거센 소리로 다시 말했다.

"뭐? 날 여기에 버려두고 가겠다는 거야?" 난 설마 싶어 웃음이 나왔다.

그는 오른손을 뻗어 내 쪽 차문을 열었다. "어서 나가." 그가 명령했다.

"크리스토퍼…"

"어서!" 그가 내 몸을 밀었다. 세게 민 건 아니지만, 그래도 민 건 민 거였다. 나는 그 추운 11월의 밤, 그렇게 내팽개쳐진 상태로 그가 차문을 닫고 가버리는 모습을 지켜봐야 했다.

그렇게 헤어진 후 일주일을 울고는, 그에게 전화하지 않으려 안간힘을 써야 했다. 하지만 내 성적은 다시 정상으로 올려놓을 수 있었다. 난 더 열심히 공부했고, 더 열심히 연습했으며, 전체 1등이라는 성적으로 졸업하기 위해 더욱 악착같이 매달렸다. 선생님들도, 부모님도 더 이상 걱정하지 않았다. 이젠 괜찮아질 테니까.

이제 그를 떠올리는 것이 매우 어려울 정도다. 그의 일부분만 생각날 뿐이었다. 갈색 눈, 오똑한 코, 길고 얇은 손가락, 늘 발로 박자를 맞추던 습관이 전부였다. 어떨 땐 그가 정말 실재했던 사람인가 의심이 들 때도 있었다.

내가 임신했다는 것을 왜 진작 몰랐던 것일까. 아니, 솔직히 말하면 달이 찰수록 가끔은 혹시 임신을 한 건 아닐까 라는 생각이 들 때도 있었다. 하지만 임신은 내가 원하던 것이 아니었으므로, 내가 할 수 있는 건 그대로 무시하는 것뿐이었다. 그렇지 않으면 바보처럼 자기 인생을 송두리째 말아먹는 그런 여자애들처럼 될 테니 말이다.

그들처럼 나약하고 여린, 아무 것도 아닌 인생이 될 운명인 것을 알았더라면 그대로 자살했을지도 모른다. 고등학교 시절 예쁜 옷을 입고, 진하게 화장을 하고 다니던 골빈 애들처럼 말이다. 대수학을 듣는 대신 무슨 옷을 입을지 고민하고, 화장하느라 시간을 소비하는 그런 애들. 그들은 대수학 시간엔 아예 없었다. 기본수학만 들었을 뿐이고, 그나마 그 시간 내내 도닝 선생님을 보며 낄낄거리고 웃어댔다. 그가 너무 섹시하다고 생각했으니까.

그랬던 내가 임신이라는 것을 확신하기까지 7개월이라는 시간이 흘렀다. 메스껍고, 헛구역질에, 끊임없는 피로감이 몰려왔는데, 왜 그걸 몰랐을까. 나는 그저 한 남자와 사랑에 빠졌던 것뿐인데, 그게 어디까지 왔는가? 크레이븐빌 교도소, 그리고 이제 사회복귀 훈련시설까지.

과거는 바꿀 수 없다. 이미 일어난 일을 어떻게 되돌릴 수 있겠는가. 아기를 다시 살려낼 수도, 다시 착한 딸로 돌아갈 수도 없다. 하지만 좋은 언니가 되려고 노력할 수는 있을 것이다.

 ## 클레어

그녀의 가족이 조슈아가 다니게 될 학교 운동장에 다가간다. 클레어는 사다리에서 떨어지면서 바닥에 부딪혔던 곳이 어딘지를 손가락으로 짚어 본다. 이제 일주일이 지났는데, 조슈아는 매일 밤 엄마를 찾으며 잠에서 깬다. 조나단이 일어나 그에게 가서 안아주지만, 그것만으로는 부족한 것이다. 자기가 엄마를 봐야 한다. 아빠와 함께 엄마가 잘 자고 있는지 침대까지 와서 확인한 다음, 엄마 옆에 고개를 묻으며 이렇게 말한다. "엄마 여기 있네." 아이의 달콤한 숨결이 그녀의 코끝을 채운다. 조슈아는 그날 밤, 강도들이 엄마를 훔쳐갔다고 확신하는 듯하다. 침대에 누운 엄마의 모습을 볼 때마다 놀란 듯 표정을 짓는다. 낮에는 엄마가 사라질까봐 늘 붙어 있으려 한다. 마치 그림자처럼.

"걱정 말렴." 이렇게 말하는 클레어 본인조차도 아직 두려움이 가시지 않는다.

그녀는 그날 사건 이후로, 아직 북엔즈에 발을 들여놓지 못하고 있다. 일은 버지니아에게 전적으로 의존하는 상황이다.

조나단이 낡은 붉은 벽돌건물 문을 열자 찌는 듯한 열기가 그들을 맞이한다. 그러자 클레어가 이곳에서 얼마 떨어지지 않은 곳에서 거의 비슷한 학교건물에서 수업 받던 때가 생각난다.

"이제 엄마는 누가 지켜줘요?" 조슈아가 피곤으로 충혈된 눈을 들어 엄마를 바라보며 묻는다. 클레어와 조나단은 걱정스러운 눈빛으로 서로를 바라본다. 그들은 지난 밤 사건으로 인한 공포로부터 그에게 도움을 줄 전문가에게 상담을 받기로 약속했었다.

"조슈아, 서점에서 일할 분을 한 분 더 받기로 했단다."

클레어는 아이의 걱정을 덜기 위해 밝은 목소리로 덧붙인다. "그러면 엄마가 일할 때 혼자 있지 않아도 되니까."

"엄만 나랑 있을 때도 다쳤잖아요." 아이는 여전히 걱정된다.

"경보기도 달았단다." 조나단이 말한다. "나쁜 아저씨들이 또 와서 경보기가 울리면 경찰아저씨들이 와서, 나쁜 아저씨들을 꼼짝 못하게 할 거야."

조슈아는 고개를 끄덕인다. 하지만 아직 이 문제에 대해 완전히 양보하진 못하겠다는 표정이다. "여기가 어디에요?" 그들은 오늘 아침 조슈아가 다닐 윌슨 유치원을 미리 걸어보는 길이다. 아이는 벌써 세 번째 같은 질문이다.

"윌슨 유치원이란다." 조나단이 대답하며 아이의 손을 잡는다. 조슈아는 손을 빼서 클레어의 손가락을 잡는다.

"정말 크다." 근심어린 그의 갈색 눈동자가 깜빡인다.

"그렇게 슬퍼하지 마." 조나단이 말한다. "이곳이 곧 맘에 들 거야."

"나 유치원 안 갈래요." 조슈아의 목소리에는 완강한 결심이 담겨 있다. 클레어는 이제 설득하려 해도 소용이 없을 단계에까지 이르렀음을 느낀다.

3일 전이 신입생 등록일이었다. 켈비네 식구는 차를 타고 다섯 블록을 운전해서 건물 앞에 멈추었다. 하지만 조슈아에게는 너무나도 큰일이었다. 수십 명의 활기찬 아이들이 제각각 부모님과 함께 학교를 드나드는 모습을 본 조슈아는 카시트에 찰싹 달라붙어서 차에서 내리지 않겠다고 고집을 부려, 결국 다시 집으로 돌아가야 했다. 조슈아는 엄마 아빠가 집 안으로 들어간 뒤 현관문이 잠겼는지 다시 확인했다.

이런 꼬맹이가 문이 잘 잠겼는지, 엄마는 누가 지켜주는지 걱정해야 하다니, 교실 문 앞에서 클레어는 마음속으로 한숨을 쉰다.

"네가 조슈아로구나!" 그때 여자 선생님이 우렁차면서도 다정한 목소리로 조슈아를 맞이하러 나온다. 클레어는 조슈아의 몸이 움찔함을 느낀다. "난 러브레이스 선생님이란다." 그녀가 아이에게 손을 내밀어 악수를 청하자, 아이는 엄마 뒤로 몸을 숨긴다. 조나단이 대신 그녀의 손을 잡는다.

"반갑습니다." 조나단과 클레어가 번갈아가며 인사한다. 그녀는 대략 50대의 노련한 교사로 보인다. 짧은 스틸울같은 회색 머리카락에 날카로운 푸른 눈을 하고 있으며, 사소한 것도 그냥 지나치지 않을 것처럼 보인다. 클레어는 그녀의 모습에서 조슈아처럼 유치원이라는 새로운 세계에 큰 부담감을 안고 오는 아이들을 잘 돌봐줄 인자함이 있는지 살펴본다. "아이가 처음이라 조금 겁을 먹었어요." 클레어가 조슈아의 어깨에 손을 얹으며 말한다.

"우리 같이 한 번 노력해보자꾸나, 조슈아. 알겠지?" 러브레이스가 몸을 숙여 아이와 눈을 맞추려 하자, 조슈아는 엄마 허리 뒤에 숨어 고개를 박는다.

"조슈아." 클레어는 인내심을 잃지 않으려 노력하면서 "선생님이 네게 말씀하시고 계시잖니"라고 부드러운 목소리로 말한다. 조슈아는 교실 바닥에 벽돌 모양의 종이 블록을 보고 달려간다.

"마음대로 가지고 놀고 있으렴. 선생님은 엄마 아빠와 이야기를 좀 하고 있을게." 선생님이 고개를 끄덕여주자, 조슈아의 망설이던 눈빛은 사라지고 벽돌 블록을 하나씩 쌓기 시작한다.

"게시판에 붙일 아기 때 사진은 가져왔니?" 선생님이 묻는다.

조슈아는 블록 쌓기에 너무 몰두한 나머지 선생님의 말씀이 들리지 않는다. 걱정스러운 클레어는 입술을 깨문다. "여기 있어요." 그녀는 병원에서 아이를 집으로 데려와 처음 찍은 사진을 건넨다. 사진 속의 조나단은 함박웃음을 머그고 있고, 조슈아의 얼굴은 삐진 표정을 하며 눈물이 그렁그렁 금세라도 울듯 한 기세다. 아랫입술이 귀엽게 아래로 말려 있다.

"와, 멋진 사진이네, 조슈아." 선생님이 조슈아의 벽 쪽으로 걸으며 묻는다. "넌 누구 닮았니? 엄마 닮았니, 아빠 닮았니?"

"전 입양됐어요." 벽돌 사이로 고개를 내밀며 조슈아가 대답한다.

그녀는 아이에게 박자를 맞춰준다. "그래서 네 엄마 아빠가 너랑 살게 됐구나. 네 엄마 아빠 참 좋겠다!"

그녀는 아이의 벽돌 성으로 좀 더 다가가며 우유가 흐르듯 나긋나긋한 목소리로 묻는다. "선생님도 같이 해도 되니?"

조슈아는 잠시 생각에 빠진다. 클레어는 아이의 눈에서 엷은 빛을 보며 혹시나 하는 마음으로 기대해보지만, 곧 의심의 눈초리로 변해버린다.

"아뇨, 죄송하지만 안 돼요." 이렇게 대답하며 블록을 하나 더 위로 올리자 아이의 얼굴이 완전히 가려진다.

러브레이스는 다시 시도해본다. "블록 쌓기를 좋아하는구나? 선생님도 돕고 싶은데." 그녀는 방금 쌓은 꼭대기 층의 블록을 옆으로 내려놓으며 말한다.

순간 조슈아가 깜짝 놀라 일어나자, 주위의 블록들이 와르르

바닥으로 떨어진다. "아! 이런…" 그는 절망스러운 목소리로 안타까워한다.

"오, 조슈아." 러브레이스의 목소리는 여전히 유하다. "괜찮아. 우리 다시 지어보자." 그녀가 블록을 하나씩 다시 쌓기 시작하자, 아이는 훌쩍거리면서 함께 벽을 쌓기 시작한다. 잠시 후, 조슈아의 얼굴은 다시 높은 벽 뒤에 가려진다.

러브레이스는 클레어와 조나단에게 작은 유아용 의자에 앉으라고 한다. "어떤 아이인가요?" 그녀가 묻는다.

"다정하고 남을 잘 챙기는 아이에요. 그런데 새로운 것을 해보라고 할 때면 경계하는 태도를 보이곤 해요. 어쩔 땐 자기만의 세상 속으로 들어가 버려요. 그러면 다시 끌어내기까지 꽤 오래 걸려요." 클레어가 대답한다.

"유치원생들 중 그런 아이들이 꽤 있답니다." 러브레이스가 말한다. "제가 늘 주시하고 있을게요. 무슨 일이 생기거나 하면 꼭 알려드릴 거구요."

"또 최근에 끔찍한 일을 겪었어요." 클레어는 그 날을 생각하면 아직도 놀란 마음이 진정되지 않는다. 조나단이 그녀의 손을 잡아준다. "지난주에 저희 서점에 강도가 들었어요. 조슈아가 상황을 다 봤거든요. 그 애나, 저나 정말 무서운 경험이었어요." 클레어는 큰 강도의 손에 있던 칼날이 기억나 섬뜩해하며 고개를 가로젓는다.

"범인도 아직 못 잡았답니다." 조나단이 뒷말을 잇는다. "게다가 조슈아는 자기가 엄마 옆을 지켜주지 못한다는 것에 대해 걱정하고 있어요. 자기가 엄마를 지켜줘야 한다는 생각이 드나 봐요.

러브레이스의 미간에 주름이 잡힌다. "알려주셔서 감사합니다. 우선 처음 며칠을 잘 견디나 지켜본 뒤 다시 의논하기로 하는 게 어때요? 학교에 상담선생님이 계시니 필요한 경우에는 상담을 받을 수도 있어요. 새로 들어오는 아이들은 모두 적응기간이 필요하답니다. 어떤 아이들은 그 기간이 길 수도 있구요." 그녀는 조슈아의 요새 쪽으로 다가간다. "만나서 반가웠단다, 조슈아." 그녀가 말한다.

"저도요." 조슈아가 기어들어가는 목소리로 답한다.

러브레이스가 다시 클레어와 조나단 쪽을 보며 말한다.

"만나서 반가웠습니다. 혹시 현장학습 때 오셔서 아이들과 함께 동행해주실 수 있는지 알려주시고요." 그녀가 유달리 큰 목소리 말한다. "가을엔 소방서랑, 사과 농장, 호박밭에 갈 거거든요. 겨울엔 학교 뒷동산에서 눈썰매도 타고, 생강빵으로 인형 집도 만들 거랍니다. 그리고 봄엔 저희 모두 기대하는 곳으로 소풍을 떠날 예정이랍니다!"

"정말요? 어디로요?" 클레어는 러브레이스가 아이의 관심을 사려는 것인 줄 눈치 채고 마찬가지로 과장된 목소리로 되묻는

다:

"유치원 첫날까지는 비밀이에요. 정말 특별한 곳이라, 그 날 온 아이들에게만 알려줄 거거든요." 셋의 눈은 조슈아 쪽을 향한다. 아이는 여전히 벽 뒤에 숨어 있지만, 샌들을 신은 발이 조금 앞으로 움직이는 것이 보인다.

"흠. 그럼 그 날 와봐야 알 수 있겠네요? 자, 조쉬, 이리 나오렴." 조나단이 묻는다. "이 멋진 블록 갖고 놀게 해주셨으니, 선생님께 뭐라고 해야 할까?"

"감사합니다." 조슈아의 목소리는 여전히 수줍다.

"천만에." 러브레이스가 따뜻한 목소리로 답한다.

"네가 여기 오는 첫날에도 블록이 조슈아 너를 기다리고 있을 거란다."

조나단이 손을 내밀어 아이의 손을 잡으려 하지만, 조슈아는 이를 무시하고 혼자 일어나 교실 밖으로 먼저 걸어 나간다. 새로 왁스칠한 교실바닥에 발자국소리가 울린다. 고개를 푹 숙인 채, 어깨를 벽에 대고 천천히 걷고 있다.

"이런…조쉬." 클레어가 속삭인다. "다 괜찮을 거야."

 앨리슨

서점에서의 인터뷰 때문에 걱정된다. 나는 아르바이트조차 해본 일이 없다. 고등학교 때는 아르바이트를 할 시간을 낼 수도 없었다. 아, 크레이븐빌에서

어젯밤 올린과 가상 인터뷰를 해봤다. 그래도 걱정이 된다. 그 서점주인은 왜 전과자를 고용하려는 걸까? 내게는 좋은 기회이지만 말이다. 올린 말로는 나 같은 사람들을 고용하는 경우 세금 감면 혜택이 있다고 한다.

"거기에서 제가 감옥에 간 이유를 알고 있나요?" 인터뷰하러 떠나기 전에 올린에게 묻는다. 북엔즈는 이곳에서 거우 몇 블록 떨어진 거리에 있기 때문에 걸어서 출퇴근할 수 있다.

"기본적인 건 다 알고 있어요." 올린이 설명한다. "하지만 무엇보다도 도움을 주고 싶어 하는 거죠. 당신 월급도 정부에서 나가는 거구요."

"저 어때요?" 두 손을 앞으로 내밀고 한 바퀴 돌며 묻는다. 옷이 없어 비이의 정장을 빌렸다. 스커트는 좀 짧고, 소매도 손목

보다 짧다. 구두도 작아서 발가락이 아프지만, 그래도 정장을 입으니 좀 더 프로페셔널하게 보인다. 첫인상을 좋게 보이고 싶은 바람이다. 부모님 집에 가서 옛날에 입던 옷들을 가져와야 하지만 여전히 연락이 안 되고 있다. 아빠는 늘 일이 많고, 엄마도 나름대로 바쁘시다. 정말 바쁜 분들이다.

"아주 훌륭해요." 올린이 내게 묻는다. "태워주지 않아도 되겠어요?"

"괜찮아요. 걸어가도 돼요"라고 내가 대답한다. 내가 원할 때면 언제든 밖에 나가 돌아다닐 자유가 있다는 것, 햇살의 따스함을 피부로 느낄 수 있다는 것, 밤공기의 냄새를 맡을 수 있다는 것만으로도 나는 충분히 만족감을 누리고 있는 중이다.

때마침 북엔즈가 막 문을 열려는 참이다. 유리를 통해 켈비 부인으로 짐작되는 여인이 보인다. 그녀는 손님이 하는 말에 미소를 지으며 서점 이름이 찍힌 종이백에 책을 넣고 있다. 나는 숨을 깊이 들이마신 뒤 문을 밀고 들어간다.

"안녕하세요?" 나는 생각 외로 자신감 있는 목소리로 인사한다. 부인은 나보다는 작지만 꽤 큰 키에, 강인하면서도 날씬하게 생겼다. 피부는 건강한 올리브빛이며 밝은 갈색 머리카락이 어깨까지 내려온다. 꽤 두꺼운 뿔테안경을 쓰고 있다. "앨리슨 글렌이에요." 나는 연습한 대로 손을 뻗어 악수를 청한다. "아르바이트 자리가 있다고 해서 면접 보러 왔어요." 이 부분이 좀 어렵다. 가석방 담당 경관이 추천해줬다고 해야 할까? 내 과거 이야기를 꺼내야 하나? 어젯밤 올린과 전과에 관한 이야기를 먼저 꺼내는 게 좋은지 아닌지에 대해 의논을 해봤지만, 아직도 어느 쪽이 좋은지 결정을 내리지 못한 상태다.

켈비 부인은 나를 보며 빙그레 웃는다. 누가 시켜서 하는 게 아닌 진심에서 우러난 진정한 미소이다. 좋은 징조다. "앨리슨, 와줘서 고마워요. 만나서 반갑고요. 우리 앉아서 이야기 할까요? 혹시 손님이 오면 다시 일어서야 하겠지만요. 일손이 좀 부족한 편이에요."

나는 소파에 앉아 한쪽 다리를 올린 뒤, 두 손을 무릎에 얹고 첫 번째 질문을 기다린다.

"먼저 당신 이야기를 좀 듣고 싶은데 어때요?"

"음, 전 스물한 살이구요." 쉽지 않다. "제가 고등학교 다닐 때는 올 A를 받았었고, 전국우수학생회(National Honor Society)에 속해 있었이요…" 여기에서 멈춘다. 내 목소리는 이상하리만큼 톤이 높아져있다. 켈비 부인이 귀를 열고 내 얼굴을 쳐다본다. 나는 긴 숨을 내쉰 뒤, "사장님, 저 정말 여기에서 일하고 싶어요. 과거엔 정말 끔찍한 실수를 많이 했지만, 앞으론 그런 일은 절대 없을 거구요." 나는 몸을 숙여 그녀의 눈을 쳐다본다. "다시 시작하고 싶은데, 만약 제게 기회를 주실 수 있다면…" 이렇게 말하는 나의 턱이 떨리기 시작하면서 눈물이 고여 온다. "…정말 감사하겠습니다."

켈비 부인은 잠시 조용히 내 얼굴을 쳐다본다. 무슨 말이 나올지 짐작할 수가 없다.

"앨리슨, 이건 우리 둘에게 다 좋은 기회 같아요. 올린 아주머니께서 칭찬을 많이 하셨고, 당신이 도와준다면 저도 좋을 것 같네요." 그녀는 친절한 눈빛으로 다시 미소를 짓는다. 내게 이처럼 웃는 모습을 보여주는 사람은 참 오랜만이다.

나는 목을 가다듬고 눈물을 닦는다. "감사합니다."

"잘됐어요." 그녀가 밝게 말하며, 자리에서 일어난다. "내일부터 시작할 수 있겠어요? 9시에 시작해서 4시까지 근무하는 거예요."

나는 고개를 끄덕인다. "네, 감사합니다. 정말 감사합니다."

내가 손을 내밀자, 그녀는 조금의 머뭇거림도 없이 악수를 한다.

"천만에요. 여기는 일하기에도 좋은 곳이에요. 내일 제 아들도 올 거랍니다. 조슈아예요."

"기대하고 있겠습니다. 아, 그리고 사장님." 다시 눈물이 왈칵 쏟아지려는 것을 참으며 말을 잇는다. "정말, 정말로 열심히 하겠습니다. 후회하실 일 없으실 거예요."

거트루드 집으로 향하는 내 발걸음은 거의 깡충거림에 가까울 정도다. 누구에겐가 이 소식을 전하고 싶다. 나처럼 이 일을 기뻐해줄 사람. 하지만 떠오르는 사람이 브린 밖에 없다.

감옥에 가기 훨씬 전부터 수년간 나는 똑같은 악몽을 꾸어왔다. 날마다 반복되는 똑같은 꿈. 나 같은 범죄자가 꾸는 꿈이라면, 아마 아기나 강이 등장할 거라 생각하겠지만, 사실은 전혀 그렇지 않다. 꿈속에서 나는 집에서 입시공부를 하고 있다. 책속에 코를 파묻고 노트에 뭔가를 미친 듯이 적는데 알람이 울린다. 드디어 올 것이 왔다. 이제 시험을 보러 갈 시간이다. 나는 신중하게 책과 노트를 가방에 넣은 뒤, 연필 7개를 깎는다. 연필은 반드시 컴퓨터용 연필이어야만 한다. 나는 천천히 내 방 문을 열고 나간다. 이제 모든 준비가 끝났다. 분명 시험에서 A를 받을 것이라 생각하면서 손잡이를 돌려 본다. 그런데 돌아가질 않는 것이다.

여러 번 돌려봐도 열리지 않는다. 갇혀버렸다. 초긴장 상태로 창문 쪽으로 달려가 열어보려 하지만, 역시 마찬가지로 잠겨있다. 그러면 가슴께에서 숨이 타 멎는 것이 느껴진다. 숨을 쉴 수가 없다. 이 방에서 나가야 한다. 시험을 봐야만 한다. 엄마, 아빠, 브린을 부르면서 문을 쾅쾅 두드려보지만, 아무도 대답이 없다. 다시 창문 쪽으로 달려가 두드려본다. 창 밖에서 걷고 있는 이들은 이쪽을 쳐다볼 생각조차 않는다. 나는 더 세게 창문을 두드린다. 내 손가락은 산소부족으로 인해 차가워지더니 점차 푸른색으로 변한다. 죽어가고 있는 것이다. 창문을 깨야 한다는 생각에 머리로 유리를 깬다. 유리가 깨지면서, 내 이마 위로 뜨끈한 피가 흘러내린다. 그러나 통증보다는 나가야겠다는 생각이 앞서 아무 생각이 없이 계속 머리로 유리를 내리친다. 다시 한 번 머리로 유리창을 치자 조금 더 깨진다. 이마에서 흘러내린 피의 양이 많아 앞이 보이지 않고, 작은 유리조각들이 피부 속을 파고 들어온다.

그 순간 나는 잠에서 깬다. 내 방에서건, 감옥에서건, 식은땀에 절어 극심한 추위를 느끼며 온몸을 떨면서….

나는 포기하지 않을 것이다. 절대로. 브린을 반드시 만나야만 한다. 무슨 수를 써서라도.

 클레어

조슈아의 첫 날은 순조롭게 시작되고 있다. 러브레이스 선생님과의 첫 만남 이후로, 유치원에 가기 싫다는 말을 내뱉은 적이 없다. 오히려 신나 보이기까지 한다.

아침 내내 아이는 뭘 입을지 고민하다가 빨간 티셔츠에 자기가 제일 좋아하는 면바지를 골랐다. "멋지구나, 조슈아." 클레어가 말하자, 그는 미소를 짓더니 자랑스럽게 운동화를 신고 이리저리 뛰어다닌다.

수백 명의 아이들이 종칠 때까지 문밖에서 기다리는 모습이 너무도 낯설다. "정돈된 무질서네요." 하고 조나단에게 말한다.

"우와." 조나단도 걱정스럽긴 마찬가지다. "어쩌지? 그냥 여기에 내버려두면, 나중에 알아서 애들끼리 들어가는 거야?"

"아뇨, 교실로 데려가도 된대요." 클레어가 말한다. "그래도 종치고 애들 다 들어갈 때까지 기다려 봐요."

"엄마, 나 안 들어갈래." 조슈아가 뒷좌석에서 두려운 듯 말한다. "집에 가자."

"괜찮을 거야." 조나단이 타이른다. "가방을 잘 꾸렸는지 다시 한 번 볼까?"

"싫어." 아이의 목소리엔 근심이 묻어있다.

"같이 해보자. 크레파스는 충분한지 다시 보자꾸나." 조나단은 조슈아와 함께 다시 필요한 목록은 다 넣었는지 고개를 파묻고 가방을 체크한다. 클레어는 이런 둘의 모습에 미소를 짓는다. 확인이 끝나자 종이 울린다. 대부분의 아이들은 건물 안으로 들어간 상태다.

"조쉬, 저것 좀 봐." 클레어가 말한다. "다른 애들은 다 안으로 들어갔네? 유치원 첫 날부터 늦으면 안 되겠지? 이제 준비가 다 된 것 같구나." 셋은 함께 건물 중앙 현관으로 들어간다. 조슈아는 발을 끌며 천천히 걷는다. 러브레이스 선생님의 교실 앞에서 멈추자, 조슈아는 다른 스무 명 정도의 아이들이 행복하게 웃고 있는 모습을 바라본다. 그는 엄마 아빠를 번갈아 올려다보며 입술을 삐죽거린다.

"그럼, 들어갈게." 마치 5살짜리 아이 몸에 42살짜리 아저씨가 들어앉은 것만 같다. "유치원 끝나고, 나중에 봐." 그의 목소리에 슬픔이 가득하다. 이를 보는 클레어의 가슴이 찢어지는 것만 같다. 그녀는 아이를 들어 올려 꼭 껴안아준다. 필요한 학용품이 잔뜩 든 책가방을 조나단으로부터 받아들고서 조슈아는 마치 사망선고라도 받은 것처럼 안으로 발걸음을 옮긴다. 클레어는 눈물을 참으려고 입술을 깨문다. 왜 저 아이에겐 모든 게 이렇게 힘들어야만 하는 걸까?

그녀는 조나단의 팔에 자신의 팔을 걸고 선생님과 인사한 뒤, 조슈아가 사물함을 찾는 모습을 바라본다. "우리 아기가 유치원에 가다니."

"그러게… 우리 아기가 유치원에 가다니." 조나단이 동의한다. 러브레이스가 엄지를 들어 올려 보이며 이제 돌아가서도 좋다는 사인을 보내자 조용히 자리를 떠난다. 주차장으로 향하는 길에, 클레어는 혹시라도 조슈아가 교실에서 달려 나와 엄마 팔을 붙잡고 울지는 않을까 걱정한다. 슬퍼할 필요가 없다는 걸 알면서도 마음이 허전하다. 조슈아는 이제 예전처럼 엄마 손을 필요로 하지 않을 것이다. 그녀가 아닌 다른 사람들, 선생님들과 친구들이 이제 그의 삶을 채워줄 것이다. 그건 아이에게도 좋은 일이지 않은가. 오늘 아침이 그나마 순조롭게 지나갔다는 것에 감사해야 한다는 것을 알면서도, 클레어는 만족스럽지만은 않다. 아이가 교실로 들어가게 하는 데에 성공한 것이 안심은 되지만 그래도 기쁘지만은 않은 것이다. "괜찮을 거야." 조나단이 아내의 손을 잡으며 말한다.

"정말이에요." 옆 좌석에 앉으며 클레어가 이렇게 말한다. "저 애가 유치원에 정말 다닌다니, 믿기지가 않아요. 이런 날이 오리라곤 상상도 못했고, 이렇게 별일 없이 하루가 갈 거란 생각도 못했거든요. 걱정을 너무 많이 한 탓인가 봐요."

"가서 아침 먹자." 조나단이 갑자기 말한다.

"아, 안 돼요. 가서 가게 문 열어야 하거든. 이미 늦었어요." 그녀는 이렇게 말하고는 계기판의 시간을 확인한다. 8시 50분이다. 오픈 시간까지 10분밖에 남지 않았다.

"그럼 집에 잠깐만 들렀다 가자." 그는 그녀의 다리에 손을 얹으며 낮은 목소리로 속삭인다.

"조나단!" 클레어는 그의 손을 뿌리치며 웃는다. "시간 없대두요."

"에이, 모처럼 우리끼리만 있는 시간이잖아. 이런 기회가 흔치 않잖아." 그가 다시 손을 무릎에 올린다.

"진심이에요?" 그의 충동적인 제안에 의아해하며 묻는다.

"그럼, 진심이고말고." 그는 손을 그녀의 셔츠 위로 가져간다. 클레어는 그의 목에 부드럽게 키스하고는 그의 아랫입술을 더듬는다. 순간 그를 갈망하는 마음이 솟아오른다. 달콤하면서도 이름 모를.

"집으로 가요." 그녀가 그의 귀에 대고 속삭인다.

 브린

학교에 도착하자 미시가 몇몇 여자 친구들과 함께 커피가게 앞에서 수다를 떨고 있다. 내가 다가가자 그녀는 내 눈을 똑바로 응시하다가 곧 등을 돌려 다른 친구들과 대화에 집중한다. 마치 내가 존재하지도 않는 것 같다. 파티에서 그 남자애가 내 이야기를, 그리고 앨리슨 이야기를 했음이 분명하다. 이제 이곳에서의 내 삶은 린든폴스에서와 다르지 않을 것이다.

처음엔 언니가 집에 없다는 점이 가장 견디기 힘들었다. 빈 집처럼 크나큰 우리 집은 너무도 조용했다. 언니가 체포된 뒤 며칠 후 나는 언니 방 침대에 누워 언니의 이불을 덮고 언니의 베개에 묻은 언니 냄새를 그리워하는 실수를 저질렀다. 언니의 트로피와 상장엔 갈수록 먼지가 쌓여갔지만, 언젠가는 돌아올지도 모른다는 기대감만은 남겨두었다.

어느 날, 아빠가 언니 방 침대에 앉아 언니의 파란 리본을 만지작거리는 내 모습을 발견했다. 난 아빠가 다가와 내 옆에 앉으시겠거니 하고 기대했다. 나를 꼭 안고는 모든 게 다 괜찮을 거라고 위로해주길 얼마나 바랬던가. 언니가 출산하던 날 무슨 일이 있었던 거냐며 내 손을 잡고 물어봐주길 기대했다. 난 언니 침대 옆에서 언니의 이마를 닦아주며, 힘주라고 말해주었고, 언니의 딸을 내 품에 안았다고 이야기하고 싶었다. 하지만 언니의 명령대로, 나는 내 방에서 아이팟을 듣고 있어서 아무 것도 모른다고 경찰들에게 그리고 우리 부모님에게 말했던 것이다. 난 아빠에게 솔직히 있었던 일을 모두 털어놓고 싶었지만, 그는 문가에 서서 깊이 실망한 표정으로 나를 내려다보고 있었다. 그 순간 나는 내가 무엇을 하든 그분들이 원하는 딸이 될 수 없다는 것을 깨달았다. 다음 날, 언니의 방에 들어가려고 하자 문이 잠겨있었다. 그들에게 난 언니의 물건과 함께 앉아있을 가치조차 없는 사람이었던 것이다.

그들은 넋이 빠진 사람들처럼 집안을 방황했다. 엄마는 울기만 하셨고, 아빠는 언제나처럼 늦게 들어오셨으며 새벽까지 안 들어오는 날도 있었다. 저녁식사 시간은 조용한 악몽과도 같았다. 언니가 없자 대화마저 단절되었다. 배구경기나 대학 계획에 대해서도 이야기할 수 없었으니까. 몇 안 되는 내 친구들도 전화를 거는 일이 거의 없었다. 그들을 탓할 수는 없는 노릇이었다. 그 애들이 전화를 한들 무슨 말을 하겠는가. 친구 제시가 전화도 하고 축구 경기나 영화도 같이 데려가주며 용기를 주려 했지만, 나는 모든 것에 무감각해졌다.

나는 린든폴스 고등학교의 2학년이 되었고, 언니는 3학년이 되었을 것이다. 나는 학교에서 나를 보며 속닥거리는 모든 이들을 완전히 무시하는 법을 배우게 되었다.

1학기 중간고사 성적표가 집으로 발송되고서야 부모님은 황급히 반응하기 시작했다. 나는 거의 모든 수업에 낙제할 위기에 이르렀으며, 체육과목 역시 마찬가지였다. 성적표가 우편함에 도착하자마자, 부모님은 나를 교장실로 끌고 갔다. 버클리 여자 교장선생님은 복도에 다니는 모든 아이들이 규칙대로 행동하기만을 원하는 이상하리만큼 보수적인 사람이었다. 직장이 그녀의 남편이고 삶이었다. 매일 밤늦게까지 학교에 남았고, 새벽같이 출근했다. 늘 엄격했고, 비판적이었으며, 퉁명스러운 사람이었지만, 린든폴스 고등학교에 다니는 모든 재학생들을 속속들이 알고 있었다.

"저 아이가 낙제하게 생겼는데, 왜 아무도 연락을 안 한 거죠?" 엄마가 분노에 찬 목소리로 물었다. "이건 도무지 용납이 안 되는 일입니다."

"어머니." 교장선생님이 답했다. "편지도 보냈고, 전화도 했습니다. 아무런 응답이 없으시더군요."

엄마는 나를 불같은 눈길로 쳐다보았다. "편지 온 것도, 전화온 것도 없었는데. 당신이 그런 거예요?" 그녀는 아빠를 향해 물었지만, 그도 고개를 가로저었다.

"우리 모두 네가 걱정되는구나, 브린. 지금 너와 네 가족에게 정말 어려운 시기라는 건 알고 있다. 그래서 돕고 싶구나." 나는 몸을 뒤로 쭉 빼고 아무 말도 하지 않았다. "상담을 받아보는 게 어떻겠니? 학교에서 도와줄 수 있단다."

"상담 따윈 필요 없어요." 엄마가 참다못해 말한다. "집중해서 공부나 해야죠."

"과외 선생을 붙일 겁니다. 다 바로잡겠습니다. 어려운 때라는 건 알지만, 다 해결할 수 있습니다." 아빠의 단언이었다.

"가끔은." 버클리 선생님이 조심스럽게 말을 이었다. "외부의 도움을 받는 것도 효과가 있습니다."

"외부의 도움 따윈 필요 없어요." 엄마가 자리에서 일어나며 날카롭게 말했다. "이제부턴 매주 아이가 어떻게 지내는지 보고해주셨으면 해요. 과외교사는 저희가 알아볼게요. 시간 내주셔서 감사합니다." 엄마는 그대로 뒤돌아 교장실을 나갔다.

약속된 대로, 나는 과외선생님과 수업을 했다. 매일 방과 후에 90분씩, 세인트 앤스 칼리지에 다니는 대학생 언니가 우리 집으로 왔고, 우린 부엌에서 대수방정식과 스페인어 단어를 복습했다. 철학을 전공한 지루하기 짝이 없는 과외선생님은 설명은 쉽게 잘했지만, 내가 다른 생각에 빠져있을 때마다 혀를 차고 손가락으로 소리를 내며 다시 수업에 집중하게 했다.

마침내 내 성적은 체육점수 C, 그 외 모든 과목에서 B로 향상

되었다. 나는 아무런 문제없이 고등학교를 마칠 수 있었고, 엄마는 내가 졸업하는 날로 나를 세인트 앤스 칼리지의 서머스쿨에 등록시켰다.

초반에 나도 노력해보려 했다. 진심으로 노력했다. 하지만 교실에 들어갈 때마다 나를 눌러 내리는 두려움으로 인해 쿵쾅거리는 심장소리가 내 귀에까지 들려오는 듯했다. 강의실에 가도 5분을 버티기 힘들었고, 곧바로 내뺐다.

나는 열여덟이 되는 날을 손꼽아 기다렸다. 열여덟이 되면 부모님에게 대학교를 자퇴하고 근처 동물병원에서 수의사를 돕는 일을 하겠다고 말씀드릴 계획이었다. 월급은 많지 않아도 먹고 살 정도는 되었다. 우리는 식당에서 내 생일파티를 마치고 집에 돌아와 케이크와 아이스크림을 먹고 있었다. 그때 부엌 식탁에서 그 편지를 발견한 것이다. 부모님과 즐거운 저녁식사 시간을 만끽하고 있었는데, 순식간에 기쁨이 사라져버렸다. 앨리슨 언니가 감옥에 간 지 2년이 지났고, 부모님도 언니 이야기는 거의 꺼내지도 않았지만, 늘 언니를 상기시키는 것들이 집안 곳곳에 있었다. 언니의 아름다운 얼굴이 박힌 사진들이 나를 내려다보고 있었다. 그런데 식탁에 놓인 앨리슨 언니의 편지를 보고 나의 결심은 온데간데없이 사라져버렸다. 언니가 감옥에 갔건, 앞으로 8년 넘게 그곳에 갇혀있건 상관없었다. 언니는 항상 그 집에 있었다.

나는 케이크와 아이스크림 접시를 편지 옆에 내려둔 채, 내 방으로 올라갔다. 엄마가 먹는 수면제를 몇 시간동안 바라보고만 있다가 마침내 뚜껑을 열었다. 수면제는 생각보다 훨씬 작았고, 이렇게 작은 것이 고통을 멎게 해줄 것이란 생각에 웃음이 나왔다. 아무런 메모도 남기지 않았다. 내가 뭐라고 말할 수 있었겠는가? 내가 언니가 아니라 미안하다고? 다른 사람들을 기쁘게 하려고 안간힘을 썼지만, 결국 나 자신을 포함한 그 누구도 기쁘게 할 수도 없었다고? 그 여자아기의 푸른 피부와, 작은 손가락과 발가락이 내 머릿속을 늘 따라다닌다고?

나는 한 알 한 알 약을 삼켰다. 하나씩 입 안에 넣을 때마다, 지금까지 나의 모든 잘못된 행동과 단점들이 나를 공격해오는 것 같았다. 똑똑하지도 못하고, 예쁘지도 못하고, 운동도 못하고, 늘 부족하다고. 나는 이불을 뒤집어쓰고 죽기만을 기다렸다. 잠에 빠지기 전 잠시, 혹시 내가 없어지면 부모님이 날 그리워할지 궁금했다. 그럴 것 같지 않았다. 언니를 잃은 슬픔이 그들에겐 전부였으니까.

엄마가 수면제를 찾으려고 돌아다니지 않았더라면 그대로 자살에 성공했을 것이다. 그녀는 수면제병 옆에서 의식을 잃은 나를 발견했다. 응급실에서 다시 깨어났을 땐 위세척을 하고 있었다. 그리고 며칠 뒤, 나는 할머니가 계시는 뉴에프리로 보내졌다.

그로부터 일 년 후, 이제 모든 것이 제대로 되어가고 있다고 믿었다. 언니와 부모님에게서부터 멀리 떨어진다면, 과거도 잊고 미래에만 신경 쓴다면 모든 게 해결될 줄 알았다. 하지만 내 생각이 틀렸던 것이다.

오후에 수업이 있지만 나는 다시 차를 타고 집으로 돌아간다. 할머니는 집에 계시지 않는다. 마일로는 산책가고 싶은 생각에 꼬리를 치며 나를 반긴다. 그러나 나는 할머니가 술을 넣어놓는 냉장고 위 선반으로 다가간다. 바보 같은 짓인 건 안다. 이래선 안 된다는 것도 안다. 알지만, 병을 딴 뒤 잔 가득 레드와인을 따른다. 어젯밤 잔뜩 마셔대 속이 여전히 메스껍지만 개의치 않는다. 다시 파티 전으로 돌아가고 싶다. 그 누구도 내 과거에 대해 모르는, 친구들과 다정하게 지낼 수 있는 여대생으로, 내게 관심을 가지고 다가오는 남자아이가 있는 그때로 돌아가고 싶다.

나는 와인을 병째 들고 내 방으로 들어간다. 침대에 앉아 와인을 입 안 가득 들이붓고는 기다린다. 알코올 기운이 내 몸 전체, 손가락 끝까지 퍼질 때까지 기다린다. 내 생각마저 마비시킬 순간을 기다린다. 난 어쩌면 그리 어리석었을까. 다시 시작할 수 있다고 믿다니.

 클레어

앨리슨이 면접을 마치고 가는 뒷모습을 바라보자, 그녀의 가벼운 발걸음이 눈에 띈다. 아까 가게에 처음 들어올 때만 해도, 과장된 자신감이랄까, 자신의 과거의 무게에 짓눌려보였다. 과거에 안 좋은 일이 있어서 그렇지, 천성은 착한 친구 같다. 누구나 실수는 할 수 있는 법, 다시 시작할 수 있는 기회를 주는 게 당연한 게 아니겠는가. 클레어는 그렇게 믿고 있다. 만일 그녀와 조나단이 부모노릇을 할 기회를 단 한 번밖에 받지 못했더라면, 조슈아도 없었을 테니까.

그들이 양부모 자격증을 받은 지 정확히 1주일이 되던 7년 전 어느 추운 겨울날, 데이나에게서 전화가 왔다. 한밤중에 3살짜리 여자아이가 모자도 코트도 없이 드레이크가에서 발견되었다는 것이다. 술집 앞에서 아이를 발견한 대학생들은 집을 찾아주려고 했지만, 집이 어디인지, 어느 집 딸인지조차 알 수 없었다. 학생들이 경찰에 전화를 걸었고, 보건복지부에서 클레어 부부에게 전화를 건 것이다. "지금 갈게요." 하고 조나단이 말했다. 클레어에겐 허락을 구할 필요도 없었다. 클레어는 진심으로 아이를 갖기 원했다. 남자아이건 여자아이건, 몇 살이건, 어디 출신이건, 아이의 피부색이 어떻건 전혀 상관없었다. 조나단 역시 자기 옆에 작은 심장이 콩닥거리며 뛰는 아이를 안고 이제 모든 것이 잘될 것이라고 말할 수 있는 날이 오게 되기를 손꼽아 기다려 왔었다.

그 후로 한참은 괜찮았다. 그러나 알고 보니 그들이 얻은 딸 엘라의 친엄마인 니키는 21살 된 대학생이었는데, 엘라가 집을 나와 방황하던 날 친구들과 함께 술과 마약에 잔뜩 취해 있었다. 몸도 못 가눌 만큼 취해 있다가 열두 시간쯤 지나자, 엘라가 집에 없다는 사실을 알게 된 것이다.

클레어 부부가 새벽에 병원에 도착하자 엘라는 동상이나 폭력의 흔적이 없는지 진찰받고 있었다. 데이나가 엘라에게 이제 클레어의 집에 잠시 가 있어야 한다고 설명했다. 그러자 엘라의 눈동자는 혼돈 그 자체였다. "우리 엄마 어딨어요?" 아이는 묻고 또 물었다. "엄마한테 갈래요." 조나단의 차 뒷좌석에 탔을 때, 처음에는 별 난동 없이 창밖을 보며 누군가를 찾고 또 찾았다. 그런데 차가 낯선 집 앞에 서자, 자기 집이 아닌 것을 안 것이다. 피곤에 지친 눈으로 울음을 멈추지 않았고, 몸을 계속 떨어서 이빨이 부딪히는 소리가 들릴 정도였다. 아이의 몸은 좀처럼 따뜻해지지 않았다.

"괜찮아, 엘라야." 클레어가 아이에게 커다란 이불을 덮어주며 소파에 앉혔다. "배고프니?"

처음엔 아무 말 없던 엘라는 자기 발에 코를 박고 킁킁대는 낯선 강아지에게서 눈을 떼지 못했다.

"얘 이름은 트루먼이야. 불독이지. 지난주에 우리 집에 처음 왔단다."

"절 물까요?" 울음은 그쳤지만 쉰 목소리였다.

"아니." 클레어가 대답했다. "착한 애란다. 쓰다듬어줘 볼래?"

엘라는 입술을 지그시 물고 눈을 감고 잠시 생각에 잠겼다. 잠시 후 눈을 뜨더니, 클레어를 쳐다보며 심호흡을 크게 하더니 용기를 내보려는 눈치였다.

"안 문단다." 조나단은 아이 옆에 놓인 쿠션 위에 트루먼을 올려놓았다. "침은 흘릴지 몰라도 물진 않을 거야."

엘라는 통통하고 작은 손을 내밀어 트루먼의 머리에 슬며시 가져가더니 킥킥거렸다. 그리고는 재빨리 같은 동작을 반복하더니 크게 웃는 것이었다. 두 부부도 함께 웃었다. 트루먼은 참아주고 있다는 표정으로 양쪽을 번갈아가며 바라보았다. 20분 뒤, 엘라는 트루먼의 목에 기댄 채 잠이 들었다. 클레어와 조나단은 아이에게 푹 빠져버렸다.

이대로 이 아이가 우리 아이가 되었으면 하고 바랐다. 이렇게 생각하는 것이 옳지 않다는 것도, 엘라를 우리 아이라고 부를 수 없다는 것도 알고 있었다. 그러나 짧은 시간동안 그 아이를 사랑하게 되었다. 자신의 뱃속에서 아홉 달 동안 키우고 직접 낳은 아이만큼 사랑했다. 엘라는 갈색 눈동자를 가진 너무나도 아름다운 아이였다. 장난기가 발동하다가도 다음 순간엔 두 눈에 눈물이 글썽이는 아이였다. 자기 엄마를 보고 싶어 하면서도 조나단을 "아빠"라고 불러주었다.

니키는 자기 딸을 당장이라도 데려가고 싶어 했지만 여러 면에서 쉽게 형편이 나아지지 않았다. 사회복지사에게 늘 반항하며 따지기만 했으며, 회의 때에도 늘 늦었다. 노력은 하는 것 같은데 좋은 태도를 보여주지 못했다. 클레어는 그러한 니키를 이해할 수 없었다. 살아있는 기적과 같은 이 아이를 위해서라면 자기는 무엇이든 다 할 수 있을 것 같은데 니키는 그렇지 않은 것 같았다. 그래도 정기 방문 때 사회복지사의 사무실에서 엘라를 만날 때면 니키와 엘라는 못다 나눈 혈연의 정을 나누는 것처럼 보였다. 클레어는 둘이 함께 있는 것을 볼 때마다 마음 속으로 그래선 안 된다는 걸 알면서도 질투심이 생겨났다. 한동안 떨어져 있었으면서도 아무 일 없었다는 듯 웃고 껴안는 것이었다. 니키가 두 손을 엘라의 뺨에 대는 모습을 보면서, 니키가 임신했을 때 자기 배를 만지며 행복해했을 모습이 떠올랐다. 너무도 가깝고도 친밀한 두 모녀를 보며 클레어는 고개를 돌릴 수밖에 없었다.

엘라가 그들의 집에 머문 기간은 대략 일 년쯤이었다. 조나단은 니키가 엘라를 다시 데려갈 수 있을 정도로 변하지 못할 거라고 생각했지만, 오산이었다. 믿을 수 없다며 깊은 충격을 받았던 그의 얼굴을 클레어는 아직도 생생히 기억한다. 2월의 매섭게 추운 겨울날, 엘라가 그들에게 왔을 때처럼 추웠지만 이번에 엘라는 클레어 부부가 사준 따뜻한 파카와 모자, 장갑을 끼고 그 집을 떠나게 되었다. 아이의 눈은 행복감으로 젖어 있었다. "엄마 보러 가는 거예요?" 아이는 묻고 또 물었다.

"그렇단다, 벨라 엘라." 클레어가 지어준 별명이었다. "하지만 이번엔 네 엄마와…" 차마 영원히라는 말은 입에 내기가 어려웠다. 또 누가 알겠는가. 그럴 가능성은 별로 없겠지만, 니키가 또 실수를 저질러 엘라가 다시 돌아올지. 니키는 엘라를 진심으로 원했던 것이다. "아주 오랫동안 살게 될 거야." 클레어는 이렇게 말을 맺었다. 이 말을 듣고 엘라는 한참 동안 생각에 빠졌다.

"아빠도 같이 가." 부탁도 질문도 아니었다. 조나단의 목에도 클레어의 눈에도 무언가 순간 울컥했다.

"아니, 아빠는 같이 못 가." 웃는 낯으로 보내려 노력하는 게 쉽지 않았다. 엘라가 가는 순간까지 짐을 지워줄 순 없는 것이다. "엘라, 이제 엄마랑 같이 살 수 있단다." 아마 백 번도 넘게 한 말일 것이다. "신나지 않니?"

"진짜 신나요." 엘라도 동의했다. "하지만 아빠도 가고, 클레어 엄마도 같이 가요." 아이는 끈질기게 요구했다.

"아니, 이번엔 안 돼." 클레어가 말했다. 운전석에 앉은 조나단이 훌쩍이는 소리를 듣고 클레어는 남편의 무릎에 손을 얹었다. 그들이 데이나의 사무실에 도착했을 때, 조나단은 카시트에서 안전벨트를 푼 다음 아이가 바람을 맞지 않도록 가슴에 품고 차에서 내렸다. 클레어는 이 모든 게 크나큰 실수였음을 알았다. 어렵지 않게 부모의 품으로 아이를 보내줄 수 있을 것이라 생각했었다. 아이를 위한 보금자리를 마련하고 최선을 다해 먹이고, 입히고, 진심으로 사랑을 베풀었다. 그런데 이제 다시 돌려보내야만 했다. 아이를 추운 겨울날 한밤중에 길거리에 혼자 돌아다니게 버려둔 엄마에게… 엘라와의 모든 순간을 감사하며 행복해하기는커녕 친구들과 술과 마약으로 고주망태가 되었던 그 엄마에게 다시 돌려보내야 했다. 엘라와 니키의 정기만남이 이루어졌던 보건복지부 건물로 들어가는 길에, 차가운 공기가 클레어의 뺨을 닦아주었다.

"엘라, 이리 와서 뽀뽀해주고 가야지."

"안녕, 클레어 엄마." 아이는 새가 지저귀며 날아오듯 총총 걸어와 클레어의 입술에 쪽 하고 키스한다. 클레어는 아이를 있는 힘껏 끌어안는다.

"사랑해, 벨라 엘라." 클레어의 뺨엔 눈물이 주르륵 흐른다.

"안녕, 아빠." 엘라는 조나단을 향해 팔을 뻗었다. "다음에 또

봐요. 악어 아저씨." 그리고 그의 무릎을 꼭 안았다. 조나단은 그
대로 서 있었다. 어찌 해야 할 줄 모른 채 가쁜 숨을 몰아 내쉬
며….

"다음에 또 봐요. 악어 아저씨." 엘라가 다시 말했다.

조나단은 그대로 주저앉아 억지로 웃음을 띠며 말했다. "다음
에 또 봐요, 악어 아가씨."

엘라는 이 말장난에 킥킥거렸다. "다음에 또 봐요, 원숭이 아
저씨." 그리고는 조나단의 목을 꼭 끌어안고 얼굴을 갖다 대었
다.

"사랑해, 엘라. 언제까지나 꼭 기억해야 해, 알겠지?" 울음을
참던 그의 목에서 쉰 소리가 새어 나왔다. 클레어는 두 눈을 꼭
감았다.

"나두 사랑해." 엘라는 감았던 두 팔을 풀고 니키에게로 향했
다. "엄마, 가요. 가요. 클레어 엄마, 안녕. 아빠도 안녕."

"가자, 엘라." 데이나가 말했다. "가서 가방을 엄마 차에 넣자
꾸나."

눈 깜짝할 사이에 엘라는 벌써 떠나고 없었다. 클레어 부부는
서로 손을 꼭 잡은 채 아무 말 없이 집으로 돌아왔다. 아무도 살
지 않는 버려진 집처럼 조용하고 공허했다. 트루먼도 이 상황에
적응이 안 되는 모양이었다. 녀석은 이 방 저 방을 킁킁거리며
엘라를 찾아 돌아다녔다.

그들은 그 날 밤 사랑을 나누려 했다. 그들은 말없이 서로의 옷을 벗겼다. 셔츠를 올리고, 바지의 지퍼를 풀었다. 창에는 서리가 내려 레이스모양의 커튼처럼 침실을 가려주었고, 둘은 아무 것도 걸치지 않은 채 그렇게 서 있었다. 조나단의 거친 손가락이 그녀의 허벅지 안쪽의 부드러운 살결을 쓰다듬었다. 클레어는 그가 면도하다 놓친 부분을 입술로 어루만졌다. 하지만 결국 슬픔과 피로에 지쳐 둘 다 그대로 손을 거두고 말았다. 클레어는 조나단의 어깨에 고개를 파묻었고, 그 또한 아내의 머리카락에 뺨을 기대었다. 집은 너무도, 너무나도 조용했다. 이제 더 이상 귀 기울일 필요가 없었다. 엘라가 자기 침대에서 기어 나와 그들의 침실 문 앞에서 발뒤꿈치를 올리고 손잡이를 돌려 벌컥 문을 열고 들어올까 봐 걱정할 필요도 없었다. 엘라는 마치 만화 속 주인공처럼 귀여운 목소리로 어둠 속에서 말을 걸곤 했다. "뭐해? 들어가도 돼?" 그러면 둘은 황급히 서로에게서 떨어졌고 엘라는 둘 사이로 기어들어왔다.

칠흑 같은 어둠 속에 서로 어깨를 기대고 서 있을 때, 조나단의 뜨거운 눈물이 그녀의 뺨을 타고 내려가 쇄골과 가슴을 사이를 지나 발가락으로 떨어졌다. 그녀는 그의 손을 이끌고 침대로 갔다. 그리고는 팬티를 입히고, 차가운 두 발에 두꺼운 울 양말을 신겼다. 낡은 티셔츠를 얼굴 위로 가져가 두 팔을 구멍 속으로 넣어주었다. 조나단이 아무 말 없이 울고 있을 때, "나도 알아요"라고 클레어는 말하고 또 말했다. "나도 알아요." 그녀는 그를 눕히고 목까지 이불을 덮어준 다음, 그 옆에 기어들어가 누웠다. 조나단은 쉽게 잠을 이루지 못했다. 그의 옆에서 클레어는 단 한숨도 자지 못했다.

그 후로 오랫동안 그녀는 엘라에 대한 언급을 하지 않았다. 가끔 생각하면 정말 재미있는 기억들이 많았다. 작년 할로윈에 엘라는 반짝거리는 은색 드레스를 입고 작은 플라스틱 하이힐을 신은 공주로 변신했었다. 물론 한 블록도 채 못가 벗어버렸지만. "발가락이 아파요." 아이가 힐을 벗으며 말했었다. 가끔은 트루먼과 엘라가 트루먼의 털 이불 위에 누워 서로 이마를 맞대고 씩씩거리며 자고 있는 모습을 발견하게 될 때도 있었다. 가끔 조나단의 얼굴에 찰나의 미소가 보일 때면, 엘라 생각을 하고 있겠거니 할 뿐이었다.

그들은 다시, 모두 다시 시작해보기로 했다. 불임시술도 다시 받았고, 입양 절차도 상세히 알아보았다. 그러면서도 엘라에 대한 희망도 버리지 않고 있었다. 그러나 그들은 여전히 그대로였다. 빈 자궁과 빈 손. 아이 없는 빈 집.

그런데 그로부터 1년이 채 지나지 않아 조슈아가 그들에게 온 것이다. 그는 진짜 우리 아들이라고 클레어는 생각했다. 엄마가 될 두 번째 기회를 얻은 것이다.

그러니 이제 그녀도 남에게 같은 기회를 베풀 때라고 생각했

다. 앨리슨 글렌에게 새로운 기회를 줘볼 생각이다. 새로운 시
작, 새로운 출발, 새로운 삶을….

 차메인

차메인은 오늘 병원에서 늦게 돌아왔다. 집에 전화를 걸어 거
스에게 가능한 빨리 가겠다고 연락을 하려 하는데, 전화를 받지
않는다. 오늘 아침엔 괜찮아 보였었고 점심에는 조금 피곤해 보
였지만 저녁식사 때 으깬 감자요리를 해달라고까지 했던 것이
다. 그녀는 핸들을 돌리며 계속 재다이얼 버튼을 눌러보지만, 여
전히 응답이 없다. 그녀는 집 앞에 급정거를 하며 차를 세웠다.

차문을 열자 거스의 정원도구가 꽃밭 옆 땅바닥에 널부러져
있다. "거스!" 그녀는 다급한 목소리로 뒷문을 열며 소리친다.
"거스! 괜찮아요?" 거스의 침실 문을 열고 뛰어 들어가, 침대에
서 곤히 자고 있는 그의 모습을 발견한다. 그의 가슴께가 올라갔
다 내려가는 것을 확인한 차메인은 조용히 거실로 나와 소파에
주저앉는다. 차메인이 이곳으로 이사를 왔을 때 샀던 소파이다.
쿠션은 이제 다 낡아빠졌고, 파란색과 초록색이 섞인 격자무늬
의 천은 색이 다 바랬다. 그렇지만 이 낡은 소파에 너무도 익숙
해져서 앉으면 곧바로 편안한 안도감이 든다. 그녀는 너무 피곤

하고 지쳤다. 거스와 학교생활에 대해 걱정하는 일로 지쳐버렸다. 그대로 소파에 누워 담요를 덮고는 눈을 감는다. 이제 겨우 스물한 살밖에 되지 않았는데 뼈마디가 구석구석 쑤시고, 머리에서 흰머리가 날 지경이다. 전화벨이 울리지만 일어날 기운도 없다. 응답기가 받겠거니 생각하며 누운 채로 전화기에 귀를 기울인다.

"어떻게 지내나 궁금해서 전화해봤어." 엄마의 목소리가 거실에 울린다. 순진하면서도 엄마 같은 목소리다. 하지만 그 동안 겪어온 리안의 본심은 순진과는 거리가 멀었다. 리안은 늘 수도 없이 바뀌는 자신의 직업과 남자친구 빙크스에 관해 떠들어댄다. 둘이 아직도 사귄다는 게 놀라울 지경이다. 그녀는 다음 주에 저녁이나 먹으러 오라면서 마무리한다. "난 오늘부터 4일 연속 밤 근무야. 하지만 월요일 저녁엔 빙크스나 나나 둘 다 근무가 없거든. 네가 와서 같이 저녁이라도 할 수 있으면 좋겠다. 별로 차린 건 없겠지만."

차메인은 리안이 끊기 전에 수화기를 들어서 그 집에 갈 일은 없다고 쏘아붙여주고 싶지만, 곧 마음을 바꾼다. 만일 리안의 삶에 별일이 없다면, 물론 그녀의 기준에서지만, 그녀는 다시 전화를 걸어오지 않을 것이다. 하지만 만일 그녀가 무언가 혹심을 품고 있는 거라면 24시간 안에 다시 전화할 것임에 틀림없다. 이렇게 생각하고 있는데 전화가 다시 울린다. 차메인은 거스가 깰까

178

봐 수화기를 든다.

"차미!" 다정한 목소리로 그녀의 이름을 부른다.

"네, 엄마." 조금이나마 기분을 맞춰주려 이렇게 대답한다.

"방금 전화했는데 안 받더구나." 기분이 상한 듯한 어투다.

"죄송해요. 방금 왔거든요. 메시지 확인할 겨를도 없었어요."

"월요일에 저녁 먹으러 올 수 있니?" 리안이 묻는다.

"아, 음." 차메인은 시간을 좀 끈다. "병원 스케줄 좀 확인해봐야 해요. 요즘 변동이 많았거든요." 그녀는 수화기를 식탁에 내려놓은 채, 냉장고로 가서 음료수 캔 하나를 꺼내, 뚜껑을 열고 천천히 수화기로 걸어간다. "엄마, 안 되겠어요. 그 날 병원 근무해야 해요. 정신병동에서 보조해줘야 하거든요. 다음에 갈게요." 그녀는 트림이 나올 것 같아 손을 입으로 가져간다.

"그럼 스케줄 한 번 봐봐. 언제 시간 되니?" 끈질기게 나온다.

"몇 주 동안 좀 많이 바빠요. 추수감사절에 가면 어때요?" 차메인이 묻는다.

리안은 잠시 생각하더니 주춤한다. "그건 두 달이나 남았잖아. 네가 보고 싶어 죽겠다, 애. 게다가 좋은 소식이 있어."

묻지 말자, 묻지 마. 차메인은 조용히 입을 놀린다. "뭔데요?" 결국 물어버렸다.

"안 돼. 오면 알려줄게." 놀리듯 말한다. "어서 언제가 되는지 말해보렴. 그러면 우리가 네 스케줄에 맞춰보마." 우린 이렇게 잘 하려고 하는데 넌 왜 그렇게 빡빡하게 구니, 라는 뜻이다.

"알았어요. 그럼 오늘은 어때요?" 차메인이 반박하듯 묻는다.

"오늘? 그건 좀 갑작스러워서."

"오늘은 시간 되거든요." 차메인도 굽히지 않는다. "그 다음엔 한 3주 동안 계속 바빠요."

"그래, 그러면 오늘 보자꾸나." 짜증난 기색이다.

"뭐 가져갈까요?" 그녀가 정말 자신을 보고 싶어 한다는 것에 다소 놀란다.

"디저트가 좋겠구나. 7시쯤 오렴. 나도 준비할 시간이 필요하니까." 리안의 목소리는 마치 생일파티라도 준비하는 어린아이처럼 들떠 있다.

"엄마, 특별히 준비할 거 없어요. 나 혼자 가는 건데요." 차메인이 말한다.

"무슨 소리. 안 그래도 자주 못 보는데, 오늘은 특별 만찬을 준비해야겠다."

이게 바로 엄마의 커다란 장기 중 하나다. 이런 식으로 다정한 말들을 늘어놓아 사람들을 믿게 만든다. 하지만 매번 낭패를 보는 건 차메인이다. 그렇지만 이번에도 차메인은 리안의 말들을 마치 반짝거리는 조약돌이라도 되는 냥 주머니에 넣었다가 나중에 또 꺼내봐야지 하며 고이 마음에 품는다.

"아, 깜빡 했다." 그녀가 말한다. "네 오빠가 전화했더라. 거스가 말하든?"

"그랬던 거 같아요." 차메인은 대수롭지 않은 일인 듯 넘겨 말한다.

"그 애가 이상한 말을 하더구나. 너에 대해 뭔가 할 이야기가 있다면서. 그게 무슨 소린지 아니?"

"아뇨." 심장이 순간 멎는 것 같더니 다시 뛰기 시작한다. 차메인은 간신히 한 마디를 내뱉는다.

"그럼 7시에 보자, 아가."

리안은 전화를 끊었다. 차메인은 거스가 거실로 나오는 걸 보고, 울지 않으려 애쓰며 수화기를 들고 그대로 서 있다. 그의 얼굴은 푹 쉬고 나와 건강한 분홍빛이 돈다.

그녀는 조심스럽게 리안이 초대한 저녁 식사에 관해 언급한다.

"당연히 가야지. 네 엄마잖니. 엄마와도 시간을 보내야지."

"여기 있는 게 엄마랑 있는 것보다 훨씬 좋아요. 게다가 거스가 훨씬 잘생겼잖아요." 차메인이 이렇게 답한다.

"그렇긴 하지." 그는 손수건을 입에 가져가고는 기침하기 시작한다. "하지만 나라고 평생 네 옆에 있어줄 수 있는 것도 아니잖니."

"거스." 차메인이 얼굴을 찡그린다.

그는 얼굴에 미소를 머금고 그녀의 머리를 어루만진다. "엄마

181

만나보고 오렴." 그가 이렇게 명령조로 말하자 마치 다시 열 살 짜리 아이라도 된 것처럼 느껴진다.

 클레어

앨리슨의 면접을 마치고 난 뒤, 시간이 매우 느리게 흘러가는 것만 같다. 정문에 달린 종이 소리를 낼 때마다 그녀의 심장은 한 박자씩 멎는다. 보안경비시스템도 설치하고, 아르바이트생도 한 명 더 구했지만, 이래서는 앞으로 가게에서 안전함을 느낄 수 없게 되는 건 아닌가 싶다. 일 분에 한 번씩 시계를 쳐다보며 조슈아와 조나단이 들어오기만 기다린다. 차라리 버지니아에게 가게를 맡겨두고 조나단과 함께 조슈아를 찾으러 갈 걸 그랬다고 뒤늦게 후회하는 그녀다.

3시 30분. 드디어 둘이 정문으로 등장한다. 조나단은 활짝 웃고 있고, 조슈아는 피곤해보인다. 아이의 머리카락은 흐트러져 있고, 셔츠도 바지 밖으로 빠져나왔다. 반바지에는 얼룩이 묻어 있고, 신발끈도 풀어져있다.

"와, 우리 유치원생 아들 왔네!" 클레어가 반긴다. "첫 날 어땠니?"

"조쉬가 신나는 하루를 보내고 왔대!" 조나단이 외치자 클레어의 마음에 안도의 물결이 흐른다.

"우와, 좋았겠구나." 조슈아를 꼭 안으며 그녀가 말한다.

"네!" 조슈아의 입가가 말려 올라간다. "블록도 갖고 놀고, 쉬는 시간엔 그네도 탔어요!"

"잘 됐네! 봄 소풍 때 어디 가는지는 알아 왔니?"

"동물원에 간대요!" 그가 소리친다. "동물원에 가서 코끼리도 보고, 원숭이도 본대요." 아이는 상체를 앞으로 숙이고 두 팔을 벌리고 자기가 가장 잘하는 원숭이 흉내를 내면서 흔들거리며 가게 안을 돌아다닌다. 클레어와 조나단은 서로 얼굴을 마주보며 큰 소리로 웃는다. 조슈아가 서점을 한 바퀴 돌고 나서, 카운터로 다가오더니 마치 위험한 비밀이라도 폭로하는 듯한 표정을 지으며 말한다. "그런데 바나나가 나왔어요."

"아빠랑 얘기했었잖아." 조나단이 말한다. "유치원에 가면 네가 싫어하는 음식도 나올 수 있다고 했었지? 그러면 어떻게 하라고 했지?"

"'감사하지만, 안 먹을래요.' 라고요." 아이의 얼굴이 어두워진다. "하지만 그 말도 안 통했어요. 그렇게 말해도 나눠주는 애가 저한테 주는 거예요. 코를 안 잡고 먹었더니 거의 토할 뻔했어요. 하지만 그래도 삼켰어요."

"잘했어, 조슈아." 클레어가 그를 칭찬한다. 그녀가 손바닥을 아이를 향해 두 팔을 뻗자, 아이는 그 안으로 재빠르게 뛰어 들어온다. 그녀는 아이의 비단 같은 머리카락을 어루만진다. 클레어의 손은 마치 지도를 읽듯 조슈아의 두상을 전부 기억하고 있다. 왼쪽 귀 바로 윗부분에는 음악을 사랑하는 마음이 담겨있는 곳이라 생각한다. 아이는 음악에 좀 유별난 관심을 보였다. 물론 다른 것에도 그렇지만. 너무 크거나 시끄러운 음악은 싫어한다. 시끄러운 소리가 들리면 두 손으로 귀를 막고 다른 방으로 가버리거나 자기 속으로 깊이 빠져버린다. 그는 부드럽고 잔잔한 음악을 좋아한다.

그녀는 아이의 정수리를 만져본다. 노란 머리카락이 위로 삐쭉 서 있다. 이곳은 물건을 쌓거나 만드는 재능이 숨겨져 있는 곳이다. 레고나 링컨로그를 가지고 중력에 대항할 정도로 크나큰 건물들을 짓곤 한다. 아이의 방은 크고 작은 블록들이 널부러져 있으며, 정기적으로 트루먼이 뒷마당에 떨어뜨려놓은 조각들을 챙겨 와야 한다.

클레어는 아이의 오른쪽 귀 뒤에 작은 두덩을 만져 본다. 이곳은 아이가 그들과 살게 되기 이전에 겪었던 경험을 모아둔 곳이다. 이곳이 아마 아이의 슬픔과 공포가 곪아가고 있는 곳일 것이다. 이따금씩 자기 내부로 숨어들거나 작은 것에도 쉽게 놀라는 아이의 성격이 이 때문일 것이라 그녀는 생각하고 있다. 그녀는 그 부위를 눌러주면 기억이 없어질까 싶어 가끔 그 부분을 마사지해준다. 그러면 아이는 "하지 마요"라고 하며 꿈틀거리며 도

망간다. 자기 친엄마가 준 유일한 것을 훔쳐가는 것에 놀라기라
도 하듯이. 아이 엄마도 자기 나름대로 그를 사랑해준 모양이라
고 클레어는 생각한다. 그래서 오랫동안 간직하고 싶어 하는 것
이라고 말이다.

"축하할 일인데" 조나단이 제안한다. "저녁으로 뭐 먹고 싶니,
조쉬?"

"피자요!" 즉시 대답이 나온다. "카사노바네서 피자 먹어요!"
저녁 메뉴가 결정되었다.

"그래, 피자로 하자. 버지니아와 애슐리 누나가 올 때까지 뒤
에서 간식이나 먹으며 기다리자꾸나." 클레어가 두 팔을 벌리자,
아이는 그녀 품에 잠시 안긴 다음 신이 나서 뛰어간다. 풀린 신
발끈이 바닥에 끌린다.

"휴우." 조슈아가 뒤로 들어가자 클레어가 크게 안도의 한숨을
내쉰다.

"그러게 말이야." 조나단도 동의한다. "이제 하루는 잘 갔으
니, 앞으로 200여일 남았군."

"다 잘 될 거야." 그녀는 그의 허리에 두 팔을 감으며 희망찬
목소리로 말한다.

"그럼, 그럼. 걱정하지 말자고. 이제 나는 가봐야겠어." 조나단
은 그녀의 입술에 지긋이 키스한다. "다섯 시 반에 다시 올게. 그
때 카사노바네로 가자."

조슈아와 땅콩버터 크래커를 만들고 나서, 냉장고에서 꺼낸 우유를 유리컵에 따라준다. 그런 다음 다시 손님을 맞으러 카운터로 돌아간다. 강도 사건 이후, 직원들이 혼자서 근무하는 것이 위험하다고 생각한 그녀는 비록 충원하는 것이 비용이 더 들기는 하겠지만, 가석방중인 전과자를 고용함으로써 세금 감면을 받으면 어느 정도 충당될 것 같다고 생각했다. 어쨌건 아르바이트생이 필요한 상황이었다. 린든폴스의 도시재생사업으로 인해, 설리번가와 드루이드 강 옆길로 이어지는 곳에 사람들의 발길이 잦아지고 있다. 이곳에서 3년간 일했던 고등학생중 하나가 곧 졸업을 하고 대학에 입학할 예정이다. 셸비라는 학생은 사람은 친절하고 좋지만, 학교에서 하는 활동들이 많아 일주일에 몇 번밖에 일하지 못한다. 주말마다 근무하는 버지니아는 은퇴한 이후 이곳에서 일했었지만, 겨울에는 플로리다로 여행하기로 했다고 통보해왔다.

앨리슨 글렌이라는 여자와 같이 일하는 것이 큰 무리 없이 순조롭기 바란다. 올린 저지슨은 그녀의 과거에 대해 정확한 설명을 덧붙이진 않았다. 하지만 그들은 린든폴스 다운타운지역 연합회에서 오랫동안 함께 일해 왔으며, 각종 모금행사도 같이 참여했었다. 가끔 올린이 자기 집에 사는 사람들을 써보라고 추천해줬지만, 클레어는 항상 거부해왔던 것이다.

다섯 시가 되자 조나단이 도착해 셋은 버지니아와 셸비에게 인사한 뒤 가게를 나온다. 카사노바네는 여기에서 몇 블록 떨어지지 않은 가까운 곳에 있어서 셋은 서로 손을 잡고 걸어간다. 11월 초라 해가 밤을 준비하러 슬슬 내려가고 있다. 여름이 가을을 맞이하기 위해 길을 내어주는 것처럼.

클레어 부부가 자리를 잡고 앉는 동안 조슈아는 다른 아이들과 함께 깡충거리며 피자반죽을 돌리는 광경을 구경하러 간다. "안전을 위해 전과자를 고용한다는 게 아무래도 마음에 걸려." 앨리슨 글렌을 고용하겠다고 말하자 조나단이 자기 의견을 내놓는다.

"알아, 알아." 클레어도 동의한다. "하지만 올린이 정말 훌륭하다면서 추천했어. 굉장히 똑똑하기도 하고, 진짜 미래가 있는 아가씨라면서 말야."

"무슨 죄로 감옥에 간 건데? 당신 정말 조슈아 옆에 감옥 갔다 온 여자가 있어도 좋다는 거야?" 그가 묻는다.

"정확한 건 나도 몰라." 그녀도 시인한다. "중죄를 저질렀다는 것 밖에. 하지만 모범수로 조기 석방된 거야. 그건 과거의 일을 묻고 새 출발하겠다는 뜻 아니겠어? 올린 말로는 폭력에 관련된 전과는 전혀 없대. 이 사회에 위협이 될 만한 존재가 아니라고 판단되어 풀려나온 거래." 조나단 얼굴은 여전히 의심으로 가득 차있다. "알아." 그녀가 다시 말한다. "말도 안 된다는 거. 하지만 직접 만나보니 좋은 사람 같아. 그녀가 가게에 있을 땐, 내가 항상 같이 있을 거구. 한 번 만나보기라도 해. 부탁해."

조나단이 포기한다. "알았어. 만나 보자고."

"고마워." 그녀는 이렇게 말하며 몸을 숙여 그의 입술에 키스한다. "괜찮을 거야. 게다가 가게 재정에도 도움이 될 거야."

"엄마, 아빠." 조슈아가 그들의 자리로 달려오며 둘을 부른다. "피자 만드는 아저씨가 피자 만들면서 페퍼로니를 창문에 던졌더니, 딱 붙어버렸어요! 우리 페퍼로니 피자 먹으면 안 돼요?"

"그러자." 조나단이 대답한다. "창에 붙었던 페퍼로니를 떼서 우리 피자에 꼭 넣어달라고 하자."

유치원에서의 첫 날을 보낸 조슈아는 하루 종일 신나 돌아다니더니 집에 도착할 쯤이 되자 눈꺼풀이 무거워져 연신 하품을 한다. 조나단이 아이를 데리고 위층으로 데리고 올라가 씻긴다.

조슈아가 침대에 눕자, 클레어는 이불을 꼭 덮어주고는 이불 주위를 고르게 펴준다. 커튼 사이로 들어오는 부드러운 석양빛이 아이의 머리 얼굴에 자줏빛 그림자를 드리운다. "유치원이 맘에 드니, 조쉬?" 아이는 불독 인형의 머리를 쓰다듬는다. 워낙 어릴 때부터 가지고 놀던 인형이라 이제 거의 대머리가 되어간다. 조슈아는 이 질문을 듣고 잠시 어깨를 으쓱한다. "러브레이스 선생님이 맘에 드니?" 그녀가 질문을 바꾸어 묻는다.

"네." 하지만 아이의 대답은 "네, 하지만…"처럼 들린다. 클레어는 침대 위에 앉아 아이의 다음 말을 기다린다. "너무 시끄러워요. 애들이 정말 많이 떠들거든요." 그가 마침내 말을 잇는다.

"너희 반에 친구들이 많으니까, 소란스러운 게 당연한 거야."
클레어가 그의 이마를 쓰다듬자, 아이는 짜증난다는 듯 엄마의
손을 치운다.

"엄마가 자꾸 보고 싶어요." 그는 엄마의 반응을 살피려고 눈
을 들어 바라본다. 불독의 머리를 쓰다듬는 아이의 손동작이 보
다 빨라진다. "그래서 나오고 싶어져요."

클레어는 이에 뭐라 대답할까 잠시 고민한다. "조쉬, 엄마도
네가 보고 싶단다. 하지만 엄마의 일은 서점에 있는 거고, 너의
일은 유치원에 있는 거잖니." 아이는 대답하지 않는다. "그렇
지?"

조슈아는 말없이 고개만 끄덕인다. 아이의 아랫입술이 뾰루퉁
튀어나오고 턱이 떨린다.

"조쉬." 조나단이 부드럽게 말한다. "유치원은 아무 때나 나올
수 있는 곳이 아니란다."

"알아요." 아이는 눈물방울을 떨어뜨리며 힘없이 울기 시작한
다.

"왜 그러니, 조쉬?" 조나단이 묻는다. 클레어는 이미 이유를
알고 있다.

"무서워요. 엄마랑 같이 잘래요."

"조쉬, 네 침대에서 잘 줄 알아야지. 그래야 더 푹 잘 수 있단

다." 어차피 한밤중에 그들의 침실로 기어들어올 걸 알면서도 이렇게 말한다.

"그 나쁜 아저씨들은 어디 있을까요?" 그가 묻는다.

"아주 아주 먼 곳에 있단다." 조나단 쪽을 바라보며 클레어가 대답한다.

"경찰관 아저씨들이 지키고 있다는 걸 아니까 다시는 못 올 거야. 게다가 용감한 아이가 아저씨들을 쫓아버렸잖니."

"그 용감한 아이가 바로 나예요." 조슈아가 덧붙인다.

"그래, 그래. 정말 용감했단다." 클레어가 말한다. "하지만 더 이상 걱정 안 해도 돼. 알겠지? 가게에 경보기를 설치했잖아."

"게다가 누나도 한 명 새로 오고요." 아이가 거든다. "누나 이름이 뭐였죠?"

"앨리슨이야. 앨리슨 누나도 있으니까, 걱정 말렴. 누난 내일 만나게 될 거야."

"우린 트루먼도 있어요." 그가 졸린 목소리로 중얼거리더니, 이불 속으로 깊이 빠져든다.

"우리가 널 지켜줄게." 조나단이 속삭인다. "걱정 마."

 브린

할머니가 들어와 내 어깨를 흔들어 깨운다.

"브린, 일어나야지." 할머니는 계속해서 같은 말이다. "8시 반이란다. 꽤 오래 자더라, 너 혹시 어디 아픈 거 아니니?"

하루 종일 자느라 수업을 또 빠진 건 아닌가 싶어 황급히 이불을 걷고 침대에서 내려간다. 순간 방 전체가 흔들리면서 할머니의 손을 잡고서야 중심을 잡는다.

"독감에 걸렸어요." 나는 이렇게 말하자마자 화장실로 뛰어 들어가 변기에 토해 버린다. 문을 열고 어기적거리며 나오자, 할머니의 얼굴은 수심이 가득히다.

"걱정했단다." 할머니는 내 팔을 잡고 침대 쪽으로 향해 걷는다. "거의 10분 넘게 깨웠단다. 정신없이 자더구나."

"독감 때문일 거예요." 도저히 할머니의 눈을 똑바로 쳐다볼 수가 없다. 나는 이불 속으로 기어 들어간다. 바로 옆 테이블 위에 와인이 담긴 술잔이 놓여 있는데도 할머니는 아무것도 묻지 않는다.

"식빵 구워줄까? 아니면 수프라도 좀 먹을래?" 할머니가 내 옆에 앉으며 묻는다.

"아니요." 할머니 얼굴을 마주치지 않으려고 이불 속으로 고개를 파묻어 버린다. "자고 싶어요."

할머니는 오랜 시간 말없이 옆에 앉아 기다린다. 그냥 이대로 내버려뒀으면 좋겠건만. 마침내 입을 떼고 할머니가 묻는다. "브린, 괜찮니? 무슨 일 있었니?"

"아뇨." 나는 이불 밑에서 대답한다. 술 냄새와 구토 냄새가 이불 속에서 퍼져나간다. "그냥 좀 아파요."

"약은 잘 먹고 있니?" 할머니는 내 기분을 상하게 하지 않으려고 조심스럽게 질문을 꺼낸다.

"네, 할머니." 나는 참다못해 그냥 생각나는 대로 내뱉는다. "제발 저 좀 자게 내버려두세요. 몸이 안 좋아요."

"오늘도 약 먹었니?" 또 묻는다.

나는 이불을 젖히고 그대로 일어나 앉는다. 손을 뻗어 약통을 가져와 뚜껑을 연다. 한 알을 꺼내 보란 듯이 입 안에 던져 넣은 뒤 꿀꺽 삼킨 척 한 다음 입을 크게 벌려 보여준다. 내가 못되게 행동한다는 거, 할머니는 그저 내가 걱정 되서 그런다는 건 알고 있다. 나는 그대로 침대에 드러누워 베개로 얼굴을 가려버린다.

몇 분 뒤, 할머니가 내 다리를 어루만진 뒤 발끝으로 걸어 나가는 소리가 들린다. 나는 혀 밑에 숨겨둔 알약을 뱉어버린다.

앨리슨

내가 북엔즈에서 일하게 되다니 믿기 어려울 정도다. 켈비 부인 앞에서 눈물을 보인 기억을 떠올릴 때마다 눈살을 찌푸리게 된다. 21년 동안 울지 못했던 걸 지난 며칠 동안 다 울어버린 것 같다. 내일부터 근무를 시작해야 하는데, 입고갈 옷이 전혀 없다. 켈비 부인은 티셔츠나 청바지는 입지 말라고 했지만, 내가 가진 옷은 그게 전부다. 오후 내내 부모님 집에 전화를 건다. 마침내 아빠가 전화를 받는다.

"여보세요?" 귀에 익숙한 그의 자신감 넘치는 목소리가 수화기를 타고 들려온다. 나는 수화기를 귀에 더 가까이 가져댄다.

"아빠, 저예요." 두 단어가 간신히 목으로 넘어온다. "앨리슨 이예요."

아무런 대답도 없다. 그대로 끊을까 아니면 뭔가 말을 걸까? 하고 있는 것이다. "저 직장 구했어요, 아빠." 아빠가 전화를 끊지 못하도록 서둘러 말을 잇는다. "서점에서 일해요. 혹시 집에 들러서 옛날에 입던 옷 좀 가져갈 수 있을까 해서 전화했어요.

직장에서 입을 만한 옷이 없는데, 혹시 옷장을 찾아보면 아직 저 한테 맞는 옷이 있지 않을까요? 몸무게도 별로 안 늘었고, 옛날에 입던 면바지도 있고 다른 예쁜…" 순간 나 혼자만 중얼거리고 있다는 사실을 느껴 말을 멈춘다. 아빠의 숨소리가 전화선을 타고 귀에 들려온다. "아빠, 허락해주세요." 손에 땀이 맺혀오고, 전화선을 손가락에 한참 꼬고 있었더니 푸른빛이 돈다.

"아빠?" 부탁하는 목소리로 다시 묻는다.

그가 목소리를 가다듬더니 대답한다. "물론이다, 앨리슨. 오늘 저녁 6시쯤 들르는 게 어떻겠니? 옷은 찾아놓으마." 하지만 그의 마음은 먼 곳에 있다. 냉정한 목소리도 아닌, 그렇다고 따뜻한 목소리도 아니다. 자기 딸과 오랜만에 전화할 때 다른 사람들도 이런 목소리일까?

"감사해요. 이따 뵐게요." 그의 대답을 기다리지만 그는 대답 없이 수화기를 내려놓는다. 내가 감옥에서 나와 린든폴스로 돌아온다는 것에 익숙해질 시간이 좀 더 필요한 것이다.

올린의 차를 타고 내가 자랐던 집으로 가는 길, 변한 것은 별로 없다. 모든 게 다 똑같아 보일 정도다. 예전과 똑같은 초록 잔디밭, 똑같은 큰 붉은 벽돌집, 차고 두 개와 창문. 내 어린 시절 지내던 집 앞에 서자 과거 기억들이 홍수처럼 밀려온다. 부엌에서 요리책을 들춰보던 엄마, 서재에서 일하던 아빠, 내 방에서 공부하던 내 모습. 내게 방해되지 않으려고 깨금발로 걸어 다니던 브린….

"여기서 기다려줄까요?" 올린이 묻는다.

"아뇨. 괜찮아요." 내가 대답한다. "아빠가 태워다주실 거예요." 하지만 나는 쉽사리 발걸음을 떼지 못한다. 올린이 내 반응을 살핀다.

"앨리슨?" 그녀는 내 무릎에 손을 얹는다. "들어가서 부모님 만나 봐요. 생각보다 쉬울 수도 있어요."

희미한 미소를 보이며 내가 대답한다. "감사합니다. 하지만, 제 부모님들이 어떤 분들인지 몰라서 그래요."

"폭력을 쓰셨었나요?" 그녀가 묻는다. "이제 당신도 성인이잖아요. 그들도 당신을 해칠 순 없을 거예요."

"때린 적 없어요." 그녀의 추측에 웃으며 내가 대답한다. "적어도 주먹으로는요."

"그럼?" 그녀가 묻는다.

"설명하기 쉽진 않네요." 차문을 열기 전에 내가 말한다. "전 완벽한 딸이었어요."

"그런데…."

"그러다가 어느 순간 환상이 깨진 거죠." 차문을 열고 밖으로 나와 그녀에게 손을 흔든다. 집으로 들어가는 내 발걸음은 너무도 무겁다. 다시 열 살짜리 꼬맹이로 돌아간 기분이다.

현관문 앞에서 벨을 누르려는 내 손이 머뭇거린다. 벨을 눌러야 하는지 아니면 그냥 들어가도 되는지 모르겠다. 5년 동안 발들인 적 없는 집. 더 이상 내가 아는 내 집이 아니다. 내 방이 여기 있다 할지라도 말이다.

벨을 누른다. 얼마 후 발걸음 소리가 들리더니 아빠가 문을 연다. "아빠, 잘 계셨어요?" 나는 수줍게 다가가 아빠를 안는다. 순간 아빠의 몸이 경직되는 것을 느껴 팔을 거둔다. 불편한 표정이다. 여전히 키도 크고 잘생겼지만, 그 동안 몸무게가 많이 늘었다. 양복셔츠에 배가 닿고 있다. 갈색 머리카락은 희고 얇아졌으며, 눈 아래 피부가 전보다 훨씬 처져있다. 나는 그의 어깨 뒤쪽으로 눈길을 돌려 엄마를 찾는다. "엄마 집에 있어요?"

"지금은 집에 없다." 그가 다른 발에 몸을 실으며 말한다. 발 뒤쪽으로 상자 몇 개가 눈에 띈다.

"아…." 순간 상황이 파악되기 시작한다. 오늘 부모님과 저녁 식사는 원래부터 예정되어 있지 않았던 것이다. 엄마와 함께 내 옷장을 정리할 필요도 없다. 얇은 보랏빛 벽과 땡땡이 무늬 이불이 있던 예전 내 방이 생각났다. 나는 그 방을 정말로 좋아했었다. 그 곳은 내게 피난처나 다름없었다. 언제라도 들어가 쉴 수 있는 곳.

"네 차에 상자를 넣어줄까?" 아빠는 억지로 밝은 목소리로 묻는다.

"아빠, 내가 차가 어디 있겠어요." 짧게 대답한다. "방금 감옥에서 나왔다구요. 차든, 옷이든 아무 것도 없어요."

"아, 그러니." 그의 얼굴이 고통으로 일그러진다. "태워다줄까?"

"신경 끄세요." 나는 이렇게 중얼거린 뒤 방향을 틀어 뒤를 향한다. 마음이 아프다. 돌아가려다가 다시 몸을 돌려 아빠를 향한다. "보고 싶어요." 내가 말한다. 아빠는 이게 무슨 소린가 하고 당황한 눈치다. "내 방을 보고 싶어요."

"앨리슨." 아빠는 어색한 웃음소리를 내며 내 이름을 부른다. 나는 아빠를 무시하고 집안으로 들어가 둘러본다. 딱딱한 거실. 5년 전과 다르지 않아 보인다. 똑같은 꽃무늬 벽지하며, 소파, 2인용 소파, 그랜드 피아노 등 똑같다. 냄새조차 똑같다. 장미꽃잎에 시나몬 향이 조화를 이루고 있다. 그런데 뭔가가 다르다. 그게 뭔지 모르겠다. "앨리슨." 아빠가 다시 내 이름을 부른다. 아까보다 차갑고 딱딱한 목소리로 "뭐하는 거냐?"라고 묻는다.

나는 대답하지 않고 2층 계단을 싱금싱금 걸어 올라간다. 발아래 카펫은 부드럽고, 마호가니 난간은 매끄럽고도 시원하게 손바닥에 만져진다. 순간 알아냈다. 뭐가 달라졌는지. 사진이다. 내 사진이 모조리 사라지고 없다. 천천히 계속 계단을 타고 올라간다. 다리가 너무 무겁다. 심장은 가슴 속에서 요동을 친다.

"앨리슨." 아빠가 다시 뒤에서 나를 부른다. "너 이렇게 함부로 들어와서…." 그는 결국 말끝을 흐리고 만다. 계단 끝까지 올라가자 침실이 보인다. 이곳의 공기는 감옥에서 느꼈던 공기보다 더 탁탁하고 무겁게 나를 짓누르는 것만 같다. 다시 아래층으로 내려가 밖으로 나가 신선한 공기를 마시고 싶다. 내 방문은 닫혀 있다. 나는 손잡이를 잡고 돌린다. 찰칵 소리와 함께 문이 열린다. 순간 나의 눈을 의심하지 않을 수 없다. 약한 석양빛이 방 안을 은은하게 비췄지만, 이 당혹감과 충격을 완화시켜주기에는 역부족이다. 엷은 보랏빛 벽이 하얗게 변해 버렸다. 땡땡이 무늬 이불도 보이지 않고, 내가 공부하던 책상도, 축구 트로피도, 푸른 리본 기장도, 배구팀들과 찍은 사진도, 벽장도, 인형들도… 모두 사라지고 없다. 나는 울컥 쏟아지려는 눈물을 삼킨 채 벽장으로 달려가 문을 활짝 연다. 텅 비었다. 옷도, 신발도, 내가 아끼던 물건들조차도 모두 사라졌다. 나와 관련된 모든 기억은 이 집에서 다 지워져버린 것이다.

터덜터덜 방문을 열고 나가자, 부모님방 문이 조금 열려있는 것이 보인다. 그 사이로 엄마가 어두운 그늘 속에 숨어 내 행동을 몰래 지켜보고 있었다.

그대로 집 밖으로 뛰쳐나와 한 블록을 내리 달린다. 누군가 뒤따라오면서 내 이름을 부르거나 손을 잡아주기를 기대해보지만 아무도 없다. 이대로 가버려도 신경 쓸 사람이 아무도 없다니. 왜 이딴 일에 마음이 상하는 걸까, 내 자신에게 화가 치밀어 오른다. 나는 몇 블록을 더 걸어간다. 거트루드 집은 부모님 집에서 5마일 정도 떨어져 있다. 올린과 약속한 8시까지 집에 도착할 수 있을까. 그때 뒤에서 차 한 대가 다가오는 소리가 들려 뒤를 돌아본다. 아빠다. 별안간 한 자락의 희망이 솟는다.

"앨리슨." 그가 열린 창틈으로 내 이름을 부른다. "태워주마." 차문을 열고 들어가고 싶다. 그러면 그의 마음만 편해지겠지….

"두 분 모두 저랑 인연 끊고 싶다는 거, 이제 알겠어요. 그러니 신경 끄세요." 나는 다시 앞으로 걸음을 옮긴다.

아빠는 차에 탄 채 천천히 내 뒤를 따라온다. "앨리슨." 다시 부른다. "한 번 더 물으마. 제발 차에 타렴." 나는 그의 얼굴을 오랫동안 뚫어져라 바라본 다음, 앞좌석에 탄다. 그는 차의 시동을 끈 뒤 나를 바라본다. "앨리슨, 우리 생각도 좀 해주렴. 우리에게도 정말 어려운 시간이었단다."

"하지만 전…" 시작하기도 전에 그가 내 말을 끊는다.

"내 말을 끝까지 들어봐. 네 엄마와 내게 그 사건은 정말 감당하기 이려웠단다. 그나마 이제야 조금…" 아빠는 길구하는 표정으로 나를 바라본다. "마음에 안정을 찾았단다."

더 이상 자신들을 괴롭히지 말라는, 왜 그들이 나를 잊으려 했는지 이해해달라는 것이다. 어느 정도는 이해가지만, 그래도 내 마음이 덜 아픈 건 아니다. 나와는 상관없는 삶을 살겠다는 것이니, 이젠 끝났다.

"알았어요. 이해해요." 나는 슬픈 미소를 짓는다. "엄마한테 알겠다고 전해주세요."

아빠는 크게 호흡을 한 번 내쉬더니 다시 운전대를 잡는다. 마침내 거트루드 집 앞에서 차를 세운 다음, 트렁크를 연다.

"상자 들어줄까?" 그가 묻는다.

"아뇨. 제가 할 수 있어요." 내가 대답하자 안심하는 표정이 역력하다. 나는 트렁크에서 상자들을 꺼낸 뒤 옆에 내려놓는다. "고마워요. 아빠. 엄마한테 안부 전해주시구요."

"그러마." 그는 이렇게 대답한 뒤 주머니에서 지폐 몇 장을 꺼내어 내민다. "이거 받으렴."

"괜찮아요." 내가 말한다.

"부디 받아주렴. 내가 주고 싶어서 그러는 거야." 그는 내 손에 지폐를 올려놓는다. "직장도 구했다니 잘 되길 빈다."

"감사해요." 아빠의 차가 떠나는 모습을 보며, 알 수 없는 미묘한 감정이 섞여 목에 걸려 넘어가질 않는다. 그가 떠난 뒷자리를 보며 오랫동안 그대로 서 있는데, 누군가 내 팔을 잡는다. 올린이겠거니 하고 뒤돌아보자, 비이가 타바타와 함께 서 있다.

"괜찮아?" 비이가 묻는다.

"괜찮아요." 나는 그들이 못 봤길 바라면서 손을 올려 눈물을 훔친다. 비이가 몸을 숙여 가늘지만 힘센 팔로 상자를 하나 들어 올리자, 타바타도 그녀의 행동을 따라한다. 말로만 괜찮다고 했을 뿐, 사실 난 정말 괜찮지 않다. 전혀 괜찮지 않았단 말이다.

 **차메인**

차메인은 가게 앞에 차를 세우고 사과파이 하나와 바닐라 아이스크림 한 통을 집어 든다. 보나마나 리안의 집에서 디저트를 먹기 전에 그 집을 뛰쳐나오게 될 테니 그냥 제일 싼 아이스크림으로 살까 하다가, 그러면 눈치 빠른 리안은 거스와 차메인이 경제적 여유가 없는 것을 알고 하늘을 날아갈 것처럼 즐거워할 얼굴을 상상하면서 생각을 바꾼다. 그들이 이혼했을 때 거스가 집을 가졌으니, 참 수치스러울 것이다. 그렇다고 해서 비싼 아이스크림을 사갈 수도 없는 노릇이다. 그러면 또 무언가를 노리고 달려들려 하겠지. 하겐다즈는 안 된다. 그녀는 중저가의 프렌치 바닐라 하프 갤런으로 정한다.

리안은 현관문에서 큰 포옹으로 그녀를 맞아준다. 빙크스는 그녀의 손에서 파이와 아이스크림을 받아들고는 어색한 자세로 그녀의 어깨를 토닥인다.

"이렇게 와줘서 고맙구나." 리안이 말한다. 그 동안 몸무게가 좀 는 것 같다. 날씬하던 굴곡은 잉어처럼 통통해졌고, 머리카락은 푸석푸석하기만 하다. 눈 아래에 엷은 주름살 사이로 메이크 업이 갈라져있다. 차메인은 손가락을 적셔 그녀의 얼굴을 닦아 주고 싶은 마음을 애써 물리친다.

리안이 차린 저녁식사 테이블은 온갖 음식들이 즐비하다. 얼 핏 보기에도 무척 신경을 쓴 듯하다. 작은 꽃무늬 테이블보로 식 탁을 차렸으며, 촛대 에 꽂힌 초에 불도 켜져 있다.

"어서 와 앉으렴. 식사 준비 다 됐다. 식기 전에 먹자꾸나." 그 녀는 차메인을 식탁으로 안내한다.

"알았어요." 차메인은 웃으면서 의자에 앉는다. "냄새가 정말 좋은 걸요."

"닭고기는 빙크스에게 감사해야 해. 그래도, 감자 요리는 내가 했단다. 네가 좋아하는 으깬 감자요리야."

차메인의 마음에 후회가 몰려온다. 거스는 집에 호스피스에서 보내준 자원봉사자와 함께 집에 있단 말이다. "거스도 좋아하는 데."

리안은 순간 고개를 돌려 빙크스의 반응을 살펴보지만, 그는 닭요리를 접시에 내놓느라 바쁘다. 그녀는 접시를 다 돌리고 그 가 자리에 앉을 때까지 기다린다. 차메인이 몇 조각 맛본다. 닭 고기는 너무 말라서 힘겹게 질겅질겅 씹어 넘겨야 했다. 빙크스 가 웃으면서 리안을 보며 고개를 끄덕이자, 리안은 뭔가 말하고 싶어 죽겠다는 표정이다.

"뭔데요?" 어떤 대답이 나올지 조금 두렵다.

"우리 결혼하기로 했단다!" 리안이 행복감에 젖은 목소리로 소리치자, 차메인은 얼굴이 굳으려는 걸 애써 참고 작은 미소를 띠어 보인다. 입술을 열어 무언가 말하려 하지만, 도무지 열리지 않는다. 그들은 차메인의 반응만을 기다리고 있다.

"와…." 차메인은 작은 목소리로 이렇게 말한다. 작은 집안 가득 밴 역겨운 기름 냄새와 담배 연기로부터 도망치고 싶은 생각이 굴뚝같다.

"그것뿐이니?" 리안은 그녀의 눈동자를 바라보며 다른 말을 기대한다. 빙크스는 접시만 바라보고 있다. 으깬 감자가 그의 수염에 묻어 있다.

"음, 잘됐네요." 그렇게 말하고 싶지만 떨리는 목소리는 어쩔 수 없다. 거스가 그녀와의 결혼을 얼마나 오랫동안 꿈꿔왔던가. 친절하고, 책임감 있는데다가, 잘생기기까지 한 그의 마음을 짓밟은 채 그녀는 떠나버렸던 것이다. "축하드려요." 차메인의 목소리는 여전히 힘이 없다.

"진심이 아닌 것 같구나." 리안이 샐쭉한 얼굴로 쏘아 붙인다. "넌 내가 잘 되는 게 싫은 거잖니."

"엄마." 피곤한 목소리다. "그게 아니라요. 저도 두 분 결혼하시는 거 기뻐요. 다만, 좀 갑작스러운 일이라 그랬어요."

"갑작스럽다고? 왜 그게 갑작스러운 일이니?" 이제 리안은 화난 목소리다.

"내가 누군가와 사랑에 빠져 결혼한다는 게 놀랄 일이니? 내가 그 동안 어떻게 살아왔는지 다 알면서! 적어도 너만은 이해하리라 믿었다!"

"어떻게 살아왔는데요?" 차메인도 그녀의 가당치도 않은 말에, 화를 내봤자 좋을 것 없다는 것을 알면서도 이렇게 되묻는다. 리안은 그녀가 뭐라 말해도 자신을 배은망덕한 딸이라고 우길 것임에 분명하다. "엄마 삶이 어땠는데요?" 다시 목소리를 낮춰 되묻는다. "엄마의 이런 행동 전혀 이해할 수가 없어요. 엄마가 한 남자와 정착해서 살 수 있을 거라는 걸 믿어드리지 못해서 죄송하군요. 하지만 그 동안의 엄마를 봐서는 도무지 쉽게 믿어지지가 않네요."

"이봐, 차메인." 빙크스가 이성적인 목소리로 충고한다. "네 어머니에게 그런 태도를 보일 필요는 없잖니."

"제 태도가 어떤데요?" 차메인은 분을 참기 위해 낮은 목소리로 묻는다. "엄마가 날마다 집안에 다른 남자를 들여서, 그 다음날 아침엔 또 누가 식탁에 앉을지도 모른 채 제가 어떻게 살았는지 아세요? 아홉 살밖에 안 된 저한테 집적대는 남자들은 또 어떻고요?" 리안은 잠시 어리둥절한 표정으로, 자신의 남자친구들 중 누가 차메인에게 치근댔을지 고민하는 표정이다.

"남자들이란 언제든지 쓰레기처럼 처분해버릴 수 있는 가축이라고 믿게 만든 사람이 누구인 줄 아세요? 자기와 자기 아이들을 사랑한 사람과 이혼하면서, 그의 마음을 산산조각 부숴버린 사람은요?" 차메인은 의자를 박차고 일어난다.

"가는 거니?" 리안은 믿지 못하겠다는 투다. "아직 저녁도 못 먹었잖니. 네 오빠 이야기도 못 했고."

"더 이상 하고 싶은 말도, 들을 말도 없어요." 차메인은 리안의 눈을 뚫어져라 쳐다본다. 그리고는 현관문으로 걸어가려다가 발길을 돌린다. 이 행동이 어이없다는 것은 알지만, 그대로 냉장고로 걸어가 냉동실 문을 열고는 사온 아이스크림을 꺼낸다. 이 아이스크림은 거스와 나누어 먹을 것이다. 그에겐 리안의 결혼 소식에 대해 일절 언급하지 않을 것이다. 그녀가 외롭고 고통스러운 삶을 살고 있다고 할 것이며, 거스는 어떻게 지내냐고 물었다고만 할 것이다. "잘 살아요." 가능한 한 좋은 말을 해주어야 한다고 생각은 하지만, 비아냥거리는 투로 말하고 만다. 그녀는 그대로 문을 나서고, 뒤에 남은 둘은 어이없는 표정으로 그녀의 뒷모습을 바라보고 있다.

집에 도착할 때까지도 분이 풀리지 않는다. 왜 그녀의 결혼 소식이 그렇게 화낼 이유인지는 모르겠다. 아마도 거스가 그 소식을 듣게 되면 어떤 기분이 들지 걱정되기 때문이 아닐까 싶다. 거스의 침실을 살며시 열어 그가 곤히 자고 있는 것을 확인한 후, 드루이드 강을 따라 산책을 하기로 한다. 그녀에게 늘 안식을 주는 곳이다. 가을에 강가에 자리 잡은 회화 나무 아래에 앉으면 그녀의 머리 위로 노란 나뭇잎들이 카나리아의 깃털처럼 떨어지고, 겨울에 혼자 강가를 몇 시간 걷고 나면 찬 공기에 눈물이 맺히고 눈길 위엔 커다란 부츠 자국이 남곤 한다.

차메인은 12살 겨울에 리안이 집에 끌고 온 남자들의 수만큼 눈 위에 스노우 엔젤을 만들었었다. 물론 기억나는 수 만큼이지만. 그리고는 그 엔젤들 옆에 남자들의 이름 첫 글자를 적었다. 이름이 기억나지 않을 때는 그 사람에 대해 생각나는 것을 약자로 적었다. C.B는 카우보이 부츠(cowboy boots)를 신었다는 뜻이었다. 그녀가 6살 때 실제 그 남자의 얼굴은 보지 못하고 리안의 침실 바닥에 떨어져있던 부츠만 보았던 것이다. 회색 비늘로 뒤덮인 것이었는데, 어둠 속에서 마치 데모라도 할 기세로 방을 지키는 군인들처럼 보였다. 눈 바닥에 누워 만든 수십 명의 스노우 엔젤들을 보면서, 그녀는 나름 만족감을 느꼈다. 다만 아쉬운 게 있다면, 엔젤의 가슴에 붉은 점을 찍지 못했다는 것. 상처받은 마음 말이다. 그들에게 상처를 준 사람은 오직 하나, 리안이었다. 결코 한 사람에 만족하지 못한 채 끊임없이 남자를 갈구했던 엄마….

분노가 식을 때까지 그렇게 걷고, 또 걷다가 다시 집으로 발길을 돌려 거스의 방문을 열고 들여다본다. 별 기척이 없다. 그녀는 살금살금 들어가 수년간 옷장에 숨겨두었던 신발상자 하나를 꺼내온다.

상자 안에는 아기에 대한 몇 가지 추억들이 담겨있다. 3주도 채 되지 않은 기간이었고, 그것도 한참 전의 일이다. 하지만 이 따금 아기가 생각날 때면 침대에 앉아 상자 속 물건들을 만져본다. 하늘색 아기 양말 한 짝. 그 애의 발엔 너무도 커서 우스꽝스럽기까지 했었다. 두 발을 휘저어대면 양말이 미끄러지듯 벗겨졌고 아기의 발가락은 마치 아, 이제야 좀 편하다, 라고 말하는 듯했다. 어쨌든 짧은 시간이었지만 그 애가 신었던 양말인 것이다. 상자 속엔 호박벌 모양의 딸랑이와 작은 시카고컵스 야구모자도 들어있었다. 마지막으로 액자에 담긴 사진 두 장. 한 장은 울고 있는 붉은 뺨의 아기를 안고 있는 어린 차메인의 모습이, 다른 한 장은 조용히 자고 있는 아기를 안고 있는 거스의 모습이 찍혀있다. 그 애의 처음 몇 주간의 삶이 어땠는지를 직접 알려줄 수 없음을 알고 있다. 15살짜리 소녀와 병든 한 남자에게 얼마나 많은 사랑을 받았었던가를…. 할 수 있는 데까지 노력하고, 또 노력하며 키워보려고 했었다는 것 역시 그 애에게 알려줄 날은 결코 오지 않을 것이다.

 앨리슨

너무나도 초조하고 긴장된다. 대입시험을 치르던 날보다도, 시험 결과를 기다리던 시간보다도 훨씬 더 긴장된다. 정말 이 일을 최선을 다해 잘해보고 싶다. 내 인생이 다시 시작하는 시점이 아닌가. 내게도 두 번째의 기회가 주어진 것이다.

9월 초라도 공기가 차고 건조해서 길가에 두 줄로 서 있는 가로수 잎들이 노랗고 빨간 빛을 띠기 시작한다. 너무 일찍 도착한 나는 초조하게 밖에서 서성이고 있다. 켈비 부인이 주차장에 차를 대며 내게 손을 흔들어 보인다.

"앨리슨, 좋은 아침이죠?" 그녀가 차에서 내리며 나를 부른다. "멋진 첫 날을 시작할 준비가 됐나요?"

"네." 내가 대답한다. "조금 긴장은 되지만요." 솔직히 대답한다.

"잘 할 거예요." 켈비 부인이 내게 힘을 준다. "질문이 있을 땐 주저 말고 해요." 그녀는 문을 열고 안으로 들어가 조명을 켠다. 실내는 아름답고 따뜻하며 안락하게 꾸며져 있다. 나는 바닥부터 천장까지 늘어선 서적들을 슬슬 훑어본다. 감옥의 도서관엔 다소 낡은 책들이 많아, 귀퉁이가 접힌 것에서부터 너덜너덜한 책들까지 있었지만, 닥치는 대로 읽어댔다. 이곳의 책들은 다 새 책이라, 표지도 반들거린다. 당장이라도 한 권 꺼내서 깨끗한 낱 장마다 코를 박고 싶을 정도다. 켈비 부인이 놀란 얼굴의 나를 바라본다.

"정말 많죠? 저도 매일 이게 꿈인가 생신가 싶어 꼬집어보곤 해요. 언제나 놀라움의 연속이죠. 이쪽으로 와보세요. 구경시켜 줄게요." 그녀는 아동서적코너로 데려간다. 콩 주머니 모양의 의 자와 유아용 테이블 및 의자가 티파티라도 할 것처럼 세팅되어 있다.

브린과 나는 어릴 때 티파티를 하며 놀곤 했다. 엄마가 입던 오 래된 옷과 보석으로 몸을 치장하고, 테이블 주위에 봉제인형을 앉혔다. 나는 늘 주인 역할이었고, 브린과 인형들은 모두 손님 역할을 했다.

"앉으세요." 나는 거드름피우는 목소리로 이렇게 명령했다. 물 론 평소 내 목소리와 별다르지 않았지만. 브린은 엄마가 버린 꽃 무늬 로라 애슐리 드레스를 몸에 감고 자리에 앉았다. 머리에는 밀짚모자를 쓰길 좋아했다.

한 번은 엄마가 절대 함부로 만지지 말라던 빨간색 쿨에이드 음료와 쿠키를 내 옷 속에 몰래 감추어 우리 방으로 가져왔다.

"차 드시겠어요?" 내가 꾸민 목소리로 물었다.

"네, 감사합니다." 브린은 내 목소리를 따라하며 대답했다.

나는 찻잔에 쿨에이드를 따랐고, 우리는 가져온 간식을 먹고 마시며, 이따금씩 날씨가 어떻다는 둥, 이웃들이 어떻다는 둥, 엄마와 친구들의 모습을 따라했다. 그런데 브린이 접시 위에 놓인 쿠키를 집으려고 팔을 뻗었을 때 팔꿈치가 찻주전자를 건드리고 말았다. 그러면서 옅은 베이지색 카펫 위에 한 줄기의 음료수가 쏟아지고 말았다. 브린은 순간 엄마가 얼마나 화내실까 두려워 눈물을 쏟기 시작했다.

"쉿… 조용, 브린. 엄마가 듣겠어."

"언니, 미안해…." 브린의 울음소리는 한층 더 커졌다.

"울지 마!" 나는 그 애의 갈색 곱슬머리를 세게 잡아당기며 명령했다.

"아!" 그녀는 순간 소리를 빽 질렀지만, 울음은 멈추었다. 하지만 내가 머리카락을 잡아당긴 것에 화났다기보다는, 소리를 질러서 더 미안하다는 표정이었다. 그때 엄마가 방으로 들어왔다. 그녀는 지금의 나처럼 키가 컸으며, 늘 머리를 위로 높이 올려 우리에겐 더욱 커보였다. 엄마의 눈에 테이블에서 떨어지는 쿨에이드가 카펫을 붉게 물들이고 있는 장면이 포착되었다. 브린은 내 옆에서 훌쩍이기 시작했다.

"제가 그랬어요." 나는 자동적으로 대답했다. "제 잘못이에요."

엄마는 아무 말도 없이 내 팔을 잡고는 손바닥으로 엉덩이를 두 대 때렸다. 아프진 않았지만 자존심이 무너지면서 기분이 상했다. 브린은 이 모습을 보지 않으려 눈을 가렸다. 엄마는 브린도 마찬가지로 때렸다. 순간 브린이 놀라면서 충격에 몸이 균형을 잃어 넘어지고 말았다.

"엄마, 내가 잘못한 거라고요." 내가 화난 어투로 엄마에게 대들었다.

"넌 거짓말을 했기 때문에 맞은 거다." 엄마가 차갑게 말했다. "그리고 넌." 여전히 바닥에 엎드리고 있는 브린을 향해서 이렇게 말했다. "네 언니가 대신 벌을 받게 한 잘못이야. 어서 치워." 엄마는 그대로 뒤를 돌아 방을 나갔다.

"앨리슨." 나를 부르는 목소리가 들린다. 눈을 깜빡이자 켈비 부인이 무슨 일인지 궁금한 얼굴로 나를 바라보고 있다. "이리 오세요. 창고를 보여줄게요."

나는 가게 내부와 서적 코너들, 금전등록기를 살펴보며 남은 시간을 보낸다. 점심시간에 켈비 부인이 건너편에 있는 식당에서 사온 샌드위치를 먹으며, 한 시간가량을 린든폴스에서의 어린 시절에 대해 이야기한다. 켈비 부인에게는 뭔지 모를 아름다움이 풍겨 나오는 것 같다. 한때 내게는 자신감이 전부였는데,

시간이 지나면서 다 잃어버린 것 같다. 켈비 부인과 함께 일을 하는 건 생각보다 더 즐겁다. 그녀가 고객이 요청한 책을 컴퓨터로 주문하는 법을 가르쳐주고 있는데, 금발 머리를 한 소년이 문을 박차고 들어온다.

"조쉬, 이쪽으로 와 보렴. 소개해줄 사람이 있어."

켈비 부인이 그를 부른다.

"엄마, 안녕! 화장실부터 갔다 올게요." 그는 쏜살같이 화장실로 향한다.

"유치원에서 화장실 가는 게 불편한가 봐요." 그녀가 설명한다. "화장실 물 내리는 소리가 무서운지 유치원에 있는 동안은 계속 참더라구요."

"몇 살이에요?" 무언가는 물어야겠다 싶어 내가 말한다.

"7월에 다섯 살이 됐어요. 얼마 전부터 유치원에 다니기 시작했고요." 그녀의 얼굴은 아들이 자랑스러운지 기쁨으로 빛난다. 그녀가 다시 책제목을 치기 시작해서, 나는 다시 컴퓨터로 눈을 돌린다.

키 큰 남자가 문을 열고 들어오더니, 카운터로 다가와 켈비 부인에게 키스를 건넨다 "앨리슨, 제 남편 조나단이에요."

"안녕하세요, 처음 뵙겠습니다." 나는 손을 내밀어 그의 손을 잡는다. 꽤 거칠고 딱딱한 손이다.

"반가워요. 조나단이에요." 그가 반갑게 인사한다.

"아, 저도 앞으론 클레어라고 불러요. 켈비 부인이란 존칭은 빼구요."

"엄마." 아까 들어왔던 꼬마가 우리 뒤에서 다가온다. "목말라요."

"손은 씻었니?" 클레어가 묻는다.

"네! 주스 마셔도 돼요?"

"먼저 이리 와보렴. 앨리슨 누나 소개해줄게." 그녀가 말한다. 나는 스크린에서 눈을 떼고 뒤를 돌아본다. "조슈아, 앨리슨 누나야." 클레어가 환하게 웃는다. "앨리슨, 우리 아들 조슈아예요."

내 앞에 선 작은 소년은 짙은 갈색 눈에, 높은 콧날, 날카로우면서도 각진 얼굴을 하고 있다. 하지만 아이가 큰 미소를 지어보이자, 그제야 모든 것이 한 눈에 들어온다. 클레어는 계속 조슈아에 관해 쉬지 않고 설명한다. 나는 마음속에서 솟아오르는 감정을 숨기려고 최선을 다하지만, 정신이 흐려지려 한다.

"실례할게요." 나는 클레어 부부에게 말한다. "저, 화장실에 잠시 다녀올게요." 아무렇지 않은 듯 걸으려고 하지만, 얼굴이 화끈거리고, 숨을 고르기가 너무 힘들다. 나는 화장실 문을 잠그고, 변기 뚜껑을 내리고 그 위에 앉는다. 두 눈을 꼭 감자, 크리스토퍼의 얼굴이 빛나며 솟아오른다.

조슈아 켈비는 내가 사랑에 빠졌던 남자의 축소판인 것이다.

브린

어떤 항우울제보다 더 강한 알코올의 힘을 빌면 언니가 출산하던 당시에 대한 기억을 잊을 수 있을지도 모른다. 하지만 다시 집으로 뛰어 들어가는 길에 언니가 등 뒤에서 나를 부르던 순간의 기억이 아직도 생생하다. 빗줄기가 점점 굵어져 쏟아지고 있었고, 강가의 진흙들마저 모두 씻겨 내려간 상태였다. 나는 다리가 후들거리면서 무거웠다. 그래도 계속 집으로 뛰어갔다. 우선 집으로 먼저 가자, 하고 내 자신에게 계속 말해야 했다. 내가 본 것이 무엇인지 확실히 몰랐고, 알고 싶지도 않았다. 그대로 끝났어야 하는 거였다. 끝난 것이다. 하지만 이건 모든 일의 시작에 불과하다는 것도 마음 깊은 곳에서부터는 알고 있었던 것 같다.

드디어 집에 도착했을 때, 내 옷은 흠뻑 젖어 있었고, 온 몸은 추위로 떨리고 있었다. 뒷마당으로 이어지는 문의 창으로 언니가 내 뒤를 따라오는 것이 보였다. 금방이라도 배를 부여잡고 땅바닥에 고꾸라질 것처럼 지쳐보였다. 언니를 잡아줘야 한다는 것을, 집 안으로 들어오도록 부축해줘야 한다는 것을 알았지만,

그 순간은 언니를 증오하고 있었다. 그녀에 관한 모든 것이 죽도록 싫었고, 완벽한 언니, 똑똑하고, 아름답기까지 한 언니가 임신을 하더니, 이젠 내게 비밀을 지키라고 강요한다는 것이 싫고 미웠다. 우리 외에 그 여자아이에 대해 알 수 있는 사람은 없을 것이며, 그 애가 존재했다는 것도 모를 것이다. 언니를 증오했던 가장 큰 이유는 이제 이대로 모든 것을 잊고 뒤도 돌아보지 않은 채 자신의 완벽한 삶으로 돌아갈 수 있을 것이라는 점 때문이었다. 나는 그대로 운동화를 벗어던진 채 수건을 꺼내러 화장실로 들어갔다.

뒷문이 삐걱거리며 열리는 소리가 들리면서 빗방울이 후두둑거리는 소리 사이로 언니의 여린 목소리가 들려왔다. "브린, 제발…."

가지 마. 난 내 자신에게 말했다. 다 언니 잘못이다. 언니가 치러야 할 대가란 말이다.

"브린." 언니의 목소리에 큰 공포감이 느껴졌다. "제발 도와줘. 뭔가가 이상해. 도와줘."

무시해. 나는 내게 명령했다. 네 방으로 올라가 문을 닫아버려. 아무 일도 없었던 것처럼 행동하라구. 계단을 반쯤 올라갔을 무렵, 언니가 바닥에 쓰러지는 소리가 들려왔다. 그대로 내버려 둬. 언니가 네게 한대로 똑같이 대해주라고.

부엌에서 언니의 신음 소리가 계단을 타고 올라와 나는 그대로 자리에 주저앉아버렸다. 두 손으로 귀를 덮고는 앞뒤로 몸을 흔들었다. 내려가지 마. 가만히 있으라구. 나는 계속 내 자신에게 말하고 또 말했다. 그냥 내버려둬. 그 앤 네 언니가 아냐. 그 앤 괴물이야.

별안간 신음소리가 멈추더니 빗물이 지붕을 뚫는 듯한 굉음만이 들릴 뿐이었다. 부엌 쪽에서 무슨 일이 벌어졌는지 움직이는 소리라도 들어보려 했으나 정적뿐이었다. 그때 진실의 목소리가 창문을 두드리는 빗방울처럼 내 마음을 두드리며 다가왔다. 따갑도록 내 마음을 두드리고, 또 두드렸다. 이래도 네 언니가 괴물이라고 할 수 있니? 누가 괴물인데? 순식간에 몸을 일으켜 세우다가 벽에 언니가 무슨 상을 받는 사진에 부딪히는 바람에 액자가 그대로 계단을 굴러 떨어졌다.

"언니!" 나는 소리쳤다. "앨리슨 언니!" 나는 그대로 계단을 뛰어 내려가 부엌으로 달려갔다. 언니는 타일바닥에 누워 다리에서 바지를 벗겨내려고 안간힘을 쓰고 있었다. 언니의 얼굴은 새파랗게 질려 있었고, 고개조차 가누지 못할 정도였다. 제발…. 언니의 눈이 내게 간청하고 있었다. 목소리조차 남아있지 않았고, 고통 속에서 외칠 힘조차 없어 보였다. 저러다가 언니가 죽으면 어떡해, 나는 속으로 생각했다. 부모님이 돌아오셔서 새파랗게 질린 앨리슨 언니가 피로 물들어 반라가 되어 있는 모습을 보시고, 그 옆에서 나는 아무 것도 하지 못한 채 앉아있는 것을 보신다면 어떻게 될까.

"태반이 나오고 있어." 앨리슨이 간신히 목소리를 냈다. 순간 안도감이 몰려왔다. 괜찮은 거구나. 언니가 죽는 건 아니구나. 이제 거의 끝났어.

앨리슨은 조그마한 소리로 신음소리를 토해냈다. 무언가 언니 밑에서 흐물거리며 빠져나오고 있었고, 나는 젖은 수건을 내밀어 받아냈다. "괜찮아, 언니." 눈물을 흘리며 내가 말했다. "내가 옆에 있어."

 앨리슨

여자아이를 낳고나서 브린이 피 묻은 이불을 거두어 아래층에 버리러 내려간 후, 강에 갔다 오자 다시 살을 에는 진통이 찾아왔다. 다리 사이로 보랏빛 덩어리의 태반이 나올 거라 생각했지만 내 예상을 벗어났다. 두 눈 사이로 땀방울을 닦아내며 여러 번 눈을 떴다 감기를 반복했다. 전자레인지에 있는 시계는 9시 15분이었다. 안 돼! 속으로 생각했다. 말도 안 돼, 이럴 수가. 내 눈으로 보고도 믿을 수 없었지만, 울음소리를 듣고 사실임을 깨달았다. 태반이 아니라 아기라니. 크리스토퍼와 똑같은 뾰족한 턱과 위로 솟은 코를 가진 사내아이였다. 내 옆에서 무릎을 꿇고 아기를 받던 브린도 눈을 믿을 수 없어 소리를 지르고 말았다.

나는 떨리는 손을 아이에게 가져갔다. 동시에 아이도 내게 손을 뻗는 것만 같았다. 서로의 손가락이 만나는 순간, 정말 오랜만에 나는 미소를 지었다.

 브린

나는 믿을 수 없는 눈으로 언니의 얼굴에 띤 이상한 미소를 바라보았다. 행복해서라기보다는 경이에 가까운 미소였다.

하지만 그도 곧 사라져 버렸다.

"안 돼, 제발." 그녀는 흐느끼며, 떨리는 손으로 안고 있던 붉은 피부의 아기로부터 고개를 돌려 버렸다. "제발. 이 애가 여기에 있으면 안 돼."

"말도 안 돼." 나는 우는 아이를 내려다보며 말했다.

"아기잖아." 그녀는 차갑게 답했다. 내 눈에 가득한 눈물을 보며 다시 사과했다. "미안해, 브린. 하지만 엄마 아빠가 몇 시간 후면 올 거란 말이야. 서둘러야 해."

"둘이 똑같이 생겼어." 나는 이젠 죽고 없는 작은 여자아기를 떠올리며 작은 목소리로 말했다.

"남자애잖아." 그녀의 얼굴은 고통으로 가득 차 있었다.

"어서. 이 아일 없애버려야 해."

220

 **앨리슨**

화장실에서 나가야겠다고 마음먹은 뒤 힘겹게 문을 열어 가게로 들어간다. 가게를 떠나는 클레어의 남편과 조슈아에게 밝게 인사를 하려고 마음먹는다. 확실한 증거는 없을지라도, 클레어의 아들이 바로 내 아기라는 것을 분명히 알 수 있다.

그녀가 내 얼굴빛을 보고 뭔가 이상한 낌새를 눈치 챌 것이라 생각하는 순간, 이미 내 추측이 맞았다. 둘이 나란히 서서 아무 말 없이 두 시간을 일한 뒤, 클레어는 얼굴에 수심이 가득한 얼굴로 나를 쳐다본다.

"앨리슨." 그녀가 말한다. "정말 조용하네요. 혹시 오늘 뭐 잘못한 건 없나 걱정하고 있는 건 아니겠죠?"

"아, 약간은요." 내 이상한 행동에 핑계 삼을 만한 게 있다는 것에 감사하며 내가 대답한다.

"걱정 말아요. 아주 잘했으니까요." 그녀가 밝게 웃으며 나를 격려해준다. "어때요? 내일도 다시 오늘처럼 일해 볼래요?"

아니오, 라고 말하려던 것을 꾹 참는다. 지금 그만둔다면, 조슈아가 내 아들이라는 것을 확인할 방법이 없을 것이다. "괜찮으시 다면, 다시 와서 일하고 싶어요." 그녀의 눈을 피하며 내가 대답 한다.

"괜찮고말고요. 이제 집에 돌아가서 좀 쉬세요. 내일 9시에 봐 요." 그녀는 정문까지 나를 배웅해준다.

"집까지 태워줄까요?" 먹구름이 몰려오는 것을 보며 그녀가 묻는다.

"아니오. 전 신선한 공기가 좋은 걸요. 다시 한 번 감사드려요, 클레어. 내일 뵐게요." 내가 대답한다.

거트루드 집으로 돌아가는 길, 잿빛 구름은 태양을 완전히 삼 켜버렸다. 내 머릿속은 클레어의 아들이 내가 5년 전에 낳은 아이, 크리스토퍼의 아이, 내가 살인죄로 형을 살아야 했던 그 여자아이의 남동생일 가능성이 얼마나 될까 하는 생각으로 온통 뒤죽박죽 혼란스럽다.

누군가에게 말해야만 한다. 데븐에게 전화해서 어떻게 해야 하는지 물어볼 수도 있지만, 이 상황에서 무엇이 옳은 결정인지 를 이미 잘 알고 있다. 클레어에게 당장 돌아가 서점에서 일하는 게 내겐 안 맞는 것 같다고 말하는 것이다. 그리고 린든폴스에서 빠져나갈 방법을 모색하는 것이다.

내가 버린 그 남자아이를 두 번 다시 보고 싶진 않았다. 그의 아빠가 그를 기를 수 있게 해줬으니 내 의무는 다 한 것이라 생각했었다. 지금 당장 켈비네 식구로부터 가능한 멀리 도망가는 것이 옳다는 것은 알지만, 발걸음이 떨어지지 않는다. 너무도 많은 의문점들이 내 머릿속을 휘젓고 있다. 조슈아를 입양한 사람들은 어떤 사람들인지, 내가 낳은 아이가 어떤 아이인지 너무도 궁금하다. 크리스토퍼는 어떻게 된 것이며, 왜 조슈아가 그 집에 있는 것일까?

거트루드 하우스에 도착해 문을 열자 올린이 마중을 나와 내게 묻는다. "첫 날 어땠어요?"

"좋았어요." 그녀의 눈조차 마주칠 수 없다. 더 털어놓게 될까봐 두렵다. 올린의 의심적은 눈초리를 뒤로 한 채, 나는 서둘러 2층으로 올라가 내 방으로 들어간다. 비이가 2층 침대에 앉아 있다.

"왔네." 그녀의 눈은 잡지를 떠나지 않는다. "일은 어땠어?"

두 발을 걷어차 신발을 벗어던져 버린 뒤 아래층 침대에 그대로 뻗어버린다.

"괜찮았어요." 이렇게 대답하곤 덧붙인다. "이상한 일도 있었고요."

"무슨 뜻인지 다 알아." 비이가 위에서 말한다. "갑자기 자신의 이상한 행동을 보고서는 이렇게 생각하지. 이건 자연스러운 거야. 다른 사람들도 다 이런다고."

"네, 바로 그거예요." 나는 거짓으로 대답한다. "다시 그곳에

223

서 일하고 싶지 않아요."

비이는 잠시 아무 말이 없다. 그러더니 그녀의 맨발이 침대 밑으로 쑥 내려온다. 그녀의 발은 상처도 많고 매우 거칠다. 그녀는 가볍게 침대 옆으로 착지하더니 고개를 내밀고 나를 바라본다. 이렇게 가까이서 보니 처음에 생각했던 것만큼 나이 들어 보이지는 않다. 아마도 30대쯤. 하지만 그녀의 이마는 굵은 주름이 몇 개 패어 있고, 눈가에는 거미줄처럼 잔주름이 자리 잡았다. "올린이 소개해준 거잖아."

"네." 내가 대답한다.

"올린이 우리 같은 여자들한테 일 구해주느라 고생하는 거 알지? 자기 이름과 명예를 걸고 하는 거라고." 비난의 목소리가 아닌, 사실 그대로를 인식하도록 돕는 목소리다.

"다시 나갈게요." 내가 작은 목소리로 말한다.

비이는 한 번 웃더니 내게 손을 내민다. 손목 안쪽엔 전에 미처 몰랐던 예쁜 새의 문신이 새겨져있으며, 올리브 나뭇가지처럼 튀어나온 새의 부리에는 O.V.라는 이니셜이 적혀있다. 무슨 의미인지 묻고 싶지만, 괜히 남의 일에 참견한다 할까 싶어 참는다. "일어나." 그녀는 내 손을 잡아 일으키며 말한다. "오늘은 스파하는 날이야."

"스파하는 날?" 내가 묻는다.

"그래. 플로라가 미용학교에 다니는데, 가끔 우릴 대상으로 실험하고 싶어 하거든."

"아, 안 갈래요." 나는 손을 빼며 말한다. "플로라의 눈을 보면 자다가 절 죽이진 않을까 하고 섬뜩해질 때가 있어요. 그 손에 제 머리를 맡기는 일은 결코 없을 거예요."

"어서 와." 비이의 말은 명령조에 가깝다.

"그냥 보기만 해, 그럼. 걘 신참들이 들어오면 좀 불안해하는 경향이 있어. 워낙 겪은 일이 많다 보니까."

나는 살짝 퉁명스럽게 대답한다. "누군 안 그런가요?"

"그러게." 비이도 시인한다. "그래도 기회를 좀 줘봐. 네가 걔에 대해 잘 몰라서 그래."

"글쎄요." 아직도 선뜻 나서기가 쉽진 않다. "플로라가 제게 곱게 대하면 저도 그렇게 할게요. 허구한 날 인형 갖다놓는 것도 다 그 애 짓인 거 알아요. 내가 어떤 사람인지도 모르면서 아는 척 하며 날 괴롭히잖아요." 나는 그대로 침대에 다시 앉는다.

"그냥 혼자 다녀오세요. 전 동생한테 전화나 해보려구요."

"맘대로 해." 비이가 말한다. "우린 오늘 페디큐어 한다." 그녀는 자기 발을 내려다보며 발가락을 꼼지락거린다. "한 번도 해본 적이 없거든."

브린에게 조슈아를 찾았다는 이야기를 전하고 싶다. 그러면 내가 출산했던 그 날 밤, 좋은 일도 있었다는 걸 알게 되겠지. 하지만 문제는 브린과 연락이 되질 않는다는 것이다. 할머니는 매번 브린이 나갔다고만 한다. 묘한 질투심이 느껴진다. 친구들과 놀러 다니며 대학에 있어야 할 건 나인데. 그러다가도 질투심 대신 다시 죄책감이 밀려온다. 브린은 충분히 즐기며 놀 권리가 있다. 내가 체포되고 난 뒤 친구들로부터 얼마나 멸시당하고 무시당해야 했을까. 모두 내 탓이었는데. 자기 목숨을 끊으려고 한 적까지 있었다니….

"전화 왔었다고 전해주실래요?" 할머니께 부탁한다.

"당연하지." 그녀가 대답한다. "앨리슨, 넌 어떻게 지내니? 엄마 아빠는 만나 봤니?"

"전 잘 지내요. 엄마 아빠는 두 팔 벌려 절 환영하실 입장은 못 되시고요. 하지만 오늘부터 서점에서 일을 시작했어요."

"잘됐구나." 할머니는 진심으로 기뻐해주었다. "벌써 스스로 자립하다니."

"할머니, 혹시 브린이 그 날 밤 얘기 한 적 없어요? 할머니한 테 그런 말 없던가요?"

질문은 했으나 돌아오는 대답이 없다. 혹시 끊긴 건 아닐까, 할머니가 수화기를 내려놓은 건 아닐까 걱정스럽다. "할머니?" 다시 불러본다.

"아니. 그런 얘긴 하지 않는구나." 할머니의 목소리엔 슬픔이 가득하다.

"적어도 의사선생님과는 얘기를 나눴으면 좋겠다만. 자기 속에 모든 걸 쑤셔 박아만 놓으니 좋을 리가 있겠니. 네가 전화했었다고 전하마. 몸 잘 돌보고, 알겠지?"

"감사해요, 할머니. 안녕히 계세요." 나는 이렇게 말하고 전화기를 내려놓는다.

비밀을 지키는 데 일가견이 있는 건 나뿐인 줄 알았는데, 그건 아닌가보다.

머리카락이 너무 많이 자라 목 뒤가 간지러운데 플로라에게 페디큐어 대신 머리를 잘라달라고 부탁해볼까 싶다. 올린이 말했던 희망에 관한 이야기도 생각나고, 난 그대로 일어나 웃음소리가 들려오는 아래층으로 내려간다.

 차메인

병원에서 근무하면서 엄마가 갓 태어난 아기를 안아든 모습을 보는 일이 얼마나 흔한가. 그러나 그 장면을 볼 때마다, 차메인은 5년 전 그 날 밤을 떠올리곤 한다.

거스는 의자에 앉아 코를 골고 있었다. 창문은 활짝 열려 있어서 7월 치고는 꽤 시원한 바람이 들어오고 있었다. 큰 비가 그친 후라 공기는 신선하고 깨끗했다. 차메인은 거스를 깨울까봐 어둠 속에서 TV 소리를 낮춘 채 소파에 앉아 있었다. 요즘 그는 잠을 깊이 자지 못했다. 숨을 쉬는 것도 차츰 어려워지고, 한밤중에 호흡곤란으로 여러 번 깨곤 한다. 그때는 몰랐지만, 그것이 바로 그를 어둠의 나락으로 떨어지게 하는 폐암의 시초였던 것이다.

차 한 대가 멈추는 소리가 들려 차메인은 소파에서 일어나 창밖을 보았다. 헤드라이트를 켠 채 작은 차 한 대가 멈추더니, 옆 좌석에서 누군가가 내린다. 남자인지 여자인지 분간을 할 수는 없었지만, 마치 아주 나이가 들었거나 큰 통증을 겪고 있는 사람처럼 천천히 현관문을 향해 다가오고 있었다. 그 큰 사람은 팔에 무언가를 들고 있었는데, 몇 걸음을 걷다가 다시 힘을 얻으려는 듯 걷다 멈추기를 반복했다. "거스." 차메인은 순간 두려운 생각이 들어 낮은 목소리로 거스를 깨웠다. 그는 일어날 생각을 하지 않았다. 그녀는 현관불을 켰다.

앨리슨 글렌, 차메인이 다니는 고등학교의 2학년생이었다. 앨리슨은 아름답고, 공부도 잘 하고, 운동도 잘했으며, 심지어 착하기까지 했다. 차메인은 그런 그녀가 왜 자기 집에 나타났는지 전혀 이유를 알지 못했다. 앨리슨은 차메인이 누군지도 모를 터였다. 그녀는 금색 머리를 위로 올린 채, 체육복 차림이었다. 그녀의 얼굴은 매우 창백해서 마치 구름 사이로 막 얼굴을 비춘 달빛과 같았지만, 그럼에도 불구하고 그녀는 아름다웠다. 차메인은 두 눈을 가늘게 뜨고, 운전석에 누가 앉아 있는지 보았다. 얼굴을 가리고 있는 갈색 머리의 소녀였다. 그녀는 울고 있었다.

"거스." 차메인이 더 큰 소리로 거스를 불렀다.

그녀가 무슨 말을 하기도 전에, 현관문을 열기도 전에, 앨리슨이 아주 피곤에 지친, 그러면서도 두려움에 떠는 목소리로 물어왔다. "크리스토퍼 있니?" 그녀는 초조한 듯 주위를 둘러보았다.

"가서 불러올게요. 들어오세요." 차메인은 이렇게 대답하며, 그녀의 떨리는 손에 들려있는 보따리를 바라보았다. 너무도 심하게 떨고 있어 마치 금세 떨어뜨리기라도 할 것만 같았다.

"아니. 여기에서 기다릴게." 그녀의 이빨은 추위로 덜덜 떨리고 있었다.

거스가 다가오더니 차메인의 어깨 너머로 다가왔다.

"오빠를 찾고 있네요." 차메인이 알려주었다.

거스는 누군가 크리스토퍼의 이름을 언급할 때마다 이제 지겹다는 투로 한숨을 내쉬었다. "허." 그가 물었다. "누가 찾아왔니?"

그때 차 안에 앉아있는 소녀의 울음소리가 더 크고, 절박하게 들려왔다. "괜찮은 거예요?" 차메인이 걱정스럽게 물었다.

앨리슨이 어깨 뒤를 바라보더니 다시 말했다. "괜찮을 거야. 어서 크리스토퍼를 불러줘."

차메인은 서둘러 자기 오빠 방문을 두드렸다.

"왜?"

"누가 오빠 찾는데? 어서 나와 봐." 그녀는 세게 방문을 두드렸다.

"알았어, 나갈게. 누군데?" 키도 훤칠하고 잘생긴 그가 문을 열고 나왔다. 방 안은 연기로 가득하다.

"오빠." 그녀가 발끈하여 외쳤다. "집 안에서 담배 피우면 안 되잖아."

"누군데?" 크리스토퍼는 그녀의 잔소리를 무시하고는 손으로 갈색 머리를 매만졌다.

"앨리슨 글렌이야." 차메인이 말하자, 크리스토퍼의 얼굴이 굳어버렸다. 무언가 번뜩 생각나는 것이 있는 모양이었다. 자기 오빠의 눈에서 전에 한 번도 보지 못했던 희망의 빛이 보였다.

"앨리슨은 어떻게 아는데?" 그의 뒤를 따르며 차메인이 물었다.

"크리스토퍼." 앨리슨은 아까보다 더 안 좋아 보였다.

"괜찮아?" 크리스토퍼가 물었다. 그러나 다시 얼굴빛을 굳혔다. "여기서 뭐하는 거야?" 그의 목소리는 차가웠다.

차메인과 거스는 그 두 사람의 행동을 바라보았다. 앨리슨과 크리스토퍼는 둘 다 서로 무관심한척 보이려 애쓰고 있었다. 차메인이 알기로 앨리슨은 늘 자기가 원하는 건 쉽게 얻는 사람이었다. 하지만 평소와는 달리 심각할 정도로 몸이 안 좋아 보였다. 크리스토퍼의 상대가 될 사람이 아니야, 라고 그녀는 생각했다. 하지만 오산이었다.

"받아." 그녀는 이불보따리를 크리스토퍼 쪽으로 내밀었다. "그 앤 네 아이야. 네가 해결해야 해." 크리스토퍼는 멍한 표정으로 아기를 받다가, 순간 아기 울음소리에 거의 떨어뜨릴 뻔 했다.

"세상에!" 그의 얼굴은 사색이 되었다. "이게 뭐야?"

"조심해." 그녀의 얼음장처럼 차가운 눈이 그의 눈을 쳐다보았다.

"아기야." 그녀는 감정 없이 이렇게 말했다. "네 아기야. 그리고 난, 그 앨 키울 수가 없어."

차메인은 천천히 다가가 허리를 숙여 아기를 향해 손을 뻗었다.

수건이 바닥에 떨어지자 파리하고 붉은 얼굴의 아기가 울기 시작했다. 차에 남아있던 정체모를 소녀의 울음소리도 같이 커졌다. "왜요?" 차메인이 물었다.

"그냥 그럴 수가 없어." 앨리슨은 이렇게 말하고는 뒤를 돌아 흐느적거리며 걸어갔다.

"이봐!" 크리스토퍼가 소리쳤다. "야! 나도 애 못 키워! 당장 돌아오지 못해!" 그녀는 그의 말을 무시한 채 차에 올라탔다.

거스와 차메인은 어리둥절한 채 서로를 바라보다가, 잔가지처럼 마른 팔을 별안간 머리 위로 올리며 당황하는 아기를 바라보았다. "쉬잇." 그녀는 벌써 아기와 사랑에 빠진 것이다.

거스가 그녀에게 말했다. "저 애가 이 아기를 돌볼 리가 있겠니?"

그녀는 참을 수 없는 슬픔을 삼키며 말했다. "그래도 아빠잖아요. 자기가 키워야죠."

크리스토퍼는 배낭 하나를 손에 든 채 단 한 번도 뒤돌아보지 않고 빗속으로 뛰쳐나갔다. 남은 그들은 팔에 안은 작은 아기를 바라보며 아무 것도 하지 못한 채 그대로 서 있었다. 경이로운 눈으로 아기를 바라보던 차메인을 두고 거스는 크리스토퍼를 뒤따라가며 화가 나서 소리쳤다. 공포와 놀람의 복합적인 감정이 그녀 마음속을 휘저어놓았다. 이렇게 작고 연약한 아기, 갓 태어난 시뻘건 아기를 마찬가지로 연약하고 어린 소녀인 자신이 돌볼 수 있을 것인가?

 브린

저녁 시간이라 배도 고프고 눈앞에서 사료가 유혹하고 있음에
도 불구하고, 나는 마일로에게 인내심을 갖고 참는 법을 가르치
는 중이다. 이것은 녀석의 순종 훈련에 무척 중요한 부분이기 때
문이다. 처음에는 몇 분 참는 데에서 시작해서, 이제는 20분까지
왔다. 마일로는 내가 사인을 줄 때까지 자리에 앉아 끈질기게 기
다려야 한다. 온 몸의 근육이 때때로 꿈틀거리려다가 다시 참고
엉덩이를 붙인 채 가만히 앉아있어야 하는 것이다.

어떤 이들은 개들이 나름 영적인 동물이기 때문에 주위 세상
에 관한 초자연적인 지식을 가지고 있어서, 자기 주인이 언제 집
에 올지 예측할 수 있다고들 한다. 하지만 개들의 육감이라는 것
은 뛰어난 후각과 관련 있다. 주인이 갑자기 발작을 한다거나 심
장마비에 걸릴 것도 미리 간파할 수 있다는 것은 널리 알려진 사
실이다. 어떤 이들은 의사들보다 먼저 암을 진단해낼 수 있다고
도 믿는다.

이런 생각을 하다 보니 앨리슨 언니가 떠오른다. 그때 개를 키

234

웠더라면 어땠을까? 직관력이 좋은 골든 리트리버 종이라면 그녀의 임신을 미리 예측할 수 있었을까? 그녀의 나오지도 않은 배를 보고도 뭔가 다르다는 것을 알았을까? 그랬다면 경찰들이 우리 집에 쳐들어와 그녀를 데려가기 전에, 부모님에게 언니가 뭔가 이상하다는 것을 알려주었더라면, 내가 그렇게까지 할 필요는 없었을 수도 있지 않았을까? 나도 정확히는 모르겠다.

언니가 경찰에 끌려간 자체도 괴로웠지만, 언니가 그렇게 된 것이 바로 내 잘못이라는 사실이 더 힘들었다. 순간 당황해서 경찰에 신고한 건 나였으니까. 언니를 곤경에 빠뜨리려고 그런 건 아니다. 하지만 언니가 출산한 이후 나는 단 하루도 잠을 잘 수 없었다. 늘 내 머릿속에서 그 아기 생각이 나를 괴롭혔다. 아이가 강물 속에서 얼마나 추웠을까를 생각하면 나조차도 추위에 떠느라 숨을 쉴 수 없을 정도였다. 언니는 계속 피를 흘렸고, 고열로 시름시름 앓았다. 언니가 아프다고 부모님께 말하려 했지만, 늘 그렇듯 그들은 자기 생활에 빠져 사느라 너무도 바빴다. 엄마는 고작 문틈으로 "앨리슨, 괜찮니?"라고 물어본 것이 다였고, 언니가 괜찮다고 말해 엄마가 집을 떠나면 그때부터 나를 붙들고 괴롭혔다.

그때 내가 왜 수화기를 들었을까. 이유는 모르겠다. 내가 911을 눌렀을 때, 순간 나는 너무나도 당황해 호흡을 가다듬지 못했고, 그러자 교환원은 나보고 괜찮냐며 구급차를 보내줄까 하고 물었다. 마침내 내 입에서 나온 말은 "우리 언니.. 강에 아기가…
제발요…" 이것뿐이었고, 말을 내뱉자마자 나는 다시 울음을 터
뜨리고 말았다. 그리고 5분 뒤 경찰이 우리 집 문 앞에 들이닥쳤
고, 아빠는 경찰 부른 사람도 없고, 아기도 없으니, 다 잘못 신고
된 것이라 외쳤지만, 그들은 그래도 집 안으로 들어왔다.

　그들이 언니를 데려간 후, 나는 한 번에 두세 시간 이상 잘 수
없었다. 눈을 감을 때마다 눈앞에 새파란 피부의 아기의 모습이
그려졌다. 눈을 뜰 때마다 부모님의 고통스러워하는 모습이 아
른거렸다. 하지만 그들도 할 말이 없었다. 만일 앨리슨이 병원에
보내지지 않았더라면 그대로 사망할 뻔했다고 했으니까. 그럼에
도 불구하고 그들은 내가 경찰에 신고했다는 사실에 화를 냈다.
자신들의 완벽하기 그지없는 딸이 전혀 완벽하지 않을뿐더러 순
수하지도 못하다는 것을 온 천하에 알리게 되었으므로.

　마일로에게 손으로 사인을 보내주자 그는 순식간에 사료그릇
에 달려들어 우적우적 먹어대기 시작한다. 그리고는 내 다리에
코를 부비며 감사하다는 표시를 한다. 전화벨이 울리자 녀석은
귀를 쫑긋 세우고는 기분 좋다는 듯 낮은 소리를 냈다. 나는 아
무 생각 없이 마일로에게 조용하라는 사인을 보낸 뒤, 수화기를
들고는 다시 녀석에게 앉으라고 한다.

　"여보세요?" 내가 말한다.

　"브린, 제발 끊지 마." 그녀는 쉴 새 없이 쏟아붓기 시작한다.

"내가 너 있는 데로 갈게. 하고 싶은 말이 있어서 그래, 부탁이야." 처음에는 누구의 목소리인지 몰랐지만, 곧 그녀의 목소리임을 알아챈다. 사실 그녀의 목소리가 너무도 변해버려 확신이 없을 정도다. 예전에 그녀는 늘 자신감에 가득 차 있었다. 하지만 지금의 그녀는 절박하고, 두려움에 가득 차 있다. 하지만 그녀의 목소리가 맞다. 그 목소리가 내 가슴을 도려내는 듯하다. "그 앨 찾았어." 그녀가 서둘러 말한다. "그 남자애를 찾았다고."

나는 아무런 대답도 하지 않은 채, 수화기를 쾅 하고 내려놓는다.

공포로 심장이 오그라든다. 왜 언니는 날 그냥 내버려두지 않는 것일까? 언니가 출소했건 말건 내가 무슨 상관인가? 그녀와 화해하고 싶은 생각은 추호도 없다. 언니가 없는 삶이 훨씬 편하다. 그 날 밤에 일어났던 일들은 모두 잊고 살고싶단 말이다. "싫어, 싫어, 싫단 말이야!" 내가 소리치자, 마일로도 소리를 높여 날카롭게 짖어댄다. "싫다고!" 나는 수화기에 대고 외친다.

전화기가 다시 울린다. 높은 톤으로 시끄럽게 울려온다. 나는 바닥에 주저 앉아 그대로 두 손으로 귀를 막는다.

 앨리슨

　나는 아무 일도 없었던 것처럼 북엔즈 안으로 들어간다. 클레어는 손에 도넛과 커피 한 잔을 들고 나를 맞이한다. "돌아왔네요!" 그녀가 놀리듯 말한다. "저 때문에 놀라 도망가버린 줄 알았어요. 헤어스타일이 예쁘게 바뀌었네요."

　"아, 아니예요. 여기서 일하는 게 저도 좋아요. 제게 기회를 주신 거, 다시 한 번 감사드릴게요." 나는 어젯밤에 플로라가 잘라준 머리를 만지며 대답한다. "이쪽으로 와 봐요. 어제 오후에 입고된 책 등록하는 법 알려줄게요."

　우리는 잠시 말없이 일만 한다. 눈앞에 아른거리는 많은 책들을 당장이라도 펼쳐들어 읽고 싶은 심정이다.

　"여기서 일하는 거 어렵지요?" 클레어가 마침내 적막을 깨뜨리며 입을 연다. 가슴이 두근거린다. 설마 모르겠지. 그럴 리가. "모든 걸 새로 시작하는 거잖아요. 쉽지 않을 거에요."

　고개를 천천히 끄덕이며 낮은 소리로 대답한다. "네. 저를 빼고 모든 세상이 변했는데 저만 갇혀 버린 것 같아요. 나이도 벌써 스물한 살이 되었고, 남들은 대학도 졸업하고 일을 시작하고 있는데, 저만 여기서 이러고 있으니까요."

"그렇게만 생각하지 말아요. 스물한 살에 자기가 앞으로 뭘 하며 살게 될지 아는 사람은 많지 않아요. 저도 그랬구요. 제가 그 나이 때 뭐하고 있었게요?" 나는 고개를 가로짓는다. "도서관 사서였어요."

"그래요?" 그녀의 대답에 놀라지 않을 수 없다.

"그럼요. 대학 졸업해서 곧바로 자기 사업을 시작할 수 있는 사람은 거의 없어요. 도서관에서 배울 것도 정말 많았고, 조나단을 만나고 나서야 서점을 운영하는 게 내 꿈이라는 것을 알게 되었으니까요."

"남편 분은 어떻게 만나셨어요?" 내가 묻는다.

클레어는 웃는다. "하필이면 홍수 속에서 만났어요."

"정말요?" 나는 적잖이 놀란다. "어떻게요?"

"길 건너에서 점심 먹으면서, 곧 다 얘기해줄게요."

"그래도 돼요?" 나는 또 놀라 묻는다. "그냥 이대로 두고 떠나도 돼요?"

"자기 사업을 한다는 게 그래서 좋은 거죠." 클레어는 서점 문을 걸어 잠근다. 우리는 길 건너의 작은 식당으로 들어간다. 자리를 잡고 앉자 종업원이 메뉴를 건네주어 우리는 버거와 감자 튀김을 주문한다.

"여기 음식 맛이 정말 좋아요." 클레어가 설명한다. "이곳 때문에 제가 건너편에 서점을 차린 거예요. 먹고 싶을 때면 언제든 건너와서 맛볼 수 있으니까요."

"홍수가 났을 때 남편 분을 만나셨댔죠?" 서점에서 하던 이야기를 마저 듣고 싶어 둘의 이야기를 꺼냈다.

"네, 그런 셈이죠." 그녀가 이야기를 시작한다.

 클레어

　스물다섯 살 봄에, 홍수가 닥칠 거라는 걸 일기예보를 통해 알고 있었어요.” 클레어는 자기 앞의 접시를 치우며 말한다. “그해 봄은 특히나 아름다웠어요. 아침이면 10도 정도로 꽤 싸늘했지만, 10시만 되어도 20도 정도로 올라갔었으니까요. 얼마 안 있으면 북쪽에서 홍수가 내려올 거라는 걸 알았죠. 미시시피 주위의 마을과 농장이 모두 큰 피해를 입었었으니까요. 하지만 그 날 아침 일기예보에서는 예상 강우량이 많지 않다고 했는데 그렇게 갑작스레 닥칠 줄은 몰랐어요. 설마 그런 극심한 피해가 오겠냐고 안일하게 생각하고 있었던 것 같아요.”

　“저희 엄마 아빠도 그 해 봄에 대해 말씀하셨던 기억이 나요. 저희도… 아니 부모님이 드루이드 강가에 사시거든요.” 앨리슨은 말을 잇지 못하고 당황해 고개를 떨군다.

　클레어는 눈치 채지 못한 척 그대로 말을 잇는다. “도서관 주위에 모래주머니를 쌓을 계획이었어요. 많은 사람들이 자원해서 나왔죠. 도서관협회 친구들과, 레드햇 클럽 멤버들, 제이시즈 단

원들, 심지어 춥거나 비오는 날 도서관에서 스포츠잡지를 읽거나 세계지도 뒤에 숨어 꾸벅꾸벅 졸던 노숙자들까지도요. 모두들 도와주러 도서관 앞에 모였답니다.”

클레어는 조나단을 처음 만난 기억을 떠올리며 미소를 짓는다. 그는 키가 꽤 크고, 모범생같은 얼굴에 노동자의 몸을 가지고 있었다. 진지해보이는 푸른빛의 눈동자가 얇은 테의 안경을 써 더욱 돋보였다. 그의 이마에는 주름이 몇 줄 가 있었고, 눈썹 사이에도 이미 깊은 주름이 패어 있었다. 골격은 길고 날씬한 편이지만 매우 강건해보였으며, 손에는 목장갑을 낀 채 삽을 들고 있었다. 클레어는 도움을 주러 온 사람들에게 감사하다는 말을 했다. 그들의 도움으로 수천 권의 책과 컴퓨터, 예술 작품들을 구할 수 있게 되어 감사하다는 말을 할 때, 그녀는 조나단이 바라보는 눈길을 느끼고 얼굴이 붉게 달아올랐다. 도서관 안에서는 직원들이 힘을 모아 책을 가장 위층으로 옮기고 있었으나, 쉽지 않은 일이었다.

“전 조나단이 삽에 모래를 담아 주면 모래주머니를 잡아주는 일을 했어요. 그리고는 주머니를 꼭 묶은 뒤 브롤리라고 하는 노숙자의 손에 건네주었죠. 그러면 그는 뒤로 늘어선 사람들에게 하나씩 모래주머니를 건넸구요. 그렇게 네 시간쯤 일하다보니 손바닥에 물집이 잡혔고, 손목은 모래에 부딪혀 살갗이 점점 벗겨지고 있었어요. ‘좀 쉬엄쉬엄 해요.’ 조나단이 마침내 제게 말했죠." 조나단이 삽을 내려놓고 한 손을 들어 올려 얼굴에 흐르던 땀을 닦자 뺨에 모래알갱이가 남아있던 모습이 아직도 그녀의 눈앞에 선하다. "그때 일로 차츰 가까워지기 시작했어요." 클레어는 어깨를 으쓱한다. "웃긴 건 홍수는 일어나지도 않았다는 거예요. 그 많은 모래주머니를 쌓았건만. 그래도 몇 달 후 저희는 결혼도 하고, 집도 사고, 북엔즈를 열게 됐어요. 그리고 조슈아도 얻게 되었죠." 클레어는 앨리슨을 애정 어린 눈빛으로 바라본다. "일이라는 게 참 그렇게 쉽게 흘러가기도 하더라구요." 앨리슨의 얼굴에 무언가 질문을 하고 싶은지 망설이는 기색이 보인다. 너무 수줍어서 그런 걸까, 아니면 다른 무언가가 있는 것일까.

 앨리슨

여기서 조심스레 질문을 해야 한다는 것을 알고 있다. 아주 자연스러운 대화의 일부인 것처럼 그렇게 보여야 한다. "결혼한 지몇 년 만에 낳으셨어요?" 내가 묻는다. 내 목소리는 조용하지만, 마음속으로 소리를 지르고 있다.

그녀의 얼굴에 고통의 빛이 한 줄기 어른거린다. "조슈아는 입양아예요. 낳는 건 누군가 다른 이가 했겠죠, 그런데 그 기쁨은 우리가 누리고 있네요."

"몇 살이라고 하셨죠?" 내가 묻는다. 목소리 톤이 다소 높아져 버렸다.

"지난 달로 다섯 살이 되었어요." 클레어는 자랑스럽게 대답한다."그 애가 태어난 날이 정확히 언젠지는 모르지만, 그 애가 소방서에 버려졌을 때 한 달쯤 되었을 거라 추측된다고 들었어요."

"소방서요? 소방서에 버려졌었나요?" 이제 목소리는 내 귀에도 이상하게 들린다. 나는 목을 가다듬기 위해 음료수를 한 모금마신다. 이건 말도 안 된다. 어떻게 그 아이에게 그런 일이 있을 수가 있을까.

"그 애 엄마가 한밤중에 오크스트리트에 있는 소방서에 애를 두고 갔대요. 그걸 발견한 소방관이 사회복지과로 연락을 취했고, 그런 뒤 아이를 병원으로 데려갔죠. 그 다음날, 사회복지과에서 저희 집으로 전화를 주셨어요. 그래서 조슈아를 집으로 데려오게 되었답니다."

"그 엄마가 누구인지는 밝혀졌나요?" 심장이 계속 벌렁거리며 뛰고 있다. 그녀가 알 리가 없다. 나는 내 자신에게 되뇐다. 조슈아가 내 아들이라는 건 이 세상에서 단 4명밖에 모르는 사실이다.

클레어가 고개를 가로 젓는다. "아뇨. 그건 저희도 몰라요. 아마 다른 지방에서 온 어린 소녀가 소방서에 애를 두고 떠난 게 아닌가 싶어요."

"친아빠는요?" 내가 묻는다.

클레어는 다시 어깨를 으쓱한다. "전혀 알 길이 없었어요. 꽤 오랫동안 마음 졸여야 했죠. 곧 친부모가 나타나 아이를 돌려달라고 할 거라고 생각했거든요. 하지만 나타난 사람이 없었어요. 그로부터 6개월 뒤, 우리는 합법적으로 그 애를 입양하게 되었어요." 클레어는 접시를 치우며 말한다. "와. 정말 맛있게 잘 먹었네요. 이제 돌아갈까요?"

순간 나는 내 식사비를 지불할 수 없음을 깨닫는다. 아빠가 준

돈을 거트루드에 두고 온 것이다. 내 얼굴에 쓰인 표정을 그녀가 눈치 챈 듯하다. 그녀는 내 손을 잡고 이렇게 말한다.

"제가 살게요. 다음에 사주세요."

"아, 감사합니다." 나는 안도의 한숨을 쉰다. 우리는 그대로 다시 가게로 돌아가 끊임없이 몰려오는 손님들을 대하며 남은 오후를 보냈다. 그러다가 조슈아가 문을 박차고 들어와 아이의 얼굴을 두 번째로 보게 되자, 나는 분명한 확신이 들었다. 크리스토퍼와 똑같았다. 각진 얼굴하며, 아름다운 갈색 눈이 그와 똑같이 닮았다. 단 그의 머리카락은 나를 닮아 엷은 금발에 곧은 생머리이다.

"엄마, 나 왔어요. 안녕하세요…." 조슈아가 눈을 굴려가며 내 이름을 생각해내려 애쓴다.

"앨리슨이야." 클레어가 알려준다.

"앨리슨 누나도 안녕하세요?" 그가 말한다. 나는 그의 얼굴을 들여다보며 혹시라도 나를 알아보는 건 아닐까 궁금해 한다. 나를 아주 오래 자세히 쳐다본다면, 내 목소리를 듣는다면 혹시라도 알 수 있지 않을까. 그 아이가 두 팔을 벌려 내게 달려와, 드디어 엄마가 돌아왔어! 날 찾아올 줄 알았고 있었어. 라고 말해줄 것을 기대한다는 것은 말도 안 되는 생각이라는 것을 알지만, 그래도 여름밤에 날아다니는 반딧불이 반짝하는 것처럼 일순간 깨달음의 순간이 오지 않을까 바라본다.

하지만 그의 눈동자는 내 얼굴을 스치고 그대로 지나가버린다. "간식 먹어도 돼요?" 그가 뒤에서 큰 소리로 묻는다. 저 앤나를 모르는구나. 난 그 애에게 아무런 존재도 아니구나. 안도해야 할 것 같지만, 다소 상심이 느껴진다.

"저 애도 아나요?" 조슈아가 멀리 떨어진 것을 확인한 뒤 클레어에게 묻는다. "자기가 입양되었다는 걸 자기도 아나요?"

"네. 아이에게도 솔직히 말해줬어요. 저흰 아이가 입양된 날을 매년 축하하지요."

"친엄마에 대해서는 안 묻던가요?" 이렇게 물으면서도 어떤 대답이 돌아올까 두렵다.

"아뇨." 클레어가 대답한다. "그래도 우린 친엄마 덕분에 네가 우리 곁에 있는 거라며 우린 그에 감사한다고 말을 해줘요. 엄마는 그 애가 더 좋은 삶을 살기 바랐던 거라고, 아이를 포기할 만큼 많이 사랑했음에 틀림없다고요."

"아…." 내가 대답한다. "다행이네요."

"그건 그렇고." 클레어가 달력을 가리키며 묻는다. "목요일, 토요일, 일요일 근무하는 게 어떻겠어요?"

달력의 날짜를 봐야겠지만, 내 눈동자는 다른 데로 향한다. 조슈아가 축구 유니폼을 입고 축구공을 들고 있는 모습으로 우리를 바라보고 있는 사진이 옆에 걸려있는 것이다. "앨리슨?" 클레어가 묻는다. "너무 많은가요?"

나는 사진에서 눈을 떼고 말한다. "아뇨. 전 여기에서 더 많이 일할 수 있을수록 더 좋아요."

"잘됐네요. 토요일엔 버지니아와 일하게 될 거예요. 그녀는 10월까지밖에 여기에 없을 거랍니다. 그 후론 남편과 함께 플로리다로 떠난대요. 당신이 원한다면 그때는 버지니아 대신 더 오랜 시간 근무할 수도 있어요."

클레어의 목소리가 귀에 들려온다. 하지만 내 머리속엔 조슈아가 초록색 축구 유니폼을 입고 있는 모습만이 가득하다. 저 애가 나처럼 축구를 하다니… 닮은점이 더 있을까 궁금해진다.

 차메인

병원에 가기 전까지 아직 두어 시간 남짓 남았다. 실습기간동안 모든 병동을 다 돌아야 한다. 다음 주에는 정신과 병동에서 근무하기로 되어 있다. 잘 할 수 있을 거야, 하고 그녀는 속으로 다짐한다. 엄마 리안과 그녀의 수많은 남자친구들과의 경험을 살리면, 아마 그들 중 4분의 3은 정신병을 앓았을 것이 분명하므로, 정신병원도 문제없을 거라 생각한다. 며칠 전 리안의 집을 그런 식으로 뛰쳐나온 건 조금 미안하게 생각하고 있다. 그녀는 리안에게 먼저 전화를 걸어 사과했다. 하지만 전화를 끊기 전에, 정말로 그 질문만은 하지 않으려 노력했지만, 아직도 빙크스와 결혼할 마음엔 변함이 없는 거냐고 묻고 말았다. 리안은 대답 대신 전화를 끊어버렸다.

그녀는 그 동안 노인병동, 내과, 소아과, 산부인과에서 근무를 해봤다. 그 중 산부인과가 제일 힘들었다. 갓 태어난 예쁜 아기들이 세상에 나와 두려움을 느낄 수 있으니 걱정하지 말라고 포대기에 꼭 싸매주는 것을 보고 있을 때, 특히나 힘들었다. 차메인이나 거스나 모두 아기를 싸는 방법을 전혀 알지 못했다. 그저 아기 위에 이불을 덮어주는 게 전부였다. 그녀는 가끔 생각한다. 만일 이걸 알았다면 훨씬 더 네게 잘해주었을 텐데.

앨리슨과 크리스토퍼가 떠난 뒤, 거스와 차메인은 무얼 어떻게 해야 할지 몰라 망연자실했다. 그녀는 그저 아기를 조용히 시키려고 가슴에 품고 앞뒤로 흔들 뿐이었다.

"그 여자애가 누군지 아니?" 거스가 물었다.

"앨리슨 글렌이예요." 아직도 믿기 힘들었다. 앨리슨 글렌과 크리스토퍼가 사귀었다고? 그 둘이 같이 있는 모습을 아직도 상상하기가 어려웠다. 특히나 그 둘이 한 침대에 누워있는 모습은…. "우리 학교 다녀요. 이제 3학년 올라가고요. 동생이 저랑 같은 학년이에요." 그녀가 설명했다.

"누군가에게 알려야 하지 않겠니? 아기를 병원에 데려가야 할 것 같구나." 거스가 순간 기침을 연발하며 말했다.

"돌아올지도 몰라요." 차메인이 소곤거리며 대답했다. 아기의 울음이 그치고, 색을 구분할 수 없는 그의 눈이 천장의 등불 때문에 실눈이 되었다. 입은 핑크빛 원을 그리듯 동그랗게 오므리고 있었다.

"글쎄다." 거스는 걱정스럽기만 했다. "병원에 가서 의사선생님께 보여드려야 할 텐데."

"앨리슨 글렌은… 학교에서 가장 똑똑한 학생이에요. 임신했다는 것조차 몰랐는데." 차메인은 믿겨지지 않는다는 투로 말했다. "다시 아기를 찾으러 올 거예요. 아니면 오빠라도 돌아오겠죠. 이대로 아기를 두고 도망갈 순 없잖아요. 돌아와야죠."

거스는 여전히 의심스러운 눈초리였다. 차메인은 아기를 병원에 데려갈 엄두가 나지 않았다. 그건 이 아기가 앨리슨 글렌의 아들이라는 것을 세상에 공표하는 일이었다.

"아빠도 소방관이었잖아요. 한 번은 아기 낳는 것도 도왔었다면서요."

"그거야 그랬지만, 곧바로 병원에 데려갔단다." 그는 차메인의 말을 끊었다. "그 애 엄마도 병원에 갔어야 할 형편이더라. 아기도 당장 병원에 데려가야 해."

"하지만 좀 기다리면 안 돼요?" 차메인이 부탁했다. "괜찮아 보이는데요."

거스는 한숨을 내쉬고는 힘들게 의자에 주저앉았다. "아기에게 필요한 걸 사와야 할 거다. 기저귀랑 분유 같은 것도. 일단 몇 시간만 기다려보고, 안 오면 병원에 데려가는 거야. 이건 애들 소꿉장난이 아니란다."

거스는 결국 그녀를 설득하는 것을 포기한 채 한달음에 밖으로 나가 아이에게 필요한 물건들을 잔뜩 사왔다.

"와, 정말 많네요." 그녀는 놀란 눈으로 거스에게 잠든 아기를 건네주며 말했다. "아기를 키우는 데 이렇게 많은 게 필요한 줄 몰랐어요." 그녀는 가방 바닥에서 속싸개 두 개, 물티슈, 분유와 곰이 수놓아져 있는 파란 잠옷을 내려놓으며 말했다. 마지막으로 꺼낸 것은 파란색 시카고컵스 야구 모자였다. "거스?" 그녀는 모자를 보며 물었다. "야구모자는 왜요?"

그는 어깨를 으쓱하고는 엷은 미소를 보였다. "어릴 때부터 시작해야지."

그 둘은 밤새 돌아가며 아기를 먹이고, 안고, 어르면서 아기에게 빠져들었다. 그 시간이 오래가지 않을 것을 알면서도. 만일 크리스토퍼나 앨리슨이 돌아오지 않는다면 무언가 조치를 취해야 한다는 것을 알고 있었다.

"용감하게 자라렴." 차메인은 아기의 귀에 대고 속삭였다. "다 잘 될거야."

차메인은 다섯 살 된 조슈아와 클레어를 다시 보고 싶은 마음에 북엔즈로 왔다. 차 속에 앉아 조슈아가 노는 모습을 바라본다. 트루먼의 머리 위에 개껌을 흔들면서 동그란 원을 그리며 춤추고 있다. 넌 참 용감하구나. 차메인은 속으로 생각한다.

정말 용감해. 클레어는 조슈아 뒤로 다가와 개껌을 빼앗고는 몸을 숙여 트루먼의 입에 넣어준다. 차메인은 미소짓는다. 잘 지내는구나. 그때 창을 통해 턱 길이 정도의 금발머리를 한 키 큰 여자가 눈에 들어온다. 얼굴이 잘 보이진 않지만, 뭔가 익숙하다. 누군지 딱 집어 말할 수는 없지만, 몸동작이나, 고개를 갸우

뚱하는 모습들이 왠지 익숙하다. 서점에서 빠져나와 집으로 향하던 차 속에서 그제야 그녀의 이름이 생각난다. 앨리슨 글렌.

차메인은 크게 웃으며 고개를 가로젓는다. 불가능해. 그럴 리가 없지. 앨리슨 글렌이 감옥에서 출소하려면 몇 년은 남았는데. 내가 제 정신이 아닌가봐.

 브린

앨리슨이 경찰에 끌려간 후, 잠이 들려하는데 전화가 울렸다. 눈물을 삼키면서 수화기를 들었다. 앨리슨 언니는 아니겠지? 아니었다.

"아기 때문에 전화했는데요." 남자의 목소리였다. 처음엔 누군지 몰랐지만, 곧 생각이 났다. 앨리슨과 그 날 밤 찾아갔던 집, 그 집에서 들었던 목소리였다.

그는 크리스토퍼가 집을 떠났다며, 다시는 돌아오지 않는다고 했다. 절대로. 그러니 앨리슨이 아기를 데려가야 한다는 것이었다.

"그럴 수가 없어요." 나는 울며 대답했다. "언니도 가버렸거든요. 그 아기 절대로 이쪽으로 데려오시면 안 돼요." 앨리슨 언니에게 또 다른 아기가 있었다는 걸 알게 되면 부모님이 어떻게 할지를 생각하며, 절박한 심정으로 부탁했다. 이런 내가 정말 이기적이라는 것을 알았다. 하지만 언니가 아기를 데리고 크리스토퍼의 집으로 혼자 운전해 갔다는 것을 누가 믿겠는가. 부모님은 분명 내가 도왔다는 것을 알게 될 것이다. 나는 혼자서 그 분노를 감당할 자신이 없었다. "제발 아기를 키워주세요." 나는 매달리듯 말했다. 그는 계속해서 앨리슨이 어디에 갔는지를 물었고, 결국 나는 실토하고 말았다. "지금 감옥에 있어요. 경찰이 와서 데리고 갔어요."

"왜죠?" 그가 의아한 듯 물었다.

"TV 켜보세요." 다시 울컥하며 내가 대답했다. "여기로 데려오시면 안 돼요. 우리 부모님은… 여기는 그 아기를 돌볼 사람이 없어요. 다른 사람이 키우는 게 그 애에게도 훨씬 나을 거예요. 안전한 곳으로 보내주세요." 나는 다시 간청했다.

불현듯 그 남자아기는 어떻게 되었을까, 어디에 있을까 하는 생각이 스물스물 몰려온다. 차메인 튤리아와 그녀의 아빠가 아기를 키우지 않고 있다는 것을 알고 있다. 그 해 가을학기가 시작되었고, 우리는 종종 복도에서 마주쳤다. 하지만 서로 눈길을 피할 뿐, 아이에 대한 언급은 일절 없었다. 단 한 번을 제외하고.

앨리슨이 수감된 뒤, 사람들은 내게 손가락질하면서 수군댔다. 선생님들이 안 계실 때는 심한 욕설도 해댔다. 쉽지는 않았지만, 어떻게 해야 그런 욕설 속에서 하루하루를 살아갈 수 있는지 알게 되었다. 누구와도 눈을 마주치지 않았고, 늘 고개를 푹 숙이고 다녔다. 늘 많은 사람들을 피해 다녔고, 복도 벽에 붙어 다녔지만, 여전히 등 뒤에서 들려오는 말들은 비수와도 같았다.

그 살인자 계집애는 감옥에서 잘 지내냐? 그 년도 이제 옛날만큼 섹시하지 않지? 너도 아기 살인마 아냐? 그들은 앨리슨의 불행을 기쁨으로 여기고 있었다. 더욱 슬픈 건 언니와 친했던 사람들이 더 그랬다는 것이다. 언니의 배구팀 선수들, 점심시간마다 같은 테이블에 앉아 식사를 하던 사람들은 언니가 나락으로 떨어졌다는 것을 특히나 즐기는 것 같았다.

2학년 말 무렵, 언니가 수감된 지 9개월 후, 나는 종이 친 후에도 정치과목 담당선생님과 이야기를 하느라 교실에 늦게까지 남는 실수를 했다. 9개월이나 지났으니 그들도 모두 잊었겠거니 싶겠지만, 실제로는 전혀 그렇지 않았다. 면담을 마치고 나오자, 복도는 거의 비어 있었다.

언니의 절친한 친구였던 첼시 밀라드와 그녀의 무리가 복도에서 걸어오는 모습이 보였다. 순간 아뿔싸 싶었다. 따뜻한 날씨의 봄이었지만, 내 팔에는 소름이 돋았고, 그녀가 허리를 똑바로 세우는 모습을 보자 더욱 싸늘함이 느껴졌다. 조롱의 눈빛으로 내 눈을 쳐다보고 있었다.

내 두 번째 실수는 그 순간 멈칫했다는 것이다. 그대로 고개를 숙이고 걸어갔어야 했다. 하지만 순간 우스꽝스럽게 발이 꼬였고, 그들은 이에 비아냥거리며 웃음보를 터뜨렸다. 그들은 까마귀의 날개처럼 손을 허리에 올린 채 내 주위를 빙글빙글 돌고 있었다.

"네 언니는 어떻게 지내니?" 헐뜯는 투의 첼시 목소리였다. "거기 여자들이 앨리슨을 아주 예뻐해 주겠지?" 이를 들은 친구들은 조소의 목소리로 비웃고 있었다. 그녀들은 모를 것이다. 사악함이 여자들의 얼굴을 얼마나 못생기게 만들 수 있는지 말이다. 뭔가 대단히 신 것을 한 입 먹기라도 한 듯 찌푸린 미소. 그녀들의 변해가는 얼굴을 보면서 공포로 몸서리쳤다.

"심통쟁이들." 내 입에서 이 단어가 나오는 순간 나는 후회했다. 그녀들의 웃음소리가 멈췄다. 순간 얘가 왜 이러나 하는 표정으로 얼굴이 펴졌지만, 눈은 더욱더 가느다래졌다. 새까만 실눈들 같으니라고. "조용히 해." 속으로 생각한다는 게 또 다시 밖으로 내뱉고 말았다. "그만 해. 입 다물라고." 내가 보기에도 내 행동은 이상했지만, 나도 어쩔 수가 없었다.

"너 지금 우리더러 입 닫으랬니?" 첼시는 믿을 수 없다는 투로 내게 한 발 더 가까이 다가오며 물었다. 이마에 땀이 그렁그렁 맺히기 시작했다. 가슴 사이에도 등허리에도 땀방울이 맺히며 주르륵 몸을 타고 내려왔다. 차라리 잘 됐다. 나는 속으로 안도했다. 곧 증기가 되어 날아갈 수 있겠구나. 나는 웃음이 터져 나오려는 것을 두 손으로 막았다. 설마 이 말도 내뱉은 건 아니겠지? 그마저도 확실치 않았다.

"너 미쳤구나." 첼시가 쏘아 붙였다. "아기 살인마인 네 언니랑 똑같구나." 나는 신발을 내려다보며 혹시 내 몸이 점점 작아지는 건 아닐까 생각했다. 계속 몸에서 땀방울이 흘러 결국 나도 사라지고 말았으면 좋겠다고 생각했다.

"거기 뭐 숨겨둔 거라도 있니?" 첼시의 친구 중 한 명이 물었다. 그녀는 내 티셔츠를 잡으려 했다. 손을 피하려고 뒤로 한 발짝 물러서다가 사물함에 부딪혔다.

"너도 네 언니처럼 아기를 숨기고 있는 거 아냐?" 그녀는 내 셔츠를 움켜잡았다. 그러면서 내 배를 같이 잡아 올렸다. 순간적인 아픔에 크게 소리 질렀다.

"그 애를 놔줘." 복도 한쪽 끝에서 낮은 목소리가 울려 퍼졌다. 벽에 줄지어 있던 높은 창들 사이로 오후 태양빛이 밝게 비추어, 그녀의 얼굴을 쉽게 알아볼 수 있었다. 우리 쪽으로 다가오고 있던 사람은 차메인 튤리아였다.

"그냥 내버려두라고." 차메인은 차분한 목소리로 말했다. 그녀의 목소리엔 자기보다 나이 많은 학생들을 두려워하는 빛이 전혀 없었다. 그저 분노한 것 같았다.

"네가 뭘 어쩔 건데?" 내 배를 쥐고 있던 소녀의 목소리였다. 차메인은 그녀의 말을 무시한 채, 첼시의 눈을 쏘아보았다. 그녀는 단 일초의 깜박임도 없이 첼시를 내려다보았다. 결국 첼시는 그녀의 눈길을 피한 채 친구들에게 말했다.

"연습이나 하러 가자. 재수없어." 그녀는 큰 목소리로 말하며 차메인을 어깨로 툭 치더니 그녀의 친구들과 함께 자리를 떴다.

"괜찮니?" 차메인이 내 팔을 어루만지며 물었다. 그녀의 작은 손은 내 몸을 통과하지 않았다. 내 몸이 증발해버리지 않았다는 것을 깨달으며 내가 말했다.

"내가 아직도 여기 있네."

그녀에게 고맙다고 말하려고 했다. 정말 그러고 싶었다. 하지만 나는 그대로 몸을 돌려 달아나버렸다.

 앨리슨

전화번호부를 펼쳐 튤리아라는 이름을 찾아 내려간다. 그러나 튤리아에는 히긴스에 산다는 리안이란 사람 한 명밖에 없다. 크리스토퍼의 이름은 보이지 않는다.

크리스토퍼의 여동생 차메인을 떠올린다. 브린과 나 이외에 아기에 대해 아는 사람은 차메인과 그녀의 아버지뿐이다. 그 아버지의 성이 뭐더라? 5년 전 그들이 살던 곳은 기억난다. 하지만 그곳에 찾아갈 방법이 없다. 리안 튤리아에게 전화해봐야 할까? 그런다고 손해날 일은 없겠지. 크리스토퍼나 차메인에 대해 물어보기만 하면 되지 않을까? 나는 심호흡을 한 번 한 뒤, 떨리는 손으로 리안 튤리아의 전화번호를 누른다. 그러나 곧 수화기를 내려놓는다. 몇 가지 정보를 더 알게 되면 데븐에게 연락해봐야겠다. 이런 내 계획이 위험할뿐더러 어리석다는 것도 알고 있지만, 나는 다시 수화기를 들어 그 동안도 기억하고 있던 전화번호를 하나 누른다. 신호음만 계속 들려올 뿐 아무도 받지 않아 수화기를 내려려는 순간 수화기를 드는 소리가 난다.

이곳 거트루드 집에서는 인내가 최우선이라는 것을 배우고 있다. 이곳 사람들도 드디어 나를 내버려두기 시작했다. 내 추측으로는 세면대나 변기에 둥둥 뜬 인형을 보고 내가 기겁하지 않으니 이제 괴롭히는 게 재미없어진 게 아닐까 싶다. 그래도 거기 사람들 중 올린과 비이, 그리고 가끔 타바타가 말상대를 해주는 것 이외에 나와 대화를 나누는 사람은 없다.

비이는 이야기도 잘 하지만 들어주는 것도 참 잘한다. 그녀에게는 열두 살에서부터 9개월에 이르기까지 아이들이 4명이나 되는데, 쉴 새 없이 아이들 이야기를 늘어놓는다. 아이들은 이곳에서 30분 거리에 있는 마을에서 그녀의 여동생과 함께 살고 있다고 한다. 그녀의 자랑거리인 맏아들은 학교에서 우등생이며, 소속 야구팀에서도 인기 많은 투수라고 한다. 나머지 세 딸들도 똑똑하고 사랑스럽다며 입에 침이 마를 새도 없이 자랑하곤 한다.

"최근에도 아이들 만나보셨어요?" 저녁 준비를 하는 동안 내가 그녀에게 물었다. "엄마를 보러 이곳에 오기도 하나요?"

비이는 고개를 저으며 파스타면을 끓는 물에 집어넣는다. "아니, 내가 준비가 안 됐어."

"준비하고 말고 할 게 어디 있어요?" 내가 묻는다. "엄마가 감옥에서 나와 가까이에 사는데, 분명 보고 싶어 할 거예요."

"그럴지도 모르지." 비이가 대답한다. "하지만 먼저 내 자신에게 엄마가 될 자격이 있는지를 물었을 때, 아직은 확신 있게 대답할 자신이 없어. 건강해지고도 싶고, 그 애들에게 자랑스러운 엄마가 되고 싶어."

"당연히 자랑스러워 할 거예요. 엄마잖아요." 내가 기분을 북돋아준다.

그녀는 또 다시 고개를 흔든다. "내 딸애 2학년 학부모회의 때 내가 마약에 취해 나타났었지. 온 교실을 헤집고 다니면서 선생님의 신발에 토해 버렸어. 이런 나를 어떻게 자랑스러워하겠어? 마약을 완전히 끊고 직업도 구해야지. 그런 후에야 그 애들 얼굴을 볼 수 있을 거야."

"그건 아닌 것 같아요." 내가 말한다. "우리 부모님은 외관상으로는 모든 아이들이 부러워할만한 조건을 다 갖췄죠. 하지만 우리 자매를 진심으로 아껴준 적은 한 번도 없었어요." 나는 냉장고를 열어 샐러드드레싱을 꺼냈다. "가서 아이들 얼굴을 보고 오세요. 애들은 엄마가 곁에 있어주는 것만으로도 행복해 할 거예요. 아이들의 진실한 모습 자체에 관심이 있다는 걸 알면, 그것만으로도 충분히 만족할 거예요."

"아직은 때가 일러." 비이는 더 이상 내 충고를 듣고 싶지 않다는 투였지만, 여기서 그만둘 수 없다.

"아이들이 엄마를 기억할 것 같나요? 특히 막내딸 말이에요. 낳고 나서 계속 얼굴도 못 봤잖아요. 그래도 엄마 얼굴을 다시 보면 무언가를 기억해낼지도 몰라요."

비이는 웃는다. "차라리 기억을 못했으면 좋겠네. 그 녀석은 감옥에서 태어났거든." 그녀의 표정은 다시 진지해진다. "그 끔찍한 곳에 대한 기억이 전혀 남아있지 않아야 할 텐데. 내 동생이 애들한테 좋은 엄마노릇을 다 해줬지. 나도 애들 엄마노릇을 하고 싶지만, 그럴 수 없다는 걸 알고 있어. 나중에 시간이 많이 흐르면, 또 어찌 될지 모르지만…. 언젠가 내 얼굴을 다시 보고 싶어 할 날이 올 수도 있겠지." 비이는 포크로 파스타면을 몇 가닥 꺼내본다. 그리고는 손으로 집어 벽에 던져버린다. "국수가닥이 떨어져야 되는지 붙어야 되는지 기억이 안 나네. 뭐, 어쨌거나 먹을 수 있기만 하면 되지 뭐." 그녀는 파스타 냄비의 물을 따라내며 쉰 목소리로 크게 소리쳤다. "식사들 해요!"

브린에게 상처가 되는 일은 아니었으면 좋겠다. 우리가 다시 만나는 일말이다. 수년 전 일을 그대로 잊을 수 있다면 좋을 텐데…. 그 애는 나를 항상 자랑스러워했고 우러러 봐주었었다. 다시 한 번 그렇게 될 수 있었으면 좋겠다. 그 애에게 자랑스러운 언니가 되고 싶다.

아니, 자랑스러운 것까지는 아니더라도, 그저 날 좋아해줬으면 싶다. 조슈아를 찾아낸 것 말고도, 그 애가 크리스토퍼를 얼마나 많이 닮았는지, 나처럼 금발 머리를 가졌다는 것도 말해주고 싶다. 그 아이를 보고 있노라면 브린이 생각난다는 것도….

특히 동물을 무척 아낀다는 것, 무엇을 하건 늘 즐겁고 행복해한다는 것도 말이다. 브린이 어떻게 지내는지도 듣고 싶다. 학교 수업은 어떤지, 남자 친구는 있는지, 부모님이 내게 했던 것처럼 그 애에게도 집착하는지 궁금하다. 그 애에게 좋은 언니가 될 기회가 다시 온다면… 기회는 누구에게나 한 번쯤 더 주어져야 하는 거 아닌가? 나 같은 사람에게도 말이다.

 차메인

거스는 앨리슨 글렌의 집에 계속 전화를 걸어 아기를 데려가라고 하고 싶어 했다. 마침내 누군가 수화기를 들자 거스는 "아기 때문에 전화했는데요"라고 말했다. 하지만 상대방의 이야기를 듣고 있는 그의 얼굴은 잿빛이 되어 버렸다. "알겠습니다." 그는 이렇게 말한 후 수화기를 내려놓았다.

"왜요?" 차메인이 물었다. "뭐라는데요?"

거스는 후들거리는 한 손을 얼굴에 가져 올린 채 의자에 푹 주저앉았다. "TV 좀 켜봐라." 그가 말했다.

"뭔데요?" 그녀는 상황을 이해하지 못한 채 다시 물었다.

"TV 좀 켜주렴." 그가 다시 말했다. 그녀는 그에게 아기를 건넨 뒤, TV를 켜고 거스가 멈추라고 할 때까지 채널을 돌렸다. 드루이드 강을 배경으로 한 기자가 심각한 얼굴을 하고 서 있었다. "거스…" 그녀는 입을 열려고 하다 그의 표정을 보고 말을 멈추었다.

"이곳 드루이드 강둑에서 손자와 낚시를 하러 나온 한 남자가 죽어있는 신생아를 발견했습니다." 기자는 손을 들어 이마의 땀을 닦는 듯한 제스처를 취했다. "채널 7 뉴스에서 들어온 속보입니다. 이 사건과 관련해 한 십대소녀가 유치장에 수감되었다고 합니다. 그 소녀가 성인이 아닌 관계로 신분은 밝힐 수는 없으나, 린든폴스에 있는 집에서 경찰에 연행되어 밝혀지지 않은 이유로 현재 근처 병원으로 수송되었다고 합니다."

차메인은 거스의 표정을 살피며 그에게 물었다. "이 사건이 앨리슨과 이 아기와 무슨 연관이 있는 거죠?"

아기가 다시 보채기 시작하자, 그의 가느다란 팔이 이를 감당할 수 없어 어깨 위에 올렸다. "괜찮아, 괜찮아." 그는 아기의 귀에 대고 속삭였다. "방금 구속되었다는 사람이…" 그는 고개로 TV를 가리키며 말했다. "앨리슨 글렌이다. 드루이드 강에서 발견된 아기가 이 아이의 누나라는구나."

 앨리슨

　북엔즈에 발을 들여놓을 때마다 클레어나 조슈아가 순간 내
정체를 알아채는 건 아닐까 두려움에 빠진다. 이건 내 가석방 조
건에 어긋나는 것일까? 나를 다시 감옥에 집어넣는 건 아닐까?
크레이븐빌을 떠나는 것을 처음에는 주저했지만, 자유의 시간을
잠시나마 맛보자 이제 다시는 돌아가고 싶지 않은 심정이다. 혹
시나 하는 마음으로 클레어의 얼굴을 예의주시하지만, 그녀는
여전히 행복한 미소로 맞아주었고, 우리는 사소한 일들에 대해
편안한 마음으로 대화를 나눈다.

　그녀와 같이 있는 시간이 많아질수록 그녀가 더욱 좋아진다.
클레어는 나를 사람처럼 대해준다. 깔아뭉개려 하거나, 밉보거
나, 또는 내 과거 때문에 의심하는 일도 없다. 북엔즈에서 근무
하는 것도 너무나 좋고, 켈비 가족들도 참 좋은 사람들이다. 조
슈아가 내 아들일지도 모른다는 것을 솔직하게 말하는 게 도리
이겠지만, 차마 그럴 수가 없다. 아니, 그러고 싶지 않다.

　3시 반이 되어 조슈아가 도착한다. 평소와는 달리 얼굴이 시뻘

개져서는 분에 찬 얼굴이다. 아이의 얼굴과 피부, 옷에서 무언가 신기한 빛이 반짝인다. 가까이 다가가자 오렌지빛 반짝이가 붙어 있는 것이 보인다. 조슈아는 팔에 붙은 반짝이를 떼어내려 안간힘을 써보지만, 오히려 반대쪽에 붙어 버린다. 아이 뒤로 조나단이 몹시 지치고 당황스러운 얼굴로 나타난다. 클레어가 카운터 뒤에서 나와 묻는다. "무슨 일 있었어요?" 그녀는 걱정스러운 표정이다.

"조쉬가 오늘 유치원에서 좀 힘들었나봐. 반짝이와 풀이 연루된 사건이지."

"무슨 일인데요?" 클레어가 묻자 조슈아는 가슴팍에 팔짱을 끼고는 뾰로통하게 입을 내민다.

조나단이 한쪽에 서 있던 나를 발견하고 인사한다.

"앨리슨, 잘 지냈어요?" 그가 말한다. "미술 시간에 가위로 판지를 잘라 나뭇잎 모양을 만들었나봐. 그리고 나뭇잎에 풀을 발라 바닥에 잔뜩 깔아놓고 반짝이를 뿌렸다네. 그런데 조슈아가 풀을 붙이다가 손에 풀이 묻었대. 조쉬가 제일 싫어하는 목욕과 모래, 미용실을 몽땅 합쳐놓은 것보다도 더 심각한 사태가 벌어진 거지. 그러다가 풀 묻은 손에 반짝이가 묻은 거고. 유치원 선생님들은 정말 대단해. 러브레이스 선생님이 조슈아가 손 닦는 것을 도와주셨대. 얼마나 힘들었겠어. 그런데 또 손을 씻었는데 물기가 다 안 말라버려서 그때부터 더 악화됐지 뭐."

클레어는 이제 또 조슈아가 얼마나 성질을 부릴까 싶어 걱정스러운 표정이다. 조슈아는 신경질적으로 팔을 부비더니 울기 시작한다. "그만 해, 조쉬!" 클레어가 날카로운 목소리로 말한다. "몸을 긁으면 어떡해?" 조슈아는 이를 듣고 등을 돌린 채 팔을 긁어댄다. 나는 중간에서 도와줘야 할지, 아니면 가서 경보기라도 살펴보는 척 해야 할지 난감하다.

"러브레이스 선생님 말씀으론." 조나단은 조슈아의 울음소리를 무시한 채 말을 잇는다. "그런 뒤 애가 나뭇잎을 마구 구겨버려서, 결국 풀과 반짝이 범벅이 되었다는 거지. 화가 머리끝까지 솟아서 반짝이를 통째로 들고 교실 전체에 뿌려버렸대. 애들 몸이건, 책상이건, 선생님한테도 뿌리고 자기 몸에도 뿌리고." 조나단은 자신도 그 상황이 황당한지 눈을 크게 뜨고는 두 손을 번쩍 들어 보인다. "결국 교실 밖으로 쫓겨났다지 뭐야."

"오, 조슈아." 클레어가 실망스럽다는 듯 두 손을 가느다란 어깨 위에 올려놓자, 아이는 더 크게 울기 시작한다.

별안간 나도 모르게 조슈아의 눈에 띌 정도로 가까이 다가간다. 잠시나마 아이의 울음소리가 작아지면서 눈을 돌려 내 쪽을 바라본다. 나는 기회를 놓칠 세라 "오늘 힘들었겠구나, 조슈아"라고 말을 건다. 그는 내게 등을 보이며 다시 울기 시작하지만, 아까보다는 훨씬 강도가 약하다. 나는 그대로 밀고 나가본다. "반짝이 때문에 힘들었구나? 어서 반짝이를 떼고 싶지?" 그러자 아이가 울음을 멈춘다. 여전히 힘겹게 숨을 내쉬고는 있었지만, 내 말에 귀를 기울이고 있는 것은 분명하다. 좀 더 가까이 다가가 낮고 침착한 목소리로 말을 건넨다. 거트루드에 같이 사는 플로라가 화났을 때 사용하던 유용한 목소리다. "반짝이 제거에만 쓰이는 마법 테이프가 있는데 못 들어봤니?" 나는 몸을 일으켜 세운 뒤 카운터로 가, 서랍에서 마스킹 테이프를 꺼내온다.

조슈아는 의심의 눈빛으로 테이프를 바라본다. "그건 그냥 테이프잖아요."

나는 어깨를 으쓱하고는 말한다. "그냥 테이프처럼 보일지 몰라도, 혹시 모르니 한 번 해볼까? 해보기 싫으면, 그냥 반짝이 붙은 채로 있어야지 뭐." 나는 카운터에 테이프를 그대로 올려놓는다. 이건 감옥에서 배웠던 요긴한 방법이다. 가능하다면 누구에게든 체면을 지킬 방법은 줘야 한다는 것이다.

그는 잠시 생각해보더니, 가만히 일어난다. "알았어요. 해볼게요." 나는 테이프를 조금 떼어 끈적이는 부분이 위로 가도록 테이프 전체에 둥글게 감는다.

"네가 직접 해볼래? 아니면 엄마나 아빠에게 해달라고 할까?"

"아플까요?" 조슈아는 걱정스러운 표정으로 묻는다.

"아니, 전혀." 그를 안심시킨다.

"그럼, 누나가 해." 아이는 명령조로 내게 말한다.

"조슈아." 그러자 클레어가 경고조로 목소리를 높인다.

"누나가 직접 테이프로 반짝이 떼어주시면 안 돼요?" 그가 다시 공손하게 묻는다.

"물론이지." 내가 말한다. "이제 잘 보렴, 정말 신기하단다."

나는 조심스럽게 테이프를 아이의 티셔츠 위에 굴려 반짝이가 붙어 나오는 것을 보여준다.

"신기하지?" 내가 웃으며 묻자, 아이도 웃어 보인다.

그렇게 우리는 서로 무언가 통하기 시작한다. 별건 아니지만, 그래도 우리 사이에 뭔가가 통하기 시작한 것이다. 이 아이가 나를 알아보는 건 아닐지 몰라도, 그래도 미약하게나마 뭔가가 통한 것이다. 나는 눈을 들어 클레어의 얼굴을 바라본다. 그녀는 경이로운 눈빛으로 나를 쳐다본다. 조나단 역시 감동받은 표정이다.

나는 그 뒤로 30분간 아동서적 코너에서 조슈아의 셔츠와 바지, 신발에 묻은 반짝이를 떼어 준다. 손가락과 머리카락, 얼굴에 묻은 반짝이는 테이프로 뗄 수가 없다. "아플 거 같아요." 그의 작은 얼굴은 걱정스러움 반, 기대 반으로 나를 쳐다본다.

"너한테 달렸어. 반짝이를 묻힌 채 살거나, 아니면 지금이라도 없애거나. 아플 거 같으면 안 해도 돼."

"제가 해봐도 돼요?" 그가 반짝이는 눈빛으로 내게 묻는다.

"물론이지." 나는 테이프를 감는 방법을 알려준다. 아이는 팔에 테이프를 살짝 갖다 대었다가 곧바로 떼어내서 테이프에 묻은 반짝이를 살펴본다.

"별로 안 아파요." 조슈아는 이렇게 말한 뒤 손에 묻은 반짝이를 떼어 나간다. 머리카락과 얼굴에 있는 건 내게 해달라고 한다. 아이가 눈을 감고 얼굴을 내게 향하자, 나는 반짝이를 떼어내며 아이의 갸름한 얼굴을 오목조목 뜯어본다. 아이 눈두덩 위에 있는 엷은 핏줄과, 긴 속눈썹, 높이 솟은 콧날과 얇은 입술이 모두 크리스토퍼와 비슷하다. 어느 정도 마무리되어 이제 끝났다고 아쉽게 말하자, "가서 봐도 돼요?"라고 묻더니 화장실로 달려가 거울에 자기 모습을 비추어본다. 나는 가게 정문 쪽으로 돌아가 클레어에게로 돌아간다. 조슈아가 몇 분 뒤 해맑은 미소를 띠며 나타난다. "다 없어졌어요." 조슈아가 엄마에게 말한다. "마법의 테이프 유치원에 가져가도 돼요?"

"물론이지." 클레어가 말한다. "하지만 선생님도 아마 가지고 계실걸? 앨리슨 누나한테 뭐 할 말 없니?"

"감사합니다." 조슈아가 쑥스럽게 말한다.

"천만에." 내가 대답한다.

"엄마, 먹을 것 좀 주세요." 아이가 클레어를 바라보며 이렇게 말하자, 순간 가슴이 뭉클해온다.

"뒤에서 과자 꺼내서 먹으렴." 그녀가 말한다.

"우와." 클레어는 감동받았다는 듯 내 얼굴을 쳐다본다. "정말 고마워요. 대단한 솜씨인걸요?" 나는 얼굴을 붉힌다. "어디서 그런 걸 배웠어요?"

나는 어깨를 들썩이며 대수롭지 않다는 듯 대답한다. "뭐든지 선택권을 주게 되면, 자기 상황에 대해 좀 더 긍정적으로 생각하게 되는 것 같아요."

클레어는 고개를 저으며 말한다. "육아 책마다 그렇게 쓰여 있는 건 많이 봤지만, 실제로 그렇게 해보려고 하면 이미 조슈아는 성질이 날 대로 난 상태가 되어버려요. 다음에는 저도 해봐야겠어요."

순간 어색해져 나는 시선을 발로 돌린다. "이제 더 시키실 일은 없나요? 정리할 책은 더 없어요?" 내가 묻는다.

"이런 부탁해도 될까요?" 클레어는 문 옆 유리창에 하얀 로사 검사 모양의 김을 내뿜으며 서 있는 불독을 보며, 내게 묻는다. "트루먼 산책 좀 시켜주실래요? 용변 볼 때가 지난 것 같아요. 제가 해야 하는데, 지금 조슈아를 혼자 두면 안 될 것 같아서요." 그녀는 미안한 얼굴로 내게 미소를 지어 보인다. "서점에서 일하는 사람이 할 일이 아닌 건 알지만, 트루먼이 사실 이 서점에 붙어살다시피 하거든요."

"그러죠." 내가 대답한다. "참 좋은 녀석 같아요. 제가 사는 곳에서는 개를 키울 수가 없어서 아쉽더라구요." 나는 재킷을 가져온다. 돌아와 보니 조나단은 이미 일하러 떠난 듯하고, 클레어는 조슈아에게 책을 읽어주고 있다. 나는 트루먼의 목에 목줄을 걸

고 11월의 시원한 공기 속으로 나간다. 가게 앞 보도에 있는 잔
디 옆으로 트루먼을 데리고 간 뒤, 녀석이 용변을 보느라 힘을
쓰는 동안 잠자코 기다린다.

 그때 낙엽이 떨어져 등에 닿기라도 하듯 누군가가 바라보고
있는 것이 느껴진다. 뒤를 돌아보자, 하얀 트럭을 탄 조나단이
알 수 없는 표정으로 나를 쳐다보고 있다. 나는 순간 바보처럼
한 손을 들어 흔든다. 자신의 생각을 숨기려는 듯, 그도 웃어 보
이며 손을 흔들어 보인다. 그리고는 시동을 걸고 천천히 앞으로
다가온다. 내게 할 말이 있는 듯 멈출 것처럼 하다가 그대로 옆
을 지나가 버린다. 나는 트럭의 뒷모습이 모퉁이를 돌아 사라질
때까지 한참동안 바라본다. 그가 내 마음을 읽는 건 아닐까? 아
니, 그럴 리는 없다.

 조슈아가 우리 앞에 나타나자 트루먼이 낑낑대며 몸을 비틀어
목줄을 홱 하고 움직인다. 아이의 눈길은 트럭이 지나간 자리의
회색 배기가스를 좇는다.

 차메인

차메인은 옷을 입은 채로 물 없는 욕조에 들어가 앉아있다. 거칠어진 거스의 숨소리를 듣지 않으려면 이곳에 숨는 수밖에 없다. 어떤 상황이건 두려워하지 않고 거스의 옆을 지켜야 한다는 것은 의학적 지식으로서만 알고 있을 뿐이다. 얼마 안 있으면 간호사가 될 몸이지만 수백 시간의 훈련도 지금은 별로 도움이 되지 않는다. 이런 거스의 모습을 지켜보는 일은 너무도 힘들고 낯설다. 아무리 죽어가는 사람이라 할지라도 이렇게까지 힘들어해서는 안 되는 것 아닌가. 그는 숨도 제대로 쉬지 못하면서 고통스러워하는데 그녀가 할 수 있는 일은 전혀 없다. 차메인의 머릿속에는 그의 가슴 속에 새까매진 폐가 필사적으로 공기를 빨아들이려 하는 모습이 떠오른다. 폐렴이 너무 갑자기 찾아왔다. 그의 피부는 회색에 가까우며, 뼈밖에 남지 않을 정도로 온몸이 쇠약해간다. 역사 시간에 유대인 수용소에서 살아남은 자들의 사진이 눈앞을 스치고 지나간다. 지금 거스의 얼굴과 목은 퉁퉁 부어있으며, 이를 제외한 모든 부위가 앙상하게 말라버렸다. 낯선

사람처럼 여겨지는 그의 몸에서 거스의 모습을 찾는 것이 쉽지 않다고 생각될 때면 그가 한 번씩 그녀를 향해 웃어 보인다. 차메인의 학교 행사 때마다 학교로 찾아왔던 재미있는 거스, 프리드로우를 하는 법과 콜라체를 만드는 법을 알려주었던 그런 거스의 모습 말이다.

차메인은 리안에게 전화할까 하다가도, 전화를 걸어 뭐라 말해야 할지 몰라 망설인다. 그녀가 리안을 필요로 했을 때는 지금까지 단 두 번뿐이었다. 엄마 리안이 회사에 간 사이, 그녀의 남자친구가 집으로 와 자신에게 수작을 걸었을 때, 그리고 앨리슨이 조슈아를 남겨두고 떠나갔을 때였다. 하지만 두 번 모두, 그녀의 엄마는 곁에 없었다. 나는 지금 엄마가 필요해, 라고 차메인은 생각한다. 거스를 잘 돌볼 수 있도록 힘을 줄 사람, 다 괜찮아질 거라고 말해줄 사람. 불행하게도 리안 튤리아는 그런 인물이 못 되었다.

그녀는 욕조에서 나와 거울을 바라본다. 두 눈은 새빨갛게 충혈돼 있으며, 걱정이 될 때마다 입술 주위를 잡아 뜯어 입 주위가 다 터버렸다. 나이 들어 보이네, 하고 스스로 생각한다. 나는 이제 겨우 스물한 살인데 벌써 할머니가 되어버린 것 같다.

그녀는 학교 교수들에게 거스를 간호해야 해서 수업을 당분간 들을 수 없을 것이라 말해두었다. 모두들 상황을 잘 이해해주었다. 학교로 다시 돌아가게 되는 건 거스의 장례식이 끝난 후가 될 것이다.

그녀는 자신의 피난처를 떠나 다시 거스에게로 돌아간다. 그가 살짝 눈을 뜨고 있어서, 그녀는 의자를 가져와 그의 옆에 앉는다. 그들은 거실에 있던 낡은 TV를 그의 침실로 가져왔었다. 그리고는 아무 말도 없이 시트콤이나 경찰 드라마 재방송을 보곤 했다. 그들이 무얼 보든 사실 전혀 중요하지 않았다. 중요한 건 거스의 가슴에서 쉬익쉬익 들려오는 소리가 TV소리에 파묻히기만 하면 되었다. 그가 기침을 연발할 때면, 그를 일으켜 손으로 등을 둥글게 마사지해주곤 한다. 어린 조슈아가 기침할 때, 거스가 그에게 해주었듯이. 차메인은 거스의 등을 두드려주면서 아기에게 하듯 이렇게 말하곤 한다. "괜찮아요, 괜찮아. 기침해도 돼요." 그러면 그는 앙상한 두 손으로 이불을 꼭 쥐었다 놓기를 반복한다. 기침이 멈추면 그녀는 그에게 물을 한 모금 마시게 한 다음, 베개 위에 다시 누인 후 조심스럽게 산소마스크를 코 위에 올린다. 그런 다음 그녀는 그의 숨이 다시 고르게 되어 잠들 때까지 옆에 가만히 앉아 기다린다.

제인이 호스피스를 집으로 보내주어 그의 간호를 돕는다. 모두 친절하고 좋은 분들이지만, 그는 여전히 차메인에게 의지한다. 눈물 고인 그의 푸른 눈은 말없이 그녀의 뒤를 따르며, 도움을 요청한다. 그는 헛소리를 하며 차메인을 리안이라고 부르기도 한다. 그럴 때마다 그녀의 고통은 이루 헤아릴 수가 없다. 호

스피스인 도리스의 말로는 그의 병과 진통제 때문에 헛소리를
하게 되는 것이라 설명해준다.

그들에게 찾아온 가을은 매섭고도 분노에 찬 듯, 날카로운 빗
줄기를 침 뱉듯 내뱉는다. 요즘은 하루 종일 비가 온다. 이 작은
집에서 날마다 앉아있기만 하니 더 우울해진다. 수업이라도 들
으러 갈까 하다가도, 거스를 낯선 사람들의 손에 맡길 수가 없어
차마 그럴 수도 없다. 언제 꺼질지 모르는 그를, 리안처럼 버리
고 가지 않겠다고 다짐한다. 그의 눈이 감길 때까지 옆을 지키겠
다고, 그의 폐가 공기를 더 이상 받아들일 수 없는 그 순간까지
그를 지키겠다고 말이다.

호스피스들이 간호하거나 이불을 갈기에 더 쉽도록 그의 침대
를 치우고 병원침대로 교체했다. 그가 죽었을 때도 이곳에서 밀
고 나가기가 쉽겠지, 하고 그녀는 속으로 생각한다. 거스의 피부
는 뼈 위의 얇은 거미줄 같고, 그의 몸은 빈 누에고치 같다. 기침
소리가 잦아들어, 별 미동도 없이 그의 가슴 부위가 이따금 올라
갔다 내려가고 있다는 것이 그가 살아있다는 유일한 증거이다.

차메인은 리안이 그의 병세에 대해 알고 있는지 궁금하다. 또
한 이제 앞으로 어떻게 살아갈지, 어디로 가야 할지, 어떤 일이
닥칠지도 궁금하다. 친엄마나 친아빠 없이 독립적으로 살아오긴
했지만, 그래도 그녀에겐 그가 있었던 것이다.

옆에서 기척이 느껴져 스탠드 불빛에 그의 얼굴을 비춰본다.

엷은 불빛 속에서 그의 얼굴에 그림자가 드리우자, 예전의 그의 모습이 드러난다. 젊고 잘생긴, 그리고 행복했던 그의 모습.

"거스, 괜찮아요?" 차메인은 낮은 목소리로 속삭인다. 듣는 것 자체만으로도 그의 몸은 통증을 느껴야만 한다. "뭐라도 좀 갖다 줄까요?" 그는 눈을 똑바로 뜬 뒤 손을 마스크로 가져가려 한다. "제가 할게요." 그녀는 이렇게 말하면서 마스크를 치운다. 순간 마스크를 쓰면, 닥터 수스 책에 나타나는 코끼리 호튼처럼 보인다고 놀렸던 기억이 난다. 그때 그는 크게 웃었었다. 바짝 마른 입술 사이로 빨대를 끼워주자 물을 몇 모금 들이킨다. 이것조차도 그에게는 힘겹다. "다른 거는요?" 그녀가 묻는다. "또 필요한 거 없어요?" 그녀는 터져 나오려는 감정을 그대로 삼켜버린다. 환자들이 죽는 모습, 아이들이 죽는 모습도 본 적이 있지만, 자기가 아는 사람이 죽는 모습… 아니, 자신이 사랑하는 사람의 임종을 본 적은 없었다.

"아니다." 거스가 가까스로 내뱉는다. "그냥 앉아있어." 그는 손을 올려 침대 옆 자리를 가리킨다. 그녀는 머뭇거린다. 그러려면 가드레일을 내려야 하는데, 비록 그의 몸이 창밖의 잔디처럼 메말랐다고 해도 공간이 넉넉하지는 않은 것이다.

"괜찮아." 그가 말한다.

그녀는 레일을 내리고는 천천히 그를 옆으로 옮긴다. 그는 아무 말도 하지 않지만, 그의 얼굴은 고통으로 일그러진다. "미안,

미안해요." 차메인은 이런 그의 얼굴을 보면 자신이 더 힘들다. 하지만 그래도 그는 다시 옆자리를 가리키며 괜찮다고 한다. 몸을 최대한 작게 만든 다음 그의 옆에 앉는다. "TV 보실래요?" 그녀는 리모컨으로 손을 가져간다. 그는 고개를 젓는다. "마스크 다시 씌워드릴까요?" 마스크 없이는 오래 참기 어렵다는 것을 아는 그녀는 이렇게 묻는다.

그러나 여전히 그는 고개를 젓는다. 얼굴이 퉁퉁 부어버려서, 그의 멋진 얼굴의 날카로운 각이 모두 사라져버렸다. 그의 짙은 머리색은 옅은 피부와 큰 대조를 이루고 있으며, 그의 덥수룩한 눈썹은 두 눈을 더욱 작아 보이게 만든다. 마치 푸른 연못 둘레의 갈대처럼.

"이야기나 좀 해보렴." 그의 톤은 여전히 그답다. 꽤 권위 있으면서도 전혀 밉지 않은 어투인 것이다.

"음…" 차메인이 시작한다. "다음 주는 정형외과동에서 근무하기로 했어요. 할로윈 데이 쯤에는 소아암병동에서 할 거예요. 모두 다 할로윈 의상을 차려입기로 했어요. 의사들도요."

그는 고개를 끄덕이더니 아무 말이 없다. 할로윈이면 이미 그가 가고 없을 것임을 둘 다 잘 알고 있다.

"그 사내아이 말이다." 그가 작은 소리로 이야기를 꺼낸다.

차메인의 심장은 쿵쾅거리기 시작한다. 조슈아에 대한 언급이 한 번쯤은 있을 것을 짐작했었다.

"미안하구나." 그의 목소리는 더욱 기운이 없어지고, 한 마디 한 마디가 그를 더 지치게 한다.

"왜요?" 차메인이 의아해하며 묻는다. "왜 미안하다는 거예요? 크리스토퍼 오빠 잘못이잖아요. 앨리슨 글렌이 잘못한 거지, 아빠 잘못이 아니에요. 조슈아는 안전하게 잘 지내고 있죠. 자신을 사랑해주는 사람들 곁에 있는 걸요." 그녀는 조목조목 손가락으로 하나둘 세며 따진다. "그 애 엄마는 조슈아의 여자 쌍둥이를 강물에 띄워 보낸 죄로 감옥에 갔고, 크리스토퍼가 조슈아를 다시 책임지겠다고 돌아올 리는 만무하고, 우리 엄마란 사람은 그런 일엔 전혀 쓸모가 없잖아요!"

"쉬이…" 거스는 손을 그녀의 뺨에 얹으며 그녀를 진정시킨다. "쉬이…" 이렇게 아픈 병자가 자신을 위로하려고 하다니, 이를 생각하면 더욱 마음이 아파온다. 하지만 아기와 같이 있을 시간을 더 달라고 했던 건 본인이었다. 몇 시간만 더 데리고 있자던 약속은 며칠로 늘어났고, 결국 3주까지 늘어났다. 거스에게 좀 더 시간을 달라고 간청했고, 자기 오빠가 이 사랑스러운 아들을 보기 위해 반드시 돌아올 것이라며 설득하려 했었지 않았던가. 그녀는 결국 울음을 터뜨리고 만다.

"죄송해요. 물어봤어야 했는데…." 그녀가 흐느끼며 말한다. "조슈아를 소방서에 데려간다는 것, 미리 말했어야 했었어요." 그녀는 양아버지의 얼굴을 바라본다. "하지만 더 이상 감당할 수

가 없었어요. 키우고 싶었지만, 그럴 수가 없었어요. 매일 매일
이 너무 힘들었어요. 세이프 헤븐으로 보내기에는 너무 시간을
끌었다는 것을 알았지만, 아빠가 사건에 휘말리면 어쩌나 해서,
그래서 아무 말도 못했던 거예요."

"넌 착한 딸이야, 차미." 거스가 소곤거리듯 대답한다. "넌 똑
똑하고 용감했다. 나보다도 훨씬 더 용감했어." 차메인이 그를
바라본다. 거스는 건물을 삼킬 것 같은 불길과 열기, 연기와도
싸웠던 사람이지 않은가. "조슈아를 소방서에 두고 온 다음에도
계속 아이를 돌보았잖니. 아이가 잘 지내는지 늘 지켜본 것도 바
로 너였어."

"아빠 작별인사도 못 했어요." 거스는 아무 말이 없다. 긴 대화
로 심신이 지쳐있다. "가끔은 앨리슨이 조슈아를 우리 집에 데려
오지 않았더라면 더 좋았을 거라는 생각도 해요." 차메인이 긴
침묵을 끊고 말을 잇는다. "그 아이를 안아보지 않았더라면, 그
애의 쌍둥이가 강에 버려졌다는 것을 몰랐더라면…." 그녀는 눈
물을 삼키고 가녀린 어깨 뒤로 얼굴을 숨긴다. 그가 어렵게 한
손을 들어 그녀의 어깨 위에 올린다.

"딸아." 거스가 가까스로 한 마디를 뱉는다. 더 이상 할 수 있
는 말이 없다. 그들은 그대로 오랜 시간 아무 말이 없다. 거스는
그녀의 등을 토닥거리며, 차메인은 저물어가는 태양빛의 마지막
수혜지를 찾는 고양이처럼 울음을 삼키며 그렇게 있다.

 앨리슨

반짝이 사건 때 내가 마법의 테이프를 가지고 도와준 이후로, 조슈아는 내가 일할 때마다 내게 다가와 책 정리나 동전 세는 일을 도와주곤 한다. 이 짧은 시간동안 나는 그 애가 좋아하고 싫어하는 것이 무엇인지를 모두 알게 되었다. 손가락이 끈적거리는 것을 싫어하며, 바나나 냄새나 천둥소리, 자기 방청소를 싫어한다. 트루먼을 사랑하며, 레고 쌓기와 닥터 페퍼 마시는 것, 그리고 아빠와 함께 쌓기 놀이하는 것을 좋아한다.

아이와 간격을 두어야 한다는 것을 알고 있다. 너무 가까이 알게 되면 어떤 일이 벌어질지 모른다. 괜찮다고, 난 이제 내 일에 신경 써야 한다는 것도 알지만, 쉽지 않다. "축구는 어때?" 나는 그가 초록색 축구 유니폼을 입고 있는 사진을 떠올리며 묻는다. "축구 좋아하니?"

"네, 괜찮아요. 잘하지는 못해요." 그는 좀 속상한 듯 보인다.

"항상 누군가한테 공을 뺏기거든요."

"내가 가르쳐줄까? 예전에 축구했었거든." 내가 묻는다.

"좋아요." 조슈아는 트루먼을 쓰다듬으려 몸을 숙이며 대답한다. "내일 축구공 가져올게요."

"가게에서 축구하면 엄마가 싫어하실 텐데." 순간 내뱉은 말을 후회하며 이렇게 말한다. 그러자 조슈아의 표정이 바람 빠진 공처럼 풀이 죽어 있다.

"우리 집에 오면 되겠다." 아이의 표정이 다시 살아나며 이렇게 말하는 것이다. "누나가 축구 가르쳐주러 오세요. 내 방도 구경시켜주고, 아빠 작업실도 보여줄게요."

"글쎄…" 정문으로 손님이 때마침 들어오는 바람에 아이에게서 눈을 뗀다. 너무 가까워지고 있다.

문을 열고 들어온 손님은 데븐이다. 평소의 직장인 같은 걸음은 사라지고, 무언가 머뭇거리듯 천천히 다가온다. 전혀 그녀의 모습이 아니다. 그녀도 알고 있다. 조슈아에 대해 알고 있는 것이다. 이미 브린이 그녀에게 전화를 걸어 내가 이 아이의 엄마라는 것을 전했을지도 모른다. 그래서 내가 다시 감옥에 들어가야 한다고 전하러 왔겠지. 나온 지 이제 겨우 3주밖에 안됐는데, 다시 감옥으로 되돌아가야 하다니. 차라리 죽고 싶은 심정이다.

"조쉬, 가서 숙제하고 있으렴." 데븐이 내 앞으로 다가왔다. 뭔가가 잘못되어도 크게 잘못된 것임이 분명하다.

"누구예요?" 조슈아는 가지 않고 묻는다.

"조슈아, 앨리슨 누나 일하는 거 방해하는 거 아니니?" 클레어의 목소리가 뒤에서 들려온다.

"아니에요. 도와주는 거예요." 조슈아가 대답한다.

"앨리슨." 데븐이 부드럽게 말한다. "잠깐 이야기할 수 있어요?"

클레어가 근심어린 표정으로 이쪽을 바라본다. 둘을 소개시켜야 하는 것이 예의인 줄은 알지만, 말이 목에 걸려 나오질 않는다. 나는 고개만 끄덕이고 데븐을 따라 밖으로 나간다. 나는 두 눈을 꼭 감고 데븐이 나를 경찰서로 다시 연행해가겠다는 말을 기다린다. 자유의 공기는 차갑지만 내 뜨거운 뺨에 오히려 기분 좋게 느껴진다. 이 느낌을 기억해야지.

"앨리슨?" 데븐이 말을 걸어 나는 눈을 뜬다. 그녀는 입술을 물고는 어떻게 말을 꺼내야 할지 고민하고 있다. 나는 클레어에게 가서 나를 믿어주고 기회를 줘서 고맙다는 작별인사를 해야 할지 망설인다. 조슈아를 다시 보게 될 수 있을까. "앨리슨." 그녀가 내 손을 잡는다. "당신 아버지 일이예요."

"제 아버지요?" 나는 어리둥절한 채 그녀에게 묻고는 고개를 숙여 그녀의 손을 바라본다. 커다란 다이아몬드 반지가 그녀의 넷째 손가락에 끼워져 있다. 결혼하는구나. 나는 속으로 생각한다. 축하 인사라도 하려고 하는데 그녀가 말을 꺼낸다.

"오늘 사무실에서 쓰러지셨대요." 데븐이 말을 잇는다. "지금 세인트 이사도르 병원 중환자실에 있어요. 현재 어떤 상황이신

지는 파악이 안 된 상태이지만, 심장마비일 가능성이 높데요."
내가 의아한 표정으로 그녀를 쳐다보자, 그녀는 곧 내 마음을 읽는다. "어머니가 배리에게 전화를 했어요. 배리 고든 씨요." 나는 고개를 끄덕인다. 이제야 이해가 간다. 데븐의 변호사 사무실의 파트너인 배리 고든 씨는 우리 아빠와 오랜 친분이 있는 사이이다. "병원에 가볼래요?" 데븐이 묻는다. "차로 데려다줄게요."

아빠와의 마지막 만남을 다시 생각해본다. 내 존재에 대한 기억을 모두 지워버린 그 집. "제가 병원에 가면 좋아하실지 모르겠네요." 작은 목소리로 내가 말한다.

"어떻게 하고 싶어요, 앨리슨?" 그녀가 묻는다. "본인은 어떻게 하고 싶은데요?"

만약 이대로 돌아가신다면? 갑자기 아빠를 봐야겠다는 생각이 든다. 아빠의 장례식 때조차 엄마의 얼굴을 볼 수는 없을 것이다. 나는 서둘러 클레어에게 상황을 설명하자, 그녀는 가볍게 포옹하며 이렇게 말한다. "가서 연락해요. 일은 걱정 말고요. 가서 가족과 함께 있어야죠."

린든폴스에 와서 그들과 알게 된 지 겨우 몇 주밖에 안 되었지만 오히려 부모님보다 그녀가 내 가족처럼 느껴진다고 말하고 싶다. "감사해요." 그러나 나는 이렇게밖에 말하지 못한다. "나중에 전화할게요."

데븐의 차는 병원 바로 앞에서 선다. 그녀는 같이 들어가 주겠다고 하지만, 나는 괜찮다며 정중히 사양한다. 하지만 마음속으로는 전혀 괜찮지 않다. 출소 후 엄마와의 첫 만남을 그녀에게 들키고 싶지 않은 것뿐이다. 내가 병원에 나타난 것을 보고 엄마가 어떻게 반응할지 전혀 알 길이 없다. 나를 안아주며 반길지, 아니면 당장 사라지라고 할지도 모르겠다.

내가 마지막으로 이 병원에 왔던 때의 기억을 떠올린다. 출산 후 병실에 누워 있다가 아기를 살해한 혐의로 체포되었다. 손에 수갑을 찬 채 휠체어를 타고 교도관 한 명에 의해 연행되었던 것이다. 병원의 부산함은 그때나 지금이나 마찬가지다. 의사와 간호사는 분주하게 돌아다니고, 면회객들은 좀 더 조심스럽다. 안내데스크로 가서 아빠의 이름을 대자, 5층으로 가라고 한다. 엘리베이터는 감옥을 연상시킨다. 나는 천천히 계단으로 올라간다.

엄마가 중환자실 앞 긴 소파에 홀로 앉아 있다. 그녀의 머리카락은 예전의 윤기 나는 금발이나, 턱 바로 밑에까지 짧게 잘랐다. 전화를 받았을 때 정원에서 식물을 다듬고 있었는지 청바지에 진흙이 묻은 정원용 장화차림이다. 엄마가 사람들 앞에서 청바지를 입거나, 정원 밖에서 정원용 장화를 신는 법은 절대 없었다. 그녀의 맑고 푸른 눈은 대기실 벽을 응시하고 있다. 그녀의 얼굴은 예전보다 훨씬 마르고 야위었다. 이 순간을 놓치면 용기를 잃을 것만 같아 그대로 다가간다.

"엄마." 내 작은 목소리는 끝이 갈라져 나온다.

그녀는 순간 움찔하며 나를 올려본다. 비록 여전히 아름답긴 하지만, 그녀의 얼굴에도 세월의 흔적이 보인다. "앨리슨." 그녀의 목소리에는 반가움이 다소 어려 있다. 이 정도만으로도 충분하다. 나는 그녀의 가녀린 어깨에 팔을 두르고 옆에 앉는다. 백합향기와 엄마의 향기, 정원의 토양 냄새가 같이 풍겨져온다.

"아빠는 어때요?" 이렇게 묻는 내 눈에서는 눈물이 흘러내린다. "괜찮으실 거래요?"

엄마는 고개를 가로젓는다.

"모르겠어. 아무 것도 말해주지 않는구나." 그녀는 손을 내려다본다. 한 때는 길고 날씬했던 손가락이 이제는 주름도 지고, 관절 부위가 두꺼워져 있다. "아직 수술중이란다."

"조금 있다 제가 가서 물어볼게요. 브린이나 할머니한테는 누가 연락했나요? 엄마는 괜찮아요? 밥은 먹었어요?"

그녀는 고개를 젓고는 발만 내려다본다. "신발 갈아 신는 것도 잊었구나." 그녀는 말을 마치기도 전에 두 손을 얼굴에 가져가고는 흐느끼기 시작한다. "이제 내겐 그이 밖에 없는데… 내겐 그이 밖에 안 남았단 말이야…"

 차메인

　마음속으로는 자신이 그를 키울 수 없다는 것을 알고 있었다. 결정을 내려야 하지만 계속 차일피일 미루기만 했다. 그 아이가 자신을 향해 웃었다고 느낀적도 있었다. 물론 도서관에서 빌린 책에서 아기들이 6주가 되기 전에는 진짜 웃는 게 아니라고는 했지만 말이다. 그럼에도 불구하고 그녀는 아기가 작은 주먹을 공중에 흔들면서, 아주 짧지만 진심에서 우러난 미소를 보여주었음을 확신한다. 그들이 함께할 수 있는 시간이 한정되어 있다는 것도 모두 알고 있었다. 차메인과 거스는 그에게 진짜 이름을 주어야겠다는 생각조차 하지 않았다. 거스는 그저 '녀석, 얘야' 등의 호칭을 썼고, 차메인은 과당류나 제빵류의 온갖 것들을 망라해 아이의 귓속에 속삭이곤 했다. 컵케이크! 그녀는 빨래바구니에 부드러운 담요를 깔아 간이 아기요람을 만든 뒤 그 위에 아이를 누이며 이렇게 불렀다. 잘 잤니, 소다팝 땅콩버터 사과 파이 치즈 두들? 그러면 아기는 마치 커다란 눈을 뜨고 이렇게 말하는 듯 했다. "이제 얼마 안 남은 거 맞죠? 이제 얼마 안 있으면

이곳과도 작별이라구요." 그러면 그녀의 심장은 찢어지는 듯 아파 아기의 내복이 다 젖을 때까지 울고 또 울었고, 거스도 이에 동참해, 결국 어느 것이 그녀의 울음소리인지, 어느 것이 그의 것인지 분간할 수 없을 정도가 되어버렸다.

몇 주 동안 몰래 아기를 키우면서 잠 못 이루는 날들이 이어졌다. 거스의 병세는 날이 갈수록 악화되어갔다. 밤마다 배고픈 아기가 울어서 깨고, 거스의 기침소리에 깨어야 했다. 그녀 혼자 아기와 환자, 두 명을 모두 돌보기에는 역부족이었다. 거스는 차메인이 의지할 데가 전혀 없을 때, 묻지도 판단하지도 않고 그녀를 식구로 맞아들였으며, 이 아이마저도 한 가족처럼 맞아주었다. 그녀에게 거스는 아버지나 다름없었다. 그 아기는 이제 겨우 이 세상에 태어난 것이지만, 거스는 매우 길고도 영원한 희생을 그녀를 위해 베풀어주었다. 이제 살날이 얼마 남지 않은 거스. 차메인은 이제 막 시작한 인생과 이제 곧 끝나는 인생 중 한 쪽만을 선택해야 하는 갈림길에 놓여있었다.

차메인이 마침내 결심을 내린 것은 어느 늦은 밤이었다. 그녀는 아기를 어깨에 얹고 거실을 거닐며 재우려고 하는 중이었다. 그녀마저도 반쯤은 졸고 있는 상태라 테이블에 발이 걸렸고, 순간 아기가 그녀의 팔에서 뚝 떨어지고 말았다. 그녀가 아기를 떨어뜨린 것이다! 아기는 눈을 크게 뜨고 그녀를 올려다보았고, 입을 오므렸다 벌리며 마치 그녀의 실수를 말하려는 것만 같았다.

그녀는 거스를 깨우지 않으려 숨을 죽인 채, 아기 용품을 모두 모아 바구니 안에 넣은 다음, 드루이드 강을 지나 린든폴스에 있는 오크스트리트에 있는 소방서로 차를 몰았다. 거스가 한 때 일했던 곳이었다. 왜 그랬을까 생각해보면 아직도 이해가 가지 않지만, 그래도 거스가 일했던 곳이니까 좋은 곳일 것이라 생각했다. 그들이 아기를 잘 보살펴줄 것이라고.

그녀는 빨래 바구니에서 아기를 꺼내 가슴에 꼭 품었다. 아기는 울다 지쳐 잠들어 있었으며, 작은 두 손은 마치 분홍 꽃처럼 턱 밑에 꼭 말아 쥐고 있었다. 아기와 헤어지는 일이 견딜 수 없이 힘들지만 그래도 해야 했다. 첫눈에 반해 사랑으로 돌보았던 이 아기를 이대로 버려두고 가야 하는 것이다. 그녀는 빨래바구니에 아기를 다시 넣은 다음, 주위에 누가 보는 사람은 없는지 노심초사하면서 소방서에 내려놓았다. 밤하늘에 별도 없는 인적 드문 따뜻한 밤이었다. 그녀는 아기의 보드라운 뺨에 키스한 뒤, "착한 사람이 되렴." 하고 기도했다. 어린 시절 친구들과 초인종을 누르고 달아나는 놀이를 생각하면서, 소방서 정문의 벨을 누르고는 그대로 내달렸다.

 브린

할머니집의 문을 열려고 하는데 전화기가 계속 울린다. 마일로는 과자가 든 내 주머니를 향해 달려오더니 냄새를 맡는다. 고양이 루시와 리스는 내 다리에 몸을 부비며 배가 고프다고 야옹거린다. "잠깐만 기다려, 얘들아." 나는 이렇게 말한다. 전화기는 끊임없이 울린다. "할머니! 할머니! 전화요!"

전화벨을 무시하고 찬장에서 고양이밥을 두 개 꺼내온다. 할머니의 목소리가 방 안에 퍼진다. "지금은 전화를 받을 수 없으니, 성함과 전화번호 남겨주세요. 나중에 전화 드릴게요." 삐 하는 소리 뒤에 앨리슨의 목소리가 들린다. 순간 짜증이 나 고양이 통조림을 식탁에 내동댕이치자, 고양이 밥이 바닥으로 굴러 떨어진다. 메시지를 더 이상 듣고 싶지 않아 쿵쿵거리며 계단을 올라간다. 왜 나를 이대로 내버려두지 않는 걸까?

그녀의 목소리가 계단을 타고 내 뒤를 따라오자 나는 걸음을 멈춘다. "브린, 제발 전화 좀 받아봐. 제발 전화 좀 받아줘." 나는 고개를 가로저으며 다시 계단으로 올라간다.

"브린! 아빠 일이야. 제발!" 이를 듣고 나는 다시 천천히 계단으로 내려온다. "아빠가 지금 병원에 있어. 엄마도 너무 힘들어하서. 어떻게 해야 할지 모르겠어. 너랑 이야기하고 싶어, 제발."

앨리슨의 울음소리가 점점 커져 나도 모르게 수화기 쪽으로 다가간다.

"브린, 네가 필요해." 그녀가 흐느끼고 있다.

그 날 밤에 대해서는 너무 자세하게 기억하지 않으려 애썼다. 하지만 내 전 생애에서 언니가 내게 도움을 요청한 건 그때가 처음이었다. 잠이 오지 않는 밤에는 문득 이런 사소한 것들이 기억난다. 그 날 언니가 나를 필요로 했다는 사실이. 언니의 도움이 필요했던 건 항상 나였다. 동네 아이들로부터, 부모님으로부터, 선생님들로부터 언니에게 보호를 받았다. 항상 나였다. 그러면서도 자발적으로 나를 도와준 일은 거의 없었다. 항상 눈을 굴리면서 한숨을 내쉬고는 고개를 가로저었다. 그렇다고 내가 어려운 일을 도와달라고 한 것도 아니었다. 언니에겐 모든 일이 늘 쉬웠으니까. 그 옆에서 나는 늘 작게만 느껴졌다.

언니는 내게 끊임없이 편지를 보냈고, 미안하다는 말을 하고 또 했다. 미안해, 그 한 마디로 지난 잘못이 다 용서되는 것처럼. 그나저나 뭐가 미안하다는 거지? 묻고 싶었다. 귀찮은 존재로 대해서 미안하다고? 아기 낳는 걸 옆에서 도와달라고 해서 미안하다고? 비밀을 품은 채 살아가게 해서 미안하다고? 이젠 더 이

293

상 그녀의 편지를 열어보지도 않는다. 그저 벽장 안 서랍에 던져
둘 뿐이다. 내가 이렇게 하니 힘들지? 난 이렇게 묻고 싶다. 내게
도와달라고 하는 상황이 된 것도 견디기 힘들겠지? 미안해, 미
안해, 미안해. 난 항상 이렇게 말해야만 했다. 모든 것이 다 미안
하다고. 하지만 이젠 아니야.

후회스럽지? 나는 이렇게 묻고 싶다. 후회스럽지 않아?

나는 손을 뻗어 수화기를 든다.

차메인

햇살이 비치는 꽤 따뜻한 날씨라 집을 나오고 싶었다. 그녀는 요즘 집을 떠나기 전 마음속으로 거스에게 작별인사를 한다. 그의 방에서 나올 때마다 혹시나 하는 마음에서 그러는 것이다. 그녀는 몸을 숙여 뺨에 키스한 다음, "이따 봐요"라고 인사한다. 늘 그랬듯이. 거스는 지난 이틀간 거의 잠만 잤다. 단 한 번도 눈을 뜨거나 말을 걸지 않는다. 그가 자신에게 "딸아"하며 부르는 소리를 다시 듣고 싶다. 리안은 물론, 그 누구도 그녀에게 이렇게 말해준 사람은 없었다. 참 좋은 단어야, 라고 그녀는 생각한다. 딸. 마치 얘는 내 딸이야, 늘, 영원히, 라고 말하는 것만 같다.

강둑을 산책하다가 집으로 돌아오자, 그는 더 이상 이 세상 사람이 아니었다. 눈을 감은 그의 가슴은 조금의 미동도 없다. 이제 편안한 휴식을 취하고 있겠지. 차메인은 그 집에 혼자 있을 수가 없다. 제인은 자기 집으로 와서 하루나 이틀, 원하면 더 오래라도 머물라고 한다. 영구차가 이미 왔다갔다. 길고 새까만 차, 벌레처럼 생긴 차가 천천히 집 앞으로 기어온다. 당장에라도

신발을 벗어들어 영구차에 던지고 싶은 욕구가 솟아오른다. 장
례식장에서 온 사람은 매우 친절하고 부드러운 목소리를 가졌
다. 그라면 거스에게 잘해줄 것이다. 그의 말에 따르면, 이미 거
스가 직접 전화를 걸어 장례절차를 예약해두었다고 한다. 관도
정하고, 음악도 정하고, 모든 것을 다 직접 했다는 것이다. 그는
거스에게 어떤 옷을 입혔으면 좋을지 내게 묻는다.

거스가 제일 좋아했던 자원봉사자인 도리스가 옷 고르기를 도
와준다. 면바지와 옥스퍼드 셔츠로 가득한 옷장을 뒤져보자 한
켠에 비닐에 싸인 검은 양복이 걸려있다.

"이건 어때요?" 그녀가 양복을 보여주며 차메인에게 묻는다.

"잘 모르겠어요." 차메인은 확신이 없는 표정으로 말한다. 거
스는 한 번도 양복을 입은 적이 없었다.

"아마 이 때를 대비해서 준비해뒀을 거예요." 도리스는 비닐을
벗기고 사이즈를 체크한다. "딱 맞겠네요."

"그걸로 해요, 그럼." 차메인은 어깨를 으쓱할 뿐이다. 사실 나
는 지금 너무나도 피곤하다. 두 눈이 타들어가는 것처럼 느껴져
한시라도 빨리 오늘이 지나가 버렸으면 하는 마음뿐이다.

"가서 눈 좀 붙여요." 도리스가 말한다. "좀 쉬어야겠어요."

"괜찮아요. 나가서 제인이 오나 볼게요." 도리스는 장례식장으
로 양복을 가져가겠다고 약속한 뒤 부엌으로 들어간다.

차메인은 현관 앞 계단에 앉아 제인을 기다리고 있다. 거스의

옷을 고르면서 생각한 건데, 차메인은 장례식에 입고 갈 치마도, 정장바지도 없다. 간호사복과 청바지가 전부다. 신발이라고는 굽 높은 간호사화와 낡은 운동화 하나가 전부다. 차메인은 발을 내려다본다. 산책을 하고 오느라 신발이 진흙투성이인데다가 엄지발톱 옆에 작은 구멍이 생기려는 중이다. 거스의 장례식에 입고갈 옷도 신발조차도 없다니!

거스를 잃은 슬픔이 아닌 새로운 충격이 그녀의 마음을 덮쳤다. 마치 비닐봉지를 머리에 쓰고 있는 것처럼 숨을 쉴 수가 없다. 차메인은 그대로 자리에서 일어나 집안으로 뛰어 들어간다. 도리스가 거스의 침대보를 벗기고 있다.

"무슨 일이예요?" 그녀의 눈에서 눈물이 흐르는 것을 보며 도리스가 깜짝 놀라 묻는다.

"저는 이제 어떡하면 좋아요?" 그녀는 하염없이 눈물을 흘리며 두 손바닥을 위로 향한 채, 그녀에겐 아무 것도 없다는 제스처를 취해 보인다.

"전 가진 게 아무 것도 없어요."

"오, 차미." 그녀는 손에 들고 있던 이불을 내려놓고 차메인에게 달려간다. 도리스는 넓고 따뜻한 품으로 그녀를 안는다. 차메인은 도리스보다 20센티는 홀쩍 넘는 키라, 그녀의 눈물이 도리스의 파마머리에 흘러내린다.

"다 괜찮을 거예요. 그가 당신을 얼마나 아꼈는데요. 그가 이미 다 해결해놨어요."

차메인은 여전히 그녀의 말을 이해하지 못한 채 울고만 있다. "이젠 돌아가셨잖아요."

"차미." 도리스는 한 발짝 떼어 그녀를 올려다보며 말한다. "그가 당신 이름으로 모든 걸 다 남겨뒀대요. 직접 들은 이야기 예요. 집이며, 지금까지 모은 돈과 생명보험도 당신 앞으로 해놨 대요." 도리스는 다시 그녀를 품에 꼭 안는다. 차메인은 잠시나 마 자신을 안고 있는 그녀가 엄마인 것처럼 느껴진다.

둘은 현관문에 노크하는 소리를 듣는다. 제인이 도착한 것이 다. "제가 나갈게요." 도리스는 붉은 눈시울을 닦으며 말한다. "가서 세수하고 가방 챙겨요." 차메인은 거스의 침실과 연결된 화장실로 들어가 차가운 물을 튼다. 그녀는 도리스가 해준 말을 믿을 수가 없어 거울을 바라본다. 얼굴은 울긋불긋한데다가 두 눈은 퉁퉁 부어있다. 찬 물을 얼굴에 끼얹자 한결 마음이 가라앉 는다. 그녀는 아직 나갈 준비가 되어 있지 않아 시간을 벌고자 약통이 들어 있는 선반을 연다. 제인에게 이런 모습을 보여주고 싶지 않다. 항상 자신에게 용감하고 강하다고 칭찬해주었기 때 문이다. 제인을 실망시키고 싶지 않다.

선반 안에는 면도칼과 셰이빙 크림, 칫솔과 면봉이 들어 있다. 또한 처방받은 약통과 일회용 밴드, 손톱깎이도 있다. 2년 전 크 리스마스 때 내가 선물한 향수도 들어있다. 그녀는 조심스럽게 병을 들어 뚜껑을 연다. 거스의 향기다. 그가 죽어갈 때 났던 냄새가 아닌, 샴푸 향과 이 향수 냄새가 섞이면 거스의 냄새가 된다. 그녀는 미소를 짓는다. 그의 냄새를 기억하고 싶다. 그녀는 뚜껑을 닫고 향수병을 얼굴에 가져다 댄다. 다시 거실로 나갈까 하다가 걸음을 멈추고 다시 화장실로 들어간다. 그녀는 샤워기 옆에 놓인 풋사과향이 나는 거스의 싸구려 샴푸를 집어 올린다. 그의 기억이 담긴 두 가지의 향기를 들고 제인을 만나러 나간다. 다시 이 집에 돌아올 수 있을지 모르겠다.

 차메인

거스의 장례식은 견디기 힘들 정도로 가슴 아픈 동시에 매우 평온했다. 차메인은 새로 산 드레스와 하이힐을 신은 자신이 우스꽝스럽기도 했다. 물론 거스에게 이 모든 것에 대해 감사하는 마음으로 잘 차려입은 모습을 보여주고 싶기도 했지만, 드레스도 잘 안 맞고, 익숙하지 않은 하이힐 때문에 발목이 자꾸 꺾이려 한다. 그녀는 아무도 보지 않을 때 신발을 벗어놓고 붉은 카펫에 발가락을 문지른다.

제인과 도리스가 차메인과 함께 맨 앞줄에 앉았다. 이렇게 많은 사람들이 거스에게 이별인사를 하러올 줄은 몰랐다. 수십 명의 소방관 친구들이 눈물을 훔치며 자리에 앉아있다.

맨 뒷줄에 리안이 혼자 앉아 있는 모습이 보인다. 염치없이 거스의 장례식장에 나타날 생각을 하다니, 기분이 상했지만 곧 그런 감정도 사그라든다. 짧은 검은 드레스에 10센티쯤 되는 높은 구두를 신고 오긴 했지만 여전히 아름다워 보인다. 빙크스는 함께 오지 않았다. 거스에게 마지막 예의를 지키기 위해 남자를 데려오지 않은 것에 짐짓 놀랄 따름이다. 늘 남자와 동행해서 다니던 리안인데, 이렇게 혼자 있는 모습을 보자 훨씬 작고 초라해 보인다. 앞줄에 와서 옆에 앉아줬으면, 그녀가 내 어깨에 팔을 두르고 위로의 말을 해줬으면 하고 바래본다.

하지만 리안은 맨 뒷줄에, 차메인은 맨 앞줄에 앉아있다. 신부님이 거스에 관한 재미있는 이야기를 들려주자 모두들 눈물 속에서도 미소를 짓고 있다. 거스는 한때 자유로운 영혼과도 같은 삶을 살았던 사람이었다. 자연의 일부인 것처럼. 하지만 그건 리안과 헤어지기 이전의 일이었다. 예식이 반쯤 지났을까, 리안의 울음소리가 낮게 들려온다. 차메인이 뒤를 돌아 바라보자 그녀는 손수건을 얼굴에 대고 울고 있다. 어째서 그녀는 우는 모습조차도 매력적으로 보이는 것일까.

미사가 끝나자 리안은 성당 뒤편에서 차메인을 기다리고 있다가 그녀를 안아주려 하지만, 차메인의 마음에 스쳤던 엄마에 대한 연민은 벌써 수그러든 상태다. 차메인은 그대로 그녀를 무시하고 지나친다. 리안은 거스의 유언장에 혹시 자기 이름이 있는지를 묻는다.

"저는 아는 바가 없어요." 차메인은 이렇게 말하고 밖으로 걸어 나간다. 구름이 낀 쌀쌀한 날씨다. 거스의 장례식이 다 끝나기 전까지 비가 오지 않기를 바란다.

리안이 그녀의 뒤를 좇아 계단으로 내려간다. "네 오빠 말인데…." 이 말을 듣자 차메인은 크리스토퍼의 얼굴을 찾아 고개를 갸웃거린다.

"여기 왔어요?" 걱정스러운 마음은 숨긴 채 차메인이 묻는다. 그가 조슈아가 살고 있는 린든폴스로 돌아온다는 것은 생각만 해도 가슴 아픈 일이다.

"아니, 전화만 왔었어." 리안은 주위를 둘러보며 이렇게 말한다. 제인과 도리스는 둘을 위해 멀찌감치 떨어져 자리를 피해주었다. 차메인은 그들이 다가와 자신을 구해주기를 마음속으로 바란다. "네 이야기를 다시 하더구나. 고등학교 때 너한테 무슨 일이 있었다면서. 너무 이상했어."

"마약 때문에 헛소리를 지껄인 거겠죠." 차메인이 말하자, 리안의 얼굴이 순간 굳어진다.

"그런 목소리는 아니었어." 그녀는 이렇게 말하고는 다시 주제를 바꾼다. "거스가 집을 어떻게 하겠다는 이야기는 안 하던?"

"아까 말했잖아요. 아는 바 없다고요." 차메인이 참다못해 신경질적으로 내뱉는다. 너무 많이 울어서 머리가 아파온다. 그녀로부터 멀리 떨어져있고만 싶다.

리안은 그녀의 귀에 대고 경고조로 말한다. "거스가 널 집에 들인 이유는 단 하나뿐이야. 그러면 내가 돌아갈 거라 생각한 거지." 그녀는 이렇게 속삭이며 회심의 미소를 짓는다.

차메인은 그녀의 화를 돋우려면 되도록 차분하게 말해야 한다는 것을 잘 알고 있다. "거스는 집과 저축한 돈을 모두 제 앞으로 남겼어요. 엄마에게는 뭘 남겼을까요?" 그녀는 잠시 뜸을 들인다. "전혀요. 엄마 앞으로 남긴 건 땡전 한 푼 없어요."

리안의 입술이 움찔거린다. "난 네 엄마야. 어쩜 내게 그런 식으로 말을 할 수 있니?"

거스에게 마지막 인사를 마치고 나온 사람들이 차메인과 리안 사이로 걸어온다. 그들은 차메인을 번갈아 안아주며, 거스가 그녀를 얼마나 자랑스러워했는지, 똑똑한 그녀가 이제 곧 세상에 나가서 훌륭한 간호사가 될 거라고 얼마나 입이 마르게 칭찬을 했는지를 전한다. 차메인은 다시 흐느껴 울기 시작한다. 리안이 뻔뻔스럽게도 사람들 사이를 파고들어와 그녀의 어깨에 손을 얹는다. "쉬, 차미. 괜찮아." 하며 차메인을 안아준다. 차메인이 눈물을 닦고 고개를 들어 리안을 보자, 그녀는 주변 사람들을 바라보고 있다.

차메인은 그대로 리안의 손길을 뿌리치고 제인에게 다가가 묻는다. "묘지까지 태워주실 수 있어요?"

거스를 묘지에 묻은 뒤, 리안이 다시 차메인에게 다가온다. 이번엔 빙크스와 동행이다.

"차밍 공주님." 빙크스가 다가오며 농담을 한다. "그, 거스 일은 유감이구나."

"감사해요." 둘 다 빨리 사라지기만을 바라며 차메인이 답한다.

"네 이름은 누가 지어줬니?" 그가 묻는다.

"엄마한테 물어보세요. 엄마가 지었으니까요." 그래도 무례하게 굴 수는 없어 간신히 대답한다.

"네가 엄마의 행운의 여신이잖니." 리안은 담배와 라이터를 꺼내며 이렇게 말한다.

"엄마, 여기에서 그러면 안 되죠." 차메인이 나무란다. "장례식장까지 와서 무슨 짓이에요."

리안은 그녀의 말을 무시한 채 입가에서 담배 연기를 내뿜는다. "네가 태어나고 나면 모든 게 다 잘 될 줄 알았단다. 결혼도하고, 집도 생기고…. 당분간은 괜찮았지." 리안은 어깨를 으쓱한다. 차메인이 어렸을 때, 리안은 늘 웃었으며 돈이 있건 없건, 음식이 있건 없건 별로 걱정하지 않았다. 재미있는 엄마였을지는 몰라도, 좋은 엄마는 아니었다. 리안은 마치 아스피린이 목에걸린 것처럼 웃고 있다. "그러다 내 운이 바닥에 달했지."

"뭐야, 그럼 내가 바닥이란 거야?" 빙크스가 속상한 듯 묻는다.

"아니에요." 리안이 그에게 말한다. "그저, 이젠 내 집이 없다는 뜻이죠. 내 집이 있던 시절이 그리워요."

"그럼 그냥 친아빠랑 살지 그랬어요? 친아빠도 집이 있고, 후안도 집이 있었고, 레스란 남자도 집이 있었잖아요. 거스도 마찬가지고요." 참다못해 차메인이 다시 성난 목소리로 내뱉는다. 다른 이들은 모두 떠나고 제인만이 차에 앉아 그녀를 기다리고 있다.

"차미, 네 아빠와 살 수 없었다는 건 너도 잘 알잖니."

리안이 불평하듯 대답한다. "그인 바람도 폈고, 네 오빠도 때렸단다." 차메인은 황당할 따름이다. 리안은 항상 논점에서 벗어난 이야기만 한다.

"후안이라는 남자랑도 사귀었었어?" 빙크스가 믿지 못하겠다는 듯 묻는다.

"좋은 사람이었죠." 차메인이 대신 짧게 대답한다.

"문화적 차이를 이해하지 못하는 사람이었어." 리안이 손을 저으며 6개월이나 동거했던 시간을 날려 보낸다.

"그 문화적 차이란 게 엄마가 다른 남자랑 바람피웠다는 거잖아요." 차메인은 퉁명스럽게 한 마디를 던지고는 홱하고 돌아서 제인을 향해 걸음을 내딛는다.

"야, 입 조심해!" 그녀는 차메인의 뒤를 따라온다.

"이봐, 이봐." 빙크스는 둘을 진정시키려 끼어든다. "둘 다 힘든 날이어서 그래." 그가 리안에게 손을 내밀자, 리안의 감정도 수그러드는 것 같다.

"엄마랑 싸우고 싶은 생각 없어요." 차메인은 두 눈을 비빈다.

"나도 그럴 생각은 아니었어." 리안이 걱정스러운 표정으로 그녀에게 묻는다. "피곤하겠구나. 오늘 거스 집에서 잘 거니?"

"아뇨. 오늘은 제인네 집으로 가서 잘 거예요." 차메인이 답한다. "나중에 다시 얘기해요."

리안이 다가와 차메인을 짧게 포옹하자, 빙크스가 그녀의 등을 토닥인다. 차메인이 제인의 차 쪽으로 걸어가는데 뒤에서 리안이 한 마디 던진다. "며칠 전에 누가 전화했었다. 너랑 고등학교를 같이 다녔다던데." 차메인은 화가 치민 얼굴로 고개를 돌려 그녀를 바라본다.

"엄마, 나중에 얘기하면 안 돼요? 빨리 여기에서 나가고 싶어요."

"앨리슨 글렌이라는 애던데. 다시 이 동네로 이사 왔다면서, 너랑 만나고 싶다더구나. 이름은 들은 기억이 나는데, 얼굴은 기억이 안 나더라. 네 친구니?"

리안과 빙크스로부터 되도록 멀리 떨어지고 싶은데, 수십 개의 공동묘지를 지나, 거스의 관 위에 쌓인 외로운 한 줌의 흙더미를 지나, 이곳에서 멀리 떠나고만 싶은데, 차메인의 발은 순간 바닥에 붙어버렸다. 한 발자국도 움직일 수가 없다. 불편한 하이힐을 신고 입을 벌린 채, 리안의 얼굴을 바라본다.

"너 괜찮니?" 리안이 미심쩍은 눈으로 묻는다. "표정이 왜 그래? 누군지 기억나니?"

이제 모든 것이 제자리를 찾는 것처럼 맞아 돌아간다. 북엔즈

의 창가에서 보았던 그녀 앨리슨 글렌, 살아 있는 자기 딸을 강
에 버리고 쌍둥이 아들마저 내다버린 그녀가 감옥에서 나와, 다
시 이곳 린든폴스로 와서 조슈아를 찾아낸 것이다.

 브린

아빠가 있는 병원으로 가기 위해, 앨리슨을 보러 가기 위해, 짐을 싸면서 이게 잘하는 짓인가 의문이 든다. 우여곡절 끝에 엄마와도 통화를 했다. 평소와는 달리 이제 어찌해야 할지 갈피를 잡지 못하는 것 같았다. 그러다가 할머니와 함께 가서 아빠를 간호해야 하지 않겠냐고 묻자, 옛날 엄마의 모습이 돌아왔다.

"그 여자가 이곳으로 오는 일은 용납 못한다." 엄마는 차갑게 대답했다.

"하지만 엄마, 아빠 할머니 아들이잖아요…." 이렇게 말하며 그녀를 설득해보지만 곧 단념해야 했다. 할머니는 한때 엄마가 아빠를 사랑하는 것이 확실한지 의구심을 가진 적이 있었는데, 그 뒤로 우리 집에 영원히 발을 들여놓을 수 없었다.

다시 집으로 돌아가고 싶은 생각은 추호도 없다. 이곳에 계속 남아있을 구실을 만들어야 한다. 수업도 이틀이나 빠져야 하고, 내가 키우는 동물들도 돌봐줄 사람도 필요하다.

"가보렴." 할머니의 말씀이다. "가서 네 아빠 잘 보살펴드리고, 혹 네 엄마가 좋아하건 말건 내가 가봐야 하는 건 아닌지 알아봐주렴. 늙은 개나 벼룩물린 고양이는 내가 보살필 수 있어. 하지만 설치류 녀석이랑 새한테는 물과 모이를 주는 것 외에는 기대도 마라." 그녀가 농담조로 이야기한다. "난 그 녀석들 못 만진다."

떠나기 전, 나는 할머니를 잠시 안아드린다. 뉴에므리를 잠시 떠나는 것도 나쁜 생각은 아닌 것 같다. 미시는 여전히 나를 무시하고 있으며, 예전처럼 사람들이 나를 위아래로 훑어보며 소곤대는 걸 참는 게 힘이 든다. 나는 다시 한 번 살인자 언니의 동생으로 살고 있는 것이다. 밤에도 잠을 제대로 못 이루다가 냉장고 앞을 서성이면서 알코올의 힘에 기대야 할지 갈등에 빠져 살고 있는 형편이니까.

"마일로 데려가도 돼요? 내가 없으면 힘들어 할 텐데." 내가 묻는다.

"무슨 소리. 걱정 말거라. 나도 외롭지 않고 좋으니까. 우리 모두 다 네가 보고 싶을 게다. 하지만 네 언니를 다시 만나게 될 테니, 잘된 일 아니니. 처음부터 새로운 마음으로 말이다."

"저도 할머니가 보고 싶을 거예요. 일요일까지는 돌아올게요." 이렇게 말한 뒤 나는 그녀의 뺨에 키스한다.

"약 먹는 거 잊지 말고." 그녀가 다시 한 번 내게 상기시킨다.

나는 문 밖으로 나가기 전에 마일로를 한 번 꼭 껴안아준다.

린든폴스에 가까워질수록, 내 심장은 더 세게 뛰기 시작한다. 고속도로 옆으로 드루이드 강이 지나간다. 속도를 내면 낼수록 여자아이의 시체가 강을 따라, 내 차의 속도에 맞춰 나를 따라오려는 것만 같다. 아기의 환영보다 더 빨리 달리기 위해 엑셀을 끝까지 밟아보지만, 소용없다는 것을 나도 알고 있다. 어부가 발견한 아기의 사체는 부모님이 처리했다고 했다. 비록 그게 무슨 뜻인지는 정확히 모르지만, 장례식도, 묘지에 매장하는 일도 없었다. 그 애를 어떻게 한 걸까? 묻고 싶지만, 우리는 한 번도 그때의 사건에 대한 것은 물론, 언니에 대해서도 일절 언급하지 않는다. 그 아기가 어디에 있건 축축하고 춥지 않게, 따뜻하게 해줬기를 바랄 뿐이다.

뒤에서 사이렌 소리가 들리더니 백미러에 경찰차가 따라오는 모습이 보인다. 속도계를 바라보니 55마일 지역에서 75마일로 달리고 있었다. 나는 속도를 줄이고 길가에 차를 세운다. 경찰은 내 신분증을 가지고는 경찰차로 돌아간다. 내 차를 수색하지 않아야 할 텐데. 내 가방 속에는 할머니가 무릎수술을 받았을 때 병원에서 처방해준 하이드로코돈 한 통이, 의자 밑에는 피치슈납스가 반쯤 든 병이 굴러다니고 있다. 밤에 잠 못 이룰 경우를 대비해서 준비해둔 것이다. 나는 그가 돌아오기를 초조하게 기다린다. 마침내 그가 다가와 내 이름을 부른다. "브린 글렌."

"네?" 내가 대답한다.

"몇 년 전 이 강에서 아기 시체가 발견되었을 때, 나도 그 현장에 있었죠." 나는 핸들에 올려진 두 손을 쳐다볼 뿐, 아무 말도 하지 않는다. "난 내 손으로 아내도 묻어보았고, 전쟁에서 어린애들이 죽는 모습도 봤고, 총을 쏴본 적도 있죠. 하지만 강둑을 이리저리 떠돌며 부딪힌 그 아기처럼 슬프고 외로운 모습은 본 적이 없소." 그의 목소리는 화난 것도, 죄를 추궁하는 것도 아닌 차분한 목소리다. 잠시 우리에게 뭔가 통하는 게 있는 건 아닌가 하고 생각한다.

맞아요, 나도 무슨 말인지 알겠어요. 나는 그의 손을 부여잡고 묻고 싶다. 당신도 밤에 눈을 감으면 그 아기가 보이나요? 꿈에서 아기가 당신을 향해 손을 뻗고는 울부짖나요? 아니, 심지어 낮에도요? 가끔은 이름도 없는 그 아기가 생각나 울고 있는 당신을 보며 사람들이 이상하게 손가락질 하며 비웃나요? 그날 밤 당신이 린든폴스에 없었더라면 당신 인생이 어떻게 달라졌을까 늘 궁금해 하나요?

그 어떤 질문도 하기 전에, 그 경찰관은 창문으로 몸을 숙여 가까이 다가온다. 시베리안 허스키와 비슷한 차가운 파란색의 눈동자가 내 눈을 바라본다. "당신 언니 감옥에서 나왔다면서? 그 미친 년. 그런 짓을 하고도 아직까지 살아있다는 걸 믿을 수가 없어. 어떻게 자기 자신을 용서할 수 있나?" 그는 200달러에 달하는 벌금이 부과된 딱지와 면허증을 내 손에 쥐어주고는 뒤도 돌아보지 않고 그대로 가버린다.

  이 마을이 싫다. 아빠만 아니었으면 다시 돌아올 일도 없었을 텐데. 아빠와 엄마를 만나리라. 앨리슨의 얼굴도 봐주리라. 그런 다음, 다시는 그들과 상종하지 않을 것이다.

 앨리슨

거트루드 하우스에서 걸어갈 수 있는 거리에 있는 식당에서 브린과 만나기로 약속했다. 약속 시간보다 20분 먼저 도착해 커피 한 잔을 시킨 다음, 클레어가 빌려준 책을 훑어본다. 하지만 책 위의 글자들은 그저 글자일 뿐 도무지 머릿속에 들어오지 않는다. 내 머릿속에는 브린이 올지 안 올지에 대한 불안감으로 가득하다. 별안간 그녀의 목소리가 공기 중에 퍼진다. "앨리슨 언니?"

고개를 들자 예전 모습 그대로다. 작은 키에 흐트러진 짙은 갈색 머리. 발끝까지 검은 색으로 평범하게 차려 입었다. 투명한 피부에 짙은 아이섀도우가 대조를 이룬다. 그녀는 입술을 깨물며 무표정한 얼굴이다.

"브린." 나는 일어나, 그녀를 꼭 껴안는다. 그녀는 마치 새처럼 너무도 말라, 뼈가 그대로 느껴질 정도다. "다시 봐서 너무 반갑다. 와줘서 고마워." 딱딱한 말밖에 나오질 않는다. 그저 내 동생 브린일 뿐인데.

그녀는 아무런 대답이 없이, 몸을 빼고는 맞은편에 앉는다. 나는 무슨 말을 해야 할지 갈피를 잡지 못한 채 그대로 자리에 주저앉는다. 고맙게도 종업원이 나타나 브린에게 주문을 받는다. "홍차 주세요. 디카페인으로요." 그녀는 이렇게 주문한 뒤 내게 설명한다. "카페인을 마시면 잠이 안 오거든."

"다른 건 먹고 싶은 거 없니?" 내가 묻는다.

"아니, 괜찮아." 그녀의 눈은 초조하게 식당 구석구석을 살피면서도, 내겐 눈길 한 번 주지 않는다.

"너무 긴장되는 거 있지." 나는 무안하게 웃으며 이렇게 말한다. "드디어 널 만났는데, 무슨 말을 해야 할지 모르겠네. 하고 싶은 말이 너무 많은데, 어떻게 해야 할지 모르겠어."

"그런 일은 또 처음이네." 그녀가 냅킨을 집어 들며 말한다. "언니가 뭘 어떻게 해야 할지 모른다는 거 말이야." 감정이 섞인 어투는 아니었지만, 그래도 그녀의 말이 가슴에 꽂힌다.

"아빠는 만나봤니?" 내가 묻는다.

그녀는 고개를 끄덕인다. "상태는 안 좋지만, 그래도 의사 말로는 괜찮을 거래." 우리는 말을 잇지 못하고 그대로 앉아있는다. 브린은 어서 빨리 이곳에서 벗어나고 싶은 눈치다.

"미안해. 정말 미안해." 내가 말한다.

"그 이야긴 했잖아." 그녀는 이렇게 말한 뒤 냅킨을 작게 찢기 시작한다.

"편지에도 썼고, 전화로도 하긴 했지만, 네 얼굴을 보고 말하진 못했잖아." 브린은 계속해서 냅킨을 찢고 또 찢는다. "브린, 제발 내 눈 좀 봐줘." 나는 상체를 숙여 그녀의 얼굴을 들여다본다. 브린은 고개를 들어 무표정하고도 딱딱한 눈으로 나를 쳐다본다.

"브린, 너를 그런 상황에까지 몰고 간 거 정말 내 잘못이야. 너무 미안해. 그러면 안 된다는 걸 알면서도 내가 벌인 실수에 널 끌어들여서 미안해. 이미 다 엎질러진 물이라 어쩔 수 없다는 건 알지만, 그래도 네가 날 도와주지 않았으면, 혼자선 못 했을 거야."

브린의 얼굴은 더욱 딱딱하게 굳어 버렸다. 아직 그 날 사건에 대해 자세히 이야기할 준비가 되어 있지 않았다. "어쨌건, 정말 미안해. 그리고 나와 줘서 고마워." 나는 이것으로 말을 마친다. "학교 이야기 좀 해줘. 듣고 싶어."

"엄마 걱정하시기 전에 가봐야 해."

브린은 시계를 바라보며 이렇게 말한다.

"아, 집으로 가는 거야?" 이렇게 묻는 내 목소리에는 속상함이 묻어져 나온다. "엄마가 집에 있어도 된대?"

"달리 갈 데가 있어야지." 브린은 자리에서 일어나며 쏘아붙인다. "갈 곳도 없어. 내일까지만 있을 거야. 다시 할머니한테로 가야해."

"벌써 가는 거야?" 나는 서운한 마음을 감출 길이 없다. "방금 왔잖아."

"피곤해. 가서 잘래." 눈 밑에는 다크서클이 보이고, 연신 손으로 하품하는 모습을 가린다.

테이블에 지폐를 몇 장 내려놓고, 브린과 함께 밖으로 나오자 밤공기가 싸늘하다.

"그 애 얘긴 해줄 거야, 말 거야?" 그녀가 갑자기 묻는다.

"그것 때문에 보자고 한 거 아냐? 아빠 일은 신경도 안 쓰잖아. 그 남자애를 만났다는 이야기하려고 보자고 한 거잖아."

"그렇지 않아. 나도 아빠가 걱정돼." 볼멘소리로 내가 대답한다.

"거짓말 좀 그만 해." 브린이 화를 내며 말한다. "나는 엄마 아빠 집으로 가는데, 언닌 복귀시설에 갇혀 있는 게 싫은 거겠지. 언니가 아닌 내가 이제 잘 지내고 있다는 게, 엄마 아빠가 날 자랑스러워 한다는 게 참을 수 없을 정도로 싫겠지…."

"널 자랑스러워한다고? 엄마 아빤 너도 이미 지워버린 지 오래야. 날 지워버린 것처럼. 아직 집에 안 가봤니?" 브린의 얼굴이 일그러진다. 여기에서 그만둬야 한다는 건 알지만 내 입에서는 계속 그 애에게 상처를 주는 말들이 쏟아져 나온다. "엄마 아빠가 네 사진도 모두 치워버렸다는 건 아니? 내 사진뿐만 아니라 네 것도 마찬가지야."

"그러거나 말거나." 브린은 아무렇지도 않다는 듯 이렇게 말하지만, 내 말 때문에 그 애의 마음은 이미 상처를 입었을 것이다.

"브린, 미안해." 나는 브린의 소매를 잡으려고 하지만, 그녀는 내 팔을 뿌리친다. 순간 그 애의 팔에 난 긴 붉은 줄이 눈에 띈다.

"미안하다고?" 그녀는 믿지 못하겠다는 투로 외친다. "밤마다 눈만 감으면 내 눈에 뭐가 보이는지 알아?"

"브린. 나도 알아. 나도 그 애가 보여."

"과연 그럴까?" 브린이 낮고 떨리는 음성으로 묻는다. "아닐 텐데? 그런데 이제 그 남자애를 만나보자고? 또 다시 내게 그 일을 겪게 하고 싶은 거야?" 브린은 세차게 고개를 가로젓는다.

"난, 그저….." 나는 머뭇머뭇한다. "조슈아에 대해 말해주고 싶었어. 그 앨 네게 보여주고 싶었다고."

"그래서 뭘 어쩔 건데?" 브린은 차로 걸어가면서 날카롭게 나를 향해 묻는다.

"난 그저 내가 어떻게 하면 좋을지 네게 조언을 구하고 싶었어."

"생각 좀 해봐, 앨리슨." 그녀는 발걸음을 멈추며 말한다.

"단 한 가지밖에 더 있어?"

나는 그녀의 말투에, 그녀의 말투에 묻어있는 자신감에 순간 깜짝 놀란다. 브린은 변해있었다. 5년 전만 해도 매사에 확신이 없던 그녀였다. "네가 알고 있다니 다행이다. 난 모르겠거든."

내가 덧붙인다.

"행복해 보여?" 그녀가 묻는다.

"그런 것 같아." 내가 답한다.

"부모들도 잘 해주고? 안전하게 잘 있어?"

"정말 좋은 사람들 같아." 내가 말한다.

"그럼 됐지, 뭐가 그렇게 복잡해?" 그녀는 주머니에서 자동차 열쇠를 꺼낸다. "행복하겠다, 안전하겠다, 부모도 훌륭하겠다. 왜 그걸 망치려고 하는데?"

"그런 거 아냐. 망치려는 게 아니라, 그곳에서 일하는 걸 그만둬야 할지 말지를 모르겠어."

"그럼 거기 계속 있겠다는 거야? 그 애의 삶에 관여하겠다고? 그래서 좋을 게 뭔데?" 그녀는 두 손을 허리에 올린 채 내 얼굴을 바라본다. "그건 너무 자기중심적인 거 아냐?"

"자기중심적이라고?" 나는 그녀의 반응에 놀라 고개를 가로젓는다. "브린, 내게 단점이 많다는 건 알지만, 어떻게 나한테 자기중심적이라고 할 수 있니? 네가 힘들 때마다 내가 얼마나 열심히 도와줬는지 기억 안 나?" 내 목소리가 커지자 지나가던 사람들이 흘낏거리기 시작한다. 나는 다시 목소리를 낮춘다. "그저 그 애가 잘 지내는지 확인하고 싶을 뿐이야. 어떻게 살고 있는지. 넌 궁금하지도 않아? 전혀?" 브린은 여전히 내 의도를 이해하지 못한다는 표정이다. "그냥 한 번만 와서 봐줘. 내일 오후나 저녁에 한 번 와봐. 그러면 너도 훨씬 좋아질 거야. 정말이야."

브린은 한참동안 내 얼굴을 바라본다. "내일 가서 한 번 볼게. 하지만 그걸로 끝이야. 또 다시 이 일에 말려들고 싶은 생각 없어."

"고마워." 다시 한 번 브린을 안아보고 싶지만, 마음을 바꾼다. "내일 보자. 나와 줘서 정말 고마워."

"글쎄, 그건 두고 봐야 알겠지." 그녀는 내게 등을 돌리고 떠난다.

브린이 왜 저렇게 차갑게 변한 걸까? 삶이 그녀를 이렇게 바꿔놓은 걸까? 내가 무슨 잘못을 한 것일까?

"마우시 기억나?" 그 애의 등에 대고 내가 묻자, 그녀는 발걸음만 멈춘 채 고개도 돌리지 않는다. 그녀는 한참을 그렇게 가만히 서 있더니 내 얼굴을 바라본다.

"응." 브린이 말한다. "기억나."

브린

　당연히 기억난다. 고개를 돌린 건 어리석은 결정이었다. 하지만 마우시는, 내가 길렀다고 말할 순 없겠지만, 나에게는 애완동물이나 다름없었다. 아빠는 가끔 지방으로 출장을 갔다가 돌아오실 때 여행용 샴푸와 로션, 작은 비누 등을 챙겨오곤 하셨다. 아마 내가 네 살 때쯤이었을 것이다. 아빠가 가져오신 비누를 발견하고 너무나 귀여워 주머니에 넣고 다니며 치즈 조각을 잘라주는 척 했었다. 그 비누에게 마우시라는 이름도 붙여주었고, 가는 곳마다 데리고 다녔다. 밤에 잘 때도 같이 잤으며, 낮에 놀 때도 갖고 다녔다. 엄마는 이런 나를 보며 한심하다는 듯 바라보며 식탁에서 비누를 치우라고 하셨고, 아빠는 가끔 마우시를 들고 씻으러 가는 척하셨다.

　그때 5살이었던 앨리슨은 마우시에 대한 나의 애착을 진지하게 받아들여줬다. 마우시를 위해 신발상자로 침대를 만드는 것도 도와주었고, 그 옆에는 생쥐 사진과 치즈 조각을 붙여 꾸며주기도 했다. 아빠가 샤워하러 갈 때 몰래 마우시를 가져가는 척하려 할 때마다, 언니는 그의 앞을 가로막고는 저리 가라고 소리치기도 했다.

하지만 언니는 점점 자라면서 금발 소녀가 되었고, 모든 것이든 척척 잘해내는, 더 이상 평범한 여동생이 필요 없는 사람이되었다. 앨리슨이 아직도 마우시를 기억한다는 데에 놀랐고, 나를 다시 필요로 한다는 데에 다시 한 번 놀랐다. 앨리슨이 변한걸지도 모른다. 어쩌면 정말 순수한 의도에서 나를 부른 것일지도 모른다. 이제 모든 것이 제자리를 찾을 때가 된 것일지도 모르는 일이다.

그러다가 내일 서점에서 만날 남자아이를 생각하자, 그리고그 애의 누나가 될 수도 있었을 그 아기를 생각하자, 다시 피부에서 무언가 간지럽게 돋아 오르는 것처럼 느껴진다. 아무리 긁어도 이 느낌은 지워버릴 수가 없다. 다시 아기의 울음소리가 들려와 나는 두 손으로 귀를 막는다. 하지만 사람들이 또 이런 나를 쳐다보기 시작한다. 나는 그대로 차에 올라탄다.

 앨리슨

출소 후, 브린과의 첫 만남은 내 예상과 달리 순조롭게 진행된 것 같다. 내게 소리를 지르거나 도망가지 않았으니까. 그러나 내가 기억했던 예전의 모습과는 전혀 다른 것 같다. 더 딱딱하고, 화나 보인다. 물론 그런 그녀를 비난할 순 없다. 다 내 잘못이니까. 하지만 뭔가 이해가지 않는 부분이 있다. 자기 냅킨을 계속 찢더니 내 냅킨까지 가져가 찢는 것이라든지, 이따금씩 초조하게 어깨 뒤로 고개를 돌린다거나, 마치 누군가 귀에 대고 속삭이는 것처럼 고개를 갸우뚱하는 것 등. 할머니에게 전화를 걸어서 물어볼까 하다가, 괜히 내가 과민 반응하는 것 같아 그만둔다. 내가 그 애를 다 알고 있다고 생각하는 건 착각인 것 같다. 벌써 5년이나 흘렀고, 사람은 다 변하기 마련 아닌가. 나마저도 변했으니까. 내일 조슈아와 클레어와 만날 때 좀 더 지켜봐야겠다.

브린에게 시간을 줘야 한다는 건 알지만, 그래도 차츰 나아질 것이라고 믿고 싶다. 새롭게 다시 시작하는 것, 우리는 새 출발이 필요하다. 앞으로 남은 시간 동안 다시 친구가 될 수 있을 테니까. 다시 자매가 될 수 있을 것이다.

 클레어

　노란 빛, 빨간 빛, 갈색 빛의 마른 잎들이 가로등에 몸을 비추며 바람에 흔들려 떨어지고 있다. 9월 치고는 꽤 쌀쌀한 날씨다. 무거운 먹구름이 다시 비를 쏟아낼 것처럼 보인다. 오늘 저녁엔 손님이 없을 것 같다. 9시까지 여는 게 보통이지만 오늘은 일찍 닫아볼까 생각한다. 조슈아는 아동서적코너에 앉아 레고를 쌓고 있다. 손님이 오면 그 즉시 정리하겠다고 약속해놓은 상태다. 앨리슨은 선반에서 책을 내려놓고 레몬 향기가 나는 오일로 나무를 닦는다. 그러면서 브린과 서로 머리를 마주대고 작은 소리로 조용조용 이야기를 나누고 있다. "오늘은 일찍 들어가도 괜찮아요, 앨리슨." 클레어가 이렇게 말하지만, 앨리슨은 시간에 맞춰 나가겠다고 한다.

　"일 끝난 후에 커피 마시러 가기로 했어요. 그때 남은 이야기를 해도 되니까 염려마세요." 그녀는 환하게 웃으며 클레어에게 말한다. 여동생이 서점에 들어온 이후 앨리슨은 새 사람이 된 것처럼 밝아졌다. 지난 머칠간 어두워보이던 그녀의 얼굴이 생기를 찾았다. 두 사람 사이에 뭔가 해결되지 못한 문제가 있는 것 같긴 하지만, 그래도 앨리슨에게 잘된 일인 것 같았다. 동생 브린은 어서 이곳을 떠나고 싶어 좀이 쑤시는 표정인데, 앨리슨은 그런 동생의 비유를 맞추느라 애를 쓰고 있다.

클레어는 자신의 여동생에 대한 애잔한 향수가 생기는 것 같다. 그녀와 통화를 못한 지도 너무나 오래 되었는데, 오늘 밤엔 전화를 걸어 그 동안 살던 이야기도 좀 들어봐야겠다. 그런 생각을 하다 보니, 조슈아에게도 형제나 자매가 있었더라면 참 좋겠다는 생각이 든다. 그녀는 어릴 때 여동생이 있어 즐겁고 행복한 추억들을 만들 수 있었다. 비밀을 나눌 누군가가 있다는 것, 필요할 때마다 늘 옆에 있어줄 동생이 있다는 생각에 늘 마음이 편했다. 한 번은 다른 아이를 한 명 더 입양할까 하는 생각도 해본 적 있다. 앨리슨이 여동생을 보며 이리도 들떠 있는 것을 보자, 조슈아가 혼자 있는 것이 안쓰러워 조나단에게 다시 이야기를 꺼내볼까도 싶다.

그때 정문에 달린 벨소리가 들리면서 한 사람이 들어올까 말까 망설이며 서 있는 모습이 보인다. 잠시 후 그녀가 차메인이라는 것을 알게 되었다. 촉촉하게 젖은 갈색머리를 대강 묶어 올린 차메인의 얼굴에는 수심이 가득했고, 하이힐을 신은 까만 정장 차림이다. 서점 안으로 들어선 그녀는 마치 바깥보다 안이 더 춥기라도 한 듯 재킷을 다시 꼭 여민다.

"차메인!" 클레어가 말한다. "거스 소식은 들었어요. 괜찮아요? 장례식이 오늘이었던가요? 이런, 미안해요…."

차메인은 고개를 끄덕인 뒤, 누군가를 찾는 것처럼 고개를 기웃거린다.

그리고는 앞으로 서서히 발걸음을 옮겨 서점 구석구석을 둘러본다. "앨리슨 글렌이란 여자가 여기에서 일하나요?" 그녀의 목소리는 낮고 몹시 쉬어있다.

"네, 지금 뒤에 있어요." 클레어는 그녀의 얼굴을 살펴본다. "괜찮아요? 몸이 안 좋아 보이는데." 그리고는 걱정스러운 목소리로 묻는다.

"전 괜찮아요." 차메인은 아랑곳하지 않고 이렇게 대답한다. "잠시 시간 좀 빼주실 수 있나요? 오래 걸리지 않을 거예요."

"그래요." 클레어는 다소 어리둥절한 채 대답한다. "앨리슨과 아는 사이인 줄 몰랐어요. 같은 학교 다녔어요?"

차메인은 입술 한쪽을 깨물며 머뭇거리다가 대답한다. "앨리슨과 저를… 둘 다 알고 있는 친구가 하나 있어요. 그 친구에게서 앨리슨 소식을 들었어요. 못 본 지도 오래되고 해서 이야기 좀 할까 하고 왔어요." 클레어의 관심이 뒤쪽에서 들리는 웃음소리로 쏠린다. 뒤를 돌아보려는 참에, 웃음소리가 갑자기 끊긴다.

"앨리슨, 누가 당신을 찾아왔네요." 순간 둘의 재회가 반가운 것만은 아님을 눈치 채며 클레어가 말한다. 그녀의 눈이 두 명의 얼굴을 오고간다. 셋 다 모두 몹시 놀란 상태다. 당황한 동생의 어깨에 앨리슨이 팔을 얹어 진정시키려 하고 있다.

"앨리슨?" 차메인이 입술을 지그시 깨물며 말한다. "잠시 시간 좀 내줘요."

앨리슨의 눈동자는 차메인에게서 브린에게로, 다음으로는 유아서적 코너에서 놀고 있는 조슈아에게로 향한다. 그녀의 얼굴을 순간 스치고 지나가는 것은 뭘까? 공포? 패닉? 아니, 두 가지 감정이 겹쳐진 것 같다. 브린은 당장에라도 이곳에서 달아날 것 같은 기세다.

"앨리슨?" 클레어가 질문한다. "괜찮아요?"

"네." 그녀는 고개를 위아래로 빠르게 흔들면서 당황한 듯 말한다. "그냥 좀 놀랐을 뿐이에요. 꽤 오랜만이라서요."

클레어의 얼굴은 이번에 차메인 쪽을 향한다. 그러자 그녀는 짧게 미소를 보이며 답한다. "괜찮아요, 클레어."

"그렇다면." 클레어는 이 말을 신뢰하는 표정은 아니지만 자리를 비켜준다. "그럼 저는 조슈아랑 뒤쪽 창고에 가 있을게요. 브린, 같이 갈래요?" 브린은 작은 소리로 그러겠다고 대답한다. 그들은 조슈아가 레고 블록으로 대포와 모든 것을 갖춘 해적선을 짓고 있는 쪽으로 걸어간다. 둘은 서로 아무런 말없이 조슈아의 옆에 자리를 잡고 앉는다.

"비가 멈춘 것 같네요. 나가서 이야기해요."

앨리슨이 차메인에게 말하는 소리가 들려온다.

 브린

  상황이 안 좋은 쪽으로 돌아갈 것임에 분명하다. 내가 아직도 여기에 있다니, 결코 다시는 볼일이 없을 거라 생각했던 언니와 함께, 아니 보고 싶지 않았던 언니와 함께 린든폴스의 서점에서 내가 지금 뭘 하고 있는 걸까.

  그건 그렇고, 여기 조슈아의 양어머니는 아무 것도 모르고 있다. 자신의 삶에 어떤 독사 같은 사람을 끌어들였는지도 모른 채 이렇게 천진난만하게 언니를 믿고 있다니. 내가 사실을 밝힌다면 클레어가 어떻게 나올까? "당신 아들을 낳은 여자가 바로 당신 눈앞에 있어요. 자기 아기를 물에 빠뜨린 여자가, 아기를 소방서에 버린 여자가 바로 여기 있다고요." 이런 상황에서 클레어에 대한 연민을 품고도 싶지만, 내 마음은 쉽사리 그런 감정을 허락하지 않는다.

  앨리슨 언니는 자신의 임신사실을 감쪽같이 숨겼다. 키도 크고 늘 헐렁한 옷을 입고 다녔기 때문에 가능했던 것 같다. 보통 아줌마들처럼 볼링공을 배에 넣고 다니는 것처럼 보이지도 않았고, 체중이 온몸에 골고루 분산되었다고나 할까. 언니가 내게 도움을 요청했을 때, 부모님은 아빠 업무와 관련된 자선행사에 가고 집에 없었을 때였다. 물론 나는 한달음에 언니에게 달려갔다.

언니가 다른 이들에게 구조요청을 할 때 그들이 모든 일을 제쳐두고 언니에게 달려갔다는 이유 때문만은 아니었다. 그때 언니의 목소리엔 뭔가가 있었다. 내 이름을 부르는 언니의 목소리에, 뭔가가 평소와는 다른 것이 느껴졌다.

그러나 언니가 두 번째로 내 이름을 불렀을 때는 뭔가가 크게 잘못되고 있다고 확신했다. 언니는 고통으로 신음하고 있었다. 나는 부엌에 있다가 소리를 듣고 계단을 올라가 언니의 침대로 달려갔다. 언니 방문은 활짝 열려 있었고, 언니는 문간에 몸을 기댄 채 무릎을 꿇고 있었다. 고개를 앞으로 푹 수그리고 있어서 풀어진 머리카락이 얼굴을 가리고 있었다. 평소에 주로 입던 헐렁한 티셔츠와 체육복 바지 차림이었다. 티셔츠의 목둘레는 땀으로 얼룩져 있었다.

"왜 그래, 언니?" 나는 언니에게로 달려가 무릎을 꿇고 물었다. "세상에! 언니, 어디 다친 거야? 다쳤어?" 다급한 목소리로 외치며 내가 물었다. 하지만 언니는 대답하지 않았다. 할 수가 없었던 것이다. 크나큰 통증이 폭풍처럼 몰아치는 듯 했다. 터져 나오려는 신음을 꾹 참으려 문지방을 꽉 쥔 두 손이 떨렸다. 얼마 후, 언니는 고개를 푹 떨어뜨린 채 희미한 소리로 흐느껴 울기 시작했다.

"언니, 어디가 아픈 거야? 어서 말해봐." 나는 급히 자리에서 일어났다. "안 되겠어, 언니. 엄마 아빠한테 전화할게." 나는 이렇게 말하고 언니의 핸드폰을 가지러 가려고 몸을 틀었다.

"안 돼!" 언니가 다급한 목소리로 외쳤다. 그리고는 힘들게 자리에서 일어나 내 앞을 가로막았다. 그런 통증을 겪으면서도 절대로 지려 하지 않았다. "안 돼!" 이번엔 부탁하는 목소리로 변했다. "제발, 브린. 날 도와줘…" 언니는 말을 채 끝마치기도 전에 내 발치로 고꾸라졌다. 그때 내 발에 언니의 배가 느껴졌다. 뭉글뭉글하면서도 단단한 언니의 배가. 순간 나는 깜짝 놀라 움찔했다.

"언니? 이거…" 나는 조심스럽게 언니 배에 손가락을 가져다 댔다. 그리고는 티셔츠를 조심스럽게 벗겼다. 그러자 작지만 부풀어 오른 배가 드러났다.

어째서 이걸 몰랐을까? 어떻게 부모님마저도 이 사실을 몰랐던 걸까? 그들은 절대 쉽게 속여 넘길 수 있는 타입의 사람들이 아니다. 하지만 믿을 수 없을 만큼 자기중심적인 사람들이었다. 언니와 나는 그들이 기대했던 자식들이 아니었다. 내가 절대로 그들이 원하는 아이가 될 수 없다는 것을 그들은 일찍 깨달았다. 하지만 언니는, 언니는 모든 것을 완벽하게 해냈지 않은가. 물론 그 한 가지 어리석은 실수를 하기 전까지 말이다. 이제 부모님에게 언니는 존재하지도 않는 사람이나 마찬가지가 되었다.

언니를 삶에서 내쫓을 자격이 있는 사람이 있다면, 그건 바로 나다. 언닌 자신의 비밀과 거짓 속으로 나를 끌어들였고, 그 뒤로 나는 언니가 만든 거짓 속에서 허우적거리고 있다. 언니 때문에 신발을 신은 채로 빠져버렸던 진흙탕 속에 다시 한 번 발을 담근 지금, 나는 또다시 빠져나갈 수 없는 수렁에 들어오고 만 것이다. 이번엔 누가 희생의 제물이 될까? 당연히 조슈아다. 앨리슨과 차메인이 만난 이상, 그 애의 삶은 결코 예전과 똑같을 수 없다. 어쩌면 내가 이 아이를 지킬 수 있을지도 모른다. 언니도 그 아이를 지키진 못했지만, 우리 부모님마저도 우리를 지켜주지 못했지만, 어쩌면 나라면 할 수 있을지도.

"무슨 일인지 가서 보고 올게요." 나는 이렇게 말하면서 일어난다. "금방 올게요." 그리고는 서점 정문 쪽으로 걸어간다. 그러나 일은 벌써 벌어진 후였다.

 앨리슨

나는 차메인과 함께 서점 밖으로 걸어 나온다. 그녀는 마치 교회에라도 다녀온 것처럼 정장 차림이다. 그러나 왠지 그녀의 얼굴은 사색이 되어있다.

"무슨 일이죠?" 차메인이 화난 목소리로 묻는다. "여기에서 뭐하자는 거예요? 감옥에 간 줄 알고 있었는데, 여기에서 일한다고요? 미쳤어요?"

"저도 처음엔 몰랐어요." 내가 설명하려 하지만, 그녀의 말은 아직 끝나지 않았다.

"조슈아의 양부모는 정말 훌륭한 분들이라고요. 그들만큼 그앨 진심으로 사랑하고, 아껴줄 사람들은 없어요. 정말로 잘 지내고 있단 말이에요. 그런데 왜 이제 와서, 그 애의 삶을 망치려는 거죠?"

"그런 생각은 추호도 없어요!" 나도 모르게 언성이 높아졌다. 나는 큰 한숨을 내쉬며 목을 가다듬었다. "몰랐어요, 저도. 어쩌다 보니 여기에서 일을 하게 되었는데, 이곳에 죠슈아가 있는 거예요. 그 애가 처음 문을 열고 들어오는 순간에야 알았어요. 크리스토퍼와 너무나도 똑같이 닮아서, 그래서 한 눈에 알아봤어요. 그 애를 마지막으로 보았을 때도 크리스토퍼랑 같이 있었잖아요."

"오빠는 조슈아를 우리에게 덩그라니 맡겨 두고 떠나 버렸어요!" 차메인이 울음을 꾹 참고 이렇게 대답한다. 그녀는 유리창 안의 서점으로 다시 눈을 돌린다. "우리가 돌보려고 했지만, 거스는 너무 아팠고… 난 그때 겨우 열다섯 살이었어요." 그녀는 눈물을 흩뿌리며 울컥 했다.

"떠났다고요?" 내가 놀라 묻는다. "크리스토퍼가 아기를 그대로 두고 떠났단 말인가요?"

차메인은 기가 막힌다는 얼굴로 대꾸한다. "이봐요. 당신은 우리 오빠가 어떤 인간인지도 모르고 사귄 거예요. 당신이 떠난 즉시, 오빠는 조슈아를 우리 손에 넘긴 채 영영 돌아오지 않았어요." 그녀의 눈물은 엷은 빗방울과 섞여 떨어진다.

그 순간 나는 말문이 막혀 버린다. 무슨 생각으로 내가 그랬던 걸까? 적어도 그가 날 사랑했다고 믿었다. 헤어지자고 한 건 나였으니까, 내가 주는 거라면 뭐든 기쁘게 받아줄 거라고 생각했다. 내 일부분이나 마찬가지인 아기였고, 그의 일부분이기도 했으니까.

"조슈아의 삶에 방해가 되고 싶은 생각은 추호도 없어요. 클레어와 조나단을 보며 조슈아가 훌륭한 부모를 둬서 다행이라고 느끼고 있을 뿐이에요. 제가 누군지 알릴 생각 따윈 절대로 없어요. 그저 왜 아이가 이들과 살고 있는지 궁금했어요." 나는 할 수 있는 한 설명해보려 노력한다.

"그래요? 이제 알았으니까 됐죠? 오빠 아기를 원하지 않았다고요." 그녀는 울음을 참느라 다음 말을 잇지 못한다. 나는 혹시 클레어가 밖으로 나오는 건 아닌지 고개를 뒤로 돌려 서점 안을 바라본다. "거스와 난, 우린 아기를 키우려고 했었어요. 정말로요. 하지만 쉽지 않았어요. 오빠도 떠나고, 당신까지 체포되었다는 말을 들었을 때, 전 더 이상 방도가 없겠다 싶어서 아이를 소방서에 두고 왔어요. 그 후, 클레어 부부가 그 아이를 입양하게 된 거구요. 그들은… 조슈아에게 더할 나위 없이 훌륭한 부모…" 차메인은 고개를 들어 내 어깨 뒤를 바라보다가 순간 말끝을 흐린다. "이런, 맙소사." 그녀가 속삭인다.

차메인의 반응을 보고, 뒤를 돌아보자 어떤 남자와 여자가 우리 쪽으로 걸어오고 있는 것이 보인다. 여자는 뭔가 말할 것이 있는 표정으로, 남자는 어쩔 수 없는 걸음으로 그녀의 뒤를 쫓고 있다. "맙소사…" 차메인은 이렇게 말하더니, "어서 자리를 피해요!" 내게 이렇게 속삭였다.

"차메인, 이야기 좀 하자." 그 여자의 목소리다. 그녀는 무언가를 손에 들고 흔들며 외치고 있다. 하이힐이 또각거리는 소리가 함께 박자를 맞춰준다.

차메인은 놀란 눈을 크게 뜨며 느린 속도로 뒷걸음질 치다가 서점 벽에 부딪힌다. "어서 가요!" 그녀가 다시 내게 작은 소리로 명령한다. 하지만 내 발은 이미 바닥에 달라붙어 버렸다.

 브린

　문 쪽으로 걸어가자 앨리슨과 차메인이 다투는 모습이 보인다. 차메인은 매우 화가 나 언니에게 무언가 쏘아붙이고 있다. 하지만 언니도 이에 질세라 반론을 펼치는 듯하다. 저럴 때 언니 말에 반항하는 것은 거의 불가능하다.

　"브린, 어서 도와줘." 그날 밤, 그녀는 내 손목을 잡고 울면서 이 말을 반복했다. "날 도와줘야 해…"

　"엄마랑 아빠는 모르서?" 나는 언니를 침대에 눕히며 물었다. 그녀는 고개를 가로젓고는 옆으로 누워 몸을 공처럼 동그랗게 말았다. 나는 언니의 비밀이 이 방밖으로 새어나가지 않게 하려고 서둘러 문을 닫아버렸다.

　"언니, 잠깐 생각 좀 해봐야겠어." 나는 언니의 얼굴을 바라보며 이렇게 말하고는 주위를 둘러보았다. 침대 이불은 축축하게 젖어 있었고, 군데군데 피로 얼룩져 있었다. "앨리슨 언니." 언니를 부른 뒤, 나는 이렇게 말했다. "우리끼리는 안 될 거 같아. 구급차를 부르자." 나는 테이블에 놓여 있는 핸드폰을 부여잡았다. 언니의 컴퓨터에는 분만과정을 묘사한 사이트가 떠 있었다. 이건 벼락치기 시험공부처럼 공부한다고 되는 게 아니잖아, 하고 나는 생각했다.

"안 돼!" 그녀가 소리쳤다. 길고 강인한 언니의 팔이 난데없이 나타나 손도 쓰기 전에 핸드폰을 가로채갔다. "아무한테도 전화하지 마. 할 수 있어. 그러니, 제발 네가 도와줘." 다시 한 번 진통이 와 그녀는 크게 신음했지만 그 와중에도 손에 쥔 핸드폰은 놓지 않았다. 아무에게도 전화하지 말라는 의지가 확고했다.

나는 그녀의 옆에 앉아 땀범벅이 된 머리카락을 쓸어내리며 물었다. "왜?" 나는 도무지 이해할 수가 없었다.

"내가 실수한 거야." 한 번의 진통이 지나간 뒤, 그녀는 힘겹게 말을 내뱉었다. "나… 그 남자랑 잤어. 그랑 자서, 임신을 해버린 거야." 그녀는 자기 자신에게 화가 난 듯 했다.

"누구? 누구랑?" 내가 물었다.

"크리스토퍼." 그녀는 입술을 바르르 떨며 힘겹게 소리를 냈다.

"누군데? 성이 뭔데?" 내가 물어도, 그녀는 대답하지 않았다. "괜찮아. 이런 일 겪는 여자애들 많아. 아기 낳아서 입양시키면 돼. 괜찮을 거야." 나는 침착하게 말하려 했지만, 이렇게 말하는 내 자신도 확신이 없었다.

"엄마가 알면 어떻게 나올 것 같니?" 그녀가 내뱉었다.

"물론 화내시겠지. 하지만 결국은 용서해주실 거야."

"그럴 리 없어!" 그녀는 말도 안 된다는 듯이 외쳤다.

"엄만 자기 아이처럼 기르거나, 나한테 기르라고 하겠지. 그럼 난 이 망할 동네에서 평생을 썩어야 한단 말야! 엄만 분명 내 삶을 망치고 말 거라고!" 그녀의 한 마디 한 마디가 점점 히스테릭해지더니 자리에서 일어나 앉아 내 눈을 똑바로 쏘아보며 외쳤다. "이 아길 없애버려야 해!"

"알았어, 알았어." 내가 달래듯 말했다. "어떻게 하면 되는지 알려줘."

그녀가 내게 도움을 요청하기 전, 아마 몇 시간 동안 혼자서 진통을 하고 있었을 것이다. 엄마 아빠가 저녁 모임에 나갈 준비를 하느라 바쁠 때, 혼자 방에 숨어서 말이다. 엄마는 앨리슨 언니 방에 노크도 없이 문을 열고 들어가서 부엌 식탁에 돈을 올려놨으니 피자나 시켜먹으라고 말하고는 문이란 문은 모두 잠그고 집을 나섰다.

그녀가 진통중인 것을 알고 15분쯤 지났을 때, 아기가 나오려 했다. 언니가 그렇게 피곤해 보인 적은 처음이었다. 창백하게 질린 하얀 얼굴에 땀에 절은 머리카락이 흘러내려왔으며, 눈을 뜨고 있는 것조차 힘겨워 보였다. 언니는 힘겹게 내 손을 잡았고, 두 다리를 심하게 떨고 있었다. "언니, 우리 병원에 전화하자. 무서워." 나는 이렇게 빌었지만, 그녀는 안 된다며, 우리끼리도 할 수 있다는 것이었다. 내가 필요할 뿐, 그 누구의 도움도 원치 않는다고 했다.

내 평생 언니에게서 그 말을 듣기를 얼마나 고대해왔는지 모른다. 아름답고, 능력 많고, 자신감에 넘치는 언니가 드디어 나를 필요로 하다니… 그늘 속에 숨어 살던 나 따위의 도움을 필요로 하다니….

"브린, 제발." 그녀는 바짝 마른 입술로 속삭였다. "제발…." 그녀의 이 말을 듣고, 나는 출산에 필요할 것 같은 모든 물건들을 모아오기 시작했다. 깨끗한 수건과 이불, 시원한 물수건, 소독용 알코올, 가위, 쓰레기봉지 등. 내가 다시 언니의 방으로 돌아갔을 때, 언니는 침대 위에서 두 무릎을 꼭 잡고 고개를 푹 숙인 채 소리쳤다. "힘줄 때가 다 됐어. 어서 힘줘야 해!" 그녀가 외쳤다. 나는 손에 들고 있던 수건을 내팽개친 채 그녀에게 달려갔다. "언니, 내가 바지 벗겨줄게." 나는 가능한 부드럽게 말했다.

"싫어!" 그녀가 외쳤다. "안 돼! 아기가 못 나오게 해줘. 제발. 브린." 그녀는 필사적으로 내게 울부짖었다. "싫단 말야. 제발 멈춰줘. 제발 멈춰줘… 으악…." 언니의 입에서는 출산 중인 아줌마들에게서나 나올 법한 원시적이고 동물적인 울부짖음이 늘려왔다. 나는 땀 때문에 다리에 붙어 버린 바지와 피 묻은 속옷을 벗겨낸 뒤 천장에 달린 선풍기를 켰다. 그리고는 물수건에 알코올을 묻혀 다리에 묻은 오물을 닦아냈다. 선풍기가 돌면서 구린 냄새가 나는 공기를 회전시키자, 그녀의 다리에 소름이 돋았다. 시원한 공기가 잠시나마 그녀에게 생기를 불어넣어주는 것 같았다. 그녀는 새하얀 손가락으로 이불을 꼭 잡으면서 아래를 내려다보았다. 제정신이 아닌 그녀의 눈동자가 나와 마주쳤고, 나는 그녀의 얼굴을 두 손으로 감싸주었다. 그러면서 상황은 역전되었다. 나는 처음으로 언니보다 강하다고 느꼈다.

창밖을 바라보는 내 뒤로 클레어의 발소리가 들려온다. 밖에서는 한 남자와 여자가 그 둘을 향해 걸어오고 있다. 남자는 50대 정도로 보이며 이마에는 큰 손수건을 매고 있고, 입고 있는 가죽 재킷의 소매에는 독수리가 수놓아져 있다. 여자는 찬 날씨에 맞지 않게 얇은 까만 드레스와 스틸레토 힐을 신고 있다. 한 손에는 무언가를 움켜쥐고 있다.

밖에서 들려오는 외침에 조슈아와 개 한 마리도 우리 쪽으로 다가온다. "무슨 일이예요?" 아이가 초조한 듯 묻는다.

"좋은 일은 아닌 것 같구나." 아이의 질문에 대답하며, 한 쪽 가슴이 아려오는 것을 느낀다. 가엾은 꼬마. 아이의 과거의 상처는 과연 누가 씻어줄까.

 차메인

리안이 다가와 차메인의 앞에 선다. 그녀의 볼에는 마스카라가 빗물에 번져 두 줄기의 검은 물이 흘러내리고 있다. 이를 보자 두렵기에 앞서 우습기까지 하다. 차메인은 애써 웃음을 삼킨다. 리안은 마치 영화 속에서나 볼 법한 좀비처럼 생겼다.

"도대체 이건 뭐니?" 리안은 차메인의 코 앞에서 사진 하나를 들고 흔들어 보인다. 순간 웃음이 죄다 날아가 버린다.

차메인은 숨이 멎는다. "이건 어디서 났어요?"

"너 애 낳았니?" 리안의 목소리는 낮고 음침하다.

"제기랄 애를 낳고도 나한테 말을 안 했던 거야?"

"엄마, 제발.." 차메인은 울부짖는다. "제발 이러지 좀 말아요!"

"이러는 게 뭔데?" 리안이 묻는다. "이 앤 누구니? 이 애 어딨어? 이거 니 애야?"

모든 것이 산산조각이 나 무너져 버리는 것만 같다. 그녀의 모든 비밀도. 그녀의 바람은 고작 조슈아를 보호하는 것뿐이었는데, 그 애에게 안전한 집을 주고 싶었을 뿐, 그 외에는 바라는 것도 없었는데, 평범한 부모 밑에서 평범하게 자라는 것뿐이었는데. 차메인은 차마 볼 수가 없어서, 한 손으로 리안이 가져온 사진을 밀쳐 버린다. "우리 집에 갔었어요?" 차메인은 믿을 수 없다는 표정으로 이렇게 묻는다. "거스 집에 가서 내 물건 뒤졌냐고요!"

"이 사진에 있는 아기는 도대체 누구야?" 리안이 다시 묻는다.

"잠시만요." 앨리슨이 둘 사이를 가로막는다. "제발요." 그녀의 눈은 서점의 유리창을 향한다. 유리창 저편에서는 브린과 클레어, 그리고 조슈아가 그들을 바라보고 있다.

"당신은 꺼져." 리안은 둘째손가락을 흔들어 보이며 앨리슨에게 말한다. 그리고는 그녀를 위아래로 훑어 본다. "난 네가 누군지 다 알아. 재수 없는 년."

"리안." 빙크스가 끼어든다.

"끼어들지 마." 리안은 그의 입을 막으며, 다시 차메인에게로 눈길을 돌린다. "오늘 오후에 크리스토퍼랑 통화했다. 너한테 아기에 대해 물어보라던데." 리안은 두 손을 허리춤에 올린 채 자기 딸을 쏘아본다. "그러니, 어서 이 아기에 대해 있는 대로 다 털어놔."

"이 사진은 어디서 났어요?" 차메인은 리안의 손에 있는 사진을 바라보며 작은 소리로 묻는다.

"난 네 엄마야." 리안은 이 한 마디면 모든 게 다 설명된다는 듯 쏘아붙인다. "너 아기를 낳은 거니? 아기를 낳아놓고 나한텐 말도 안한 거야?"

"장례식 때 다녀온 거예요?" 차메인은 아무렇지도 않게 거스의 집을 자기 집 드나들 듯 들어갔을 리안의 모습을 생각하자 화가 치밀어 올랐다. "남의 집에 함부로 들어가는 법이 어디 있어요?"

"함부로 들어간 적 없다." 리안은 분개하며 답한다. "나한테 열쇠가 있었어. 네가 핸드폰을 안 받길래 집으로 간 거야. 네가 걱정되서 들어가 본 거고. 네가 집에도 없어서 제인한테 전화했더니, 여기에 갔다고 하더구나. 그건 그렇고, 분명 뭔가가 있어. 그러니 당장 나한테 사실대로 말하는 게 좋을거야…."

리안이 말문을 흐리자, 차메인은 그녀의 눈길이 향하고 있는 방향으로 고개를 돌린다. 그녀는 유리창 저편에 있는 조슈아를 뚫어져라 쳐다보고 있다. 그녀의 눈빛은 아이의 갸름한 얼굴을 샅샅이 파헤치고 있다. 지금 당장 조취를 하지 않으면, 리안이 알아챌 것임이 분명하다. 크리스토퍼와 똑같은 아이의 모습을 보게 되면, 이제 조슈아의 삶도 끝장이다. 그의 행복한 가정도 모두 파괴되고 말 것이다. 리안은 조슈아의 삶 속 깊이 파고들어가 그를 괴롭히고 말 것이다. 그녀와 크리스토퍼에게 했듯이 말이다. "지금 당장 떠나주세요." 차메인은 눈물로 호소한다. "지금은 말할 수 없어요."

"네 대답 듣기 전엔 못 떠난다." 리안도 지지 않고 답한다.

"엄마가 가장 잘하는 게 그거잖아요. 떠나는 거!" 차메인이 차갑게 쏘아 붙인다. "사람들을 이용할 대로 다 이용한 다음엔 그대로 떠나버리잖아요. 이제와서 나한테 이래라 저래라 할 권리 없어요. 당신은 내 엄마가 아니라고요! 나 대신 다른 남자, 또 다른 남자, 또 다른 남자를 선택했을 때, 그때 이미 당신은 내 엄마가 될 권리를 다 버린 거예요!"

그 순간 리안이 한 손을 들어 차메인의 뺨을 날카롭게 내리친다.

 클레어

"무슨 일이예요?" 조슈아는 클레어의 팔을 잡아당기며 묻는
다. 창 밖에서 여자의 손바닥이 차메인의 뺨을 차갑게 내리친다.
조슈아는 이에 큰 외마디를 내뱉으며 몸을 움찔한다. 클레어가
문을 열고 나가려 하자 조슈아가 부른다.

"엄마?" 그의 목소리는 떨리고 있다. "어디 가요?"

"금방 올게." 클레어는 문 밖으로 발을 내밀며 아들을 안심시
킨다. "브린 누나랑 여기 잠깐만 있으렴."

"무슨 일이죠?" 클레어가 밖으로 나와 사람들을 바라보며 묻
는다. "차메인, 괜찮아요?" 차메인의 희고 창백한 얼굴엔 붉은
손자국이 나 있다.

"참견마요." 이름을 알 수 없는 그 여자가 소리친다.

"리안, 세상에." 남자가 부드럽게 어른다. "도대체 왜 이러는
거야?"

"엄마." 차메인은 어이가 없다는 듯 이렇게 말하면서 자기 얼
굴을 만지며 더 크게 울기 시작한다.

엄마라니, 그럼 이 여자가 차메인의 엄마란 말인가. 차메인이 자기계발서에 돈을 쏟아 부은 이유가 이 사람 때문이었구나. 차메인과 엄마라는 사람은 갈색 눈동자와 도톰한 입술이 똑같이 닮았다. 몸에 꼭 달라붙는 짧은 드레스를 입은, 한때는 꽤 예쁜 미모를 자랑했을 그녀를 바라보다가, 그녀가 손에 들고 있는 사진에 눈길이 머문다. 왠지 너무나도 낯이 익다.

그녀는 손을 뻗어 리안의 손목을 잡는다. "뭐하는 거야?" 리안은 클레어의 팔을 뿌리치며 화난 목소리로 외치지만, 클레어는 그녀의 손가락에서 사진을 빼앗아 든다. 사진 속에는 꽤 어린 차메인이 피곤에 찌든 모습을 하고 어린 아기를 들고 있다. 아기는 파란 모자를 귀에까지 푹 눌러 쓰고 있다. 하지만 그의 우뚝 솟은 코, 얇은 입술, 날카로운 턱을 보면서 클레어의 눈동자가 점점 커진다. 클레어도 이것과 거의 비슷한 모습의 조슈아 사진이 있다. 단, 그 사진 속에서 피곤한 모습을 하고 있는 건 클레어다. 조슈아를 병원에서 데려온 다음 날 조나단이 찍어주었던 사진이다.

"맙소사." 그녀는 믿을 수 없어 차메인의 얼굴을 바라보며 나지막한 소리로 외친다. "맙소사…."

언젠가는 조슈아의 친엄마를 보게 될 거라고 예상은 했다. 하지만 이런 상황은 예측하지 못했다. "차메인?" 클레어는 가까스로 한 문장을 내뱉는다. "당신이 조슈아 생모인가요?"

 앨리슨

차메인의 엄마라는 사람의 얼굴을 바라보며 나는 도망칠 기회가 지금일까, 하고 생각하고 있었다.

"차메인." 두려움으로 가득 찬 표정의 클레어가 다시 묻는다. "당신이 조슈아의 생모인가요?"

차메인은 입을 열어 대답을 하는가 싶더니, 아무 말 없이 기도라도 하는 듯 하늘을 올려다본다. 빗방울이 그녀의 뺨에 부딪혀 흘러내린다.

리안이 그녀의 손목을 잡자, 차메인은 애써 그 손을 뿌리치려고 하나 성공하지 못한다. "이 망할 창녀 같은 계집애야!" 리안이 소리친다.

차메인은 입을 열어 말을 하려 하지만 아무런 소리도 나오지 않는다. 더 이상 두고 볼 수 없다.

"저예요." 가까스로 내 입에서 진실의 목소리가 흘러나온다.

클레어는 내 말 뜻을 이해하지 못한 채 나를 바라본다. "저예요. 조슈아는 제가 낳았어요." 나는 그녀에게 말한다.

 브린

조슈아는 어린 양처럼 울면서 나를 따라다닌다. 창가에 서서 밖의 상황을 지켜보고 싶지만, 내 발이 말을 듣지 않는다. 마치 피부 밑에서 무언가가 스물스물 기어나오는 것만 같다. "무슨 일이예요?" 조슈아가 계속 묻는다. 내 머릿속에 계속 이 두 마디가 떠오른다. 불쌍한 아기. 송두리째 지워버리고 싶은 기억들 때문에 고개를 흔들며, 머리카락을 쥐어 뜯어본다. 하지만 눈 앞으로 그때의 장면들이 빠르게 흘러간다.

몇 백 미터 근방까지 다 들렸을 만한, 벽을 울릴 정도로 거센 외침과 함께, 언니의 여린 살을 찢으며 아기의 머리가 나타났다. "이제 거의 다 됐어, 언니." 내 목소리는 두려움으로 떨리고 있었다. "이제 나오려고 해. 이제 거의 다 끝났어."

이를 악문 채, 그녀는 희미한 목소리로 외쳤다. "안 돼!" 그녀는 두 다리를 꽉 조이면서 한 손으로 아기의 머리를 다시 밀어 넣으려고 했다.

"언니!" 나는 순간 놀라 언니의 손을 밀쳐냈다.

"안 돼!" 그녀는 힘없는 손으로 내 손을 밀쳐내려 했지만, 또 다시 진통이 찾아왔고, 그녀의 몸은 큰 진동과 함께 아기를 밀어 내었다. 나는 그녀의 골반이 넓어지면서 아기의 머리가 몸 밖으로 빠져나오는 것을 지켜보았다. 붙어있는 둘의 몸을 보자 마치 고대 여신상을 바라보는 것 같았다.

"아아악!" 그녀가 외쳤다. "안 돼! 안 된다고!" 그녀는 고개를 양 쪽으로 흔들었다.

"한 번만 더 힘줘봐, 언니!" 내가 말했다. "이제 한 번만 더 힘주면, 다 나올 거야. 어서!" 나는 그녀에게 단 한 번도 써본 적 없는 명령조로 말했다. 그러자 그녀는 내 명령대로 하겠다는 눈빛으로 나를 응시했다. "언니, 이제 한 번만 더 힘주면 돼. 한 번만 더, 그럼 이제 더 이상 안 아플 거야. 정말이야."

그녀는 가파른 숨을 고르며 고개를 끄덕여 보였다. 나는 재빨리 그녀의 등 아래에 있는 베개를 허리 아래로 밀어 넣었다. 그녀는 떨리는 팔로 몸을 지탱하며, 결단의 투지로 입술을 꼭 다물고는 "으으윽!" 하고 내뱉었다. 그러자 양수와 피가 쏟아지며 아기가 내 팔 안으로 들어오는 것이었다. 여자아기였다. 피 묻은 두꺼운 막에 싸인 작은 여자아기였다. 나는 순간 당황하여, 마치 누가 쓰던 더러운 휴지기 손에 떨어진 양, 내 앞에서 멀찌감치 치워버렸다.

"여자애야." 나는 무슨 말을 해야 할지 몰라 이렇게 말했다. 이제 어떻게 해야 할지도 몰랐다.

"아, 안 돼!" 앨리슨은 울부짖었다. "나 이제 어쩌면 좋지? 어쩌면 좋아?" 그녀의 몸은 다시 떨리기 시작했다. 엄청난 통증과 추위가 그녀의 몸을 휩쓸고 지나갔다.

"제발 그것 좀 치워 줘, 브린, 부탁이야." 그녀가 말했다. "치워 줘." 나는 아기를 내려다보았다. 움찔거리거나 보채는 것도 전혀 없었고, 울지도 않았다. 물 밖에 나온 구피처럼 입만 오므렸다 열었다.

"언니, 뭘 어떻게 하라고?" 화난 내 목소리에 나 자신도 놀랐다.

"몰라, 나도 몰라. 그냥 제발 멀리 치워줘, 부탁이야." 나는 다시 아기를 내려다보았다. 조그마한 가슴이 들썩일 뿐, 여전히 울지 않고 있었다. 나는 테이블 위에 있던 가위를 집어 들고는 탯줄을 잘라냈다. 탯줄을 잘라내는 일이 이렇게 어려울 줄 몰랐다. 마치 꿈틀거리는 굵은 밧줄을 자르는 것만 같았다. 나는 수건으로 아기를 가능한 깨끗이 닦아준 다음 방 한쪽 구석에 내려놓았다. 깨끗한 수건을 하나 집어 들어 피를 멈추기 위해 언니의 다리 사이에 올려놓았다. 그리고는 더러워진 이불과 수건, 그리고 언니의 바지를 쓰레기봉지에 담았다.

"걱정 마, 언니." 나는 이불을 끌어 당겨 떨고 있는 언니의 몸을 감싸주었다. 두 눈을 감고 있는 언니는 졸고 있는 것처럼 보였다. "내가 다 처리할게." 그리고는 구석에 내려놓은 아기를 힐끔 쳐다보니 가녀린 팔 하나가 수건 밖으로 빠져나와 있었다. 마치 누군가의 도움을 요청하기라도 하는 것처럼. "금방 돌아올게." 쓰레기봉지를 들고 나는 한달음에 계단을 내려갔다. 언니의 방을 치우고 나서, 아기와 언니를 병원으로 보내려면 시간이 얼마 없다는 것을 알았다. 그녀를 내 계획에 동원시키는 것도 어려울 것이었다. 지금은 너무나도 큰 충격에 휩싸여 있어, 자신이 아기를 낳았다는 것조차 부인하고 싶어 한다. 지금 자신에게 닥친 현실을 부정하고 싶은 것이다.

나는 부엌을 지나 커다란 쓰레기통에 쓰레기봉지를 담은 뒤 다른 쓰레기통을 그 위에 올려놓았다. 집안에서 날카로운 전화벨 소리가 들려왔다. 나는 망설였다. 아마도 부모님이겠지. 우리가 잘 있는지 확인하는 전화일 것이다. 분명 엄마일 것이라 확신하면서 나는 서둘러 전화기 쪽으로 달려갔다.

"여보세요?" 나는 숨을 몰아쉬며 수화기를 들었다.

"브린?" 아빠였다. "무슨 일이니? 어디 달리기라도 하다 왔니?"

"아, 아니에요." 나는 거짓말했다. "피자 상자 버리고 오느라고요."

"네 엄마가 집에 전화해보라고 하더라. 별일은 없니?"

"괜찮아요, 아빠." 나는 속으로 발을 동동 구르며 대답했다.

"별일 있을 게 뭐가 있겠어요?"

"알겠다, 알겠어." 아빠도 수긍했다. "자정이 넘어서야 도착할 게다." 나는 시계를 흘깃거렸다. 9시가 다 되어갔다. 이제야 해가 지려고 하는 참이었다.

"걱정마세요, 저흰 잘 있어요." 내가 말했다.

"알았다, 알았어." 그가 답했다. "나중에 보자."

"네." 나는 수화기를 내려놓고 언니 방으로 내달렸다.

문을 확 열며 방안을 살펴보았다. 방안은 학살 현장과도 같았다. 피 묻은 이불과 수건을 모두 가져다 버렸음에도 불구하고, 침대에는 붉은 얼룩이 져있었으며, 벽에도 피가 튀겨 있었다. 언니의 상태도 마찬가지로 끔찍했다. 눈 주위는 피곤으로 어두워져 있었다. 방 안의 온도는 후텁지근 듯했으나, 언니는 추위로 오들오들 몸을 떨고 있었다.

이불을 하나 더 꺼내러 나가려는 순간 무언가가 내 눈을 사로잡았다. 내 눈길은 깨끗한 수건 위에 올려둔 아기 쪽으로 향했다. 아기의 피부는 푸르스름한 빛을 띠며 창백했고, 두 팔은 미동도 하지 않았다. 한 손은 작은 턱 밑에 올라가 있었고, 다른 팔은 옆으로 내려놓은 채였다. 깡마른 두 다리도 전혀 움직이지 않았다. 마치 과학실에서 본 개구리의 모습을 연상시켰다. "안 돼." 나는 작은 소리로 속삭였다. "이런, 안 돼…."

"누나, 무서워요." 조슈아의 목소리다.

나는 그때 일을 떠올리다 조슈아의 얼굴을 보며 이 아이가 무슨 말을 하려던 건지 기억해내려 애쓴다. 하지만 내 머릿속에는 여전히 불쌍한 아기, 가엾고 불쌍한 아기, 라는 말만이 맴돈다.

 클레어

극심한 공포가 클레어의 핏줄을 타고 엄습하더니 세포 조직을 통과해서 뼈를 뚫고 나오는 듯, 순간 그녀의 숨은 멎을 것만 같다. 이건 조슈아의 안전과 생명이 달린 문제가 아닌가.

모든 이들의 눈동자가 그녀가 어떤 행동을 보일 것인가를 주시하고 있다. 차메인의 엄마라는 사람은 무언가 말하고 싶은 표정이지만 이내 생각을 접는다.

"우리 들어가서 이야기하지요." 가죽재킷을 입은 남자가 말한다. 클레어는 아무런 의식도 없이 그의 뒤를 따라 서점 안으로 들어간다. 조슈아는 책장에 몸을 꼭 붙이고 가지런히 꽂혀있는 책들을 피아노 삼아 건반 두드리듯 불안하게 손가락을 움직이고 있다.

"왜 다들 소리치는 거예요?" 그는 조심스럽게 클레어 쪽으로 다가와 묻는다.

"그냥 어른들끼리 할 이야기가 있어서 그래." 그녀는 조슈아의 어깨에 손을 얹어 서점 뒤쪽으로 안내한다.

"그럼, 왜 다들 울고 있는 거예요?" 그는 자기 엄마로부터 몸을 빼내 주먹진 두 손을 양 허리에 올린다. 그녀가 손을 얼굴에 가져가자 눈에 눈물이 고여 있는 것이다.

"이건 그냥 빗방울이야." 눈물에 젖은 손가락을 입에 가져가면 분명 짠 기운이 느껴질 것을 알면서도 그녀는 이렇게 답한다.

우선 아이를 이곳에서 안전한 곳으로 대피시켜야 한다. 아이가 이 대화의 내용을 들어선 안 된다. 물론 조슈아는 자기가 어릴 때 소방서에 버려져 자신들에게 입양되었다는 것을 알고 있지만, 앨리슨이 자신의 친엄마라는 사실을 아이에게 알리기에는 위험 요소가 아직 너무 많다. 아니, 클레어 자신도 아직 상황이 납득되지 않는다. 사실일 리가 없다. 그럴 리는 없다.

"이제 집에 가도 돼요? 집으로 가요." 조슈아가 애원한다. "집에 가고 싶어요." 아이의 목소리에서 두려움이 느껴진다. 이 낯선 사람들이 어쩌면 그들을 해칠 수도 있는, 그런 나쁜 사람일 거라고 생각하는 것이다.

"이 분들이 집에 가시면, 그때 집에 가자꾸나. 약속할게. 아주 잠깐만 기다려주렴." 조슈아는 여전히 눈물을 쏟고 있는 차메인을 걱정스레 바라본다. "차메인 이모는 걱정 마. 엄마가 달래줄 기니까, 괜찮아." 클레어가 이렇게 말하자, 아이는 엄마의 얼굴을 들여다본다. 그녀는 애써 웃음을 지어 보인다. "브린 이모랑 잠깐 위층에 가 있으렴." 클레어는 브린의 반응을 기대하며 그녀의 쪽을 바라보며 말하지만, 브린은 이를 듣지 못한 것 같다. "브린." 그녀가 더 큰 목소리로 브린을 다시 부른다. "조슈아랑 위층에서 좀 놀아줄래요?" 브린은 깜짝 놀라는 듯 보이더니, 곧 고개를 끄덕인다. "아빠 연장상자는 만지면 안 돼, 알겠니? 금방 갈게, 걱정하지 마. 저번처럼 강도가 든 건 아니야." 아이는 2층으로 향하는 문을 의심쩍게 바라보기만 하다가, 브린이 손을 내밀자 비로소 움직이기 시작한다. 그들은 함께 위층으로 올라간다. 둘의 모습이 완전히 사라지자 그녀는 전화기를 붙잡고 남편의 핸드폰 번호를 누른다. "조나단, 가게로 좀 와줄래요? 당신이 필요해요."

 앨리슨

클레어는 우리 쪽으로 다가오더니 매우 공손하고 정중하게 우리에게 의자를 권한다. 이런 상황 속에서, 어떻게 저런 매너를 갖출 수 있을까. 나는 순간 그녀에 대한 경외심이 새롭게 솟아나는 것을 느낀다. 늘 침착하면서도 자기 자신을 추스를 줄 알며, 안정적이다.

"전 아직 뭐가 어떻게 된 건지 잘 모르겠어요. 여러분들께서 설명을 좀 해주시면 좋겠어요. 아직은 많이 당황스럽고 혼돈스럽네요."

차메인과 나는 나란히 소파에 앉는다. 브린이 내 곁에 있었다면 더 좋았을 텐데. 내가 조슈아의 엄마라는 사실을 밝혔다는 것이 아직도 믿겨지지 않는다. 그녀의 얼굴을 쳐다볼 수가 없다. 클레어는 테이블 위에 앉아 차메인과 나를 번갈아가며 쳐다본다. 리안과 빙크스는 마치 독수리처럼 주변을 어슬렁거리고 있다. 차메인은 다시 눈물을 흘리며 울기 시작한다. "앨리슨, 제발 말 좀 해봐요. 당신이 조슈아 엄마인가요?" 그녀의 말끝이 떨리고 있다. 그녀와 내게도 공통점이 하나 있음을 발견했다. 우린 둘 다 극도로 겁먹고 있다. 물론 그 이유는 전혀 다르지만.

그녀는 내가 조슈아를 빼앗아 가는 것이 아닌지 걱정하고 있다. 그러나 나는 지난 5년의 세월 동안 나를 살인자로 취급하지 않았던 유일한 사람이 내 진짜 모습을 알게 된다는 것이 두려운 것이다.

내가 고개를 끄덕이자 그녀의 얼굴은 슬픔으로 일그러진다.

"정말 죄송합니다." 나는 아무 말이라도 하려고 서둘러 입을 연다. "제가 크리스토퍼에게 아기를 맡겼어요."

"크리스토퍼는 누구죠?" 그녀가 묻는다.

"제 오빠예요." 차메인의 차분한 목소리 위로 다시 눈물이 흘러내린다. 그녀의 눈은 퉁퉁 부어 있으며, 얼굴은 리안에게 맞은 것 때문에 아직도 쓰라리다. "그리고 조슈아의 아빠이기도 해요." 그녀는 리안을 쏘아보며 차갑게 말을 내뱉는다.

"젠장할." 리안은 믿을 수 없다는 듯 거친 욕을 내뱉는다. 그녀는 나를 위아래로 훑어본다. "크리스토퍼는 저런 여자랑 사귈 애가 아니야."

"사실입니다." 나는 순간 발끈한다. 그리고는 다시 클레어 쪽을 향한다. "아무에게도 해를 입히려던 의도는 전혀 없었어요."

리안 쪽에서 짧은 코웃음 치는 소리가 들려온다. 클레어는 그녀 쪽을 향하더니 젖은 눈으로 이렇게 부탁한다. "두 분은 이제

가주셨으면 좋겠어요."

리안은 다시 한바탕 퍼부을 기세로 입술을 오물거린다. 그러더니 콧김을 내뿜으며 목부터 뺨까지 붉게 타오른다. "허, 내 딸이 걱정 되서 그러는데 당신이 뭔 참견이야?" 그녀의 목소리는 외침에 가깝다. "내 딸이 미친 살인마랑 같이 있는데 당신이라면 걱정이 안 되겠어? 당신 저 여자가 누군지나 알아요?" 그녀가 씩씩거리며 말한다. "저 여자, 앨리슨 글렌말야. 자기 갓난쟁이 딸을 드루이드 강에 던져 버린 미친년이라고! 감옥에서 썩고 있어야 될 년이 여기서 뭐하는 거야!"

순간 심장이 오그라든다. 클레어가 조슈아와 나의 관계를 알아버리는 것만큼 큰일은 없을 거라고 믿었건만, 상황은 극단을 달린다.

"그걸 당신이 어떻게 알죠?" 클레어가 그녀의 대답을 촉구한다. "앨리슨이 그 사람인 줄 어떻게 아시는데요? 신문에서도 이름은 밝힌 적 없었잖아요."

그녀의 눈동자는 내 얼굴을 향한다. 리안의 말을 믿고 싶지 않은 표정이긴 하나, 의심의 눈초리가 느껴진다. "앨리슨일 리가 없지 않나요?"

"그까짓 거야 쉽게 알아냈죠. 이름이 왠지 낯 익는다 했더니만, 갑자기 스치면서 생각나지 않겠어요? 아는 사람 한 명이 크레이븐빌 교도소에서 일하고 있죠. 그녀한테서 다 들었어요." 리

안은 내 쪽을 바라보며 매섭게 쏘아붙인다. "딸래미를 낳아놓고
도 키우기 싫다고 강에 던져 버리다니!"

"그만 해요, 엄마!" 차메인이 소리친다.

"앨리슨?" 클레어의 목소리다. "그게 사실인가요? 당신이 그
랬다는 게?"

"제가 설명할게요." 내 눈에서 고였던 눈물이 쏟아져 내린다.

 브린

욕조 한쪽에 걸터앉았다. 조슈아는 소파에서 곤히 잠들어 있다. 아래층에서 소리치는 소리가 계속 들려온다. 나는 두 손을 귀에 대고 아무 소리도 듣지 않으려 애쓴다. 하지만 여전히 귀를 파고드는 사람들의 소리에, 수도꼭지를 튼다. 물이 콸콸거리며 쏟아지자 아래층의 소리가 물소리에 잠겨버린다.

수돗물 소리는 곧 수년 전 그 날 밤에 쏟아지던 빗소리로 바뀌어 들린다. 유리창을 세차게 내리치던 빗방울 소리.

다시 위층으로 올라갔을 때 나는 조슈아의 누나를 바라보았다. 아이는 미동도 없이 너무나 조용했다. "설마." 차마 믿을 수가 없었다. "안 돼."

"왜 그래?" 앨리슨 언니는 이쪽을 보지 않으려 고개도 돌리지 않은 채, 피곤에 지친 목소리로 물었다.

"아, 언니…." 내가 슬픈 목소리로 말했다. "더 이상 걱정할 필요가 없어져 버렸어." 하지만 이렇게 말하면서도 언니가 오히려 이를 듣고 안도할 것임을 알고 있었다. 행복해하지는 않겠지만,

그래도 적어도 안도할 것이었다. 나는 오랫동안 갈피를 잡지 못한 채, 그대로 서 있었다. 마침내 입을 열었지만, 언니가 내 목소리를 들었는지도 확신이 없다. "내가 알아서 할게." 나는 그녀의 위에 이불을 하나 더 올려 덮어주고는 물병을 기울여 입을 적셔주었다. "잠시 후에 다시 올게."

숨죽여 울면서, 나는 몸을 숙여 미동도 없는 아기를 들어 올렸다. 내 눈물방울은 마른 땅에 떨어지는 때늦은 비처럼, 아기의 맨몸에 떨어져 내렸다. 정신없이 계단을 내려가던 내 눈은 오로지 아기에게만 집중되어 있었다. 계단 아래에는 어린 시절의 추억이 담긴 사진들로 가득한 거실이 펼쳐졌다. 언니가 "수치의 벽"이라고 별명을 붙였던 그 벽에는 우리들의 사진이 잔뜩 걸려 있었다. 언니는 수영선수, 축구선수, 체조선수에 단어 스펠링 대회 우승자였다. 수많은 사진들 속의 언니는 트로피나 상장을 들고 서서 "뭐, 이정도 쯤이야"라는 표정을 짓고 있었다.

하지만 그 사진들 밖에는 수많은 일들이 숨어있었다. 축구 트로피를 들고 사진을 찍기 몇 분전, 앨리슨 언니는 팔꿈치로 상대편 선수의 갈비뼈를 세게 쳐서 선수의 몸에 멍이 들게 했었다. 스펠링 맞추기 대회에서 이기기 위해 언니는 9살짜리 반 친구를 심하게 째려보았고, 그 바람에 그 친구는 자면서도 맞췄을 단어를 잘못 대답하고 말았다. 그렇다고 해서 언니가 못된 속임수를 썼던 것은 아니다. 결코 그럴 사람도 아니었으니까. 선생님들은 언니가 백 년에 한 번 있을까 말까 한 학생이라며 입이 마르게 칭찬했고, 또래 여자아이들은 질투심에 눈이 멀었으며, 남자아이들은 언니를 예쁘다고는 생각했지만, 절대 범접할 수 없는 그런 종류의 사람이라고 여겼다. 내 부모님들은… 언니가 완벽하다고 여겼다.

언니의 결단력과 추진력은 늘 부러웠지만, 언니가 완벽하다고 여긴 적은 결코 없었다. 모두들 언니도 결국 인간에 불과하다는 것을 간과했다. 시험을 보기 전이면 의례히 구토를 했고, 잠자리에 들기 전 매일 밤 150번씩 윗몸일으키기를 했으며, 가끔 악몽을 꿀 때면 내 방 침대에 들어와 같이 자고 싶어 하는 여린 소녀라는 것을 아는 사람은 없었다.

그녀가 출산하기 몇 달 전, 나는 언니의 비밀을 목격했다. 사랑에 푹 빠지게 된 것이다. 사귀는 남자친구 따위는커녕 자신 외에 좋아하는 사람도 없을 것 같았던 똑 부러지는 언니가 말이다. 늘 운동과 학업에만 열중해있던 언니가 누군가를 만나다니. 바로 이 가엾은 아기의 아빠를 말이다. 언니는 직접적으로 내게 아무런 이야기도 언급한 적은 없었지만 무언가 심상치 않았다. 입가에는 미소가 번졌고 마치 꿈이라도 꾸는 듯 물끄러미 먼 산을 바라보았다. 그토록 행복감에 젖어 있는 모습은 처음이었다. 밤에 몰래 집을 빠져나가는 일도 있었다. 한 번은 내 방 창에서 헤드라이트가 꺼진 차에 올라타는 언니의 모습을 발견했다. 언니는 운전석에 앉은 꽤 키 큰 남자와 어둠 속에서 격정적으로 키스를 했다.

그러나 그로부터 얼마 지나지 않아, 몽롱한 눈빛은 어디로 갔는지 금세 사라지고, 한 가지에만 몰입하던 본연의 모습으로 돌아왔다. 아니, 예전보다 더 미친 듯이 공부하고 운동했다. 내 두 팔에 그녀의 임신 결과가 이렇게 분명히 누워 있음에도 불구하고, 여전히 이 작은 생명이 그녀 속에 내내 자리 잡고 있었다는 사실은 믿기가 어려웠다.

나는 부엌으로 내려가 뒷문으로 빠져나갔다. 차가운 여름 바람이 불어와 이마를 가리던 머리카락을 날려주었다. 언니 방에서 느꼈던 후텁지근한 온몸의 열기가 떨어지는 빗방울에 한순간 사라지는 것만 같았다. 나는 추울까봐 수건으로 아기를 다시 감쌌다. 어두워진 밤하늘은 1초 후의 일도 예측할 수 없을 정도로 변덕스러웠다. 남쪽 하늘에는 달이 높이 떠 밝은 빛을 비추면서, 재빠른 구름의 요동 사이로 얼굴을 들이밀었다 감추기를 반복했다. 내가 가야 할 방향을 비춰주기에는 충분히 밝으면서도, 내 팔에 든 작은 더미를 감출 수 있을 정도로 어둡기도 했다.

언니와 나는 우리 집 뒷마당에 있는 작은 숲속에 발을 디딘 적이 거의 없었다. 숲길 뒤를 따라 흐르고 있는 드루이드 강을 조심하라는 엄마의 엄포 때문이다. "강이란 살아 움직이는 생명과도 같은 거란다." 그녀가 말했었다. "발가락 하나만 잘못 내딛어도 강이 순식간에 너희들을 잡아채서 바닥으로 잡아당겨버릴지도 몰라. 일단 들어가면 살아나올 수가 없거든." 난 앨리슨 언니의 악몽이 그 강과 연관되어 있는 거라고 생각하곤 했다. 언니는 깊은 한밤중에 눈물 고인 얼굴로 숨을 헐떡이며 깨어나곤 했는데, 그 모습이 마치 강물에 빠졌다가 나온 사람처럼 보였던 까닭이다.

그림형제의 동화책에 나올 법한 숲 안으로 발을 들여놓자 연한 달빛도 자취를 감추었다. 엄마는 숲에는 라임병이나 광견병을 옮기는 동물들이 가득하다면서 겁을 주곤 했었다. 아기를 두 손에 꼭 안고 지나가는 내내 그런 병들을 옮기는 진드기들이 내 살에 붙어서 피를 빨아먹는 모습이 눈앞에 아른거렸다. 입에 거품을 문 동물들이 나무 뒤에 숨어 일순간에 나를 덮칠 것 같다는 상상도 했다. 비에 젖은 진흙과 돌멩이들로 가득한 숲길을 밟으면서 차츰 강에 가까워지고 있음을 느낄 수 있었다. 새파란 잎들로 뒤덮인 낮게 드리운 나뭇가지들이 마치 털이 북실한 괴물의 팔처럼 보였다. 강가에 이르자 드루이드의 거칠고 큰 꿍음 같은 물소리가 들려왔다. 내 운동화는 이미 진흙탕에 푹 빠져버린 상태였다. 그 해 봄에는 비가 유난히 많이 내려 강은 땅을 삼킬 것처럼 넓어져 있었다.

욕조에 걸터앉아 흐르는 수돗물에 손을 대어 본다. 수증기가 욕실 가득 뿜어져 나온다. 욕조 바닥으로 손을 뻗어 고무마개를 욕조 구멍에 끼운다. 이 따뜻한 물속에 온몸을 담구고 어두움과 고요만이 존재하는 나만의 곳으로 들어간다면 얼마나 좋을까. 왜 내가 이곳까지 오게 되었을까? 그마저도 확실치가 않다.

　다른 방에서 조슈아가 자기 엄마를 부르는 소리가 들린다. 나는 눈물을 훔친 뒤 아이에게로 간다.

 클레어

클레어는 반신반의한 표정으로 앨리슨을 쳐다본다. 이 사람이
자기 딸을 강물에 던진 바로 그 사람이란 말인가? 감옥에 갈 정
도로 나쁜 짓을 했을 거라는 건 알았지만, 그게 살인 때문일 것
이라고는 짐작조차 못했다. 뉴스에서 아기에 대한 보도를 접했
을 때가 생각난다. 아기가 물에 빠졌다고… 열여섯 살짜리 소녀
가… 체포되었다는….

"어떻게 된 거죠?" 클레어가 그때 물었었다.

그러자 그녀의 남편은 머뭇거렸다. "열여섯 살짜리 여자애가
갓난아기를 버렸다고 하네." 그는 그녀의 이마에 붙은 머리카락
을 만지작거리며 대답했다.

순간 그녀는 목구멍에서 분노가 솟구쳤다.

"당신, 괜찮아?" 조나단은 걱정스러운 눈빛으로 그녀를 내려
다보았다.

그녀는 아무 말 없이 고개를 가로저었다. 이 상황에서 무슨 말
을 할 수 있겠는가. "말도 안 돼요." 그녀가 결국 내뱉은 말이었

다. "말도 안 된다고!" 그녀는 자신의 말투가 짜증내는 어린 아이 같다는 것을 알면서도 그렇게 밖에는 표현할 수 없었다. 조나단은 그녀에게 다가와 조심히 손을 얹으려 했지만, 누구라도 자신에게 손을 대면 온몸이 터져버릴 것만 같았다. "우린 이렇게 아기를 원하는데, 그 앤 어떻게 자기 아이를 내다버릴 수 있는 거죠?" 클레어는 결국 울고 말았다. 조나단은 이 물음에 아무런 대답도 하지 못했다. 무슨 말을 할 수 있겠는가.

5년 전, 그녀는 아기만 얻을 수 있다면 무엇이든 했을 정도였다. 그런데 그 소녀는 아기만 없었더라면 하며 무슨 짓이라도 했을 그런 괴물 같은 사람이었던 것이다.

클레어는 앨리슨을 바라보며 고개를 가로젓는다. 어떻게 이렇게 젊은 여자가, 아니 어린 소녀가, 그렇게 사악한 짓을 할 수 있었는지 짐작조차 할 수 없다. 어째서 하나님은 이 소녀에게는 아기를 둘씩이나 주면서, 자신에게는 아무 것도 주지 않은 것일까.

조나단이 북엔즈의 정문으로 들어오자 클레어가 그를 맞으려고 자리에서 일어난다. "조나단, 당신이 와줘서 얼마나 다행인지 몰라요."

"무슨 일이야?" 그는 앨리슨과 차메인 얼굴에서는 두려움을, 리안에게서는 분노를, 빙크스에게는 당혹감과 혼동의 감정들을 읽어내려 갔다. 아무 말 없이, 클레어는 그에게 사진 하나를 건넨다.

"그 앤 우리 아이예요." 클레어는 마치 자신에게 되뇌듯 이렇게 내뱉는다. "우리가 입양했으니, 조슈아는 우리 아이라고요."

브린

조슈아가 졸린 눈을 비비며 엄마를 부르는 소리를 듣고, 나는 서둘러 그에게 다가간다. "조슈아." 내가 작은 소리로 말한다. "괜찮아. 걱정할 거 없어. 내가 있잖아."

"우리 엄마 어딨어요?" 조슈아는 눈을 뜨지 못하고 묻는다.

"쉿…." 나는 그 옆에 앉아 무릎에 아이를 앉힌다. 아이가 빠져나가려고 발버둥을 치지만, 그럴수록 난 더 꽉 잡는다. 마침내 포기한 채, 아이가 내 어깨에 고개를 묻는다.

"괜찮아, 조슈아. 눈을 감아보렴. 나처럼 말이야." 나는 아이에게 눈을 감아 보인다.

엄마의 경고대로 나는 강에 빠질 뻔했지만, 한 손으로 얇은 나무기둥을 꼭 잡고 버텼다. 그러다가 무릎이 강가에 거의 닿을 뻔했다. 죽은 아기를 다시 이불로 감싼 다음, 순간 그곳에 아기를 묻어버릴까 하는 생각도 했다. 하지만 그러려면 다시 창고까지 가서 삽을 가져와야 하는데, 그러기에는 시간이 너무 촉박했다. 밤이 되면서 온도가 많이 내려가 바람 불 때마다 몸이 떨릴 정도였다. 하늘 속 구름들이 자리를 비켜나면서, 사나운 노란 달빛이 눈앞에 펼쳐진 강물을 볼 수 있을 정도로 엷은 빛을 띄워주었다. 강물은 매몰차고 거친 모습으로 나뭇가지와 통나무들을 띄운 채 바위에 부딪혔다. 나는 조카의 차가운 뺨에 키스한 뒤, 사랑한다고, 그리고 할 수만 있다면 그녀와 영원히 함께 있어 주고 싶다고 말했다. 아주 짧은 순간이나마, 내가 직접 그 아이를 기를 수도 있지 않을까 하는 생각을 해보았다. 앨리슨 언니는 엄마다운 모습이 전혀 없는 사람이지만, 나라면 키울 수 있지 않을까 하고. 나는 나름의 방법으로 작은 장례식을 거행했다. 아기를 품에 안고 기도를 한 다음 다시 수건으로 감싸주었다.

세차게 떠내려가는 강물 위로 그녀를 조심히 내려놓는 순간, 울음소리가 들려왔다. 약하지만 괴로워하는 듯한 신음 소리, 마치 차가운 강물이 그녀를 다시 살리기라도 한 것 같았다.

얼음장 같은 강물의 온도도 느끼지 못한 채 그대로 강물 속으로 들어갔다. 강은 내 무릎까지 차올랐고, 나는 힘들게 몇 미터를 따라 내려갔다. 그때 아기가 강물 속으로 쑥 빨려 들어갔다가 다시 물 위로 올라오는 것이었다. 나는 두 발에 힘을 주고 균형을 잡으며 그녀의 바로 뒤까지 따라갔다. 그러나 곧 몸을 감싸고 있던 수건이 벗겨지면서 연약한 알몸이 내 손에서 빠져 나갔다. 당혹감과 분노로 다시 재빠르게 손을 뻗쳤고, 손가락인지 발가락인지를 모를 약한 무언가를 가까스로 잡아냈다. 하지만 강물이 너무나도 거세게 밀려왔고, 나마저 균형을 잃고 물속으로 빠져버렸다. 내 눈과 귀, 입에 물이 가득 차올랐다. 그대로 그녀를 놓친 것이다.

그 날 나는 자살을 기도했다. 수년간 내 목숨을 끊을 방법을 강구한 적은 많았지만, 실제로 시도한 것은 그때가 처음이었다. 수면제 한 통, 아빠가 양말 서랍에 숨겨놓은 권총, 엄청나게 큰 우리 집 지붕에 올라가 콘크리트 바닥으로 곤두박질치기. 상상 속의 나는 시멘트에서 물든 내 핏자국을 엄마가 볼 때마다 내가 생각나서 괴로워하지 않을까 하며 묘한 만족감을 맛보곤 했다. 엄마라면 아마 콘크리트를 다 부순 뒤, 다시 길을 만들자고 하겠지. 그 아기가 죽은 게 아니라 살아서 숨을 쉬고 있었다는 것, 그런데 그 아기를 내가 놓치고 말았다는 것을 깨달은 순간, 나는 그대로 강물에 빠져 죽으려고 했다. 나는 그대로 숨을 참고 처음 물에 빠질 때의 공포를 겪고 난 뒤에 찾아오는 따뜻한 평온을 느껴보려 했다. 내 머리에, 내 눈에, 내 폐에 차갑고 축축한 압력이 느껴졌다. 강바닥에서 손을 휘저어 내 무게를 아래로 지탱해줄 무언가를 잡아보려 했지만, 세찬 강물은 나를 밀어 올려 강둑으로 내 몸을 뱉어내버렸다. 마치 나를 삼키는 게 싫은 것처럼, 마치 입 속에 쓴 맛이 나는 무언가를 뱉어버리고 싶은 것처럼 나를 뱉어버린 것이다.

나는 강가에 앉아 몸을 웅크리고 있었다. 차가운 빗물은 내 피부가 무감각해질 때까지 세차게 내리고 또 내렸다. 나는 사람들이 내가 한 짓을 알게 되면 어떻게 될까, 차라리 바닥에 깔린 진흙 속으로 빠져버릴까 생각했다. 하지만 내겐 그런 행운조차도 찾아오지 않았다. 마침내 나는 자리에서 일어났다. 앨리슨 언니라면 알 거야, 우리 언니라면 어떻게 해야 할지 알겠지.

숲을 거의 빠져 나왔을 때쯤, 언니가 고통으로 몸을 숙이고 있는 모습을 발견했다. "아기는 어딨어?" 그녀는 가까스로 물었다.

"강에." 내 귀에도 이 말이 이상하게 들렸다.

"무슨 소리야?" 언니가 물었다. 그 목소리엔 순간 공포가 찾아들었다. 내 말이 무슨 뜻인지 이미 알아챈 것이다.

"그 앤 정말 예뻤어." 난 그 상황에서 할 말이 아닌 것도 알면서, 하지만 달리 설명할 방법이 없어 이렇게만 말했다. 순간 언니는 내 말을 오해했고, 두 눈은 공포로 이글거렸다.

"아기가 예뻐서 강물에 빠뜨렸단 거야?" 그녀는 화난 목소리로 묻고는 내 팔을 잡았다. 나는 순간 언니가 나를 때리려는 건 줄 알고 움찔했지만, 넘어지지 않으려고 내 팔을 붙들고 몸을 지탱하려는 것이었다.

나는 고개를 세차게 흔들고 또 흔들었다. "아니." 나는 고통스럽게 대답했다. "아니, 아니야."

"브린, 어떻게 된 거냐고?" 그녀가 물었다.

"강물이 삼켜버렸어." 나는 이렇게 말하며 울음을 터뜨렸다. "그 앤 삼켜버렸는데, 나는 원하지 않는대…."

"세상에, 브린, 브린…." 언니는 통증도 잊고 내 팔을 잡고 흔들기 시작했다. "지금 말도 안 되는 소릴 하고 있어! 그 앨 어디로 데려가면 좋을지 생각해냈단 말이야. 크리스토퍼에게 맡기면 되는데… 그 앨 강에 버린 게 아니라고 어서 말해줘."

"죽은 줄 알았어." 난 그녀의 눈을 똑바로 쳐다볼 수가 없었다. 그녀의 눈빛에서 흘러나오는 실망감과 저주를 대면할 수가 없었다.

"언니를 위해 그런 거야. 언니를 도우려고 그런 거라고."

"아기를 죽이는 게 어떻게 날 돕는 거라고 생각하니?" 언니는 순간 이 말을 내뱉고는 다시 통증으로 몸을 숙였다.

나는 그녀의 손을 뿌리쳤고, 그러자 그녀는 바닥에 주저앉고 말았다.

"지금 나한테 화내는 거야?" 난 그녀의 말을 믿을 수 없었다. "그 애가 싫다며? 나한테 그 아일 없애달라고 부탁했잖아? 아니, 그걸 없애달라고 했었잖아! 나도 그 앨 다치게 하려던 건 아니란 말야. 죽은 줄 알았다구!" 나는 그대로 뒤돌아 집으로 향했다. 나쁜 년 같으니라고, 하고 속으로 생각했다.

"잠깐만!" 뒤에서 그녀의 외침이 들려왔다. "제발, 브린, 도와줘. 떠나지 마."

나는 그녀의 말을 무시하고는 두 손으로 귀를 막은 채 도망쳤다.

내 무릎 위에 놓인 이 아이는 편안함을 주는 동시에 꽤 무겁기도 하다. "조슈아." 내가 부르자, 그가 파르르 눈을 떴다. "너한테 누나가 있었다는 거 아니?" 그는 무슨 말을 하려는 것처럼 입을 벌리더니 다시 다물고는 눈을 감았다.

"그래, 누나야. 정말 예쁜 누나야. 누나 만나러 가지 않을래?"

나는 양팔에 조슈아의 몸을 싣고 흐르는 물소리가 들려오는 쪽으로 걸어간다. "넌 네 누나보다 훨씬 무겁구나." 나는 아이의 귀에 대고 속삭인다. 귀뚜라미 우는 소리와, 세찬 강물 소리, 내 목을 스치는 여름바람이 느껴지는 것만 같다. "이제야… 이제서야…." 내가 말한다. "이젠 너희들이 함께 있게 되었구나." 그리고는 조심스럽게 조슈아를 누나에게 보내기 위해 물속에 내려놓는다.

 앨리슨

조나단은 차메인의 팔에 들린 조슈아의 사진을 보며 아직도 충격에 싸여있다. 빙크스는 몰래 자리를 피하려는 듯 천천히 뒷걸음질 친다. 리안은 한쪽 입 꼬리를 올리며 이 상황을 즐기는 듯 이상한 미소를 짓고 있다.

그 애의 존재는 눈으로 보기 전에 소리만으로도 알 수 있다. 계단을 울리는 낮은 발걸음, 삐걱거리며 들려오는 문소리. 브린은 어색한 모습으로 양 팔을 들어 올린 채 어둠 속에서 걸어 나온다. "브린, 무슨 일이니?" 내가 묻는다. "무슨 일이야?" 그녀는 대답하지 않은 채 우리 쪽으로 다가온다. 곧 그녀의 온몸이 신발까지 온통 젖어 있는 것이다. 눈빛은 몽롱하면서도 죽어있는 듯하나, 얼굴만은 편해 보인다. 이런 모습을 보는 것은 처음이다. 평온함과 안도감이랄까.

"브린." 나는 좀 더 큰 소리로 다시 묻는다. "무슨 일이니?" 여전히 대답이 없다. 나는 브린의 두 팔을 잡고 묻는다. "브린, 조슈아는 어딨어?"

"이제 둘이 함께 있어." 그녀는 내 옆을 지나치며 대답한다.

 클레어

앨리슨의 동생이 옷에서 물을 뚝뚝 떨어뜨리며 나오는 모습을 보자, 클레어는 당황스럽다.

"브린?" 그녀가 묻는다. "너 괜찮니? 조슈아 어딨어?" 그녀는 아무런 대답 없이 뭔가를 혼잣말로 중얼거리더니 가게 정문 쪽으로 걸어간다.

"브린." 클레어가 더 크게 묻는다. "조슈아는 어딨어요?" 여전히 대답이 없다. 조나단과 클레어는 순간 눈빛을 주고받는다. 조나단이 브린의 팔을 잡는다.

"괜찮아요. 이젠 둘이 함께 있으니까." 브린은 마치 노래라도 하는 것처럼 낮은 목소리로 중얼거린다. 조나단이 팔을 놓자 그녀는 그대로 밖으로 향한다.

"이런, 세상에… 조슈아!" 클레어는 이렇게 말하며 조나단과 함께 허둥지둥 계단으로 달려간다. 앨리슨은 그 뒤를 좇다가, 그대로 딱딱한 나무 바닥에 주저앉는다.

"조슈아!" 클레어가 외친다. "조슈아!" 그녀는 문을 박차고 흐르는 물소리가 들리는 쪽으로 들어간다.

 **차메인**

차메인은 클레어와 조슈아의 목소리를 듣고 그 뒤를 따라가려 한다. 그 전에 브린이 젖은 옷을 입고 있는 것을 보고 묻는다. "어떻게 된 거야? 다 젖었잖아?"

브린은 발걸음을 멈추고 그녀를 바라본다. "함께, 같이 있어. 가야 해." 그녀는 멍한 표정으로 정문을 가리킨다. "가서 말해야 해."

차메인은 그녀가 물이 떨어지는 옷을 입고 지나가는 모습을 멍하니 바라본다.

위층에서 소리가 들려온다. "도와주세요!" 차메인은 재빨리 힐을 벗고는 계단으로 올라간다. 리안과 빙크스도 그 뒤를 따른다. 위층에서 무슨 일이 벌어지고 있는 것인지 두려움에 휩싸여 심장이 쿵쾅거린다.

 클레어

"119에 전화 좀 해주세요!" 클레어가 외친다.

조나단은 청바지 주머니에서 서둘러 핸드폰을 꺼내 전화를 건다. "어서 빨리 와주세요." 그는 이렇게 말한 뒤 재빠르게 주소를 댄다. "저도 모르겠어요… 잠시만요."

"세상에… 조슈아…." 클레어는 조슈아의 셔츠를 잡고 욕조에서 끌어낸다. 그의 옷가지는 물에 젖어 무거워 자꾸만 그녀의 손에서 빠져나간다. 조나단은 앨리슨에게 핸드폰을 넘긴 뒤 욕조로 다가간다. 그는 조슈아의 머리카락을 잡고 수면 위로 아이를 뺀 뒤 두 팔로 아이를 안는다. 앨리슨은 목멘 소리로 구급차를 요청한다.

방금 전만 해도 자기 엄마 때문에 신경질적으로 반응하던 차메인은 순간 침착함을 되찾으면서 조나단에게 낮은 목소리로 명령한다. "바닥에 내려놓으세요." 그가 조슈아를 나무 바닥에 내려놓자, 클레어는 아이의 창백한 피부와 멈춰버린 가슴을 보고 기겁한다. 차메인은 조슈아의 입가에 귀를 가져다 댄 후 묻는다.

"구급차는 오고 있대요?"

"네, 오고 있대요." 앨리슨이 울며 대답한다.

차메인은 몸을 숙여 아이의 기도가 펴지도록 고개를 돌린다. 클레어와 조나단은 바라보고만 있다. "어떡하죠?" 앨리슨이 묻는다.

"가서 구급대원들이 오면 이쪽으로 올려 보내세요." 차메인은 손가락을 조슈아의 목 쪽으로 가져간다. 앨리슨이 서둘러 계단으로 내려간다.

"숨은 쉬나요?" 클레어는 참았던 울음을 터뜨리며 묻는다.

차메인은 고개를 살짝 가로저어 보인 뒤, 조슈아의 입에 숨을 불어 넣고는 한 손으로 아이의 작은 가슴을 압박한다.

먼발치에서 구급차 소리가 들려온다. "숨을 쉬나요?" 클레어는 알면서도 다시 묻는다. 그녀와 조나단은 서로를 꼭 부둥켜안고 아이가 살아나기만을 바라면서 지켜본다. "제발… 제발…" 클레어가 말한다. 하늘이 보내준 이 작은 생명을 지켜내지 못했다는 생각, 또 실패했다는 생각으로 클레어의 머리는 어지럽기만 하다.

 **차메인**

"숨 쉬어봐. 하나, 둘, 셋, 넷." 차메인은 심폐소생술을 한 뒤 작은 소리로 서른까지 센 뒤 다시 처음부터 시작하기를 여러 번 반복한다. 벌써 몇 차례인지 셀 수도 없다. 그녀의 팔이 저려오려는데 구급차 소리가 들려온다.

다행이다.

그녀의 옆에서는 조나단이 흐느끼는 소리, 클레어의 간청하는 소리가 들려온다. "아가, 제발 숨 좀 쉬어보렴. 제발, 조슈아…."

차메인은 자기 엄마와 빙크스가 문간에 서서 자신을 바라보고 있는 시선을 느낀다. 순간 분노로 혈압이 상승한다. "나가요!" 그녀가 소리친다. "어서 나가라고요! 구급대원들이 들어와야 한다고요!" 리안과 빙크스는 두 말 없이 사라진다. 차메인은 리안이 이런 극적인 일들을 얼마나 좋아하는지 알고 있다. 사이렌 소리가 더 커지더니 계단을 쿵쾅거리며 올라오는 발걸음 소리가 들려온다. 마지막으로 그의 가녀린 가슴을 압박하자, 조슈아는 몸을 떨면서 입으로 물을 쏟아 내더니 다시 숨을 쉬기 시작한다.

짧고, 얕은 숨이지만, 그래도 다시 숨을 쉬는 것이다. 차메인은 안도감과 피로감이 순간 몰려와 벽에 등을 기대고 주저 앉아버린다. 구급대원들이 달려와 순식간에 조슈아를 데려간다.

"고마워요." 클레어는 감사의 표시로 한 손을 차메인의 팔에 올리고는 조나단과 함께 서둘러 그들 뒤를 따라간다.

앨리슨의 눈에는 눈물이 가득 고여 있다. 그녀는 무릎을 꿇고 차메인 옆에 앉아 "당신이 그를 구했어요"라고 말한다.

왜…. 갑자기 차메인은 궁금해진다. 그 아이의 삶을 망친 것이 나처럼 느껴지는 걸까?

 클레어

　우리는 조나단의 트럭을 타고 조슈아를 뒤따라 병원으로 향한
다. "숨 쉬었죠, 그렇죠? 숨 쉰 거 맞죠?" 조나단에게 재차 확인
하고자 묻는다.

　"그래, 맞아. 다행이야." 조나단은 마치 자신에게 말하듯 대답
한다. "도대체 무슨 일이 있었던 거지?" 그가 묻자, 클레어는 아
무런 대답도 없이 고개만 가로저을 뿐이다. 왜 조슈아가 욕조에
있었던 건지 알 도리가 없다. 브린이 무슨 생각으로 그랬는지도
이해할 수 없다. 알고 싶지도 않다. 평소의 클레어였다면 브린
글렌에게 조슈아를 맡기는 일은 결코 없었을 것이다. 아는 사람
도 아니었을 뿐더러, 그녀의 언니라는 사람이 살인자라는 것이
밝혀진 마당이 아니었는가.

　하지만 그때는 어쩔 수가 없었다. 리안은 차메인과 조슈아의
사진을 보며 그녀에게 욕지거리를 퍼부으며 말도 안 되는 소리
를 해대고, 조슈아는 공포로 떨고 있었으니 그저 아이를 안전한
곳에 있게 하고 싶을 뿐이었다. 도대체 무슨 생각으로 앨리슨 글

렌의 정체도 모른 채 받아준 것일까? 조슈아에게 좋은 부모가 되어야 한다는 일념으로 마을에서 무슨 일이 일어나는지조차 모르고 있었다니. 좋은 엄마가 되려고, 아이를 위해서 최선을 다한다고 했건만 그것만으로는 부족했던 것일까? 너무 늦었던가?

구급차는 조나단의 트럭보다 훨씬 빨리 병원에 도착한다. 클레어 부부는 서로를 꼭 붙든 채 아무 말 없이 울기만 한다. 클레어는 여동생에게 전화를 해서 어머니에게 연락을 부탁해두었다. 둘은 가능한 빨리 린든폴스로 오기로 했다.

잠시 후 차메인이 대기실 쪽을 흘끔거리며 들어갈까 망설이며 나타난다.

"트루먼이 잘 있나 보고 뒷정리한 다음 문도 잠가뒀어요." 차메인이 말한다. "우리 엄마도 이젠 더 이상 나타나지 않을 거예요. 제가 단단히 일러뒀어요."

클레어는 주위를 둘러본다. "앨리슨은 어디 있어요?"

하루 종일 운 차메인의 눈은 충혈되었고, 코도 빨개져있었다.

"여동생을 찾으러 갔어요. 정말… 정말 죄송해요." 그녀는 고개를 푹 떨군 채 흐느낀다.

"제가 경찰에 연락했어요." 조나단은 분노에 찬 목소리로 단호하게 말한다. "도대체 무슨 일이 있었던 건지 의문점이 한두 가지가 아닙니다." 그는 한 손을 올려 머리카락을 넘겨 올린다.

"앨리슨 동생은 어떻게 된 거죠? 지금 어디 있나요?"

"저도 몰라요." 차메인은 힘없이 대답한다. 그녀의 옷은 비에 젖어 구깃거렸으며, 얼굴은 수심으로 가득하다. 클레어의 눈엔 그들만큼이나 상심에 가득 찬 그녀의 마음이 엿보인다. 그녀는 조슈아를 해칠 만한 사람도 아니며, 오히려 양부모인 자신들만큼 그 아이를 아끼고 있는 것이다. 그럼에도 그 동안 그녀를 속여왔다는 것, 거짓말을 해왔다는 것에 분노가 치밀어 오른다.

"제발, 그냥 떠나주세요." 클레어가 말한다. "죄송하지만, 지금은 당신과 같이 있다는 게 부담스럽군요." 차메인은 조용히 고개만 끄덕이고는 발걸음을 옮긴다.

의사의 진단을 기다리는데 몇 년이 흐른 것만 같다. 대기실에 의사의 얼굴이 보이자, 숨도 쉬기 힘들 정도로 갑갑해져온다.

"조슈아는 괜찮을 겁니다." 그녀가 미소를 지으며 말한다. "이제 깨어났어요. 호흡기 도움 없이도 숨도 쉬구요. 들어가서 보시겠어요?"

"네, 그러고 말고요." 안도의 울음을 터뜨리며 클레어가 답한다. 둘은 의사의 뒤를 따라 조슈아의 병실에 들어간다. 작은 아이의 손목에는 링거바늘이 꽂혀 있고, 눈은 반쯤 뜬 상태다. 그러나 부모의 얼굴이 나타나자 그의 파리한 얼굴에 미소가 떠오른다.

"우리 꼬리 세 개 달린 오소리구나." 조나단의 목소리가 갈라진다.

"아니야. 난 조슈아 켈비예요." 그가 작은 목소리로 답한다.

"그래, 맞아." 클레어가 그녀에게 대답한다. 넌 매일 아침 떠오르는 태양처럼 우리의 희망이자, 매일 저녁 잠자리에 들기 전 우리의 기도란다. 그녀는 속으로 이렇게 말한 뒤, 그의 작은 손을 어루만진다.

 브린

이제 마지막으로 한 가지만 끝내면 휴식이다. 그녀에게 가야 한다. 그녀의 남동생이 오고 있다는 것을 알려야 한다. 문을 열고 어두운 밤길 속을 걸어간다. 시원한 공기가 젖은 피부에 닿는다. "강 위로, 숲을 건너⋯." 이상하게 바라보는 주위의 시선은 아랑곳하지 않은 채, 이렇게 노래를 부르며 길을 건넌다. 지금 내 꼴이 상당히 웃기겠군, 하고 생각하며 속으로 킬킬거린다. 이제 얼마 남지 않았다. 정확히 그 아이를 놓친 곳은 아니지만, 그래도 상당히 가까워졌다. 먼 곳에서 사이렌 소리가 들려온다. 나를 찾아온 것은 아닐까. 그럴 때도 되었지. 좀 더 걸음을 빨리 한다. 그들은 5년 전에 나를 찾아왔어야 했다. 난 그들에게 진실을 말하고 싶었다. 하지만 앨리슨 언니는 안 된다고, 입을 닫고 있으라고 했다. 난 언니의 말대로 했다. 하지만 두 눈을 감을 때마다 그녀의 가녀린 몸이 거센 물살에 떠내려가는 모습이 보였고, 슬픈 울음소리가 들려와 참을 수가 없었다.

차가운 아이의 시체가 발견된 직후, 나는 경찰서에 전화했다.

내가 한 짓이라고, 내가, 내가, 내가 한 거라고 말하고 싶었다. 그러나 그들이 우리 집에 도착했을 때 내 입에선 울음밖에 나오지 않았고, 앨리슨은 내게 말하지 마, 말하지 마, 하고 반복했다. 그래서 난 언니의 말대로 했다. 그들은 결국 언니를 데려가 버렸다.

언니는 감옥살이를 하고 있는데, 나는 집에서 학교를 다니면서 내 삶을 살고 있다는 사실에 뼛속까지 사무치는 죄책감을 느꼈다. 하지만 그것도 잠시, 난 곧 깨달았다. 우리가 어릴 때, 케이크가 한 조각 남았을 때와 똑같다는 것을 말이다. 언니는 늘 꽃이 달린 옆쪽을 차지했고, 나는 하얀 크림이 남은 부분을 먹어야 했다. 그때랑 똑같았다. 감옥에 가야 했지만, 그래도 이 집을 떠날 수 있었던 건 언니였고, 나는 이곳에 남아야 했던 것이다. 부모님은 나의 존재를 알아주기 시작했지만, 내가 언니처럼 되길 바랐다. 내가 언니처럼 될 수 없다는 것을 다시금 알아차렸을 때, 그들은 더 이상 나를 바라봐주지 않았다. 그 뒤로 난 더 이상 언니에게 죄책감을 느끼지 않았다.

드루이드 강이 나타나기도 전에 세찬 물결 소리가 먼저 들려온다. 강은 마을 중앙을 통과하면서 남쪽으로 흘렀고, 우리 집 바로 뒷부분을 지나간다. 그리고는 굽이굽이 흘러 미시시피 강과 만나 그대로 사라져버린다. 마술처럼. 평소의 드루이드 강은 보통 죽은 물고기 냄새와 모터보트 기름 냄새로 가득하지만, 오늘은 비가 모든 냄새를 씻어가버려 공기가 깨끗하고 신선하다. 나는 산책로의 끝에 서서 한참 아래에 흐르는 까만 강물을 바라본다. 드루이드는 마법사다. 내게도 마술을 부려줄 것이다.

나는 갑자기 너무도, 너무도 두려워 앨리슨을 찾아 주위를 둘러본다. 내 언니가 필요해. 누군가가 내 팔을 만지며 묻는다. "괜찮아요?"

"언니가 필요해요." 나는 이렇게 말한 뒤 울기 시작한다. "그 애에게도 누나가 필요해요. 가서 그 애가 오고 있다고 알려줘야 해요."

"전화 걸어줄까요?" 낯선 목소리가 묻는다.

"아뇨, 아뇨, 아뇨." 내가 말한다. "제가 직접 말해야 해요."

두 발을 떼자 극심한 공포감이 몰려온다. 찬 물에 몸이 닿자마자 눈과 귀, 코, 입으로 물이 들어온다. 언니 이름을 부르려 하지만, 목소리가 나오지 않고 물거품만이 위로 떠오를 뿐이다. 허우적거림을 멈추자 그녀의 모습이 보이기 시작한다. 너무도 완벽하고, 작은 아기, 내 기억 속에 있던 그녀의 모습과 똑같다. "그가 오고 있어." 나는 팔을 뻗어 그녀를 품에 안으며 말한다. "이제 곧 올 거야." 그녀를 안은 채, 평온하게… 우리는 강물 바닥에서 그를 기다린다.

 차메인

차메인은 거스의 집을 팔았다. 그리고 그가 남긴 돈으로 좀 더 튼튼한 차를 사기로 마음먹는다. 끔찍했던 그 날 밤 이후로, 린든폴스를 떠나야겠다고 마음먹었다. 그럼에도 이곳을 정작 떠나겠다고 짐을 싸서 떠나기까지는 여덟 달이나 걸렸다.

조슈아에게 작별 인사를 해야 한다는 생각만으로도 괴로웠다. 처음에 아이와 작별을 해야 했을 때 정말로 어려웠다. 하지만 그걸 다시 해야 한다고 생각하니 몇 배나 더 어렵게 느껴진다. 이번에 그녀가 이곳을 떠나면 다시는 돌아오지 않을 것을 알기 때문이다. 다시는.

떠나기 전 날, 그녀는 클레어에게 전화를 걸어 작별인사를 하러 서점에 들러도 되는지 묻는다. 고맙게도 그녀가 허락한다. 차메인이 서점에 도착하자, 조슈아는 트루먼과의 잡기 놀이에 열중해있다. 차메인의 얼굴을 보자, 그는 잠시 생각하더니 이렇게 말하는 것이다.

"제게 숨을 불어넣어 주셨다면서요?"

차메인은 뭐라고 해야 할지 몰라 입술을 지그시 깨문다.

"조쉬, 차메인 누나가 작별 인사하러 오셨대. 며칠 후에 우리 떠나잖니."

조슈아는 잠시 생각한다. "우리 외할머니네 집에서 살 거래요."

"조쉬." 클레어가 경고하는 투로 말한다. "엄마가 그건 비밀이라고 했지? 할머니 몰래 가서 놀라게 해드리기로 했잖니."

"조슈아, 할머니랑 즐겁게 보내렴."

차메인은 눈물을 삼키며 인사한다. 그들의 행방을 그녀에게 밝히지 않으려는 것임을 짐작할 수 있었다. "네가 떠나기 전에 인사하려고 왔단다. 보고 싶을 거야. 조쉬." 그녀는 몸을 숙여 그의 눈높이에 맞춘 뒤, 그를 안아주려 하자 곁에 서 있던 클레어의 몸이 굳는 것이 느껴진다. 그래도 차메인은 조슈아를 팔로 감싼 뒤 꼭 안아준다. 그의 부드러운 머리카락을 뺨에 대고, 어린 척추를 손가락으로 느껴본다. 조슈아도 그녀를 꼭 안는다.

"널 위해 선물을 준비했단다, 조슈아." 차메인이 가까스로 조슈아에게서 떨어지며 말한다. 그리고는 클레어를 바라보며 양해를 구한다. 그녀는 확신이 없는 표정으로 고개를 끄덕인다.

"뭔데요? 뭐예요?" 조슈아는 잔뜩 기대하는 표정으로 묻는다. 차메인은 몸을 일으켜 세우고는 눈물을 훔치고 그에게 선물이 담긴 종이 상자를 건넨다.

아이가 재빠르게 포장지를 뜯자, 클레어가 부드럽게 타이른다. "누나한테 뭐라고 해야 하지?"

"감사합니다." 그는 별 뜻 없이 재빨리 대답한다. 엷은 연두색 종이 속에서 그는 시카고컵스 야구 모자를 찾아낸다. 그가 처음 태어났을 때 거스가 사주었던 그것, 차메인이 5년간 조슈아의 사진 옆에 고이 간직해왔던 것이었다.

언젠가 그가 자라면 맞을 거라고 거스가 말했던 그것.

"와, 야구 모자다!" 조슈아가 신나서 외친다. "루크 아저씨가 썼던 거랑 똑같다. 근데 훨씬 멋져요." 머리 위에 모자를 얹자, 너무 커서 눈을 가릴 정도다.

"멋진 모자구나." 클레어도 동의한다.

"그래, 어서 시카고컵스 팬을 모아봐야겠는걸." 차메인은 거스가 늘 했던 말이 떠올라 눈물을 흘리며 미소를 띠어 보인다.

"가서 거울 볼래요." 조슈아는 서둘러 화장실로 뛰어간다.

"정말 고마워요." 클레어가 진지한 얼굴로 차메인에게 말한다. "조슈아에게 너무 잘해줘서 고마워요. 아이에겐 더할 나위 없는 고모예요… 고모가 되어주었어요." 클레어는 잠시 머뭇거린다. "둘 사이의 관계를 인정하지 못하는 것을 이해해주면 좋겠어요. 아이에게 너무도 혼란스러울 거예요. 게다가 당신 오빠도 그렇고요."

"오빠는 결코, 조슈아에게 나타나거나, 아이를 데려갈 일 없을 거예요." 차메인은 분명하게 말한다. "자기 문제만으로도 벅찬 사람이니까요. 그리고 우리 엄마는…" 그녀는 한숨을 짓는다. "우리 엄마죠. 그래도 조슈아에게 나타나진 않을 거예요. 그저 가끔씩 나타나서 헤집고 다니다가 갑자기 훌쩍 떠나는 게 취미인 사람이니까요."

"조슈아를 위해 늘 최선의 선택을 해왔다는 걸 알아요, 차메인. 그 애를 살려 주었잖아요. 그건 정말로 감사해요."

차메인은 무슨 말을 해야 할지 몰라 어깨만 으쓱한다. "이건 부인께 드리는 거예요." 차메인은 커다란 봉투를 그녀에게 내민다.

"이건 뭐죠?" 클레어가 묻는다.

"과거 병력이에요. 앨리슨과 제가 저희 가족들에 대한 정보를 다 모은 거예요. 열어보시면 다 들어 있어요. 앨리슨과 크리스토퍼, 거스, 그리고 저, 그리고 할아버지, 할머니 사진까지 다 있어요." 그녀는 클레어의 얼굴을 보며 덧붙인다. "만약에라도 조슈아가 봐야 할 필요가 있다고 생각된다면… 물론 앨리슨이나 전 무슨 일이 있어도 조슈아에게 연락하는 일은 없을 거예요. 약속할게요. 그저 그가 행복하고 안전하게만 지낸다면… 물론 두 분과 함께라면 걱정할 필요는 없겠지만요." 눈물이 따끔거리며 계속 눈을 찌르는 것이, 이제 갈 시간이 된 것을 느낀다. 그녀는 뒤돌아보지 않겠다고 마음먹으면서 정문 쪽으로 발걸음을 옮긴다.

"차메인." 클레어가 뒤에서 부른다. 차메인은 혹시나 하는 마음으로 뒤를 돌아본다. 조슈아가 어느 새 나와 클레어의 허리에 두 팔을 두르고 있고, 머리 위의 야구 모자는 한 쪽으로 기울어져 있다. 그는 너무도 행복해 보인다. "고마워요." 클레어의 눈에도 눈물이 가득하다. "제 아들… 고마워요."

 앨리슨

 잠시나마 난 브린이 조슈아를 욕조에 빠뜨린 것이 내가 브린
과 공모한 것이라고 사람들이 쑥덕거리지 않을까 가슴을 졸였
다. 몇 시간 동안의 심문에서 경찰은 혐의를 극구 부인하는 내
모습에 고개를 저으면서, 뭐라도 자백하게 만들려고 안간힘을
썼다. 하지만 결국에는 데븐이 나타나 나를 구해주었다. 그녀는
브린의 정신과 기록과 뉴에므리에서 진찰받은 정신과 의사로부
터의 소견서를 가지고 왔다. 브린은 의사에게 아기가 이미 죽었
다고 생각해서 강에 버렸지만 아직 숨이 붙어있었던 아기를 자
신이 죽였다는 죄책감을 끊임없이 토로했었다고 한다. 할머니도
브린이 그 날을 회상하며 그린 그림들을 찾아내셨다. 브린은 아
기를 삼켜버린 드루이드 강을 그리고 또 그렸다. 어떤 그림에는
브린이 강바닥에서 태반에 탯줄이 연결된 남자아기와 여자아기
를 안고 있는 모습도 볼 수 있었다.
 결국 나는 무죄로 판명되었고, 내 전과기록도 모두 삭제될 것
이다. 난 이제 내가 원하면 린든폴스에 살아도 된다. 혹은 내 이

름을 들어본 적도 없을 곳이나, 그런 것 따위는 신경도 안 쓸 대도시에 가서 살아도 된다. 이 주나 이 나라를 떠나도 누구 하나 뭐라 할 사람이 없다. 모두 내 마음 먹기에 달린 것이다.

엄마는 내게 브린의 시체를 확인해달라고 부탁했다. 아빠는 여전히 병원에 누워 계셨고, 엄마는 도저히 용기가 나지 않는다고 했다. 난 그러겠다고 했다. 브린을 위해서라면 그보다 더 한 일도 할 수 있었다. 브린을 다시 린든폴스로 불러들인 것도 나였고, 자신이 실수로 물에 빠뜨린 아기의 남동생을 대면하게 한 것도 나였다. 그녀를 구해내지 못했던 것도 바로 나였다. 가엾고도 연약한 내 동생 브린. 그 앤 그저 동물들과 함께 살고 싶어 했을 뿐이었는데. 그 애가 조슈아에게 무슨 일을 할지 예측할 수 없었을지라도, 적어도 내가 촉매제 역할을 하지 않았는가.

나는 그 애의 사체를 스크린으로 확인했다. 스크린을 통해 보이는 브린은 얇은 천을 덮은 금속 테이블 위에 누워 있었고, 한 여자가 그 애의 얼굴에서 커버를 내려주었다. 바로 브린임을 알 수 있었다. 창백한 피부와 푸른 입술을 제외하면, 마치 잠자고 있는 것처럼 보였다. "제 동생 맞아요." 내가 대답했다.

브린의 장례식은 우울하고 조촐했다. 나는 할머니와 부모님 사이에 앉았다. 브린의 관이 땅 속으로 들어갈 때 나는 할머니의 손을 꼭 움켜쥐었다. 참석한 이들 중에는 올린과 비이, 그리고 놀랍게도 플로라도 있었다. 식이 끝난 후, 나는 부모님과 함께 자리를 지켰다.

"이제 어디로 갈 거니?" 엄마의 눈은 너무 많이 울어 빨개져 있었다. 몹시도 지치고 한층 늙어 보였다.

"대학에요." 그리고는 잠시 말을 멈추었다. "아직 어디로 갈지는 안 정했어요. 멀리 떠나려구요." 이곳 린든폴스를, 아이오와 주를 떠나야만 한다. 브린, 조슈아, 켈비네 가족, 크리스토퍼 외는 전혀 상관없는 곳으로 가야만 한나. 샴페인에 있는 일리노이 대학에 지원할 생각이다. 데븐은 더할 나위 없이 내게 잘해주었다. 내게 추천서도 써주겠다고 하였으며, 할 수 있는 한 지원해주겠노라고 했다. 모든 일이 계획대로 진행된다면, 후엔 법과대학원에도 진학할 것이다. 부모님과 계속 연락하고 지낼지는 아직 잘 모르겠다.

"현명한 생각이구나." 아빠가 고개를 끄덕이며 답했다. 병원생활을 오래해서 한층 핼쑥했으며, 늘 엄마 곁에 붙어 있으려 했다. 난 어느 한 쪽이라도 날 안아주거나 혹은 악수라도 청해주기를 기대했지만, 그들은 그저 불편한 표정으로 서 있을 뿐이었다. 나는 당혹감을 감추지 못한 채 방향을 돌렸다.

"이해를 못하겠구나." 엄마가 마침내 내 팔을 잡고 나를 멈춰 세웠다. 나는 혹시나 하는 마음으로 몸을 돌렸다. 어쩌면 이제 와서라도 정말 대화다운 대화를 하겠구나 싶었다.

"어떻게 그 모든 걸 포기해버렸니." 그녀의 얼굴엔 혼동인지 연민인지, 아니면 혐오감인지 알 수 없는 표정이 서리고 있었다. "너라면 어떤 대학이든 갈 수 있었을 텐데, 그걸 다 포기했어. 네가 원하는 미래는 다 네 손에 있었잖니. 그런데 왜 그걸 다 버리고 동생을 위해 감옥에 간 거니? 네 일생을 그 애를 위해 포기한 거잖아. 난 도무지 이해를 못하겠구나. 왜 그런 거니?"

나는 엄마에게서 떨어지려고 한 발짝 뒤로 물러섰다. 그 애를 보호하려고요. 그렇게 말해주고 싶었다. 누군가는 그 애를 보호해야 하잖아요. 브린은 결코 경찰의 심문이나 조사를 견디지 못했을 것이다. 아기가 죽은 줄로만 알았다고, 그저 사고였다고 말할 수 없었을 것이다. 그 애를 사랑했으니까요, 라고 말하고 싶었다. 내가 완벽하지 않았을때, 나를 도와준 유일한 사람이었으니까. 하지만 그들은 내가 무슨 말을 해도 이해하지 못했을 것이다.

"그럴 만한 가치가 있던 거니, 앨리슨?" 엄마는 끈질기게 내 대답을 듣고 싶어 했다. "그 모든 거짓말을 할 가치가?"

"네." 나는 흔들림 없는 눈빛으로 그녀의 눈을 바라보며 대답했다. "브린은 그럴 만한 가치가 있었어요." 그러나 결국에는, 난 브린을 지켜내지 못했다. 내가 책임을 지는 것이 옳은 것이라 믿었다. 그 애에게 더 이상 고통을 주고 싶지 않았다. 하지만 어찌 보면 피할 수 없는 일을 그저 오래 끌었던 것일지도 모른다. 그 애가 할머니와 함께 사는 동안, 애완동물을 기르면서 모든 사랑과 지원을 아낌없이 받았기를 바래볼 뿐이다.

"음." 아빠가 두 손을 깍지 끼며 물었다.

"처음만이라도 정착할 수 있게 내가 수표를 써주면 어떻겠니?" 마치 그거라면 과거의 모든 잘못을 덮을 수 있기라도 한 듯 말이다. 난 직업도, 살 집도 없었고, 동전 한 푼 없는 거나 마찬가지였다. 상식 수준에서는 그 돈을 받아야 마땅했다.

"아뇨, 괜찮아요." 내가 대답했다. 그게 전부였다. 내 부모님과 나는 결국 그런 사이였다. 내가 대학을 졸업할 때나, 결혼을 하거나 자식을 낳을 때도 나를 볼 일은 없을 것이다. 엄마의 눈에 고인 눈물은 무엇 때문일지 궁금했다. 브린을 잃어서일까, 아니면 나를 잃어서일까? 우리가 자신들이 원하던 모습이 아니라 후회스러웠을까? 알 길이 없다.

그들이 그 자리를 떠나 자신들만을 위한 고립된 삶으로 돌아갔을 때, 나는 할머니의 모습을 보았다. 그녀는 브린의 묘 옆에서 하염없이 눈물을 흘리며 서 있었다. "할머니?" 내가 물었다. "괜찮으세요?" 나는 그녀의 어깨에 손을 올렸다.

"잘 지내고 있는 줄만 알았지 뭐니…." 그녀가 훌쩍였다. "의사 선생님도 만나고, 수업도 듣고, 동물도 키우면서 잘 지내는 줄만 알았단다."

"할머니…." 내 눈에서 다시 눈물이 쏟아져 내렸다. "다 제 잘못이에요. 그 아기가 그렇게 된 건 그 애 잘못이 아니라, 제 잘못이에요."

할머니는 강한 팔로 나를 품에 안았다. "앨리슨, 네 잘못만은 아니란다."

우리는 천천히 할머니의 차로 걸어갔다. "네 엄마 아빠는 그 아이를 보러 간다더냐?" 그녀가 물었다.

"아뇨. 조슈아가 우리 부모님 근처에 있는 게 과연 좋은 생각일까요?" 나는 얼굴을 찡그렸다.

"그렇진 않지. 그 애에게 작별 인사라도 했니? 조슈아에게?" 그녀는 내 손을 잡고 물었다.

"아뇨. 아이의 부모는 제가 조슈아에게 가까이 가는 걸 원치 않아요. 저도 충분히 이해하구요. 그 날 밤 이후론 조슈아 얼굴을 못 봤어요."

"그래도 그 애 생명을 살리는 데 일조했잖니. 그것도 쉬운 일이 아니었을 텐데."

"애 아빠 엄마 다 좋은 분들이에요. 제가 나타나면 끔찍했던 기억들을 떠올리게 될 거예요. 조슈아를 물에 빠뜨린 건 제가 한 게 아니지만, 그래도 다시는 저를 믿지 못할 거예요. 조슈아를 본 순간 서점을 그만뒀어야 했는데, 브린에게 말하지도 말았어야 하는데. 너무도 후회스러워요."

할머니는 차문을 열고 올라탔다. 그 모습을 보며 우리가 어렸을 때 할머니와 더 가깝게 지냈더라면 우리의 현재가 얼마나 달

라져있을까 하고 궁금해졌다. 할머니 집에 놀러갔을 때의 기억
은 지금 생각해도 즐거웠다. 할머니가 기르는 꽃밭에서 브린과
뛰놀던 기억, 흰 눈처럼 하얀 모란꽃에 코를 파묻고는 꿀벌들에
게 우리 영역을 침범하지 말라고 나무랐던 기억들. 할머니의 자
상함과 친절함이 모든 것을 바꿔놓진 않았을까?

"태워줄까?" 그녀가 물었다.

"아뇨, 괜찮아요. 올린이 기다리고 있어요."

"한 번 더 안아보자꾸나." 그녀는 미소를 지으며 말했다. 나는
몸을 숙여 할머니를 안아드렸다.

"앨리슨." 할머니는 두툼한 손가락으로 자동차 키를 돌려 시동
을 걸며 내 이름을 불렀다. "혹시 필요하면, 아니 네가 원한다면
우리 집으로 와서 지내줬으면 한다. 원한다면 오래 있어도 좋
고."

"정말 그래도 되요?" 나는 순간 놀라 물었다. 당장에라도 이곳
지긋지긋한 린든폴스를 떠나 할머니의 집으로 떠나고 싶은 심정
이다. "아직은 정리할 게 좀 남아서요." 아쉬워하며 내가 말했
다. "그런 다음 가도 될까요? 며칠 후에요."

"물론이고말고." 그녀가 대답했다. "준비되면 오너라. 브린이
키우던 동물들도 보자꾸나."

"어서 보고 싶어요." 나는 이렇게 말한 뒤 몸을 숙여 할머니 뺨
에 뽀뽀를 해드렸다.

난 브린에게 더 좋은 언니였어야 했다. 그 애가 힘들 때 곁에 있어줬어야 했다. 그러나 난 그러지 못했다. 그 애의 마음속에는 늘 칠흑 같은 암흑과 절망만이 가득했다. 상황이 나아질 것이라는 한 줄기 희망도 발견하지 못했던 것이다. 그래서 조슈아가 누나 옆에 있어야 행복할 거라 생각했던 것이다. 그런 자신으로부터 그 애를 구해낼 사람이 과연 있었겠는가 싶기도 하다. 하지만 적어도 내 자신은 구해낼 수 있다. 난 행복해질 것이다.

올린 쪽으로 방향을 틀어 걸어가면서, 순간 그녀가 내게 했던 말이 뇌리를 스치며 지나갔다. 가슴에 희망을 품고 이 세상을 맞이하라던 그 말. 난 그녀의 충고대로 그렇게 살아보려 한다. 다시는 결코 조슈아 켈비, 내 아들을 볼 수 없을 것도 안다. 하지만 그 애가 건강하게 자라서 행복하게, 사랑도 듬뿍 받으며 자라기를 바란다. 때가 되면, 그의 부모가 그에게 진실을 말해줄 때가 올 것이다. 내게 이 세상을 보여줄 만큼 너를 몹시도 사랑한 소녀가 있었다고.

현재 미국에서는 50개 주 모두에서 세이프헤븐 영아 보호법을 실시하고 있다. 비록 주마다 세부적인 내용은 다를지라도, 기본적인 방침은 영아 유기죄로 체포될 것에 대한 걱정할 필요 없이 병원이나 기타 건강보호시설에 신생아를 맡길 수 있도록 한 것이다.

아이오와 주에서는 세이프헤븐 지역에서 신생아가 발견되면 해당 건강보호시설에서 아동보호사에게 연락을 취한다. 즉시 보건복지부에서는 소년법원과 지역검사에게 이를 알린 후 소년법원에서 신생아의 양육권 위임 명령을 내려주도록 요청한다. 해당 신생아는 병원 측에서 검사를 받은 후 양육 프로그램에 맡겨진다. 후에는 친권포기 심리가 열릴 것임을 신문에 보도한다. 친부모는 심리에 참석할 의무가 없으며, 해당 아동이 발견된 지 30일 안에 심리를 시행하도록 법제화되어 있다.

세이프헤븐 보호구역에 유기된 아동의 정확한 통계치는 보고된 바 없다. 해당 주나, 카운티, 지역 공동체에서는 이와 관련된 자료를 모으고 있지 않다.

이 법과 관련하여 논쟁의 여지가 적지 않다. 반대편에서는 세이프헤븐 영아보호법으로 인해 오히려 아동유기율이 증가하며, 산모가 산전, 산후관리를 더욱 소홀히 하게 되어 산모와 아기 모두의 건강을 위협하게 되었다는 우려의 목소리가 높다. 또한 임시방편의 법률일 뿐, 아동 유기나 아동 살해와 같은 근본적인 문제는 해결할 수 없다고 주장한다. 반면 이 법률의 지지자들은 많은 아동들이 목숨을 건질 뿐 아니라 친부모가 익명성을 보장받을 수 있다는 점을 강조한다.

세이프헤븐 영아보호법과 관련해 의문점이 있을 시 근처 건강보호시설이나 보건복지부에 문의하면 된다.

히든 These Things Hidden

1쇄 인쇄 2011년 5월 24일
1쇄 발행 2011년 6월 2일

지은이 헤더 구덴커프 · **옮긴이** 김진영
펴낸곳 도서출판 **북캐슬** · **인쇄** 삼화인쇄(주)
펴낸이 박승규 · **마케팅** 최윤석 · **디자인** 진미나
주소 서울시 마포구 서교동 463-3 성화빌딩 5층
전화 325-5051 · **팩스** 325-5771 · **홈페이지** www.wordsbook.co.kr
등록 2004년 3월 12일 제313-2004-000062호
ISBN 978-89-964036-6-1   03840
가격 12,000원

*잘못된 책은 바꾸어 드립니다.